# 노가다

― 방랑의 노동자

제5권

한평생 '노가다'의 길을 가며 겪은 희로애락을
생생하게 담아낸 자전적 소설

# 노가다

성두용 장편소설

－방랑의 노동자 ⑤

도서출판 천우

## 서문

　세상에는 갖가지 생명들이 존재한다. 동물과 식물 모두가 주어지는 먹이에 의존, 생존하는 것에 만족한다.
　단순하고 당연하다. 거기에 유독 인간만이 다르다. 먹고 사는 것에 만족하지 못하고 생각이 많고 물욕에 빠져드는 것이 인간이다. 때로는 그 물욕이 발동하여 이성을 상실하고 상대를 죽인다거나 상대에게 죽임을 당하는 일을 자초하기도 한다.
　과욕 때문이다. 노력의 대가이든, 우연이든, 자신에게 다가오는 행운이 있다면 과욕을 버리고 나눔의 보람을 가져보는 것도 괜찮을 것이다. 여기에 노가다 방랑의 노동자 청랑은 그러한 실천적인 생각과 함께함을 다행으로 생각한다.

2024년 4월

성두용

## 차례

새로운 시작 • 11

봄을 기다리며 • 108

가난한 집의 외딸 • 185

열편단심 청랑의 여자 '들' • 237

잔치에서 일어난 일들 • 309

왕초청랑, 새로운 이름 • 387

# 노가다

## – 방랑의 노동자 ⑤

# 새로운 시작

그날 이후로 여화산업 공기호의 어깨는 훨씬 가벼워졌고 고령연화의 '고령토' 진영산업의 '진영돌' 양산연화의 '양산벽' 남부의 세 곳 공장은 물 만난 고기가 되어 적벽돌 생산에 신바람이 났다.

각각 30만 장씩의 납품권을 배당받았기 때문이다.

그들 남도 벽돌공장의 사장들은 불알에 요령 소리가 나게 생겼다. 그만큼 바쁘게 움직여야 하는 사내라는 뜻이다.

벽돌공장은 본래 질 좋고 풍부한 흙더미를 배경으로 대형 불가마가 설치되고 자리를 잡는다.

많은 양의 흙이 필요하다.

기계에서 만들어져 나온 진흙의 벽돌이 레일을 타고 불가마의 긴 통로를 지나면서 붉은 색깔의 단단한 벽돌이 되어 나오는 과정이야말로 본래는 투박했던 사장들의 감춰진 예술성을 끌어내는 데 조화를 이루고 있다. 정녕 본인은 모르고 있는 것 같으나 왕초 청랑은 공장을 견학하면서 그들이 작업과정에서의 고정관

념에 심혈을 기울이는 모습을 보면서 고령토에게 한마디 던진다.

"고사장, 당신은 예술가요."

"제가 무슨 예술가입니까? 예술이란 예 자도 모르는데?"

"그렇지가 않소. 이걸 보시오."

청랑은 완성된 벽돌 한 장을 집어 들었다.

"저 논바닥의 시커먼 흙이 이렇게 딱딱해져서 은은하고 불그레한 조각품이 되어 나오지 않았소. 이렇게 보기 좋은 조각품을 만들어내는 고사장이야말로 진정한 예술가요. 하하."

"왕초 형님의 말씀을 듣고 보니 그런 것도 같습니다. 저는 여태까지 한 장을 만들어 팔면 얼마다 하는 것만 생각했는데 이제 보니 시커먼 흙덩이가 붉은색의 돌이 되어 나온다는 것을 이제야 깨달았습니다."

"그렇네. 앞으로 고사장이 정성을 다해야만 벽돌 색깔이 들쑥날쑥하지 않을 테니 공장의 기술자들과 잘들 해보게. 나 이만 가겠네. 그리고 다음에 현장에서 또 만나세."

"안녕히 가십시오. 형님."

그랬다. 사장인 고령토는 본래 부모님이 벽돌공장을 해 온 덕으로 비교적 어려움 없이 자랐다. 또래보다 덩치가 크고 우쭐대는 성격 때문에 고등학생이 되면서 패싸움에 휩쓸려 사고를 쳤다. 그로 인해 고등학교 1학년 중반에서 퇴학당하고 빈둥거리는 문제아가 되었다. 보다 못한 아버지의 질타에 가출했고, 늘 불량아들과 뭉쳐 다니다 신흥공업지 거제까지 흘러갔다가 폭력조직에 가담했고, 외동아들이었던 그가 그의 부친의 작고와 함께 다시 돌아와 부친이 남기고 간 유언대로 가업인 벽돌공장을 계승하게 된 것이다. 나는 한낱 벽돌을 만들어 파는 장사꾼이다. 그래도 사장이란 타이틀 때문에 내 지역에선 어깨에 힘을 주고 허세를 부리는 데 만족했는데 고령토 사장 당신은 예술가요 하는 왕초 청랑의 한마디가 그에게 충격을 주었음일까?

그랬다. 그는 자신을 주먹 한방 쓰는 데는 몸을 아끼지 않는 무지한 건달로만 자평했는데 아름다움을 만들 줄 아는 예술가라니? 좋아, 이제부턴 더 좋은 벽돌을 만드는 데, 마음 쓰리라.

"청랑왕초께서 진즉에 말씀해 주시지 않고."

노가다 왕초 청랑은 지난날 팀 반장들에게 동원령을 발송했다. 세월은 흘렀어도 그들은 여전히 벽돌 쌓는 일에 종사하고, 청랑왕초를 기억하고 있었다. 왕초가 다시 일을 시작했다더라. 달비골인가 하는 데서 대단위 공사를 맡았다더라. 모월 모시에 모여 달라는 전갈이 왔다고 한다. 너한테도, 나한테도.

"어쩔 건가 이반장?"

"허반장, 자네는?"

"당연히 가봐야지, 청랑왕초가 누군가. 우리에게 둘도 없는 오야지가 아니었던가. 못 만난 지도 오래됐는데 가서 보아야지"

시월의 어느 날 신설동의 한곳 국밥 파는 식당에 몇몇 벽돌공이 모였다. 옛 왕초 청랑을 위시하여 김.이. 황. 허, 옛 동료들이 실로 오랜만에 한자리에 같이했다.

"다들 오랜만이군."

"반가워요. 왕초."

"내가 너무 오랫동안 소식을 끊고 있어서 면목이 없어요. 그간 다들 잘 지냈겠지요?"

"우리야 하던 일 계속하며 큰 변화 없이 지냈습니다만 왕초는 어떻게 지냈습니까? 벌써 4~5년은 더 넘은 것 같아요."

"그 정도는 아니고 그러고 보니 상하이에서 돌아온 지도 4년이 가까워져 오는군. 그 후로 내가 벽돌 일을 접고 있었으니. 그렇게도 느껴지는군."

"너무합니다. 왕초, 혼자만 편하겠다고 벽돌에서 멀어지면 우리 반장들은 어떻게 합니까? 본래 왕초가 벽돌에만 매달릴 분이 아니라는 걸 모르는 바 아니었지만요."

"미안 미안. 그래서 내 오늘 국밥 한 그릇 사지 않는가. 자자 우리 오랜만이니 소주로 건배합시다."

이들은 소주 한 잔으로 목을 축이며 삶은 돼지비계 한 점씩 물었다.

"역시 소주에 돼지비계는 우리 노가다에게는 최고의 맛입니다."

"김반장의 돼지비계 예찬론이군. 그리고 여기 이 자리는 우리 노동자들의 애환과 추억이 묻어있는 곳이지."

"그건 무슨 말씀입니까? 왕초?"

"그렇지. 한참 오래전 청계천이 정비되기 전 이곳에는 많은 판잣집과 빈민들이 살았었지. 그리고 바로 이 자리에 근로자를 상대로 하는 인심 좋은 밥집이 있었지. 오갈 데 없는 노동자들에게 외상 밥도 주고 걸걸한 탁배기도 선뜻 주고는 언제든지 품삯을 받으면 갚으라는 거였어. 그래서 많은 노동자가 찾아들었고, 나도 그중의 한 사람이었지. 그때가 20대 초반이었으니 20년이 훌쩍 넘었군. 물론 여러분들은 나이로 보면 각자 부모님 곁에 있었을 테고."

"몰랐습니다. 우리 왕초께 그런 일이 있었군요. 그래서 오늘 여기로 장소를 정했군요."

"그래요. 그때의 그 식당 그 사람들은 떠났지만 나는 이곳에 한번쯤은 오고 싶지. 그때는 나도 노가다에 발붙인 지 얼마 되지 않은 초년생이었거든."

왕초 청랑은 잠깐 회상에 젖으면서 한 잔 술을 비웠다.

"자자 우리 본론으로 들어가세. 여러분들 모두가 각자 바쁘겠지만. 이번 일에 나를 좀 도와줘야겠어요. 지난날 상하이에서 나와 같이 있었던 사람은 알겠지만, 그곳 현장 S건설본부장이 다시 우리를 선택해 왔기에 내가 거절하지 못하고 응했으니 도리 없이 공사는 해야 하고 따라서 여러분이 힘을 모아 주었으면 하는데 그렇다고 강요는 아니네만?"

"왕초께서는 그걸 말이라고 하십니까? 그럼 그렇게 큰 공사인데 우리를 놓아두고 누굴 데리고 하실 생각입니까?"

"그럼 다들 나와 같이하겠다는 말씀이군."

"이를 말입니까? 우리에게 먹고 살길이 생겼는데 당연하지요."

"고맙네. 그런데 허반장 자넨 왜 말이 없는가? 설마 싫다고 하는 건 아니겠지?"

"네, 그게 좀……."

"이 사람 말해 보게, 무슨 문제가 있는가?"

"제가 말씀드리죠."

"그래 이 반장이 말해 보게."

"실은 1년 전에 허반장이 교통사고로 팔과 손을 다쳤습니다. 치료를 받고 완치를 했습니다만 불행히도 왼쪽 손가락 두 개가 으스러졌습니다. 그래서 부자연스러운 상태여서 일을 제대로 못하고 있습니다."

"그런 일이 있었구나. 어디 보자. 이 사람, 고생이 많았겠군."

"그렇습니다. 왕초, 그래서 저는 좀 제외해 주셨으면 합니다. 가봐야 왕초께 거추장스럽기만 할 겁니다."

"음……." 왕초 청랑에게서 가늘게 신음이 나왔다.

"그래 그동안은 어떻게 지냈는가?"

"예, 그 후론 낫긴 했어도 손이 아려서 아무 일도 못 하고 먹고는 살아야 하겠기에 왕초 따라 상하이에서 번 돈하고 달달 긁어서 조그만 구멍가게 하나 얻어서 국화빵도 굽고 오뎅도 팔고 하는 장사를 시작했죠. 물론 아내와 함께 말입니다. 그러나 손가락 2개가 부족한 상태로는 무엇을 잡는 데는 불편해서 아무 일도 할 수 없다는 생각이 들어 결국은 아내 혼자에게 맡기고 나는 잔심부름이나 하는 신세가 되고 말았습니다. 아내의 부지런함 덕분에 밥은 굶지 않습니다만 물건을 집을 수 없는 왼쪽 손을 생각하면 화도 나고 그때마다 한 잔 술을 마시다 보니 어느새 술꾼이 되어 버렸습니다. 지금도 제일 안타까운 건 나에게 가장 가까이 있었던 벽돌을 집을 수 없다는 것입니다."

허반장은 다음 말 대신에 한 잔의 술을 죽 들이켰다.

"그래그래 허반장을 생각하면 나도 덩달아서 화가 나네. 우선 이럴 땐 한 잔 술밖에 대답이 없군." 왕초 청랑은 안타까운 생각을 술잔에 담아 길게 마셔본다.

"그런데 말이야, 허반장. 앞으로 술 생각이 나면 혼자서 마시지 말고 나도 좀 끼워주게. 내가 가든지, 허반장이 오든지. 아니야 시간이 많은 허반장이 움직이는 게 좋겠군. 어떤가?"

"거 좋지요. 이 허풍달이 수시로 왕초를 귀찮게 하리다."

"자, 그럼 됐고, 김, 이, 황반장은 아직은 작업 들어갈 시간이 몇 개월 남았으니 그동안에 돈 많이 벌고 그때를 대비해서 일꾼들 연결도 좀 해 놓고 전열을 가다듬도록 하자."

"알겠습니다. 왕초."

옛 참모들과 재회를 하고 달비골로 내려온 청랑이다. 그는 허반장의 일이 줄곧 마음에 걸린다. 그는 고심을 거듭했다. 그래 허반장을 저대로 버려둬서는 안 된다. 그는 착한 심성의 소유자로 벽돌쌓기와 함께 소박하게 살아가고자 했던 사람이다. 그러한 허빈징이 인생의 낙오지가 되는 것을 두고 볼 수는 없다. 전화해서 부를까? 아니다. 그가 자립의 의지가 조금이라도 남아있다면 나를 찾을 것이다. 무슨 일이든 스스로 의지의 바탕 위에서 시작해야만 성과를 얻을 수 있을 것이다. 기다려 보자. 청랑은 달비골 야적장의 컨테이너 사무실을 반으로 축소하고 칸막이를 했다. 그리고 바닥에 난방을 깔고 침실로 만들었다. 지금은 미보리에서 출퇴근하지만 때에 따라서는 이곳 현장에서 자야 할 때도 있기 때문이다. 집이 원주인 허풍달은 오늘도 대낮부터 술잔을 안고 있다. 막걸리 한잔을 쭉 들이키고는 푸념한다.

'왕초를 만났다. 나의 왕초가 일을 시작한다고 한다. 우리 모두 같이 일하자고 하는데 나는 뭐야? 그가 나를 찾았는데 나는 이게 뭐야. 허구한 날 술에 젖에 있다니, 이렇게 쓸모없는 인간이 되어 버렸단 말인가?'

붕어빵을 굽던 아내가 오뎅 서너 꼬치 담아서 문을 열고 들여준다.

"그렇게 대낮부터 깡술만 마셔대면 어쩌자는 거유? 날 생과부 만들지 않으려면 이거라도 안주 하시구랴." 그의 아내도 남편의 그러한 행태가 못마땅하지만 두 개의 손가락을 잃은 남편의 심정을 이해하려고 노력해본다. 허풍달은 또 한 잔 술에 푸념이다.

'왕초가 나를 필요로 하는데 아무것도 할 수 없는 내가 아니냔 말이다.'

보다 못한 아내가 "여보 그러지 말고 전화라도 한번 해보시구랴, 그분께서 전화하랬다지 않았수."

"전화? 그래, 해야지. 하지만 자신이 없어."

"그러지 말고 해 봐요. 그분과는 오랫동안 같이 일했잖아요. 그리고 인정이 많은 분이라면서요."

"그렇지, 나의 왕초는 그런 분이었지." 허풍달은 아내의 설득에 옆에 있는 전화기를 당겨 수화기를 들었다. 이심전심일까? 서류하나를 챙기고자 서재에 들어와 있던 청랑이었다. 전화벨 소리에 수화기를 들었다.

"네, 청랑입니다."

"왕초, 접니다. 허풍달이에요."

"오, 그래, 허반장. 잘 지냈는가?"

"그럼요, 왕초. 전 지금 왕초한테 전화하고 있습니다." 약간은 혀 꼬부라진 소리다.

"허번장, 지금 한잔했구나."

"예, 왕초. 지금 한잔하는 중입니다. 근데 말입니다. 오른쪽 손만 가지고는 왕초께 전화할 용기가 나지 않습니다."

"이 사람, 무슨 소린가? 그런 생각 대신에 앞에 놓인 술잔을 왼손으로 들어서 마셔보게. 오른손이 없다 치고 말일세."

"그러지요. 하지만 금방 떨어뜨리고 말걸요."

"그럴 수도 있겠지. 그래도 해보게나. 자네는 지금 술을 마시고 싶을 테니까. 오른손을 붙들어 맨 상태에서 말이야. 내 전화 끊지 않고 있겠네."

허풍달은 엄지와 끝 손가락 두 개에 힘을 집중해서 술잔을 들어 본다. 떨리는 손으로 안간힘을 다해 본다. 평소에는 아예 단념하고 사용하려 들지 않았기에 놓칠 듯한 술잔을 가까스로 들었다. 동시에 입으로 가져갔다. 고개를 약간 숙이긴 했지만, 마셔진다.

"해냈어요. 왕초."

"그래? 잘 됐구나. 술맛이 어떤가? 좀 더 맛이 있지 않은가?"

"그래요. 왕초 술맛은커녕 술이 확 깨는걸요."

"그것 보게. 히반장, 자네는 할 수 있다니까. 아무리 어려운 일이라 해도 사람에게는 하고자 하는 의지가 있다면 안 되는 것이 없는 법이네."

"왕초, 나 내일 왕초를 만나러 가겠어요. 어디로 가면 되죠?"

"그럼 허반장 집이 원주니까 기차를 타고 달구역에서 내려 달비골 가는 버스를 타면 되네. 해강대학 공사현장 앞에 벽돌 야적장이 있네. 그곳으로 오게나. 허반장을 기다리겠네."

"알았어요. 왕초. 내 그곳으로 가겠습니다."

"여보, 당신도 들었지? 내일 내가 가서 왕초를 만나기로 했어. 그리고 이봐요. 내가 왼손으로도 술잔을 들 수 있잖아. 왕초가 해보라기에 해보니 정말 되네."

"그 봐요. 내가 전화해 보랬잖아요. 왕초란 분 나는 못 봤지만, 신통을 가지신 분이네요. 멀리서도 꼼짝하지 않으려던 당신의 왼손을 움직이게 했으니 말이에요."

"당연하지. 우리 왕초께서 하려 들면 안 되는 일이 없거든."

허풍달의 전신에 생기가 돈다.

"여보 마누라. 내일은 내가 아침 일찍 왕초를 만나러 갈 거야. 내가 가면 몇 날이 걸릴지 모르니까 아이들하고 잘 지낼 수 있겠지?"

"염려 말고 가기나 해요. 당신 그 왕초님 따라 다닐 땐 국내에서도 몇 달씩 중국에서도 3년씩이나 당신이 보내준 돈으로 잘만 지냈어요. 그땐 지금처럼 오뎅장사 안 하고도 편히 지냈는데 또 그런 날이 올 것만 같은 느낌이에요. 어서 가서 그 왕초님 눈 밖에 나지 말고 무조건 예 예 하고 와요."
"이 사람 참, 당신 욕심 때문에 왕초께 누가 되는 일을 할 수는 없지."
"알았어요. 그 왕초님 말씀 거역하지 말라는 뜻이에요."
다음 날 아침 일찍 집을 나선 허풍달, 원주역에서 기차를 타고 달구역에서 내려 달비골에 도착한 것은 오후 1시였다.
"어서 오게 허반장, 기다리고 있었네. "
"감사합니다. 왕초, 절 기다려 주셔서요."
"그래그래 시장할 텐데 밥이나 먹으러 가자. 우리 오랜만에 함바밥이나 한번 먹어볼까?"
"그러시지요. 왕초."
둘은 함바 밥상을 오랜만에 받았지만 익숙해져 있는 그들이다.
"허반장 우리 탁주 한 사발 할까?"
"아닙니다. 왕초, 이젠 술을 끊어야 하지 않을까요?"
"이 사람 나한테 반문하는 걸 보니 미련이 남아있는 모양이군. 그리고 좋아하던 술을 갑자기 끊을 수야 있나. 서서히 줄이면 되는 거지. 우리 오랜만이니 한 잔씩 하세."
"예 왕초."
"허반장이 이렇게 왔으니 하고 싶은 말을 해보게."
"네, 왕초. 저야 왕초한테 있고는 싶은데 과연 내가 할 수 있는 일이 있을는지 모르겠어요. 벽돌을 마음대로 잡아 돌려야 할 왼손이 이 모양이니 무얼 할 수 있겠습니까?"
"염려 말게. 손이야 시간을 두고 서서히 보완해 가기로 하고 우선은 옛날처럼 나 대신에 현장을 지켜주면 되네. 본공사 시작 전이라도 수시로 우리 벽돌이 해 주어야 할 일이 생길 것이네. 목공들의 거푸집 설치가 어려운 곳이라든가, 지하층의 방수 턱 같은 것도 있을 테고, 여러 가지 상황이 발생할 것이니 허반장이 그때 그때 사람을 데리고 하면 될 거야."

"언제부터 말입니꺼?"

"언제부터긴. 지금부터지. 그러니 집에서 술과 벗할 생각 말고 여기로 와 있게. 참 자네 부인이 허락할지 모르겠네만?"

"웬걸요. 왕초 그분하고라면 평생 안 와도 좋으니 왕초 곁에 찰싹 달라붙으랍니다."

"역시 허반장 부인이 남편을 많이 믿고 있군."

"그러면 저 올라가서 짐을 챙겨서 다시 내려오겠습니다."

"그게 좋겠군. 자네 부인과 의논 잘하고, 내려오게 되면 숙소는 사무실과 함께 침실이 만들어져 있으니 사용하면 되고 허반장의 급료는 월급으로 지급하도록 하겠네. 어떤가? 허반장 생각은?"

"저야 더할 나위 없지만, 왕초께 부담이 안 될는지요?"

"염려 말게. 그리고 나중에 본 공사 때 가서 자네에게 돈벌이가 될 거 있으면 그때 재론하면 되고."

"감사합니다. 왕초."

"그래그래, 허반장이 내 뜻에 따라주어서 고맙네."

"그럼 이 길로 곧장 다녀오겠습니다."

왕초와 헤어져서 허풍달은 집으로 돌아왔다.

"여보, 나 왔어요."

"아니, 당신, 며칠 걸린다더니 금세 왔구나. 그러고 보니 왕초님께 심통 부리다 쫓겨왔군. 이 양반이 고분고분 하렸더니 주는 술 받아 마시고 손가락 탓하며 잠자던 성깔을 내뱉었군. 아이고 이 속없는 양반아, 이 대명천지에 당신 허풍달을 챙겨주려는 사람은 그 왕초님뿐인데, 지난날의 졸개였으면 졸개답게 처신해야지 그러질 못하고 객기를 부리다가 쫓겨오다니. 내 생전에 남편덕 보기는 영 글렀구나."

투정하는 아내를 물끄러미 바라보는 허풍달, 속웃음을 참지 못하고 키득 하고 말았다.

"이 양반이 무얼 잘했다고 키득거리긴."

"허허 이 여편네가 그 말버릇하곤. 하늘 같은 남편한테 감히! 잔소리 그만하고 옷가지랑 몇 가지 짐을 챙겨주오. 곧바로 내려가야 되니까."

"여보, 당신?"

아내는 금세 표정이 달라지며 반색을 한다.

"그래, 당신 소원대로 왕초께서 나를 받아주셨어. 내 이 길로 내려가면 한 2년쯤 있게 될지도 몰라."

"2년이고 3년이고 그게 무슨 대수요. 내 남편 허풍달이 다시 일하게 되었는데. 우리 왕초님은 하찮은 졸개라도 버리지 않는 훌륭한 대장님이셔."

"이 사람이 말끝마다 졸개 졸개라니. 이래봬도 나 허풍달이 청랑왕초의 참모 중의 한 사람이란 말야. 사람을 어떻게 보고?"

"이 양반이 이제 기가 살아나는구나. 어쨌든 앞으로는 손 아프다고 객기 부리지 말고 조심조심 졸개 노릇 잘 하시구려. 당신의 졸개는 여기 나니까."

"할 말이 없군."

"인제 보니 근사해진 나의 남편 허풍달님께 탁주 한 사발 준비할 테니 같이 한잔합시다."

"허허 인제 보니 내 마누라 오뎅장사 1년에 통이 커지셨군. 술 한 사발 선뜻 내주려 하다니. 그래 좋아. 한 잔 마시리다."

그날 밤 이들 부부는 오랜만에 참으로 오랜만에 진정한 부부의 정을 나누었다.

"난 내일 새벽에 집 나설 테니 내 없는 동안 아이들하고 문단속 잘하고 몸조심해요."
"염려 말아요. 이 오뎅장사 아줌마, 한눈팔지 않고 내 남편 허풍달의 무사 귀환을 기도할 테니, 가서 졸개 노릇 잘 하시우."
"아니 그런데 이 아줌마가 끝까지 졸개 타령이군."
"내가 그랬수? 호호호."
"핫하하"
그들 내외의 희망찬 새 아침이다.
달비골로 내려온 허반장을 데리고 공사현장 사무실로 간 왕초 청랑은
"소장님, 우리 팀의 허반장입니다. 소장님께 인사드리게."
"저 허풍달이라 합니다."
"그래요. 이젠 일일이 청랑왕초를 호출하지 않아도 되겠군요. 앞으로는 현장에서의 작업문제는 허반장을 불러서 얘기하면 되겠군요."
"그리하셔도 됩니다. 소장님."
"그리고 허반장,"
"네 왕초."
"앞으로의 작업에 필요한 적벽돌은 우리 청리산업의 자체 조달이고, 시멘트 벽돌은 S건설에서 준비해 줄 것이네. 물론 현장 사무소에서 적당량을 투입해 주겠지만 필요할 땐 언제든지 현장에다 청구서를 올리게."
"알겠습니다. 왕초. 현장이 엄청 넓네요."

사무실을 나온 허반장의 첫 마디다.

"그럴 거야. 그만큼 우리가 해야 할 일도 많은 거지. 현장 일은 필요한 만큼 사람을 불러서 쓰고, 허반장이 경험도 많으니까 재량껏 해보게. 그리고 우리 사무실에 인력 알선 사무소 연락처가 직혀 있으니 급할 땐 그곳을 이용하면 되고."

"알겠습니다. 왕초, 최선을 다하겠습니다."

"그리고 허반장과 나 빠른 연락을 주고받으려면 요즘 사람들 허리에 차고 다니는 삐뻰가 뭔가 하는 즉, 호출음을 내는 기계가 있는 게 좋을 듯하니 통신사에 주문해서 갖도록 하자."

이렇게 해서 청랑에게 주어진 일에 대해서 하나하나 준비가 되어가고 있다. 이제는 명실공히 청리산업이란 자그마한 업체의 사장이 된 청랑이다. 쑹리매 장학재단도 청리장학재단으로 이름을 바꾸었다. 청랑의 청, 쑹리매의 리자를 결합하여 청리 라고 이름한 것은 장학사업 이외에도 청랑의 인생 속에는 쑹리매의 그림자가 존재함을 말해 준다. 청랑은 상하이의 쑹리매에게 전화를 했다.

"친애하는 쑹리매 여사, 지금까지 유지해온 쑹리매 장학재단을 청리장학재단으로 이름을 변경하려 하는데 쑹리매가 반대하면 안 할 거고. 의견을 듣고 싶어요."

"청리란 청랑과 쑹리매가 한 덩어리가 되는 건데 내가 반대할 이유가 없지. 대환영이야. 역시 청랑의 마음속에 쑹리매를 안전하게 품으려는군."

"쑹리매가 그렇게 이해해 주니 고맙구나."

자신의 존재를 좀처럼 드러내지 않는 청랑이지만, 장학재단의 이름 변경 때문에 부득이 쑹리매에게 전화를 한 것이다. 쑹리매는 뜻하지 않게 걸려온 청랑의 목소리가 반가웠다.

늘 마음 한구석에 내 남자 청랑을 담고는 있지만. 좀처럼 자신의 존재와 전화 같은 거 잘 하지 않는 청랑의 성격을 잘 알고 있기에 기회를 봐서 무작정 청랑을 덮쳐야겠다는 쑹리매의 생각이었는데.

"오랜만에 전화했네. 나의 청랑."

"미안해요. 쑹리매, 하지만 쑹리매가 다녀간 지 얼마나 됐다고?"

"무슨 소리야? 벌써 반년이 넘었는데."

"벌써 그렇게 되었나? 엊그제 같은데."

"정말 무심한 남자 청랑이군. 나는 그 반년도 몇 년이 흐른 것 같은데. 이거 안 되겠군. 바다가 가로놓여 있다고 방심하지 말자. 청랑이 여기 상하이에 올 리는 만무하고, 어차피 나 쑹리매가 그리로 찾아가야지. 한국으로 말이야."

"허허 쑹리매가 날 많이 미안하게 만들 모양이군. 그래, 언제든지 기다리고 환영할 거야."

"묘한 일이야. 청랑의 전화 한 통이 잠시 멈추었던 이 쑹리매의 마음을 흔들어 놓는구나."

쑹리매는 알고 있다. 청랑이란 사내가 무심해서도 아니다. 그는 누구보다 현명하고 의를 중시하는 사람이다.

그가 나 쑹리매를 좋아하면서도 나를 찾지 않는 것은 특히 여인들을 스스로는 찾지 않는 청랑, 그에게 물어보지도, 듣지도 않았지만, 분명 아내가 있기 때문일 것이다. 그래서 뻔뻔해질 수가 없어 자중하고 있는 것이리라.

그의 아내가 어떤 여자인진 몰라도 청랑의 참모습을 왜곡한 채, 그를 방랑자로 만들고 있다.

그가 그렇게 방랑을 하는 과정에서 우연한 기회에 우리는 운명처럼 만난 것이다.
 인간의 가치관 위에서 말이다.
 나 말고도 그를 좋아하는 또 다른 여자가 있다 해도 그들 역시 나름대로 그러한 청랑임을 알고 있을 것이다.
 여자인 내가 사랑하는 남자인 청랑이 다른 여자와의 관계를 긍정적으로 생각하는 아량? 그것은 아니다.
 다만 청랑이란 한 남자를 설명하는 과정에서 그의 입장을 대신하여 변명하고 있음이리라.
 "청랑! 창고 사업은 잘 되는 거야?"
 "응, 잘되고 있어. 참 그리고 지난번에 보내준 그림 고마웠어."
 "그래, 그다음 말이 궁금하네?"
 "뭐가 말인가? 그래 루산나가 그의 친구와 함께 친구 차에다 싣고 왔더라. 쑹리매가 직접 갖다 주라고 했다면서."
 "화백 언니가 직접 말이야?"
 "그래 쑹리매가 시킨 것 아닌가?"
 "맞아, 내가 그렇게 말했었지. 그리고는 하룻밤 자고 갔겠지?"
 "그래, 먼 길 왔는데 바로 가라고 할 수는 없었고 본인들이 오늘은 못 가겠다 하는데 그러라고 했지."
 "그랬구나. 지금 그 소리를 들으니 어쩐지 씁쓸한 기분이네. 나도 어쩔 수 없는 여자인가 봐."
 "무슨 소리야. 천하의 여걸 쑹리매가 의외의 반응을 보이다니."
 "그러기에 나도 여자임을 느낀다지 않는가, 그때 당시에 생각은 나는 청랑과 함께 있다 왔으니 첫사랑인 화백 언니가 측은해 보였거든. 그래서 화백의 첫사랑인 청랑에게 애기할 기회를 주자 하고 아량을 보이고자 했는데 지금은 약간 후회되는데?"

"그리 생각 마라. 지금의 나는 쑹리매와 허물없이 얘기하고 있으니까."

"그래, 알았어. 청랑과 나 쑹리매는 언제나 지금이 중요하거든. 우리 둘만의 시금 말이야."

청랑과 쑹리매는 그들만의 지금이란 단어에 큰 의미를 담고 전화를 끊었다.

청랑은 구두로 쑹리매의 동의를 얻어서 쑹리매장학재단을 청리장학재단으로 변경 등록했다.

청리는 청랑과 쑹리매의 이름에서 각각 한자씩을 떼내어 합쳐진 이름이다. 청랑은 재단 명칭을 변경 완료하고 비사벌에 있는 서건축 사무소를 찾았다.

"어서 오게. 청랑."

"그간 잘 지냈는가 친구."

"그래 노생 청랑이 오늘은 무슨 바람이 불었는가?"

"이 사람 서건축 내가 노생에서 졸업한 지가 언젠데 아직도 노생 타령인가?"

"그렇지 참. 지금은 장학재단 이사장인 걸 깜빡했네. 미안하이, 청랑 이사장."

"이 사람, 농담이었네. 난 내가 노생이었던 것을 기억해주는 서건축이 총명해 보이고 계속 그렇게 불러주길 바라네. 그리고 내 서건축에게 부탁이 있었네."

"그래, 무슨 일인진 몰라도 우선 차나 들면서 얘기하세."

"음, 커피 맛이 좋군. 다름이 아니고 그림 하나 더 그려주게."

"뭐야? 집은 있으니 아닐 테고 창고도 4개나 있으니 그것도 아닐 텐데. 뭐 초상화 같은 거라면 나로선 할 줄 모르네."

"이 사람이, 돈벌이가 안 되는 초상화는 못 하고 설계만 하시겠다?"
"당연하지. 내 익숙지도 않은 사람 얼굴 그리느니 차라리 술 한 잔 사는 게 낫지. 가세, 오랜만에 만났으니 어디 가서 한잔하세."
"이 사람이 또 술타령이군. 나야 서건축이 술 사겠다면 마다할 거 없지만, 그 전에 그림 이야기부터 끝내고 가세나."
"그래 말 해보게. 초상화가 아니라면 말일세."
"그래, 달비골에다 창고 하나를 더 만들고자 하니 그려서 허가까지 좀 받아주게. 구조는 출입구나 창문 같은 구멍을 빼고는 외벽을 전부 붉은 벽돌로 마감처리 할 것이네. 크기는 이곳 미보리에 있는 기존의 창고와 비슷한 크기로 하고."
"이 사람 노생, 자네 창고업에 재미를 붙인 모양이군."
"그런 셈이네. 어떻게, 해주겠는가?"
"이 사람 노생, 나 같은 설계쟁이가 건축 설계를 해달라는데 마다할 이유가 없지. 내 기꺼이 해 줌세. 그러고 보니 내가 술을 산다고 하길 잘했구나. 일거리를 물고 온 고객에게 술 한잔 쯤이야."
"역시 서건축은 타산이 빠르군."
"왜 아니겠나. 내가 배운 게 그것뿐인데. 참 그러고 보니 그 달비골에 무슨 대학 캠퍼스가 들어선다던데?"
"맞아. 해강대학 캠퍼스네."
"노생, 자네도 알고 있었군."
"그래, 내가 그곳 공사에 벽돌 공사를 하게 되어 있어. 아직은 시간이 좀 남아있지만."
"정말인가? 노생 자네가 어떻게 그런 대형공사에 연줄이 닿았나? 대단하이 대단해."
"이 사람 서건축, 자네가 모르고 있었군. 내가 본래는 벽돌쟁이야. 오랫동안 그 일을 해 왔었지. 그래서 내가 하던 일을 하는 것이니 하나도 이상할 거 없지 않나?"

"그래도 그런 큰 공사에 참여할 수 있다는 것이 쉬운 일이 아니거든."

"그래 맞아, 수주 경쟁이 치열할 수도 있지. 하지만 나는 수의 계약을 했었어. 그 회사의 큰일을 해낸 경력이 인정된 거라고 봐야지. 아무튼, 지금은 공장에서 야적장으로 벽돌을 계속 실어 나르고 있고 그 야적장 한쪽에 지금 말한 창고를 만들 셈이네."

"그래 알았네. 설계해서 허가까지는 한 일주일쯤이면 될 것이네."

"그럼 됐네. 이젠 서건축이 사겠다는 술 한잔 하러 감세."

"잠깐, 설계비는 그때 가서 함께 청구하겠네."

"그렇게 하게나. 자금이 필요하면 미리 청구해도 되고."

"이 사람, 노생, 나 서건축이 아직은 돈에 목마른 사람이 아니네. 우리가 친구 간이지만 거래와 셈은 확실히 해 두자는 뜻일세."

"알았네. 알았어. 나도 불분명한 거래 때문에 서건축 같은 친구를 잃고 싶지는 않으니까."

그들은 이야기를 주고받으며 어느새 도축장 옆 식당에 자리를 잡았다.

"자, 오랜만에 한잔하세."

소주잔이 부딪는 소리가 두 주당의 입맛을 부추긴다.

그때 청랑의 허리에 찬 삐삐 음이 빠르게 울린다. 호출처는 7174다. 미보리 사무실 전화다.

"잠깐만 앉아 있게. 서건축, 카운터에 가서 통화 좀 하고 오겠네."

"이 사람 노생, 그럴 거 없이 이걸로 하게."

"그게 뭔데?"

"아, 이거. 이동전화라는 건데 늘 사람 몸에 찰싹 붙어서 전화질을 할 수 있네. 일반 전화기처럼 번호만 누르면 되니 한 번 써보게. 자네 사무실이면 7174겠군. 자! 내가 대신 눌렀으니 통화하게."

"여보세요? 창 아저씨 무슨 일입니까?"

"아, 사장을 찾아온 손님이 계시네. 바꿔 드릴 테니 통화를 하게."

"여보세요? 청랑오빠, 나 마성녀예요."

"아니, 마 사장이 어떻게?"

"네, 이곳 비사벌 농협에서 주문받은 그물 마대를 실어다 주러 왔어요."

"뭐 그런 걸 사장이 직접 실어다 줘야 하나? 직원들 시키면 될 것을."

"본래는 그렇게 해 왔는데, 비사벌이라 청랑오빠도 한 번 만나 볼 겸 해서 왔어요. 아주 바쁘신데 내가 왔나요?"

"아니요, 건축사에 일을 부탁하고 관계자와 이곳 식당에 와 있는데 내 지금 바로 갈 테니 기다려요."

"청랑오빠, 방해가 안 된다면 내가 그쪽으로 갈 테니, 거기가 어디예요?"

"좀 미안하긴 한데 그래도 될까?"

"그럼요. 안 그래도 배고픈 참인데."

"그래요, 그럼, 여기가 어디냐 하면 바로 도축장 옆에 있는 식당인데 찾기는 어렵지 않을 거야."

"알았어요. 내 그리로 가겠습니다."

통화를 마치고 난 청랑,

"그것참 신기한 물건이군. 걸어 다니면서 통화를 할 수 있다니. 우주선을 타고 달에 착륙하는 기분이군. 그리고 보면 서건축은 항상 한발 앞서가는 지식인이야."

"그보다도 노생, 자네는 검소함이 지나쳐서 사치나 정보에 귀를 막고 있는 것이겠지."

"아니야 나도 어렴풋이 듣기 했지만 직접 사용해 본 깃은 처음이야. 그리고 삐삐라는 것이 최첨단의 통신장비인 줄 알고 있었지."

"역시 자넨 노생다운 매력이야."

"청랑오빠, 저 왔어요."

"오, 어서 와요. 마사장."

"그간 잘 지내셨어요, 랑오빠."

"그래요. 염려들 덕분에."

"청랑오빠도 참. 동생보고 요가 뭐예요. 말씀 낮추고 하라 하기로 해 놓고선."

"참 그랬었지. 시간 지난 덕에 내가 깜빡했군. 그래 그간 잘 지냈었고?"

"잘 지내긴요. 주문량이 밀려서 눈코 뜰 사이 없었어요."

"그랬었군. 참 인사들 하시지. 여기는 부산의 마대공업사 사장이시고, 이쪽은 이곳 비사벌의 건축사 사무소 소장이야."

"저 마성녀예요."

"안녕하세요? 서창영입니다. 그런데 아까 노생의 통화에 마대공업사 사장이라기에 우람한 체격의 남자인 줄 알았는데 지금 보니 미모의 여자분이셨군요."

"예 저는 청랑오빠의 동생이에요."

"그러시군요. 그런데 노생 자네는 미모의 여동생들이 왜 그리 많으신가?"

"아니 선생님, 저 말고도 다른 여동생을 보았습니까?"

"그럼요. 지난번 언젠가 화백과 선생인 두 여동생이 왔을 때 보았습니다."

"그럼 루산나와 정은옥을 보셨군요."

"예, 맞아요, 그러면 그분들을 알고 계십니까?"

"그럼요, 저와는 여고 동창생들입니다. 그래서 청랑오빠는 우리 모두의 오빠이고요. 랑오빠, 나, 이대로 세워둘 거예요?"

"아니야, 어서 이리 와서들 앉아요. 마데리도 함께."

"오랜만에 뵙습니다. 청랑님."

"그래요 시장할 텐데 이쪽으로 합석합시다. 괜찮은 거지 서건축?"

"여부가 있나? 친구 노생의 동생분들인데. 어서들 앉으시지요."

"서건축님의 친절에 감사합니다."

그사이에 고기가 구워지고 국밥이 나온다.

"주인장, 식객이 두 사람 더 왔으니 국밥 2인분 더 주십시오."

"네네 건축사님."

"참, 국밥은 이 고장 특식이라 묻지도 않고 시켰는데 괜찮으신지?"

"괜찮고 말고요. 지난번에 왔을 때도 청랑오빠하고 맛있게 먹었는걸요. 거기다 소주 한잔 곁들이니 더욱 좋더군요."

"역시 사업하시는 분이라 시원시원하시군요. 안 그래도 노생과 나 소주 한잔하려던 참이었는데 잘 되었습니다."

"그런데 마대 사장, 농협에서 그물 마대가 한 차씩이나 필요했던 건가?"

"아니에요. 그물 마대와 벼수매용 마대가 각각 3천 장씩 6천 개를 싣고 왔어요."

"그랬었군. 수요가 많아져서 부산 마대공업 회사가 바쁘게 생겼구나. 잘된 일이야."

"그게 다 청랑오빠 덕분이에요."

"그런 소리 마라. 내가 뭐 한 게 있다고?"

"아니에요. 랑오빠가 그물 마대 특허권을 우리 회사에 주는 덕에 매출이 확대되고 이익이 많아졌어요."

"그랬다면 그건 모두가 사장의 사업능력이야. 그보다도 그물자루값이 두 배나 뛰었는데도 청랑오빠가 선계약한 10만 장을 후순위로 양보해 준 덕분에 벌써 5만 장을 급한 쪽에 공급해주고 대금을 받고 보니 큰 이익이 발생했어요. 그래서 말인데 그 이익금의 반은 청랑의 몫으로 돌려드리고자 해요."

"아니야. 그러지 않아도 된다. 아무 일도 안 하고 가만히 있은 내가 무슨 염치로 마대 사장의 돈을 가로챈단 말인가? 그건 안 될 말이야."

"역시 청랑오빠는 이래서 탈이야. 엄연한 자신의 몫인데도 외면하려 하다니, 그래서 나 마성녀만 남의 몫까지 꿀꺽하는 파렴치한 사람이 되라고요? 랑오빠 우리 분명히 합시다. 그물 마대 생산판매를 원하는 다른 회사에 생산을 허용하고 대신 특허권의 로얄티를 판매 대금에서 약 몇 %씩을 받고 있어요. 그렇게 얻어지는 수익이 적지 않은데 최초 발명자인 청랑에게 분배하는 것은 당연한 일이거늘, 그것이 싫다면 이 마성녀라도 바칠까요?"

"아니, 아니야, 오해하지 말아라."

청랑은 깜짝 놀라 두 손을 내어 젓는다.

"농담이에요. 내 그만큼 청랑오빠를 믿고 좋아한다는 뜻이에요. 내 아무리 랑오빠를 좋아하지만 랑오빠가 쳐 놓은 바리게이트를 넘지는 못하잖아요. 그러니 랑오빠의 몫은 받아가세요. 아셨죠?"

"그래 마사장의 뜻이 정 그렇다면 우리 쪽 청리장학재단으로 넣어주렴."

"그리할게요. 그런데 장학재단 명칭이 바뀌었네요. 난 여태껏 쑹리매 장학재단으로 알고 있었는데?"

"그래 얼마 전에 변경 등록 했었어. 지금 시작한 전문건설 업체와 함께 청리산업으로 통칭하게 되었어."

"그럼 청랑오빠가 건설업도 한다는 말이에요?"

"그렇습니다. 그에 대해서는 이 서건축이 대신 말해 드리지요. 달비골에 들어서는 해강대학 캠퍼스 신축공사에 청랑의 청리 산업이 참여하고 있습니다. 마대공업사 마성녀 사장의 오빠인 노생 청랑이 말입니다. 그와 친구인 이 서창영이도 오늘에야 알았습니다.:

"축하해요. 청랑오빠."

"그래 고맙다 성녀 사장, 오늘 사장인 성녀의 축하를 받으니 기분이 좋군. 전혀 생각지도 못했는데."

"이보게 노생, 자넨 복도 많으니. 저렇게 욕심 없는 미녀 동생을 두었으니 말일세."

"그건 서건축의 과찬이십니다. 실은 이 마성녀 욕심이 많거든요. 정작 욕심을 보이지 않는 청랑오빠에게 정도를 행하여서 사업상의 기본을 지키려는 것이에요."

"역시 사업하는 사람들의 통 큰마음은 설계하는 나 정도로는 비교가 안 되는군요."

"그렇습니까? 서건축사님의 말씀 칭찬으로 듣겠습니다."

"자, 한잔들 합시다." 서창영이 술잔을 들면서 권한다.

"잘 먹겠습니다. 서건축사님." 모두 동시에 술잔을 들었다.

"아 마대리도 같이 한잔해요."

"네 청랑왕초님, 역시 이 집 수구레국밥은 정말 먹을 만해요."

"인제 보니 마사장은 여자이면서도 얼큰한 음식에 소주도 잘하시는 걸 보면 역시 사장님은 다르구나 하는 생각을 하게 되는군요."

"그러고 보니 서건축님은 여자를 항상 약하게만 보셨군요. 지방이 많은 여성의 체질이 알코올을 더욱 더 잘 흡수한답니다."

"그렇군요. 제가 아직 그 점을 모르고 있었군요. 하하하."

"참 단녀! 자넨 술일랑 마시지 말거라. 나를 태우고 운전을 해서 가야 하니까? 알았지?"

"헤헤, 벌써 한 잔을 마셔버린걸요. 사장님."

"그런데 이 사람이 나한테 물어보지도 않고 술 마시면 운전은 누가 하고? 돌아갈 생각을 해야지."

"웬걸요. 언니, 사장이 이곳 비사벌에 오면 으레 자고 가실 생각이잖아요?"

"근데 얘가 점점…. 누가 들으면 사장과 비서가 짜고 치는 각본으로 오해받겠네."

"무슨 말씀이세요. 언니, 아침에 출발하면서 하신 말씀 벌써 잊으셨나요? 얘 단녀야 오늘 비사벌에 가면 볼일 마치고 청랑오빠 만나서 밥 먹고 오빠네 집에서 자고 오자 하시기에 비서이자 막냇동생인 이 마단녀, 그 당부를 이행하고자 한 잔 술을 마셔버린 거예요. 행여나 언니가 번복할까 봐서. 나 역시 편히 쉬어가는 여행을 하고 싶었거든요."

"내가 그랬었나? 도리없이 비사벌에서 하룻밤 묵어가야 하겠군. 그래 알았다."

"허허, 마성녀 사장에겐 비서에다 동생 노릇을 철저히 수행하는 모범사원 마단녀 대리가 있으니 보는 사람이 부러운데…."

"감사합니다. 청랑님께서 선뜻 칭찬해 주시네요."

"당연하지."

"그럼, 랑 오라버니 집에 우리 마 씨 자매를 재워 주시는 거죠?"

"도리 없지. 성녀 사장의 비서인 마단녀 대리의 요구사항이니 들어줄 수밖에."

"감사합니다. 청랑님, 그리고 두 번째 칭찬도요."

"언니 우리 먼저 가요. 그림 같은 청랑님의 집으로요."

"그래, 단녀 너의 표현대로 그림 같은 집이지. 그렇지만 두 분이 계시는데 놓아두고 우리만 먼저 일어나는 것은 예의가 아니지. 그러니 좀 더 있다가 가자 얘, 정 일어나고 싶으면 너 혼자 먼저 가던가?"

"언니, 그건 아니지요. 우리가 두 분 자리에 끼어든 것만도 미안한데 술 핑계로 언니의 이런저런 푸념이 새어 나오면 그걸 누가 감당하라고요."

"얘가 그런데 이 언니이 감춰진 버릇을 완전히 까발리려 하는구나. 그래 알았다. 가자 가. 청랑오빠, 서건축님, 먼저 일어나서 죄송합니다. 내 동생 마단녀. 지가 쉬고 싶으니까 내 핑계를 대는듯 하니 어쩔 수가 없군요. 이럴 땐 사장과 비서가 자리바꿈을 할 수밖에요.'"거 참, 재미있군요. 마비서의 작전이 훌륭합니다. 가시고 나면 우리도 곧바로 일어날 겁니다. 개의치 말고 가십시오."

"네에, 서건축님, 다음에 또 봬요."

"아 참, 관리인이 퇴근하면서 문을 잠가 놓았을지 모르니 마대리가 열쇠를 가져가게."

"네, 청랑님."

사실 오늘 하루의 여정에 지쳐 있는 그녀들이다.

걸어서도 얼마 안 되는 청랑의 집에는 대문은 잠겨있고 거실의 불은 켜져 있다. 한 번 와 봤던 집이라 서먹하지가 않다. 내 집은 아니라도 내 집처럼 편안한 감을 준다. 몇 개의 방이 잘 정돈되어 있다. 그중에 객이 편한 대로 선택해서 사용하면 된다.

그들은 지난번에 낯익었던 3호 방을 선택했다. 각 방에는 몸빼 바지와 츄리닝이 두어 벌씩 걸려 있다. 성녀 시장은 몸빼를, 단녀 대리는 츄리닝으로 갈아입었다. 세면을 하는 둥, 마는 둥 냉장고에 물 한 사발을 마시고 잠자리에 들었다. 마대리는 운전을 해 온 거리가 먼 탓인지 눕자마자 가는 소리의 엷은 코를 곤다.

그러나 사장은 쉽게 잠이 오지를 않는다. 아무리 그래도 집주인 청랑은 보고 자야 할 것 같다.

그녀는 거실로 나와 소파에 앉았다. 그녀의 눈에 비치는 주방 입구의 기둥에는 필요한 모든 것은 셀프라고 표기되어 있다. 그래 커피나 한잔해야지. 그녀는 커피포트에 물을 끓이고 커피 한 컵을 만들어 소파에 다시 앉았다.

부산의 집에 있을 때 늘 하던 습관이다. 커피 맛이 좋구나. 이 집에 오면 모든 것이 편하고 자유로우니. 그런 생각을 하면서 그냥 그대로 잠이 들었다. 소파에 기댄 채로 말이다.

친구 서창영과 헤어져 집으로 온 청랑, 거실에 들어서니 마성녀 사장이 거실 소파에서 그대로 잠들어 있다.

약간의 인기척에는 잠을 깨지 않고 있는 그녀이다. 청랑은 얇은 홑이불로 가만히 덮어주었다. 잠에서 깨지 않게. 그러고는 서재로 들어가는 청랑이다. 초야의 불은 켜지고 책상 앞에 앉은 그는 무언가를 써 내려가고 있다.

지금의 밤은 그만이 알고 있는 이야기 몇 마디를 할 수 있는 유일한 시간이다. 오늘같이 한 잔 술의 여운이 남아 있을 때는 있었던 이야기가 오히려 선명해져서 찾아오기도 한다. 그는 원고지에다 천천히 써 내려간다. 나 청랑은 달비골 야적장 한쪽의 남은 땅 위에 앞으로의 저장창고 1개 동을 만들기 위해 건축 설계사를 찾아갔다. 설계도와 함께 건축 허가까지 맡기고 왔다. 그 목적은 청리장학재단의 연속성을 위해서다.

본래의 야적장을 마련한 것은 지금의 현실적인 공사에 임해가는 대비책이지만 후일에는 청리장학재단의 적지 않은 자산이 될 것이다. 설계를 붉은 벽돌 치장으로 해 달라고 한 것은 앞으로의 기능공 부족을 대비하여 다수의 인원을 모집하여 교육하기 위함이다.

배움을 원하는 아이들에게 벽돌 쌓는 기능을 숙달시켜 건설 기술자란 자부심을 품게 하여 자신의 삶에 보탬이 되게 하는 것도 장학사업의 일부라고 생각한다. 설계도가 완성되면 허반장으로 하여금 실습생들을 교육하게 하는 강사역을 맡길 것이다.

오늘은 또 먼 길을 마다치 않고 달려온 귀한 손님들이 있다. 지금 그가 거실 소파에서 천사의 얼굴로 잠들어 있다. 사업가이기 이전에 건강하고 예쁘고 성격 활달한 여자, 경위 밝고 용기 있는 도전적인 여자, 남자도 하기 힘든 사업을 잘도 해내는 보석 같은 여인이 지금, 미보리 청랑의 집에 객이 되어 잠들어 있다. 내가 그에게 해줄 수 있는 것은 아무것도 없다. 그저 그가 편안하게 쉬어가게 하는 것 외에는 아무것도 없다. 여기까지 써 내려가는 청랑의 어깨에 가만히 얹어지는 손길이 있다.

"청랑오빠, 언제 들어왔어요? 오시는 줄도 몰랐는데, 내가 그새 잠이 들었었나?"

"그래, 내가 들어와서 보니 소파에서 그냥 잠들어 있더군."

"그러면 깨우지 그랬어요?"

"그럴까도 했는데, 평화롭게 자는 사람을 내가 무슨 권리로 남의 잠을 방해할 수 있단 말인가?"
"그래서 이불만 덮어주고 들어오셨군요. 그 덕분에 나는 단잠을 잔 것 같은데 청랑오빠는 노생에서 졸업했다면서 또 공부하는 거예요?"
"그건 아니고 하고 싶은 이야기가 생각나서 적어보는 거야."
"무슨 이야긴데 저에게 한 번 보여주면 안 되나요?"
"뭐 별로 재미있는 이야기가 아니라서 금방 후회스러울걸."
"그래도 궁금하니 한 번 보여주세요."
"그러면 여기 앉아서 읽어보렴. 나는 물 한 잔 마시고 올 테니."
"고마워요. 랑오빠. 어서 다녀와요. 랑오빠."
"그래 읽다가 재미없으면 그냥 덮어두고 자러 가면 된다."
"염려 마세요. 그건 내가 알아서 할 테니 다녀오기나 해요."
청랑은 물 한 컵을 들고 거실 소파에 앉았다. 그리 늦은 시간은 아니다. 그렇다고 농촌이 한적한 집에 누가 찾아올 사람도 없다. 청랑은 물을 마시고 한참을 앉아 있어도 성녀 사장이 나오지를 않는다. 이제 그만 들어가서 잘 때가 되었는데 몇 마디 써 놓은 것쯤은 벌써 읽고도 시간이 20여 분이나 지났는데 나오지를 않는다. 혹시 책상 위에 엎드린 채 잠이 들었나? 아까 저녁 먹을 때 소주 몇 잔을 마셨으니 잠들 수도 있겠지. 그냥 두고 내가 소파에서 자버릴까? 어쨌든 깨워서 그의 비서가 있는 곳으로 보내야 한다. 그는 서재로 갔다. 거실에는 작은 미등 하나를 남겨 둔 채, 그런데 역시 책상에 한쪽 얼굴을 붙인 채 잠들어 있다. 그는 가만히 그녀의 어깨를 흔들었다.
"성녀 사장, 마대리가 있는 곳으로 가야지. 가서 편히 자는 게 좋겠어."

두세 번을 흔들어 깨우자 마지못해 눈을 뜨며
"응, 오라버니 언제 왔어? 졸려 죽겠어요."
"그래, 내가 뭐랬어. 재미없을 거라고 가서 자라고 했지."
"아니야 오라버니 놀라웠어요. 천사 같은 여자, 보석 같은 여자라 나에게도 그런 표현으로 봐주면 안 될까? 랑오빠 나 한 번만 안아줘요. 딱 한 번만."
그녀는 땅바닥으로 떨어질 듯 청랑의 가슴으로 안겨든다.
"이거 안 되겠구나. 내가 마대리 있는 곳에 데려다줄게."
그러나 성녀는 청랑의 허리를 두 팔로 감은 채 떨어지질 않는다.
"랑오빠, 나를 단 한 번만이라도 꼭 안아주면 안 되나요? 나 혼자서는 일어나지질 않아요. 랑오빠, 내가 취했나 봐요. 아까 마신 소주에다 청랑오빠의 존재가 자꾸만 나를 취하게 만드나 봐요."
"그래, 내가 마비서 있는 곳까지 부축해 줄게."
"랑오빠 그곳까지 안 가도 나 한 번만 안아주면 되는데. 그러지 않으면 나 혼자선 한 발짝도 못 가고 넘어질 것 같거든요."
사십 중반에 접어든 여인, 마성녀는 지금 맞닿아 있는 사내의 체온이 오랫동안 잠자던 그녀의 이성에 대한 감성을 일깨워주고 있음이다. 이제 타오르는 정념을 주체하지 못하고 애원에 가까운 그녀의 눈동자가 청랑을 당혹게 한다. 그러나 밀착된 여인의 몸에서 발산하는 뜨거운 감촉과 정념을 가득 담은 여인의 시선을 어느 사내인들 피해 갈 수 있으랴. 이래서는 안 된다고 하고 다잡았던 사내 청랑의 그 알량한 도덕성은 제풀에 무너지고 있음을 느꼈을 땐 이미 여인의 감미로운 입술이 사내의 입속을 헤엄치고 있다. 이제 그들은 누가 먼저랄 것 없이 바로 옆 침대 위로 쓰러져갔다. 여인은 배 위에 엎혀있는 사내의 허리를 두 팔로 감싸 안은 채, 순응의 기다림으로 눈을 감는다. 입고 있던 몸뻬는 그가 잡아당긴 사내의 손을 빌려서 훌훌 벗어버리고 이렇게 되기를 바랐던가? 아니면 청바지에서 몸뻬로 갈아입을 때 깜빡 잊은 걸까? 더 이상의 가림옷은 없었다. 여인의 신비의 성은 저항 없이 열리고 사내의 큰 의기양양 입성한다. 실로 십수 년 만이다. 자신의 은밀한 곳에 이방인을 초대한 사실 말이다. 그 이방인의 모든 것이 내 것인 양 감격스럽다. 여인은 탄력이 붙은 자신의 육체가 요동칠 때마다 이방인과 함께 무아지경으로 달려본다. 폭풍이 일고 간 언덕에 올라와서도 여인은 이방인의 허리를 놓아주지 않는다. 그가 좋아서 이대로가 좋아서. 여인은 오랫동안 이렇게 있고 싶은 것이다.

그 옛날 학창시절엔 자신을 한껏 뽐내고 다녔던 마성녀 학생, 언제나 활달한 성격에 구김살 없던 그녀가 결혼 초기에 남편과 사별하고 물려받은 사업을 유지하기 위해 매달린 세월이 근 20여 년 줄곧 홀로서기를 해온 탓에 청춘을 묻어버린 지 오래다. 가끔은 추파를 던져오는 사내들도 있었지만, 왠지 시답잖은 사건으로 흘려버렸다. 이십 년 인고의 세월 끝에 받은 오늘의 선물, 그녀는 만족했다. 여인 마성녀에겐 생애 최고의 선물이었기에 행복감을 느껴본다. 이제 평온해진 그들은 잠이 들었다. 깊은 잠 속으로 먼저 잠에서 깬 건 마성녀였다. 살며시 빠져나와 옷을 찾았다. 손에 잡히는 팬티와 몸뻬바지를 입고 거실로 나와 주방에 불을 켰다. 먼동이 트고 아침이 오는 소리가 들린다. 그녀는 한껏 가벼워진 몸과 마음으로 어느새 아침을 준비하는 주부가 되어 본다. 어제저녁 식당에서 나올 때 포장해서 들고 온 수구레국을 냄비에다 붓고 다시 끓이고 쌀을 씻어 밥을 짓는다. 익숙하지 않은 곳 부엌이지만 있을 건 다 있어서 두어 가지 찬을 더 만들었다. 이제 됐다. 다들 깨워야지.

청랑이 있는 서재로 들어가 보니 아직도 자는 그를 흔들어 깨웠다.
"인제 그만 일어나요. 청랑오빠. 여태 주무시면 어떡해요."
그 소리에 벌떡 일어난 청랑, 큰 기지개를 켜며
"아 잘 잤다." 시계를 보니 8시다.
"벌써 이렇게 되었나?"
"벌써가 뭐에요. 해 뜬지가 언젠데. 오빤 늘 이렇게 늦잠이에요?"
"아니야. 내 이런 적은 없었는데."
"어서 나와요. 아침 준비되었으니."
살짝 얼굴을 붉히며 나가는 그녀의 뒷모습에서 여성스러움이 묻어있음을 느낀다. 청랑이 일어나서 옷을 입는데 속옷이 없다. 세탁기에 던져버렸나? 그런 것도 같고 아닌 것도 같고 아무튼 서랍 위에 포개져 있는 빨래 된 것으로 입고 나왔다.
"뭐야, 언제 이렇게 여러 가질 준비한 거요?"
"어서 앉아요. 청랑."
"마대리는 어디 간 거야? 깨워요. 같이 먹게."
"알았어요. 애, 단녀야. 일어나지 않고 뭐하나, 어서 나온나, 사장이 밥하고 비서는 늦잠 자고 너무한 거 아니야?"
"그럴 리가요, 사장님이 하고 싶어 하는 데 비서가 방해할 수는 없잖아요."
마대리가 현관을 들어서면서 하는 말이다.
"단녀, 너 언제 나갔었노? 나는 자는 줄 알았는데?"
"웬걸요. 실컷 자고 일어나보니 옆에 있어야 할 언니가 없잖아요. 나와보니 거실에도 없고, 그래서 바깥으로 언니를 찾으러 나갔는데 언니는 찾지 못하고 산책만 하고 왔어요. 대체 언니는 어딜 갔다 온 거예요?"

"내가 어디 가겠노. 바깥에 한 바퀴 바람 쐬고 왔지. 아마도 단녀 너와 길이 엇갈린 모양이다."

그랬군요. 해 놓고 "저런 얌체 언니, 내 모를 줄 알고."

"단녀, 너 방금 뭐라고 중얼거리노?"

"아니요, 아무것도. 나 아무 말 안 했어요."

"단녀, 너 그럼 못 쓴다."

"사석이라고 집에서처럼 언니의 험담이나 하러 들고 지금은 엄연히 출장 수행 중인 업무의 연장선이야."

"무슨 소리, 업무는 어제까지고 지금은 자유로운 여행 중이니 마비서 말이 옳은 거야."

"그렇지요, 청랑님, 역시 청랑 님은 명쾌하시다니까?"

"그래 알았다. 단녀야. 내가 끓여놓은 수구레국 간이 맞는지 봐라."

"당연히 맞지요. 어제저녁 포장해서 들고 온 사람은 나였으니까."

"얘, 단녀야, 너 어쩜 그렇게 언니 편을 한 번도 안 들어주노."

"그거야 언니가 솔직하지 않으니까 그렇지."

"얘, 너 말 속에 뼈가 있다."

"그래요, 나도 알 건 다 알아요. 언니가 날 멍청이로 봐서 그렇지."

그 소리에 청랑과 성녀 동시에 마주 보고 움찔했다.

"얘가 그런데 나한테 단단히 복수전을 펴는구나. 나의 막냇동생 마단녀씨, 이 언니 좀 봐주라."

"알았어요. 언니. 진작 그럴 것이지. 나도 잘 봐 줄 테니 청랑님도 우리 언니 잘 봐 주세요."

"얘 좀 봐. 이젠 한술 더 뜨네. 그래 고맙다 고마워."

"마대리와 마사장 두 분 자매의 유머러스한 대화가 좋아 보입니다."

"정말이세요. 청랑님?"

새로운 시작 43

"그럼요. 거기다가 동생인 마단녀씨가 한 수 위인 것 같은데?"
"이보세요. 청랑, 이제 아주 단녀와 한편이 되어 이 마성녀를 협공하는군요."
청랑을 바로 보는 성녀의 표정이 수줍어 보인다.
"오늘 아침에 수구레국은 정말 얼큰하고 좋은데."
"그래요. 청랑, 이 수구레국 맛을 못 잊어 또 와야 할까 봐요."
"언니, 그건 내가 할 소리고 언니는 청랑 님이 생각나서 오고 싶다는 게 맞는 것 같은데요."
"얘가 점점. 우리 이제 갈게요. 잘 있어요. 청랑."
마성녀 자매는 떠나갔다. 한차례 폭풍이 지나간 들판처럼, 청랑의 머릿속은 혼란스러웠다. 내가 이래도 되는 걸까? 마성녀와의 관계 말이다. 매달리는 여자, 뿌리치지 못하는 청랑의 그 처신이 어쩌면 도덕적으로 비난받아 마땅할지도 모른다. 그러나 그 순간을 외면해 버리면 여자의 자존심은 치명타를 입게 되고 그것은 그 여자를 슬프게 하고 그것으로 인해 본래의 선량함을 잃게 하는 결과가 될 수 있다. 옛 속담에 '열 여자 마다하지 않는 것이 사내'라고 했다. 그것이 틀린 말은 아니지만, 청랑은 다르다. 그가 아는 여자들 모두가 좋은 사람들이다. 그들이 가진 순수한 인간의 감정에 동조하는 청랑이다. 한 번도 소유욕을 가지려 하지 않았다. 그 여인들 각자에게는 미안하지만 무어라고 따지려 들면 긍정도 부정도 할 수 없을 것이고 그래도 청랑은 그들을 진심으로 대하는 게 최선일 뿐이다. 그리고 그들 중 누구라도 청랑을 질타한다 해도 청랑은 달게 받을 것이다. 그러나 그들의 마음이 청랑에서 멀어진다면 그거야말로 최고의 슬픔이 될 것이다.
비사벌에서 부산으로 돌아온 마대공업 사장 마성녀는 청랑의 몫으로 보내주기로 한 이익금을 송금하기 위해 사무실을 나섰다. 은행에서 쌀 2백 가마니 정도의 금액을 인출해서 청리장학재단의 계좌를 확인하기 위해 수첩을 꺼내었다. 그러나 마사장의 수첩 어디에도 청리재단의 계좌번호가 적혀있지 않았다. 다만 7곳 미보리의 사무실 전화번호만이 7174로 나와 있다. 왜 없을까? 분명히 청리장학재단으로 보내면 된다고 했는데. 그렇구나! 대화로만 했었지. 내가 로얄티에서 얻어지는 이익금 중 일부라도 주겠다고 했을 때 그가 사양했고 그러면 나 마성녀라도 대신 바쳐야겠느냐고 충격적인 발언 끝에 마지못해 정 그러면 장학재단으로 보내면 된다고만 하고 더는 구체적인 사항을 얘기하지 못하고 말았구나. 그러면 지금 전화해서 송금계좌를 확인하자. 잠깐 그녀는 전화 다이얼을 돌리려다 말고 생각한다. 이건 아니다. 지금 나는 미보리에 가서 청랑의 여자가 되어 돌아왔다. 나 마성녀를 품어준 유일한 남자 청랑이다. 그가 누구던가? 그에게는 나 이전에 나와는 상관없는 쑹리매란 연인이 있다고 한다. 지금도 앞으로도 변함이 없는 그의 연인 쑹리매와 함께 설립한 장학재단이다. 그들만의 순수한 장학재단에 마성녀의 자금이 송금된다. 오해의 소지가 있다. 그것이 설사 청랑의 몫이었다 하더라도. 제3의 이름으로 끼어든다.? 그것도 여자인 마성녀의 이름으로? 안 될 말이다. 주제넘게 내가 그들의 뜻이 녹아 있는 장학재단에 끼어드는 오해를 만들어 청랑의 입장을 난처하게 해서는 안 된다. 그렇다면 청랑의 몫을 돌려주는 다른 방법을 선택하자. 그렇지. 청랑의 이름으로 통장을 개설하고 입금 처리하면 된다. 그의 신분증이 필요하지만. 지금 여기엔 없다. 대신에 최초의 그물 마대 구매 계약서에 그의 인적사항이 기재되어 있다. 그것이면 충분한 명분과 자료입증이 된다. 이제 청랑 이름의 통장이 만들어지고 쌀 2백 가마값의 대금이 입금됐다. 그가 급히 필요로 하지 않는 자금이니 다음에 언제든지 만났을 때 건네주면 된다. 이 정도면 나 마성녀 역시 청랑에게 걸맞은 여자가 아닌가? 모르긴 해도 그동안에 청랑을 잘 아는 사람에게서 전해들은 바로는 청랑의 여자들 모두가 청랑의 입장을 난처하게 하는 사람은 아무도 없는 것으로 짐작된다. 하물며 이 부산 마대의 마성녀가 그들보다 못난 인격자가 되어서야 안 되는 거잖아. 암, 안 되고말고. 나 마성녀는 그들 여자 중에 제일 뒷순위고 가장 최근에 그이 사랑을 몸에 받은 영광도 함께 있다. 그것만으로도 자부심이 충분한데 앞선 여자들 앞에서 경거망동을 삼가야 한다. 먼저 나서려는 티를 내서는 아니 된다. 언제나 소리소문없이 한발 물러서서 기다리면 나에게도 긍정적인 평가가 따를 것이다. 아직도 내 몸에 내 남자 청랑의 따뜻한 피가 녹아 있다. 생각만 해도 설렌다. 비로소 내가 여자임을 확인시켜준 그 남자, 청랑이 보고 싶어진다. 아서라. 마성녀. 겨우 하루가 지났을 뿐인데. 조금 전의 마음 다짐은 어디 가고. 나 역시 어쩔 수 없는 여자일 뿐이구나. 그녀는 혼자서 멋쩍은 웃음을 날려본다. 밤이 되어 잠자리에 들어서도 쉽게 잠을 이루지 못하고 몸을 뒤척이다가 기어코 수화기를 들었다. 그리고 비사벌국 7174로 다이얼을 돌렸다.

"청랑오빠, 저에요. 성녀예요."

"오, 그래 성녀 사장, 잘 갔구나. 걱정했는데."

"예, 잘 왔고, 전화가 늦었어요."

"그래, 성녀 사장, 잘 지내는 거지?"

"그럼요. 그런데 랑오빠, 내가 청랑의 여자가 됐는데 내 여자의 이름 성녀만 부르면 되는데 사장 소리 그만하시고 성녀라고 부르세요."

"그건 아니지. 내가 성녀의 남자인 건 맞는데, 성녀가 여자이기 이전에 사장이 먼저라는 걸 명심해야지. 미성녀 사장을 믿고 따르는 사원들과 그 가족들이 적지 않을 진데 그들의 사장이라는 위상이 흐릿해지면 안 되지."

"알았어요. 청랑, 그래도 나는 청랑의 여자인데 그중에서도 끝녀인 줄도 알고요. 그러니까 날 부를 땐 성녀라고만 부르세요. 그게 저를 따뜻하게 만들어 주거든요. 사장 자리는 청랑의 당부대로 내가 잘 지켜나갈게요."

"그래 알았어. 그 정도 인격을 가진 사장이라면 나도 그 회사에 사원이 되고 싶어지는데."

"정말이세요? 청랑 정도의 인재라면 웃돈을 주고라도 데려올 수 있는데."

"그런가? 빈말이라도 듣기는 좋은데?"

"빈말은요. 진심으로 한 말씀이거든요."

"그럼 잘 자요. 청랑오빠."

"그래, 성녀도."

통화하고 난 마성녀 여사 마음이 편해진다. '청랑이 성녀의 남자'라는 그 한마디가 성녀 자신의 존재가치를 재확인시켜주는 오늘의 최고 선물이다. 이제 그녀는 평화롭게 잠이 들었다.

달비골 현장, 허반장에게서 전화가 왔다.

"왕초, 내일은 현장으로 좀 오셔야 할 것 같습니다."

"왜 무슨 일이 있는가?"

"예, 각 건물 동의 지하층에 방수작업이 시작되는데 우리도 작업준비를 해야 할 것 같습니다. 저 말고도 최소한의 작업 인원이 필요할 것 같아서 왕초의 뜻을 들어야 할 것 같습니다."

"알았네. 내일 일찍 현장으로 가겠네."

다음날 청랑은 잠에서 깨자마자 달비골로 차를 몰았다.

"왕초, 오셨군요. 식사 전이면 함바로 갑시다."

"그래, 그 생각하고 일어나서 바로 왔지. 어떤가 허반장, 침실은 지낼만한가?"

"그럼요. 아주 편하게 잘 수 있게끔 잘 만들어졌더군요. 원주의 우리 집 안방이나 다름없어요."

"그렇다면 다행이고. 한 번 가보자. 현장 상황이 어떤지."

"그래요, 왕초."

"각 동 지하층의 거푸집이 해체되고 정리청소가 거의 다 되어 가는군."

"낙동강 소장의 말로는 일주일 후면 방수작업이 시작된다는 군요. 우리 경험으로는 거의 동시에 방수 턱 작업을 해야 할 거 같습니다."

"그럼 이렇게 하지. 방수팀들도 전체 동을 동시에 작업하지는 못할 테고 각 동을 차례대로 할 터이니 우리도 그렇게 보조를 맞추면 되니까 기능공 두어 명과 조공 합쳐서 대여섯 명 확보해서 작업을 이끌어가면 되지 않겠나. 인원 확보에 어려움은 없겠나?"

"별문제 없습니다. 현장이 크다 보니 일을 시켜 달라고 찾아드는 사람들이 많아요. 근처의 달구지역은 대도시이니까 기능공들도 분포돼 있고요. 우선은 찾아오는 사람을 써볼까 해요."

"그리하게 집이 멀어 현장에서 기숙을 원하는 사람은 함바 옆

근로자 숙소에 자도록 하고 아마 우리도 본 작업에 돌입하면 인원이 많아질 테니 내무반 하나쯤은 배당받아 놔야 할거고."
"알겠습니다. 왕초."
야적장에는 여화산업에서 내려보낸 적벽돌이 차곡치 곡 쌓여가고 있다.
"허반장, 현장사무소에 들러보세. 내가 온 김에 낙소장이나 만나보고 가야지."
"저는 안 가도 되지 않을까요?"
"아닐세, 사무실 접촉은 나보다 허반장이 자주 할수록 효과적이네."
"어서 오시오, 청랑왕초."
"그간 안녕하셨습니까? 소장님, 자주 들리지 못해 미안합니다."
"아니요, 실무자인 허반장이 상주해 있으니 사장을 찾을 일이 별로 없었어요. 소장이라고 무턱대고 왕초를 오라 가라 할 수는 없고. 아무튼, 잘 왔습니다. 조만간 지하층에 방수작업이 시작될 것인데 허반장에게 지시하겠지만, 벽돌 팀도 동시 작업이 필요할 것 같아요."
"그럴 때가 된 것 같아서 허반장과 함께 현장을 돌아보고 오는 길입니다. 우리 팀도 차질 없이 현장에 보조를 맞추겠습니다."
"그럼 됐어요. 이따가 점심이나 같이합시다."
"그러시지요."
사무실을 나온 청랑과 허반장은 다시 야적장으로 왔다.
"허반장."
"네, 왕초."
"여기 이 자리에 창고건물 하나를 앉히려고 하네만."
"언제 말입니까?"

"곧 설계도가 나올걸세. 설계와 허가가 나오면 바로 기초공사에 들어가서 콘크리트 바닥을 만들고 그 위에 벽돌로 집을 지을 것이네. 이 자리는 성토를 한 곳이니 성토 부분만 들어내면 단단한 본래의 바닥이 드러나지. 그 때문에 파일 같은 것 박지 않고도 기초를 앉힐 수가 있는 거지. 물론 현장의 토목팀에 의뢰해서 하고 바닥까지 완성되면 벽 쌓기부터는 우리가 직접 하기로 하세."

"네, 왕초, 그러자면 이쪽에도 작업팀을 별도로 편성해야겠군요."

"그럴 거 없네. 허반장."

"그럴 거 없다니요? 작업을 시작했다 하면 후딱 해치워야 직성이 풀리는 왕초가 아닙니까?"

"그랬었지. 하지만 이번에는 좀 다르네. 크게 바삐 만들어야 할 이유가 없거든. 그래서 말인데 이 공사를 벽돌공을 양성하는 교육장으로 활용하려 하네. 그러자면 허반장의 도움이 필요하네."

"어떻게 말입니까? 전 이해가 잘 안 되는데요?"

"지금부터 내가 하는 말 잘 듣게. 앞으로 이곳 캠퍼스 현장에서 우리 청리가 소화해야 할 벽돌이 내부의 시멘트벽돌 3백만 장에다 적벽돌의 외부 치장 쌓기가 3백만 장 해서, 도합 6백만 장이네. 다른 어느 업종팀보다 비중이 가장 큰 공사라고 봐야지. 따라서 전체 공정에 균형을 맞추자면 많은 벽돌공과 그에 따른 인원이 필요할 것이네. 따라서는 벽돌공 부족의 사태가 올 수도 있겠기에 그때를 대비코자 생산팀 벽돌공을 양성하고자 하네. 후일에 투입할 별동대를 말이야."

"그럼 왕초께선 제가 어떻게 하면 되겠습니까?"

"우선 이렇게 하자. 일하겠다고 찾아오는 사람들을 면담하게. 나이는 젊을수록 좋고 땀 흘려 일하면서 삶의 의지를 담은 자인지, 그래서 벽돌공이 되고 싶어 하는지를 허반장의 안목으로 뽑아보게. 선발인원은 한 20명 정도로 말일세. 중도에 탈락하는 자가 있을 테니까."

"무슨 말씀인지 알겠습니다."

"물론 처음 얼마간은 쌓았다가 뜯고 허물었다가 다시 쌓고를 반복해야 할 거야. 약간의 기본이론 외에 실기 위주로 할 거니까 그들의 교관은 허반장이 맡아야 할 걸세. 어떤가 허반장?"

"왕초의 뜻이 그러시다면 까짓거 이 허풍달이 해보겠습니다."

"됐네. 그럼. 그리고 그들에겐 현장에서 숙식을 제공하고 출퇴근을 할 수 있는 사람에겐 교통비를 제공하고 식사는 함바에서 먹을 수 있도록 해주고 포기하지 않고 계속하는 사람에겐 일정 시점을 통과한 후부터 소정의 실습비를 제공해 주는 거로 약정을 하게나."

"예, 왕초 말씀대로 하자면 적지 않은 비용이 발생치 않겠습니까?"

"그럴지도 모르지만 한번 해보자꾸나. 지금은 그렇지만 앞으로는 노가다를 피하는 젊은이들의 사고방식 때문에 건설 기능공의 숫자가 줄어들고, 따라서 임금이 올라갈 것을 고려하면 우리가 양성한 벽돌공의 장래에 삶의 질이 나아질 수 있을 거고 그다음은 우리 현장에 그들이 남아서 일을 계속해 준다면 우리에게 도움이 되는 셈이니 둘 중에 하나라도 이뤄지는 것 아니겠나."

"그럼, 그들에게 강제성은 적용치 않겠다는 말씀이군요."

"물론이지. 그들의 사람 됨됨이가 자신들의 삶을 말할 수 있을 테니까."

"우리 왕초께선 여기서도 장학사업을 하시자는 거군요?"

"허반장이 보기에도 그런가? 그렇다면 다행이고."

다음날 야적장의 청리산업 사무실 입구에는 벽돌쌓기 수습생

모집공고가 붙었다. 신체 건강하고 육체적 노동으로 일관하는 노가다에 적응할 수 있는 건전한 생각하는 사람으로 개별 면담 후 결정함. 모집인원 20명, 선착순으로. 본 사무실에서 면담 후 결정함. 입소문을 듣고 찾아온 지원자들은 주로 인근 지역의 농촌 출신들이다. 어려운 집안 사정으로 교육기회가 적은 사람들, 농사지을 토지가 빈약해서 가출을 결심한 아이들도 있었다. 그 모두가 적격자들이다. 3일 만에 20명이 선발되었다. 공고문은 떼어지고 곧바로 시행에 들어가기로 했다. 선발된 실습생들 앞에서 청랑은 말했다.

"여러분들, 우리 청리건설 교육 1기생으로 선택된 것을 환영한다. 나 청랑은 여러분들과의 소통을 원활히 하기 위해서 존대어를 생략하니 양해를 바란다. 이곳은 결코 책상에 앉아서만 공부를 하는 화려한 교육장이 아니다. 말 그대로 극한 노동의 현장 노가다에 입문하는 교육장이다. 앞으로 여러분의 의지력과 마음가짐에 따라서 각자의 삶에 성패가 가려질 것이다. 이제부터 나는 건설 기술자가 된다. 그중에서도 벽돌기능공이 된다. 그런 다음에는 나와 내 가족이 소박하게 살아가는 데 도움이 될 것이다. 이상이다. 내가 여러분에게 하고 싶은 말이었다. 그리고 나 역시 여러분들 나이에 벽돌공에 입문하여 여기까지 왔다. 여기 있는 허선생도 마찬가지다. 아무튼, 여러분의 건투를 빈다."

청랑왕초의 서투른 연설에 박수를 보내는 교육생들이다.

"나는 제군들 교육을 담당할 허풍달 반장이다. 지금부터 각자에게 필요한 실습 장비를 나누어 줄 것이다. 그 장비를 아끼지 말고 마르고 닳도록 사용하기 바란다. 개인장비로는 망치, '냉가고대' 그리고 '사개부리'이다. 망치 외의 두 가지는 일본말이다. 우리말로는 표현이 어려운 냉가고대는 몰탈을 반죽하고 떠서 벽돌의 입에 넣어주는 흙손이다. 그리고 사개부리는 수직선의 중심을 잡아주는 추를 말한다. 그 외에도 실과 자 먹통 이러한 것들을 적절히 이용하는 사람의 손기술과 합쳐져서 조각품을 만들어 내는 것이 우리의 일이다. 지금부터 시작하는 제1과제는 왼손으로 벽돌 집기다. 땅에 있는 벽돌 한 장을 집어서 일어섰다가 놓았다. 다시 집어 일어서기를 반복한다. 약 1시간 후면 점심시간이다. 그때까지 같은 동작을 반복한다. 너무 빨리하지 않아도 된다. 자신의 호흡과 박자를 맞추면 된다. 10분하고 5분을 쉰다. 벽돌과의 대결에서 체력 안배를 고려한 것이다. 승패는 스스로에게 물어보면 된다.

사무실로 들어갔다가 다시 나온 허반장,

"동작 그만 이제 식사시간이다. 현장 함바로 가서 이 식권을 주고 식사를 하면 된다. 그리고 오후 실습은 1시부터다."

시간을 엄수하도록 교육생들을 함바로 보내고 사무실로 들어온 허반장,

"교육생들을 함바 식당으로 보냈습니다."

"그럼 우리도 함바로 가세. 가서 그들과 함께 식사하는 것도 좋을 거야."

"그러시죠, 왕초."

허반장과 청랑왕초도 배식을 받아 교육생들 옆에 앉았다.

"맛있게들 들게나."

"아니 사장님께서도 여기서 식사를 하시나요?"

교육생들은 의외라는 표정이다.

"왜 나라고 여기서 밥 먹으면 안 되는 일이라도 있나? 이래 봐도 자그마치 함바밥 30년일세. 그 덕으로 이처럼 건강을 유지하

고 있는 거 아닌가? 함바밥은 아무리 먹어도 배탈 나는 법이 없으니 마음 놓고 많이들 먹게나."

"예, 사장님."

그들에겐 격의 없이 소탈한 사장의 한마디가 더욱 소화력을 부추기는 것 같아 오후의 휴식시간이 지나고 1시 교육부터는 허반장의 두 번째 주문이다.

"지금부터 제군들은 각자의 손바닥 위에 벽돌 한 장을 올려놓는다. 물론 왼쪽이다."

허반장도 벽돌 한 장을 왼손바닥에 올려놓고는,

"자 제군들은 내가 하라는 대로 따라 한다. 이렇게 손바닥 위에서 회전을 시키는 거다."

허반장의 손바닥 위에서 벽돌 한 장이 자유롭게 돌아간다. 다들 시작한다. 그러나 교육생들의 손목만이 어렵게 비틀어질 뿐 손바닥에 찰싹 달라붙은 벽돌이다.

"방향은 왼쪽으로다. 손바닥에 붙어있으면 돌지 않는다. 안 되면 공중으로 던지면서 돌려받아라. 손바닥을 벗어나지 않게 튕기면서 돌려라. 안 되면 될 때까지 반복한다."

허반장의 입에선 쉴 새 없이 주문이 쏟아진다.

"손목과 손가락이 손바닥을 도와주면 된다. 3분하고 1분 쉰다. 권투 게임의 법칙이다. 3분은 벽돌과 싸우고 1분은 손목을 풀어준다. 벽돌은 언제나 왼손과 같이한다. 1시간의 경기 후에 30분의 휴식이다."

교육생들은 흐르는 땀을 씻으며 땅바닥에 털썩 주저앉는다. 왼팔과 손목이 뻐근하다.

"쉬는 시간에는 편하게 지낸 오른손으로 왼팔과 손목을 만져준다. 자 30분이 지났다. 다들 원위치로. 이제부턴 제1동작과 2동작을 합쳐서 3동작에 들어간다. 각자의 왼발 옆에 있는 벽돌 한 장 집어 일어서면서 손바닥에서 3번 돌린 다음 본인의 앞에 두 줄로 포갠다. 시간이 걸리더라도 될 수 있는 내로 정확한 동작이면 효과적이다. 각자에게 할당된 벽돌이 1백 장이다. 두 줄로 열 개를 포개면 20장이다. 그다음 옆으로 자리하면 된다. 그리고 명심할 것은 모든 과정을 왼손으로만 해야 한다. 두 손으로 하는 것은 탈락을 의미한다."

허반장은 사무실로 들어가서 자리에 앉았다.

"왕초께선 오늘 교육을 몇 시에 마감하면 좋을까요?"

"가만있자. 지금이 3시니까 4시까지로 하면 좋을 듯하네. 학생들이 힘들어 보이네. 가만 보니 허반장이 교육생들에게 너무 스파르타식의 교육을 하는 것 아닌가?"

"그렇긴 합니다만, 시간이 많지 않습니다. 각 동 건물의 지하층 작업도 며칠 내로 시작해야 하고, 이 교육방법은 예전에 왕초께서 저희에게 시행했던 그 방법입니다. 저로서는 이 방법 외에는 더 이상의 효율적인 교육법을 찾을 수가 없거든요."

"내가 그랬던가? 아무튼, 허반장이 잘 해내리라 믿네. 그럼 내 잠시 나갔다가 끝나기 전에 돌아오겠네. 오늘은 교육 첫날이니 탁주라도 한 통 싣고 와서 아이들 근육이라도 풀어주어야 하지 않겠나?"

"다녀오십시오. 왕초."

교육생들 모두가 하나같이 진땀을 흘리고 있다. 보기에는 쉬울 것 같으면서도 마음대로 되지를 않는 것이다. 1kg 남짓한 한 장의 벽돌인데 천근이나 되는 것 같은 느낌이다. 허리를 구부려서 집은 벽돌이 한 번 회전을 못 하고 땅바닥으로 놓쳐지기 일쑤다. 허반장이 다시 나왔다.

"제군들 동작을 멈추어라. 10분간 쉬었다 한다. 쉬는 시간에는 오른손으로 왼손과 팔의 경직된 근육을 풀어준다. 아픈 곳부터 주물러주면 된다."

"반장님, 우리는 왜 모든 것을 왼손으로만 해야 합니까? 두 손으로 하면 훨씬 수월할 것 같은데요?"

"그럴 만한 이유가 있다. 두고 보면 알게 될 것이다. 같은 동작을 거듭할수록 조금씩 진전될 것이다. 오늘 실습은 4시까지다. 아직은 40여 분 남았으니까 각자에게 주어진 실습량을 해내리라 믿는다."

허반장은 교육생들에게 강박감을 주지 않으려고 일부러 사무실로 들어가 버린다. 왕초 청랑이 돌아와 보니 교육생들은 모두가 제자리에 주저앉아있다. 시계를 보니 4시 5분 전이다. 차 소리를 듣고 허반장이 사무실에서 나온다.

"허반장, 탁주 1말하고 돼지고기 좀 사 왔으니 사무실에 자리를 마련하게. 내 들어오다 보니 교육생들 코에서 단내가 나는 모양이군."

"네, 왕초, 책상을 한데로 붙여서 준비해 놨습니다."

"우리 교육생들 모두가 오늘 수고가 많았다. 왕초께서 마실 물을 사 오셨으니 사무실로 들어가자. 누가 나 좀 도와주고."

"네, 반장님, 제가 하겠습니다." 그중에서 제일 팔팔한 끝돌군이 탁주통을 들고 들어가고 임시로 연결된 상위에 사발들이 준비된다. 큼직한 옹기 바지기에다 탁주 말통을 거꾸로 해서 쿨쿨 쏟아부었다. 삶은 돼지고기가 큰 접시 몇 개에다 나누어 담아지고 앞의 술잔에다 허반장의 쪽박이 일일이 잔을 채워준다. 그리고는 왕초를 바라보는 허반장이다.

"한 말씀 하시지요, 왕초."

"그럴까? 자 우리 청리산업 교육생들 여러분 오늘의 첫 실습이 힘든 하루였을 거야. 관록이 있는 허풍달 코치가 제군들 모두를 확실한 운동선수로 키우기 위해 강한 주문을 했을 것이다. 그로 인해 얼마 후면 여러분들은 훌륭한 선수가 될 것이라 믿는다. 자, 모두, 탁주 한 잔으로 오늘을 푼다. 우리 같이 건배하자."

"건배"

허반장의 선창으로 술잔을 높이 들어 달게 마신다.

"이제부턴 각자가 먹을 만큼 쪽박에 탁주를 담아가도 좋다. 오늘의 탁주와 고기는 특별히 맛있는 거로 해 왔으니 많이들 먹어라."

"감사합니다. 사장님."

"그래그래!"

벅찬 운동으로 시장기가 도래한 젊은이들에겐 쓴맛도 달게 느껴지고 바윗돌이라도 녹일 만한 위장임을 잘 알고 있는 청랑이다. '시장이 반찬'이라 했다. 왕초 청랑이 사 온 돼지고기가 보통의 똑같은 맛의 고기지만 이들 교육생에겐 두 배의 맛을 주고 있다.

"제군들 한 가지 명심할 것이 있다. 지금 우리가 즐겁게 마시고 있는 이 술은 적당히 마시면 우리 노가다에게는 피로를 덜어주는 보약이 되지만 과음을 하게 되면 이성이 마비되어 혼란을 초래하게 되니 백해무익이다. 이러한 술의 속성이 있음을 명심하길 바란다."

"네, 사장님."

"그리고 나는 사장이란 호칭보다는 벽돌 왕초이다. 그러므로 제군들도 나는 벽돌공이다. 벽돌기술자다. 하는 자부심을 품도록 한다. 알겠는가?"

"네, 왕초님."

2일째 교육이다. 실습장에 1차의 모래가 쏟아진다. 허반장의 주문이다.

"제군들 오늘은 왼손은 쉬게 하고 오른손을 사용한다. 각자의 냉가고대 즉 몰탈삽으로 모래를 떠서 앞에 놓인 고무다라에 담는다. 하나 가득 될 때까지다. 그다음은 다시 쏟아서 도루 퍼서 담는다. 물론 오른손이다. 같은 동작으로 반복하기를 5번이다. 마지막 다섯 번째 다라는 쏟지 않아도 된다. 제군들이 지금 사용하는 냉가고대는 목 부분이 호미처럼 꼬부라져서 S자 형태다. 그것을 자유자재로 움직이는 데는 손목의 힘이 필요하다. 이제부터는 왼손으로 벽돌 한 장을 집어서 왼쪽 발 앞의 선 위에 놓는다. 다음은 오른손의 고대로 모래를 반 숟갈 떠서 선위의 벽돌에 놓는다. 뒤집는 동작이라야 가능하다. 그 모래 위에 또 한 장의 벽돌을 집어서 얹는다. 수평을 유지해야 한다. 기울어지면 안 된다. 내가 시범을 보일 테니 눈여겨보도록 모두 따라 하라. 벽돌과 벽돌 포갬의 사이에 모래 두께는 1cm다. 같은 동작을 반복한다. 모래는 흩어져도 괜찮으니 아끼지 않아도 된다. 이것이 벽돌 쌓기 동작이니 반복하면서 가장 잘 되는 방법을 터득하라. 앞에의 1, 2, 3 동작을 합친 것이 벽돌쌓기의 기본 동작임을 명심하라. 벽돌을 집어서 놓는 것은 왼손으로 몰탈삽, 냉가고대로 떠다 놓는 것은 오른손이다."

허반장은 가장 쉬운 방법을 선택해서 교육하고 있지만, 교육생들에겐 모두가 어려울 뿐이다. 설명은 잘 이해되는데 손발이 마음을 따라잡지 못한다.

"제군들 잘 들어라. 지금은 손발이 마음을 따라주지 못하겠지만 반복하는 동작의 횟수가 늘어나면서 발전이 거듭될 것이다."

교육생들의 마음속에 편승한 허반장의 주문이다.

"점심 식사 후는 충분한 휴식을 취하는 게 좋다. 오후 시간부터는 좀 더 실전에 가까운 곳으로 접근할 것이다." 식사를 마친 허반장은 실습장 마당에 투바이포 각목으로 두 개의 기준대를 세웠다. 10cm 간격이다. 기둥에는 6센티 높이로 10단의 점을 찍어 올렸다. 오후 시작시간이다.

"자, 지금부터 여기 있는 1포대의 시멘트를 사용할 것이다."

허반장은 시멘트 포대 한쪽 끝의 실매듭을 풀고 잡아당기니 주르륵 실밥이 풀어진다. 5대 1의 비율로 모래와 시멘트가 섞여지고 얼금한 철망의 채를 비스듬히 세우고 큰 삽으로 배합된 모래를 쳐서 돌멩이를 걸러 낸다.

"지금부터 5명씩 1개 조가 되어 자신의 다리를, 선 위치에서 오른쪽에다 놓고 배합된 시멘트 모래에 물을 붓고 반죽한다. 반죽은 이런 식으로 하면 몰탈이 된다."

허반장이 시범을 보인다.

"제군들이 실습했던 맨 모래에다 시멘트와 물이 함께 배합된 것이다. 지금부터 양쪽 기둥 사이에 매여진 실선을 따라서 벽돌을 쌓는다. 먼저 배합된 몰탈을 오른손의 고대로 떠서 손목을 뒤집으면서 놓는다. 동시에 왼손으로 집은 벽돌을 몰탈 위에 놓는다. 실보다 높이 놓인 벽돌을 약간씩 움직이며 누른다. 실과 수평이 되도록 하기 위함이다."

또다시 허반장의 시범 동작이다. 교육생들은 고개를 끄덕인다.

"각자의 자리는 2미터씩이다. 2 미터면 벽돌 10장이다. 틀렸으면 몰탈을 긁어내고 다시 한다. 다한 사람은 비켜나도 된다."

우여곡절 끝에 5명의 1개 조가 1줄을 놓고 나왔다. 다음 5명의 2조다.

"다시 한번 내가 하는 것을 보라. 이렇게 하면 된다. 2조 시작하라. 그렇지. 그렇게 하면 된다."

2단의 벽돌이 쌓아졌다. 다음은 3조다.

"그렇지. 그래 좋았어. 다음은 4조다. 시작하라. 그렇지 그래 잘한다."

4개 조 모두가 1줄씩 4단 높이의 벽을 쌓았다. 1조 팀 다시 시작한다.

"그렇지, 잘한다 잘해. 그렇게 하면 된다."

교육생들의 얼굴에 진땀과 함께 허반장의 칭찬에 고무되어 의기양양해진다. 그때다. 와르르 소리와 함께 쌓아 놓은 벽이 무너져 내렸다. 교육생들의 표정이 당황스러워지고 서로의 얼굴을 쳐다본다.

"잘 되었구나. 어째 안 무너진다, 했더니."

"예? 그럼 반장님께선 무너지리라 생각했습니까?"

"두말하면 잔소리지. 그러나 누구 한 사람의 잘못만은 아니다. 제군들의 미숙한 솜씨가 골고루 합쳐진 작품이니까. 한 번의 실수는 병가지상사라 했다. 자 벽돌에 묻어있는 몰탈을 긁어내고 다시 시작한다. 다음 2조부터 다시 시작한다. 그전에 내가 다시 시범을 보일 테니 눈여겨 보도록 한다."

각 조가 번갈아 가며 수차례 반복하면서 교육생들의 기능이 조금씩 앞으로 나아가고 있다.

"오늘 실습은 여기까지다. 내일의 과제는 제군들이 꼭 알아 두어야 할 기본자세에 대한 방법적 이론이다. 모든 분야의 기술 교육은 이론에서부터 실기로 옮겨가는 것이 순서지만 우리에게는 좀 더 이른 시일에 효과적인 성과를 얻기 위해서 순서를 바꾸는 방법을 선택했다. 이상이다. 식사하고 편한 밤이 되도록."

교육생들의 내무반은 코 고는 소리가 요란하다.

"다들 주목하기 바란다."

허반장은 벽돌 한 장을 집어 들었다.

"보다시피 이 붉은 색깔의 벽돌은 앞뒤, 좌우, 아래위까지 6면이다. 숙련공이 되면 왼손으로 벽돌을 잡았을 때 감각만으로도 거친 곳과 고운 면을 가려낼 수 있다. 뒷면은 껄끄럽고 앞면은 매끈하게 화장된 얼굴과 같다. 그 화장된 표면이 전면으로 나타나야만 건물의 맵시가 돋보이는 것이다. 손바닥 위에서 벽돌을 회전시키는 동작은 고운 면을 앞세우기 위해서 방향을 잡는 일이다. 두 손으로 하려면 오히려 부자연스럽고 더디어질 뿐이다. 그래서 숙련공 벽돌공은 허리를 굽히면서 왼손으로는 벽돌을 잡고 오른손은 고대로 몰탈을 떠서 일어서며 동시에 왼손바닥의 벽돌 회전과 함께 벽돌이 실을 따라서 놓이고 몰탈이 굳기 전에 벽돌을 움직여서 수평을 맞춘다. 그 모든 물체를 한눈에 직시하면서 말이다."

허반장은 간간이 흑판에다 그림을 그려가면서 설명과 병행한다.

"오늘 오전의 몇 가지 이론과 전날의 실기를 합쳐서 오후에는 자율적으로 연습을 거듭하기 바란다. 그리고 내일부터는 캠퍼스 동 지하의 방수 턱을 벽돌로 쌓는 실전에 들어간다."

"정말입니까? 반장님?"

새로운 시작 61

"그렇다. 내일 실전에서 낙오되지 않으려면 오늘 열심히 연습해 두는 것이 좋으리라 생각된다."

허반장의 교육방법은 적중했다. 교육생들의 의지가 강하기도 했지만 제법 흉내를 내는 지금이다. 예전 같으면 이렇게 집중교육하는 곳도 전례도 없었기에 수년 동안 벽돌공의 조공으로 따라다니면서 어깨너머로 보고 쉬는 시간이면 기능공 몰래 사이사이 도둑 연습으로 하나둘 벽돌공이 되는 것이 고작이었다. 당시 기능공들의 노파심 같은 것이 자신의 기능을 타인에게 전수하는 데는 매우 인색했기 때문이다. 그러한 시기에 청랑왕초를 만나 맨투맨식의 지도로 벽돌공이 된 허반장이기에 지금 청랑왕초가 하고자 하는 의중을 담아서 진행하고 있다. S 건설현장 사무소에서 허반장을 찾는 전화가 왔다. 공사 과장과 마주 앉은 허반장, 자재 주문을 한다.

"내일부터 방수턱 쌓기 작업에 들어갈 테니 시멘트벽돌과 모래를 오늘 늦게라도 준비해주시길 바랍니다. 되도록 작업장과 가까운 곳으로 말입니다."

"그렇게 준비해 드리겠습니다."

현장사무소를 다녀온 허반장은 교육생들의 실습이 끝나는 오후 5시에 모두를 모아놓고 주문한다.

"제군들은 내일부터 현장 실습에 들어간다. 그간 여러분들이 터득한 벽돌쌓기를 실전에 임하는 만큼 현장의 1공구 A 공구 앞으로 집결한다. 그곳에서 나와 함께 작업준비를 할 것이다. 한 사람도 낙오되는 일 없도록 한다. 이상이다. 저녁 식사하고 숙소로 돌아가도 좋다."

사무실에 들어온 허반장은 청랑에게 전화를 했다.

"허반장입니다. 왕초."

"그래 무슨 일인가?"

"내일부터 지하층 작업을 하기로 건축과장과 약속을 했습니다. 왕초."

"그렇다면 일꾼들은 준비되겠는가?"

"예, 별도의 일꾼은 부르지 않았습니다."

"벽돌공을 부르지 않았다면 어떻게 하려고 그러나?"

"염려 마십시오. 왕초. 우리 교육생들을 데리고 실전에 임해 보겠습니다."

"그게 가능하겠는가?"

"예, 왕초. 방수 턱 쌓기라 정밀을 필요로 하는 작업이 아니기에 할 수 있습니다. 그렇게 믿고 계십시오."

"알았네. 허반장."

수화기를 내려놓은 왕초 청랑은 회심의 미소를 날린다. 역시 허반장이 해내는군. 청랑은 설계사무소에서 가져온 도면과 허가증을 훑어보고 있다. 야적장에 지을 창고다. 바로 터파기 작업에 들어가야겠군. 토목업자와 미리 합의해 놓은 사항이기에 통보만 해주면 작업에 착수할 것이다. 다음날 아침, A동 앞에 모인 교육생들에게 허반장이 주문한다.

"제군들은 오늘 드디어 실전에 돌입한다. 우리 20명의 학생은 각자 분담하여 하나의 일을 만들어 갈 것이다. 2명은 모래를 치고 2명은 손수레로 시멘트를 싣고 온다. 그리고 2명은 모래에다 시멘트를 섞어 배합한다. 5대 1의 비율이다. 다음 3명은 손수레로 벽돌을 실어 나른다. 그리고 한 명은 바로 앞에 설치된 물탱크에서 물을 퍼온다. 나머지 10명은 벽돌을 쌓는 작업을 할 것이다. 쌓기 작업자는 각자에게 배당된 다라를 옆에 놓고 몰탈 1부대씩을 직접 가져와서 작업한다. 다라는 내 밥그릇이니 옮겨갈 때마다 가져가야 한다. 이상의 작업 위치는 1시간씩 하고 교대한다. 대원 모두에게 공평한 기회를 주기 위해서다."

허반장은 하나에서 열까지를 일일이 개별지도 형식으로 교육지도를 하고 있다. 이제 이들은 시간과 함께 수련을 거듭하면 되는 것이다. 방수 턱이란 2단 높이로 벽을 따라 돌려 쌓으면 그 위에다 방수액과 방수몰탈로 뒤집어씌우면 지하 바닥의 물 흐름을 만들어 주게 된다. '오늘 실전에 임하는 교육생들, 마음처럼 손발이 따라주지는 않지만, 시간이 지나면 숙련공으로 거듭나게 될 것이다.' 라는 허반장의 말을 되새기면서 꿈에 부풀어있다.

"자 이제는 위치 교대다. 10명씩의 교대다."

"놀라운 일이군. 그새 이 정도의 벽돌공으로 만들어 놓을 줄이야? 허반장의 교육방법이 신기하군."

"그렇게 생각되십니까?"

"그럼, 정말 기대 이상의 성과야."

"그게 다 예전에 왕초께서 저희에게 해주었던 그대로를 흉내 냈을 뿐입니다."

"어쨌든 수고했네. 이대로라면 앞으로 기대해 볼 만하겠네."

왕초 청랑은 허반장에게 격려를 아끼지 않았다.

"새로 지을 창고건축의 허가는 나왔습니까?"

"그렇네. 오늘이나 내일 중으로 토목공사가 시작될 걸세."

"오늘 오후부터 장비를 투입하겠습니다. 토공 반장이 A동 지하 작업장으로 청랑을 찾아와서 전언한다.

"좋아요. 목수를 대기시켜 흙 들어낼 위치에 각목을 꽂아 표시하라고 하겠으니 언제든지 장비를 보내면 됩니다."

가로 33미터, 세로 20미터로 바닥 평수 2백 평의 창고를 만들고자 한다. 토목공사 외의 건물의 골조 공사는 갈제소장 팀에게 의뢰했다. 포그래이이 작업에 임히는 것을 보고 청랑은 건설사무소에 들렀다.

"어서 오시오. 청랑."

"예, 소장님."

"요즘 청랑왕초께서는 우리 현장 말고 또 다른 큰일을 벌린 모양입니다.?"

"네, 우리 야적장에 조그만 창고 하나 만들까 해서 중장비를 불렀는데 보셨군요?"

"당연하지요. 나 여기 사무실에서 건너다보면 청리산업 야적장이 한눈에 들어오는데 모를 리가 있겠어요?"

"하하, 그러고 보니 우리 청리의 야적장이 소장님의 감시 하에 있다는 걸 이제야 알았습니다."

"오해 마시오. 청랑왕초, 일부러 감시하고자 함은 전혀 없습니다. 난 그저 청랑왕초의 행보가 흥미로울 뿐입니다. 우리 본사의 개나리 본부장께서 청랑왕초를 잘 지켜보면 흥미로울 거라고 하신 말씀이 생각나서요."

"허허 개나리 본부장께선 아무리 털어봤자 먼지 하나 없는 이 청랑을 거론하셨다니. 낙 소장님께 괜한 헛수고를 주문하셨군요. 온 김에 차나 한잔 얻어먹고 가야겠습니다."

"그러시지요."

"그보다 낙 소장께서 언제 한 번 내가 사는 미보리에 오시면 유명한 수구레국밥을 대접하겠습니다."

새로운 시작 **65**

"그럽시다. 내 언제 한 번 가리다."

"소장님, 차 잘 마시고 갑니다."

낙소장과의 면담 후 사무실을 나온 청랑은 야적장으로 향했다. 여화벽돌에서 내려온 화물차에서 벽돌을 내리는 지게차가 빠레트 위의 벽돌을 번쩍 들어 잘도 옮기고 있다.

"어지간히도 갖다 놓는군."

청랑이 보아도 넓은 야적장에 저장되는 수십만 장의 벽돌 더미에 새삼 놀라고 만다.

"공기호와 여화산업 대단하구먼!"

물론 우리 벽돌공들이 모두 소화해낼 벽돌이지만, 이렇게 많은 양을 미리 저장하기는 처음이다. 터파기 작업장에는 갈제소장이 직접 나와 목공들을 데리고 터파기를 리드하고 있었다.

"갈소장, 수고가 많아요."

"예, 내일 하루 더하면 흙 파내는 건 다 할 것 같습니다. 그다음은 바로 잔돌 깔기를 하고 다져서 콘크리트를 타설해도 되겠습니다."

"그렇게 빨리요?"

"아무튼, 갈소장이 잘 도와주시오."

"네, 사장님, 염려 마십시오."

"그리고 갈소장도 우리 사무실을 같이 쓰도록 해요."

"말씀 고맙습니다만, 저희 팀 전용 사무실로 컨테이너 하나 더 놓겠습니다. 목공들과 각 일꾼들 공구도 보관해야 하니까요."

"참 그렇군, 내가 너무 간단하게 생각한 것 같아요. 미안해요. 갈소장."

"아닙니다. 사장님께서 절 생각해서 하신 말씀인 줄 잘 알고 있습니다. 괘념치 마십시오. 그 대신 전화는 같이 쓸 수 있도록 해

주십시오."

"그렇게 하시오. 번거롭게 이중 삼중 새로 설치할 게 뭐 있어요."

"감사합니다. 사장님."

그때 청랑의 허리에서 삐삐 음이 울린다. GPS 버튼을 눌러 확인하니 설계, 서건축의 전화번호다.

"잠깐만, 내 전화 좀 하고."

"서건축, 나 노생일세. 무슨 일인가?"

"아, 나 마산에 왔다가 비사로 돌아가는 길이네. 오늘 저녁에 시간 있으면 좀 만나세. 내 지금 사무실로 가는 중이니 노생도 좀 와주지 않겠나?"

"내가 가는 거야 어렵지 않지만 서건 축 자네는 가는 중이라면서 사무실 전화기를 들고 다니는 건가? 통화를 할 수 있게?"

"이 사람 노생, 잊었나? 지난번에도 내 핸드폰으로 통화를 해봤잖아? 휴대용 전화기 말일세."

"아 참, 그랬었지. 내 그 생각을 못 하고 깜빡했었군. 알았네. 이따가 봄세."

'거참 별 희한한 물건도 다 있군.'

"왜 그러십니까? 청리 사장님."

"아, 그 뭡니까? 서건축이 갖고 다니는 핸드폰인가 하는 전화기 말입니다. 그거 참 도깨비 같은 물건이군. 나는 사무실로 달려가서 전화하는데 서건축은 차를 타고 오면서 통화를 하니 말이오. 그거 너무 사치스러운 것 아니오? 갈소장?"

"예, 그렇긴 합니다만, 사장님같이 바삐 다니시는 분에게는 실보다 득이 클 거 같습니다만. 이참에 하나 구입하십시오. 사장님이 언제 어디에 계시든 나 갈제의 현장보고를 받을 수 있을 테니까요."

"허허 그것참 듣고 보니 그렇기도 하군요. 별 요상한 물건이 탄생하여 사람들을 혼란스럽게 만드는군. 그건 그렇고 서건축이 날 보자고 하니 갈소장도 같이 갈까요? 소주도 한잔할 겸 말이오."

"아닙니다. 오늘은 사양하겠습니다. 두 분이 하실 말씀이 있는 듯합니다. 저는 다음으로 하겠습니다."

"그럼 그렇게 해요."

청랑은 차를 몰아 현장의 허반장에게로 갔다.

"허반장, 어떤가? 이대로 진행하면 될 것 같은가?"

"네, 왕초, 첫날의 작업인데도 희망이 보입니다."

"그런가? 그러면 오늘 작업 끝나면 함바에서 고기 좀 하고 해서 교육생들 격려해 주게."

"네, 왕초, 왕초께서도 같이하시지요?"

"그랬으면 좋겠는데, 나는 비사의 서건축과 선약이 있네."

"알겠습니다. 왕초."

작업장에 돌아온 허반장,

"제군들 몰타르는 더 만들지 않아도 된다. 만들어진 것만 다 소비하면 된다. 남아서 밤을 새우면 다음 날엔 굳어져서 못 쓰게 된다. 오늘은 실전 첫날인 만큼 오후 4시까지만 쌓기 작업이다. 그 다음은 작업한 자리의 청소와 각자의 연장을 챙긴다. 그리고 1층의 거푸집이 정리된 한 곳에 자그마한 연장창고 하나를 만든다. 해체해 놓은 거푸집 판넬 10장이면 되니까 모두 힘을 합치면 된다. 제군들의 도움을 빌려서 조립은 내가 한다."

뚝딱뚝딱 허반장의 못질과 함께 조립 완성이다.

"모두 연장을 이 안에 보관한다. 분실을 방지하기 위해 자물통을 채운다. 두 개의 열쇠를 하나는 제일 막내인 끝돌과 연장자인 첫벽이 보관한다. 자 이제는 다들 씻고 함바로 모인다."

허반장은 현장 사무소로 가서 작업일지를 작성하여 공사과에 제출하고 함비로 갔다. 그는 들어서면서

"주방장님, 아까 내가 주문한 것 만들어졌으면 주십시오."

"네네 다 됐습니다."

삶은 닭이 뚝배기에 담겨 한 마리씩의 펄펄 끓는 채로 교육생들 앞앞에 놓인다. 그리고 탁주 한 바지기에 작은 쪽박이 띄워져서 나왔다.

"와!" 교육생들의 입에서 환호가 쏟아진다.

"자, 제군들, 오늘 첫 실전을 무난히 마쳤음을 치하한다. 하여 우리의 왕초께서 특별히 제군들에게 삼계탕과 탁주를 준비해주셨다. 우리 모두 기쁘게 축배를 들자. 땀 흘린 후의 탁주 한 잔은 하루의 피로를 말끔히 가져가 준다. 우리들의 작업은 내일도 계속된다. 오늘과 같은 작업이다. 강제성은 없다. 기권할 사람은 사전에 말하길 바란다. 언제든지 보내주겠다."

이구동성으로 천만에요 하는 태도다.

"좋다. 그럼 제군들을 믿겠다."

허반장은 한 잔 술을 단숨에 들이켜며 그들 속에 마음을 묻어본다. 교육생들의 훈련과 실무 두 가지를 동시에 수행하고 있는 허반장이다. 처음 A동의 방수 턱 작업은 3일이 걸렸다. 적은 양의 작업이지만 교육 효과는 충분하다. B동의 지하실 작업부터는 하루씩 단축되는 작업성과를 이어가게 되고 야적장의 창고건물 기초공사도 한창이다. 이렇게 해서 청리산업의 주력사업이 당분간은 이곳 달비골에서 머물 것이다. 지하층 옹벽의 방수 보호벽

새로운 시작 **69**

은 높이 3미터, 옆으로는 길게 쌓아지는 작업이다. 여기에는 노련한 숙련공을 불러다 작업에 임하게 하고 사이사이에 교육생을 심어서 작업해 간다는 것이 허반장의 계산이다. 왕초 청랑도 공감하고 동의를 했다. 아직은 지하층 옹벽의 방수작업이 한 달 정도 진행이 되어야겠기에 시간 여유가 있다.

"어서 오게 노생."

"서건축이 무슨 일로 날 보자고 했는가?"

"성질 급하긴. 사람하곤. 우선 앉기나 하게. 기둥 무너지지 않으니까."

"그래 마산에 무슨 일로 갔다 왔는가?"

"아, 이것 때문이었네."

"그게 뭔데?"

"이거 핸드폰이야."

"그렇군. 걸어가면서 전화하는 요상한 물건 아닌가? 서건축 자네는 이미 하나 가지고 있는 줄 아는데? 자네 혹시 그 요상한 물건으로 장사를 벌인 모양이군."

"그래 볼까도 했는데 영 자신이 없고 노생 자네한테만 하나 팔려고 하네."

"오라, 인제 보니 설계사가 부업으로 그 장난감 같은 요상한 물건을 파시겠다. 이거군. 참 딱하기도 하군. 그래 좋아 내 하나 팔아주지. 조그맣게 생긴 물건이니 비싸지는 않을 테지, 얼마 주면 되는가?"

"그냥 가지시게. 장난감 같은 걸 가지고 노생한테 돈을 받고 팔 수야 없지. 내 그냥 선물하겠네."

"자네 설마 뇌물은 아니겠지?"

"이 사람아, 나 서창영이 현재 노생과의 거래 하나 없어서 뇌물은 될 수 없고, 지난번 농산물 창고 4동의 설계를 해서 덕을 보았으니 그 고마움의 표시일세."

"그렇다면 고맙게 받겠네만, 그리고 참 그 속에 있는 청랑의 전화번호는 011-898-7174일세. 걸려온 전화는 받기 싫으면 안 받고 그대로 두면 꺼지네. 그렇다고 이 서건축의 전화마저 외면하지는 말고."

"고맙네, 서건축."

"이 사람 노생, 말로만 하지 말고 소주나 한잔 사게나."

"그러세."

둘은 서창영의 설계사무소를 나와서 도축장 옆 고기 식당으로 갔다. 고기구이에 소주 한 병 따서 술잔을 부딪쳤다. 그들 둘은 소주 한 병을 금방 비워버린다.

"이보게 청랑, 자네와 나 둘 다 노가다 아닌가, 그런데 노가다 치곤 청랑은 대단한 노가다야."

"이 사람 서건축, 말은 바로 하자. 자네야말로 건축 설계사인 엘리트 건축가이고, 나 노생은 현장 노가다인 벽돌 왕초일 뿐이네."

"현장 노가다라? 그렇지. 그거야말로 진짜 노가다지. 거기다가 듣자 하니 청랑 자네에게는 괴물 청랑, 협객 왕초, 그런 별명을 달고 다니는 기이하고도 자랑스러운 나의 친구일세."

"괴물과 협객, 그건 또 어디서 들었는가?"

"어디긴 어디야, 자네의 그 근사한 미모의 여동생들에게서지."

"그렇지, 이참에 그 지성과 미모를 겸비한 여동생들에게 새 전화번호를 알려주지 그래."

"그럴 거 뭐 있어. 나중에 자연히 알게 될 텐데 뭐. 그보다 쑹리매 회장에게 먼저 알려주어야겠군."

"그건 또 누구야? 여자 이름 같은데, 거기도 또 여동생이야?"

"그런 건 아니고 그녀와는 장학재단 공동설립자일세. 지금은 상하이에 있는 무역회사 경영주야. 이 장난감이 말을 전해 주는지 한 번 시험해 보아야지. 지금은 해가 지고 어두운 시간이니 집에 와 있겠지. 여보세요? 거기 쑹리매 회장 댁이죠?"

"예, 그런데 혹시 청랑님 목소리 같은데 청랑님이 맞으시죠?"

"아, 유모님이시군. 그간 잘 지냈습니까?"

"네, 청랑님, 상하이에 오셨군요."

"아닙니다. 여기는 한국이에요. 쑹리매 회장 계신가요?"

"이를 어쩌나. 회장 언니는 호텔 1층 가게에 계실 거예요. 내가 전화해서 청랑님께 전화 드리라고 할게요."

"잠깐만요. 내가 이 전화를 가게로 돌려놓을게요. 고맙습니다. 유모님."

"여보세요. 여기 쌍포 돛대입니다."

"예, 쑹리매 회장님 좀 부탁합니다."

"누구시라고 할까요?"

"네, 저는 한국의 청랑이라고 합니다."

"네? 청랑님, 저 이곳 마담 정강이에요. 오랜만이에요. 청랑님, 상하이에 오셨으면 바로 오시지 않고요."

"오랜만이요, 정강씨 내가 상하이에 간 게 아니고 여기는 한국이에요."

"참, 그렇군요. 잠깐만 기다리세요. 회장 언니 바꿔드릴게요."

"고맙습니다."

"오, 청랑이군요. 나 쑹리매야."

"쑹리매, 잘 있었어요?"

"그래요. 잠깐 전화 끊고 있어요. 내가 다시 할게. 청랑에게 전화 요금 폭탄이 되면 안 되지."

"잠깐, 쑹리매가 지금의 내 전화번호를 모르잖아."

"청랑이 모르고 있구니. 여기 발신 번호가 찍히는 사실을 011-898-7174로 나와 있거든."

"알았어요. 내 끊고 있을게."

금세 휴대폰의 벨이 울린다.

"나, 청랑이오."

"청랑, 전화번호를 보니 휴대폰이구나. 그래 잘했어. 새로 사서 나한테 알려주려고 전화했구나."

"그래, 전화번호를 알려주고 싶어서였어. 내가 산 건 아니고 건축사 친구가 하나 사준 거야."

"건축사 친구라. 청랑의 성격에 뇌물 받은 건 아닐 테고 고마운 분이구나."

"그래, 뇌물은 아니고 선물이야. 그 대신 내가 지금 소주 한잔 뺏기는 중이야. 그리고 제일 첫 통화가 쑹리매 회장이야. 나만 가져서 곤란한데 내가 하나 사줄게."

"말씀만이라도 고맙구나. 나도 하나 신청해 놨는데 곧 나올 거야. 그리고 청랑 거는 한국에 나가서 해주려고 생각했었지. 그런데 친구분에게 선수를 뺏겼구나."

"그러게 말이야. 쑹리매는 잘 지내는 거지?"

"그래, 좀 전에 기린화가 왔다가 갔는데 한발 늦었구나. 그 애는 올 때마다 청랑의 안부를 묻거든. 그 앤 도대체 날 보러 오는 건지 청랑이 생각나서 오는 건지 도무지 가늠이 안 되거든."

"설마? 쑹리매가 너무 비약한다."

새로운 시작 73

"아무튼, 착한 아이야. 언제라도 만나게 되거든 따뜻하게 품어주렴. 내 동생이나 다름없으니까? 왜 대답이 없어?"

"인제 보니 쏭리매도 짓궂은 데가 있군. 지난 일인데 기린화 얘기는 뭐 하려 하나? 쑥스럽게."

"그래 청랑은 지금 뭐 하는 거야?"

"나 말이야? 도망쳐 나왔던 노가다로 다시 잡혀 들어갔지. 상하이에 같이 있었던 개나리 본부장이 나를 낚아챘거든. 아마 당분간은 그들 회사의 달비골 현장으로 왕래하게 될 것 같아."

"그랬구나. 그렇다면 많이 바쁘겠구나. 몸 조심하고. 지금 친구분하고 소주 마시는 중인데 내가 너무 오랜 시간 뺏으면 안 되겠지? 미안하기도 하니 이만 줄일게. 전화 고맙고."

"잘 지내라."

"이젠 랑의 핸드폰에다 바로 전화할 거야. 안녕."

"쏭리매도 잘 지내라."

쏭리매가 먼저 전화를 끊었다. 청랑의 손안에서 말하던 작은 전화기가 조용해졌다.

"이거 정말 신통한 물건이군."

"이보게 노생 그 핸드폰이 신통한 게 아니라 자네야말로 괴이하기 짝이 없는 사람일세. 그 먼 곳 상하이에까지 지인을 두고 있다니? 그것도 여친을 말일세. 역시 괴물이란 별명이 그냥 얻어진 게 아니었군."

"그렇게 생각되는가? 상하이는 그나마 가까운 곳이네. 그녀는 본래 브라질의 상파울루에서 살았던 사람이야. 지금의 그의 조국이자 고향인 상하이로 옮겨갔지만, 자 그 얘긴 그쯤하고 술이나 마심세."

"어쨌든 고맙네. 가만히 앉은 자리에서 먼 곳까지 통화할 수 있게 해준 서건축이 말일세."

"틀렸네. 그건 내 탓이 아니고 점점 발전돼가는 기술 문명 덕이네. 다만 내기 지네보다 그것을 한발 먼저 접한 것뿐일세."

"그러니까 서건축 자넨 선견지명으로 그 기술 문명을 먼저 가질 줄 아는 엘리트 군이 아닌가."

"허허 이거야 되로 주고 말로 받는 격이군. 내 아무리 한발 앞 서가느라고 뛰어도 서둘지 않고 침착하게 걸어오는 노생에게 뒷덜미를 잡히고 마는 서건축이, 노생 청랑 앞에서는 초라해지고 마는구나. 그 기분을 알아주는 이 술이나 마시세."

"그래 좋아. 그리고 서건축이 설계한 달비골 창고가 지금 기초공사 중이니 위로 올라가기 전에 비뚤어지지나 않은지 한 번 감리를 해주게."

"당연하지. 건축주인 노생에게 설계비를 깎자는 빌미를 주지 않으려면 말일세. 그리고 노생 자네가 달비골 밥 한 번 산다는 약속도 함께 말일세."

"여부가 있겠나. 내 약속하지. 우리 달비 현장에는 함바도 있고 그 함바에는 밥도 있고 술도 있고 뭐든지 있네. 염려 말고 부디 왕림해 주시게. 서건축."

"자 인제 그만 일어나세."

서건축과 헤어진 청랑은 집으로 돌아왔다. 외톨이 집주인을 맞이하는 불이 켜지고 실내의 온기가 포근하게 다가온다. 제법 마신 술의 취기에도 쉬이 잠들지가 않는다. 거실의 불이 소등되고 서재의 호야 등이 대신한다. 그는 책상 위의 호야 등과 마주 앉아 생각나는 대로 이야기를 해본다. 그러나 몇 마디의 이야기를 하다말고 말끝이 흐려지며 책상 위에 한쪽 볼을 맞대고 입은 비뚤어진 채로 잠들어 버린다. 흘린 침으로 책상 바닥에 풀칠하면서 말이다.

달비 현장의 허반장이 교육생들을 단련시키며 온 지도 달포가 가까워졌다. 청랑은 미보리 창고의 실태를 관리인으로부터 보고를 받고 군 교육청에 들렀다. 도 교육감과 장학관, 몇몇 관계자들과의 회의에 참석하고 나왔다. 그리고는 농협을 거쳐서 달비 현장에는 오후 2시가 넘어서야 도착했다.
"내가 오늘은 좀 늦었네. 허반장. 별일 없었는가?"
"예, 왕초, 현장에는 별일 없습니다만 점심 식사는 하고 다니십니까?"
"그러고 보니 속이 출출하네. 함바에 가서 라면이라도 청해야겠네."
"그러세요, 왕초."
"허반장도 같이 가세."
"무슨 하실 말씀이라도?"
"그렇네."
"그럼 가시지요. 아무리 바빠도 끼니는 챙기셔야죠. 빠뜨린 한 끼는 평생 못 찾아 먹습니다."
"그렇긴 하네만 이런 일이 어디 한두 번인가? 정신없이 다니다 보면 어쩔 수 없는 일이 아닌가?"
"밥을 주문할까요?"
"아니야. 라면 하나면 충분하네."
허반장이 주방에다 라면 하나를 주문하고 왔다.
"허반장이 교육생들을 데리고 있은 지가 꽤 오래된 것 같은데?"

"네, 내일이면 한 달째입니다."

"그러면 이걸 받게. 이 가방 안에 얼마간의 금액이 들어있네. 교육생들에게 실습 수당이라 해도 좋고, 허반장이 알아서 적당히 배분해서 나눠주고 1박 2일로 해서 각지 집에 다녀오도록 하는 게 어떻겠나?"

"고맙습니다. 왕초께서 미리 준비해 주시니 제 마음이 가볍습니다."

"그럼 됐네. 허반장이 알아서 처리하게. 그리고 언제 봐서 김, 이, 황반장을 불러내자. 허반장이 연락하겠나?"

"아닙니다. 호출은 왕초께서 직접 하시는 게 좋을 것 같습니다만."

"무슨 뜻인지 알겠네. 내가 연락할 테니 교육생들 외출 시에 허반장도 잠깐 집에 다녀오게. 벌써 한 달이나 못 가봤잖아."

"염려 마십시오. 우리 집 마누라는 왕초님과 함께면 3년 동안 안 와도 되네요, 한답니다."

"말이 그렇지. 가면 반가워 할 걸세. 자네 몫도 그 안에 넣어두었네."

"알겠습니다. 왕초. 명령대로 하겠습니다."

"비약하지 말게. 나는 허반장에게 명령을 한 적이 없네. 상의했을 뿐이지."

"저에게는 상의보다는 왕초의 명령이 훨씬 좋은걸요."

"그래 그래, 허반장, 마음대로 생각하게."

그날 작업을 마치고 교육생들 앞에 선 허반장.

"지금 제군들은 교육을 위한 실습 중이다. 나 허반장이 처음 제군들을 선발할 때의 약속은 교육 중에는 본 교육장에서 숙식을 제공하고 3개월을 이수한 자에게는 그때부터 매달마다 실습 수당을 제공한다고 했다. 내 말이 맞는가?"

"네 맞습니다."

"그럼 됐다. 제군들에게 내일과 모레 2일간의 휴가를 주겠다.

제군들이 이곳 교육장에서 생활한 지가 이제 곧 한 달이 되었다. 각자 가족들이 있는 집에를 다녀오기 바란다. 많지는 않지만 다녀올 수 있는 여비를 줄 것이다. 집에 갈 때는 부모님의 내복이라도 한 벌씩 사고, 아버지께 드릴 술 한 병이라도 사 들고 가길 바란다. 이것은 우리 교육생들을 아끼는 왕초의 배려다, 알겠는가?"

"예, 감사합니다. 그럼 잘들 다녀오고 복귀에 차질이 없도록 유념하길 바란다. 지금 제군들에게 나눠 준 봉투에는 여비가 들어 있다. 이상이다."

"고맙습니다. 반장님."

교육생들 모두가 기쁜 마음이다.

"반장님은 뭐 하실 겁니까?"

생도 중 막내 끝돌이가 묻는다.

"나도 2일간의 휴가를 받았다. 제군들처럼 내 가족이 있는 원주집에 다녀올까 한다."

"반장님도 잘 다녀오십시오."

교육생들을 보내고 허반장은 건설사무소에 들러 공사과에 청리팀의 2일간의 휴가 계획을 통보하고 야적장 사무실로 돌아왔다. 작업일지를 정리하고 수화기를 들었다.

"허반장입니다. 왕초."

"그래, 날세, 허반장, 교육생들은 잘 보냈는가?"

"예, 왕초께서 말씀하신 대로 모두에게 휴가를 주었습니다."

"잘했네. 잘했어. 그런데 자넨 왜 아직도 그러고 있는가? 출발하지 않고?"

"예, 저도 준비해서 밤차를 탈까 합니다."

"그래 잘 다녀오게. 현장엔 내가 내다볼 테니, 염려 말고."

"감사합니다. 왕초."

"그래그래."

밤차를 타고 새벽 2시에 원주역에 내린 허풍달이다. 택시를 타고 집에까지 왔으나 모두가 잠에서 깨지 않은 밤의 연장선상이다. 길 쪽으로 나 있는 창문을 노크했다. 아무런 반응이 없다.

"여보, 나요, 주원 엄마 자는 거요? 주원 엄마, 나요 허풍달이요."

잠결에도 남편임을 확인한 아내는 얼른 일어나서 잠깐만요 하고는 부엌 쪽의 문을 열었다. 부엌을 통해서 방으로 들어가야 했다.

"웬일이요, 이 밤중에."

"웬일이긴, 밤차를 타고 왔지. 주원이랑 당신도 별일 없었고?"

"그럼, 우리야 잘 있었지. 주원이는 지금 안쪽 공부방에서 자고 있고요. 그런데 당신 그곳에 내려간 지 얼마나 됐다고 벌써 봇짐이우? 혹시 그 왕초님께 고분고분하랬더니 그러지 않고 술 취해서 객기 부리다 쫓겨온 건 아니고?"

"쓸데없는 소리, 이 허풍달을 뭘로 보고? 한 달 만에 집에 온 남편을 그런 식으로 문전박대하려 들다니?"

"그럴 리가 있겠소. 내 이렇게 반가운데."

아내는 남편의 목을 끌어안고 입맞춤을 해준다.

"아직은 밤중이니 어서 옷 갈아입고 좀 더 자요."

오랜만에 단비를 만난 듯 그의 아내는 이불 속에서 남편의 아랫도리를 독차지하며 갈증을 해소하려 든다. 허풍달 그도 사내다. 아내의 뜨거운 체온을 느끼며 힘껏 안아본다. 줄곧 노동에서 축적된 건장한 체력의 에너지가 그의 아내를 황홀케 해주고 있다. 한차례의 격정에서 벗어난 허풍달 내외는 나란히 누웠다.

"당신 허풍달, 그곳에 가서 일은 안 하고 여자 녹이는 기술만 배웠나 봐?"

"그런데 이 여편네가 무슨 소릴 하는 거야? 뜬금없이."

"그렇지 않고서야 생각을 해봐. 여기에 있을 때는 허구한 날 술에 젖어서 아랫도리에 생기라곤 하나 없이 휘청대던 비실이 남자가 오늘은 몰라보게 튼튼해진 그 아랫도리로 제 마누라를 황홀하게 안아주는 허풍달이 되어 돌아왔으니 말이에요. 그러고 보면 당신의 그 왕초란 분은 우리 부부의 구세주님이신가 보네."

"그래, 그렇게 생각해도 되는 분이시지."

허풍달 내외는 마음껏 사랑을 나누고 오랜만에 단잠에 푹 빠져 있다. 이들 부부에겐 유난히 밝은 새 아침이다. 간밤엔 남편의 아랫도리가 장하구나 했는데 오늘은 남편이 내놓은 월급봉투가 그의 아내를 고무시키고 있다.

"여보, 나 이제부터는 오뎅장사 쉬엄쉬엄해도 되겠네."

"왜, 아예 그만두는 건 어떻고?"

"그건 안 될 말씀, 그래도 장사 밑이 어둡다고, 오뎅장사로 생활해 나가고 당신 월급은 꼬박꼬박 저축할 거야."

"그러시든지,"

"그런데 당신 사고 때문에 손가락 2개를 잃어버린 그 손으로는 일의 능률이 많이 부족할 텐데, 그에 비해 월급봉투가 너무 두껍잖아?"

"이 여편네가 그런데, 많이 갖다 주어도 시비야? 이제 겨우 아물어가는 상처를 건드리는 건 무슨 심통이래?"

"그런 게 아니라 나야 내 남편 허풍달이 돈 많이 받아오는 건 좋지만 혹시 다른 사람 봉투하고 바뀐 건 아닌가 해서 말이에요."

"그런 거 아니니까 염려 말고 넣어 두기나 해요. 일이란 손으로만 하는 게 아니고 머리로 할 수 있는 일도 얼마든지 있다고 나의 왕초께서 나에게 하신 말씀이야."

"그럼 당신의 그 밋밋한 머릿속에도 월급 받는 기술이 들어있단 말이야? 신기한 일이네?"

"허허 이 여자가 그런데 니 허풍달을 뭘로 보고?"

"농담이에요. 한 달 전만 해도 당신의 술주정에 가슴앓이 했던 내가 딴사람이 된 당신을 보는 지금 내가 새색시가 된 것 같은 기분이야."

"한 달 전이라? 그랬었지 그때만 해도 나에게는 희망 같은 거는 사라지고 없는 줄 알았었지. 그래도 왕초가 있는 노가다가 이 허풍달을 버리지 않았었어."

"그거 보세요. 내가 뭐랬소. 당신의 왕초, 그분의 눈 밖에 나지 말고 잘하라고 했잖아요."

"그건 옳은 소리야. 내가 뭐 잘났다고 객기를 부리겠어. 우리 마누라가 허풍달이 3년 동안 안 와도 된다고 했다고 했더니 그래도 가면 반가워할 거야. 라고 하는 왕초였는데. 와서 보니 그 말씀이 딱 들어맞았어."

"어, 아버지 오셨네요. 언제 오셨어요?"

"응, 밤차 타고 오늘 새벽에 왔었어. 너가 자고 있을 때 말이야."

"그런데도 자느라고 나만 몰랐네."

"허주원 너 인제 보니 중학생이구나."

"참 아버지도, 내가 중학생이 된 지가 언젠데. 지금 2학년이란 말이에요."

"그런가?"

"그러고 보니 우리 아버지가 한 1년 동안 술에 젖어 계시더니 이제야 깨어나셨나 봅니다. 나는 학교에 다녀오겠습니다."

"오냐, 그래."

"여보, 나도 시장엘 좀 다녀올게요. 반찬거리도 사고 삼계탕 끓일 닭도 한 두어 마리 사 와야겠어요. 혹시 나 오기도 전에 훌쩍 가버리지 말고요."

"염려 마라. 부득이 오늘 밤까지는 신세 지고 내일 아침 일찍 떠날 거야."

"그럼 쉬고 있어요. 내 얼른 갔다 올 테니."

노가다 인생 허풍달 반장의 집에도 모처럼 소박한 가족애가 물씬하다. 야적장의 기초공사가 다되고 지상층 기둥이 설치되고 있다. 농산물 저장의 저온 창고로 허가를 받았지만, 필요에 따라 용도가 변경될 가능성이 존재하나 아직은 미지수다. 이제 캠퍼스 동의 내부 벽돌쌓기 작업이 본격화되었다. 김. 이. 황반장이 각각 3개 동씩 분담하고 허반장은 A동 하나와 교육생들을 전담하도록 했다. 왕초 청랑도 거의 매일같이 달비 현장으로 출근을 한다. 벽돌쌓기, 일명 조적공사. 4개 조로 편성된 각 조의 팀장들은 다년간 왕초 청랑과 고락을 같이해 온 베테랑들이다. 그리고 왕초 청랑의 의중을 제일 잘 알고 있는 반장들이다. 왕초 청랑은 그들을 모아놓고 말을 한다.

"여기 모인 김. 이. 황. 허반장 모두가 나에게는 다 같은 참모들이다. 우리 반장들이 나눠서 분담하는 각 공구에는 담당 공구장과 기사가 있다. 우리의 각 반장은 그들과 바로 상대하고 호흡을 맞추면 된다. 그리고 일양이 제일 가벼운 허반장이 사무실 호출을 전담하고 교육생들을 전담한다. 각 반장은 애로사항이 있을 땐 언제든지 나에게 상의하길 바라고 우리 한 번 잘해보도록 하자."

"염려 마세요, 왕초, 우리 모두 최선을 다할 것입니다."

"고맙네, 반장들, 그리고 나는 가끔 대외적인 일 때문에 현장에 없을 때가 있을 것이야. 각자 무전기로 정보와 의견 교환을 하고 또 야적장의 사무실에는 우리 청리산업의 사무직원 한 사람 상주시킬 것이니 사무적인 문제는 그 사람을 통하면 될 것이야. 우리 일꾼들 숙소는 함바 옆에 내무반을 배정 받아 사용토록 하고. 어때? 이 정도면 우리의 진용이 다 짜인 셈이니 이제 우리 반장들의 의견을 들을 차례야. 할 말 있으면 해보게들."

"우리 반장들 왕초 말씀대로 하면 되지요, 뭐"

청랑이 미보리에 자리하고 있은 지도 2년이 지나갔다. 그동안에 극소수의 지인들이 다녀갔을 뿐 가족들은 아무도 오지 않았다. 2년이란 세월이 많은 것 같지만 그에게는 정신없이 지나간 건곤의 시간이었다. 그가 하고자 했던 일의 기초가 간신히 자리 잡은 듯할 뿐이다. 그의 습관이던 방랑을 멈추게 한 집짓기, 어려움을 겪는 몇몇 학생 만에라도 도움을 줄 수 있는 장학사업의 시작과 그것을 뒷받침하기 위한 농산물 보관창고 위탁업을 시작했고, 그가 어린 시절에 접었던 중학의 졸업을 위한 노생의 길, 1년 과정을 졸업한 것이 그간의 행보였다. 노가다를 전전해 온 오랜 방랑을 접고자 향리에 은둔하려 했는데, 짓궂은 노가다가 그의 은거지를 찾아내어 동행을 요구하니, 오랜 세월 함께해 온 노가다의 손짓을 뿌리치지 못해서 달비골 현장으로 다시 뛰어든 청랑이다. 해강대학 캠퍼스 공사에서 청랑에게 주어진 부분은 공구별로 책임을 맡은 해당 반장들이 잘 해내고 있다. 그들은 청랑의 핵심 참모들이다. 건물의 골조는 지상으로 많이 솟아 있고 내부작업도 뒤따르고 있다. 야적장의 저온 창고도 골조 공사가 완성되고 붉은 벽돌로 외벽 치장 쌓기에 돌입했다. 허반장이 이끄는 교육생들이 그 주축이다. 쌓았다가는 다시 허물고 허물었다가는 다

새로운 시작 **83**

시 쌓는 수백 번의 시행착오를 겪으면서도 교육생들과 함께 하는 허반장이다. 그는 두 가지 목적을 이루고자 한다. 첫째는 저온 창고는 청리의 자체 공사다. 공정에 구애받지를 않아도 된다. 따라서 충분한 시간을 할애하면 끝내는 완성될 것이다. 둘째는 교육생들의 기능을 성숙하게 만드는 교육장으로 활용한다. 그래서 지금은 20명의 교육생이 기능공으로 성장해 있다. 완숙하진 않지만 확실한 기본기를 갖춘 기능공으로 만들어 낸 허반장이다. 이들이 저온 창고의 치장 쌓기를 완성하는 건 시간문제다. 물론 왕초 청랑의 뜻을 잘 읽어서 이행한 허반장이다. 이들 1기생들은 앞으로 본공사인 캠퍼스 동에서 크게 이바지할 것이다. 이제 교육을 이수한 1기 기능공들은 희망에 부풀어있다. 왕초 청랑은 그들의 표정에서 보람을 느낀다. 이것도 청랑 식의 장학사업인 것이다. 캠퍼스의 골조 공사가 계획보다 더디어서 연말이 가까워도 내부작업에만 치중했다. 영하의 날씨가 되면 외벽 작업은 하지 못한다. 야적장의 저온 창고는 이미 완성단계여서 염려할 것이 없다. 교육생들을 전원 내부공사에 합류시켰다. 할 수 있는 데까지 하고 엄동설한에는 시멘트와 물 작업은 두어 달 중단해야 하기 때문이다. 노가다 종사자의 휴면기간이다. 왕초 청랑은 각 반장을 통해서 전 일꾼들에게 품삯을 지급하고 집으로 돌려보냈다. 그들은 기쁜 마음으로 귀향한다. 그리고 그들에겐 희망이 있다. 날이 풀리면 다시 돌아온다는 기약이 있기 때문이다. 12월의 막바지 왕초 청랑도 오랜 맛에 부산의 집을 찾았다. 오늘이 오래전에 별세하신 부친의 기일이다. 제사는 언제나 어머니가 계신 곳에서 손수 준비하시기에 그곳에 가면 가족들이 모일 것이다. 매년 날짜를 잊은 것은 아니지만 줄곧 방랑길에 서 있던 청랑이기에 그래도 갈 수 있을 때만 띄엄띄엄 찾아갔던 그 날이 오늘인 것이다.

"어머니, 저 왔습니다."

"아니 이게 누구고? 애비가 아니냐. 그래 올 시간이 있었더냐? 오늘은 네가 오리라 짐작은 했다만, 어서 오너라. 반갑데이."

어머니는 아들의 손을 덥석 잡는다. 어서 안으로 들어가자. 언제나 변함없이 아들을 반기는 어머니다. 중년을 넘긴 못난 짓 많이 한 아들이지만, 어머니에게는 언제나 측은하고 안쓰러울 뿐이다.

"어머니, 그간 잘 지내셨어요? 아이들하고 고생이 많으시지요?"

"아니다. 내가 고생이랄 거 뭐 있노, 이제 다 컸으니 저희가 알아서 잘한다. 다만 지아비 지어미가 곁에 없으니 그 한 가지가 늘 마음에 걸린다. 그래도 우짜겠노, 너희들의 업보인 것을."

"죄송합니다. 어머니. 못난 이 자식을 용서하십시오."

"그리 생각 말거나. 다 지난날의 과오가 아니더냐? 아이들이 어렸을 땐 내나 그 애들 모두 마음고생이 많았다만, 지금은 철이 들고 오히려 나를 위로하는 걸 보면 대견스럽다. 그러니 너도 마음 편하게 가지거라. 참, 너 애는 지금 학교에 가고 없다. 저녁때면 돌아올 것이다."

"예, 어머니." 노모의 얘기를 들으면서 가끔 단답으로 할 수밖에 없는 청랑이다.

"그리고 수원집의 네 처하고 애들은 잘 있나?"

"예, 잘 있습니다."

"매정한 것! 아무리 그래도 지 뱃속에서 낳은 새끼는 아니래도 지가 너한테 시집왔으면 너의 자식이면 지 자식인데 정을 붙이고 해야지, 남 보듯 모른 척하다니 못된 것 같으니라고, 지 보고 누가 같이 데리고 있으라 카나? 여태껏 내가 키워왔는데 웬만하면 정이라도 붙이려고 노력은 해야지. 우짜겠노? 그것이 모두 너의 팔자소관이 아니겠나."

"죄송합니다. 어머니. 제가 불민한 탓입니다."

"그래 너도 속은 상하겠지만, 그렇다고 술 많이 마시지 말고 싸우거나 하지 말거라. 여기 일들은 걱정 말고 너희들이나 잘 지내면 된다. 그래야만 내 마음도 편할 것이다."

"미안합니다. 어머니. 내 꼴이 이렇게 되고 보니 가족들한테도 할 말이 없습니다."

"그럴끼다, 나도 가끔은 너 동생 눈치가 보이고는 했지만, 그때마다 모른 척하고 내 새끼, 내 손자 키우는 데만 신경 써야겠다. 그래도 너의 동생들이 이해도 많고 착한 편이다. 모든 불편을 감내하면서 잘 지내왔다. 표 없이 말이다."

"그건 저도 잘 압니다. 그렇지만 어머니 말고는 가족들 모두 내 잘못에 대한 불신 같은 거 많이 남아 있는 모양입니다. 그 심정들을 백번 이해하면서도 마음은 아픕니다."

"그래, 그 애들이 그러는 것도 무리는 아니다. 생각하면 괘씸한 점도 없지 않아 있을 테지. 우리의 호적에 그 자리가 어떤 자리인데 그 자리에 덜렁 지 이름 깔고 앉았으면 자릿값을 해야 하는데 그러지를 않으려고 드니 그 괘씸스러움이 너한테로 나눠가는 거겠지. 그래, 미보리가 우리의 고향이긴 하다만 농사일도 안 하던 네가 거기 가서 뭐 해 먹고 살려고 갔노? 집하고 토지라도 있어야 자고 먹고 할 거 아닌가?"

"그건 염려 마세요. 지난날 상하이에서 돌아왔을 때 땅 몇 마지기 사 놓은 거 있었습니다."

"그때 아범 네가 간첩 잡은 포상금인가 탔다면서 나한테 천만 원씩이나 몽땅 주고 가지 않았더냐?"

"예에, 그 돈 포상금 받아서 어머니께 반 드리고 수원에 조금 주고 나머지에다 내가 일해서 번 돈 합쳐서 사 놓은 땅이었습니다. 거기에다 조그만 집 하나 짓고 창고도 한 두어 개 지었습니다."

"얘야, 창고는 뭐 하려고 지었노? 그 땅에다 차라리 곡식이라도 심으면 양시이라도 될 텐데 그 안에 넣어둘 곡식도 없으면서. 쯧쯧."

황당해하시는 어머니시다.

"어머니, 그 창고는 다른 사람들이 농사지은 양파 같은 것을 보관해 주고 보관료를 받습니다. 그리하면 농민들은 농산물을 썩지 않게 잘 보관했다가 비쌀 때 내다 팔면 이익이 많아서 좋고 저는 보관료를 받아서 좋으니 양쪽 다 득이 될 것 같아서 그렇게 했습니다."

"아범 얘기를 듣고 보니 잘한 것도 같구나. 참 희한한 생각을 다 했구나."

"그리고 어머니, 그 창고 세를 받으면 저 먹고사는 것 외에 남는 거 가지고 돈 없어서 고등학교에 못 가는 학생 4명에게 입학금을 주어서 고등학교에 보냈습니다."

"그랬구나. 정말 장하데이. 그러고 보니 아범 너도 우리 집 형편이 너 뒷바라지 못하고 중학 졸업 1년을 남겨둔 채 어린 나이에 객지로 나갔으니 너의 그 좋은 머리 내 가슴에 묻고 말았으니 천추의 한이 되는구나. 내 마음이 그럴진대 너는 오죽했겠느냐, 애초에 이곳 부산에 그대로 있었으면 내가 생선 장사를 해서라도 너 하나 공부시켰을 텐데, 너 아버지도 그 좋은 직장 내버리고 촌에 가서 그 고생을 다한 생각하면 가슴이 저린다."

회한의 눈시울을 적시는 어머니시다.

"그리 생각 마세요. 당시에는 모두가 형편이 어려울 때였으니까요. 그리고 지금은 중학을 1년, 마저 채워서 졸업했습니다. 거기다 고등학교 명예 졸업장도 받았고요."

그 말에 깜짝 놀라는 어머니다.

"얘야, 지금 뭐라캤노? 그 졸업장을 누가 주더노? 나이 사십이 훨씬 넘은 너한테, 고맙기도 해라. 우째 그런 일이 다 있노?"

"어머니, 제가 그동안 중학은 3학년에 편입해서 1년간 학교에 다녀서 정식으로 졸업을 했고요. 고등학교는 통신강의를 공부해서 졸업자격과 동시에 대학입학 자격을 얻었습니다. 그리고 4명의 학생에게 장학금을 주어서 좋은 일 했다면서 비사벌 고등학교에서 명예 졸업장을 준 거고요. 그러니 어머니께서도 지난 일은 잊어버리세요."

"오냐오냐, 장하데이, 그러느라고 집에도 자주 안 오고 했구나. 그래도 내 마음은 후회가 많다. 너 그 좋은 머리로 공부만 계속했더라면 좋은 직장, 잡아서 좋은 배필 만나 잘 살 텐데 지금 이렇게 된 것이 다 내 탓인 듯 싶구나. 내 이제사 말이다만, 지난날 너를 좋아하고 따르던 루산나를 만났다. 자갈치에 장 보러 갔다가 그 애가 나를 알아보고 어찌나 반기던지 인물 훤칠하고 인정 많은 애였는데. 내가 아들 뒷바라지 잘했더라면 그 애 루산나가 내 며느리였을 텐데 하는 생각이 들었단다. 내가 신랑은? 하고 물어봤더니 큰 배를 운전하는 선장이라 했고 딸 아이를 데리고 나왔는데 이름이 청아라고 하면서 다섯 살이라고 하더라. 하도 예쁘길래 쌈짓돈 한 닢을 주었더니 '할머니 고맙습니다.'고 깜빡 절을 하는 모습이 어찌나 귀엽던지, 지금도 눈에 선하구나. 그때 루산나가 너 안부를 묻길래 외국에 돈 벌러 나갔다 했더니, '오빠가 고생이 많겠네예.'하고 섭섭한 표정을 하더라. 그때 그 아이가 꼭 내 손녀 내 며느리 같은 생각이 들어서 여러 날 동안 생각나더라. 말하면 뭐 하겠노. 그런 좋은 아이들을 두고 어느 천지에 못 돼 먹은 종자 같으니라고. 천금 같은 지 새끼를 놓아두고 가버리는 백치 같은 거나, 지 일신

편한 것만 생각하고 사람의 도리를 외면하는 것하고 그 두 년 모두가 너와의 인연이었으니, 모든 것이 내가 박복한 탓이구나."

"그렇지 않습니다. 어머니, 어머니께서는 못난 저를 대신해서 어미 없는 손녀들을 잘 키워낸 훌륭한 할머니입니다."

"그래 네가 그리 생각한다니 다행이구나. 오늘은 그래도 너 아버지 기일에 온 아들을 보고 죽은 혼백이라도 반가워하겠구나. 내 하던 음식, 마저 할 테니 잠깐이라도 편히 쉬거라."

노모께서도 이제는 선걸음이 가벼워지신 것 같았다. 청랑은 어머니에게 깊이 감사했다. 자식의 온갖 허물을 다 덮어주시는 어머니의 마음이야말로 세상에서 가장 큰 사랑이 깃든 집이다. 청랑은 허다한 번민을 날려버린 채 잠이 들었다. 지금 그의 얼굴은 고뇌가 사라진 그대로다. 밤이 되면서 가족들, 동생과 딸아이들이 하나둘 귀가했다. 출가한 동생들도 있고 모두가 하나같이 모처럼 만에 나타난 청랑을 반겨 주었다. 아버지로, 형으로, 오라비로 각자의 위치에서 말이다. 그러한 가족들이 고맙고 소중하면서도 미안한 마음을 떨쳐 버릴 수가 없다. 이러한 마음의 멍에는 청랑을 평생 그림자처럼 쫓아다닐 것이다. 청랑은 어머니 외의 여러 가족에게는 아무 말도 하지 않았다. 변명 같은 거 더더구나 하지 않았다. 그들이 생각하는 모든 것이 질타든, 편견이든 그 모든 것을 거부할 아무런 명분과 용기도 없다. 있는 모든 것이 다 사실이니까. 다음 날엔 모였던 가족들이 각자의 영역으로 흩어지고 어머니와 마주 앉은 자리에서 청랑은 봉투 하나를 드렸다.

"이게 뭐냐?"

"예, 많진 않지만, 어머니께서 가족들과 생활하시는 데 보태 쓰시고 이것은 아이들과 동생들 몫으로 용돈을 준비했으니 여기 이름 적힌 대로 어머니께서 전해 주십시오."

"애비야, 너 하는 일에도 쪼들릴 텐데 이렇게나 많이 놓고 가느냐?"

"걱정 마세요. 그동안 저한테 조금 여유가 있었던 거 드리는 거니 그리 아시고 저는 가겠습니다."

"그래 바쁘더라도 시간 나면 또 오너라."

"예 어머니."

청랑은 다른 아무 곳에도 들르지 않고 곧장 미보리로 돌아왔다. 언제나 청랑의 한쪽 가슴을 짓눌렀던 것이 가족들의 근황이었는데 그 모두와 함께 지낸 어제 하루였기에 마음이 한결 가벼워졌다. 그는 커피 한잔을 만들어서 거실의 소파에 앉았다. 한 모금의 커피는 흐트러져 있던 그의 머리를 맑게 해준다. 한잔의 커피와 함께 느긋이 등을 붙여보는 청랑이다. 그리고 눈을 감아본다. 생각은 떠나가고 잠이 그 자리를 대신한다. 그렇게 얼마를 지났을까? 탁자 위의 휴대전화에서 벨 소리가 울린다. 그 소리에 잠에서 깬 청랑이다.

"예, 청랑입니다."

"청랑이 자다가 일어났구나. 나 쏭리매야."

"아, 쏭리매구나. 잘 지냈고? 바쁘실 텐데 웬일로?"

"내가 청랑에게 전화하는데 웬일이 어딨어. 목소리 듣고 싶어 전화했지. 그런데 웬 낮잠이야? 많이 피곤했구나."

"그런 건 아니고 어젯밤에 내 선친의 기일이라 부산 집에를 다녀와서 잠깐 소파에 기대었더니 잠이 들었었나 봐."

"그곳 부산에 가족들이 있었구나."

"응 어머니가 계시고 아이들과 동생들이 있는 곳이야. 오랜만에 다녀오긴 했어도 마음이 편안해지고 그래서 잠이 들었던 거 같아."
"잘했구나. 그러면 어머니의 연세가 많으시겠구나."
"그래 내년에 70세야."
"그래? 그럼 청량이 어머니의 칠순잔치를 해 드려야겠구나."
"그건 본인인 어머니의 의중을 들어 봐야 되겠는걸"
"그건 아니지 자식 된 자가 어머니 칠순잔치를 준비하겠습니다. 하면 마다할 어머니가 어딨겠어?"
"그러실까?"
"그럼, 당연하지, 그렇게 해 드려. 그리고 그 비용은 나 쑹리매가 준비해 줄게."
"왜 그러실까 쑹여사? 내 어머니 칠순에 쑹리매가 왜?"
"청랑이 그렇게 말하면 내가 섭섭하지. 내 사랑 청랑의 어머니면 당연히 나의 어머니가 아닌가?"
"말씀만 들어도 고맙네."
"그럼 됐다. 어머님 생신이 언젠데?"
"응, 음력 6월이니까 절기로는 초여름쯤 되겠네."
"그럼 그때 꼭 해 드리도록 하자. 그리고 요즘은 자꾸만 청랑에게 다녀오고 싶어지는데 가도 되는 거지?"
"그건 뜻밖의 질문인데? 쑹리매가 언제는 내가 막는다고 안 올 사람인가?"
"그렇지, 내가 괜한 질문을 했구나. 그냥 가면 될 것을 내가 왜 우매한 질문을 해가지고"
"그래 지금 쑹리매의 그 말은 청랑의 마음을 적셔주는 단비로구나."
"그런가? 청랑의 그 말씀은 나 쑹리매를 감동시키고 있으니 이래서 우리는 청랑과 쑹리매야. 이만 끊을게."

끊어진 휴대전화를 아직도 들고 있는 청랑이다. 중년의 나이인데도 그녀에게는 아직도 소녀 같은 데가 있구나 라는 생각을 하면서 전화기를 내려놓는 청랑이다. 내일은 달비 현장에 나가봐야겠구나. 아직은 칼바람이 일고 가는 겨울이라 작업을 하지 않는다. 그래도 청랑은 다른 볼일이 없을 때는 거의 매일같이 한 번씩은 들리곤 한다. 달비현장 그곳은 청리산업의 주 사업장이다. 야적장의 청리 사무실에는 직원 한 사람과 경비원이 현장을 지키고 있다. 며칠 후면 허반장이 휴가를 마치고 다시 합류할 것이다.

"어서 오시오, 청랑, 마침 잘 오셨소."

현장소장 낙동강과 마주 앉은 청랑이다.

"아니, 소장님, 무슨 일이라도 있습니까?"

"그래요, 청랑. 아시다시피 우리 현장의 전체 공정이 늦어졌어요. 날씨는 쉬이 풀리지 않을 것 같고 작업을 앞당길 방법이 없겠습니까? 내부의 벽돌 작업이라도 했으면 좋겠는데."

"그러시다면 한 가지 방법으로는 유리창이 설치돼 있지 않은 곳을 투명한 비닐로 바람막이를 하고 온풍기를 가동하면 작업을 할 수 있습니다."

"그럼 그렇게라도 해야겠어요. 이삼일 내로 온풍기 설치와 바람막이를 할 테니 내부의 조적 공사를 하도록 합시다."

"알겠습니다. 우리 일꾼들을 불러 내리도록 하겠습니다."

"그럼 됐고. 청랑왕초가 오셨으니 오늘은 같이 저녁이나 합시다."

"그럴까요?"

그때 청랑의 휴대전화가 울린다.

"예, 청랑입니다."

"나예요. 청랑."

"오, 쑹리매가 웬일이오."

"웬일은요, 방금 청랑의 집에 왔는데 아무도 없네요? 지금 어딨어요? 청랑?"

"허허 내가 이곳 날비현상에 와 있으니 낭연히 아무노 없을 수 밖에. 잠깐만 내가 다시 전화할게요. 쑹리매."

"소장님, 이거 어쩌지요? 집에 손님이 와 있는 거 같습니다. 모처럼 소장님과 저녁을 같이 하기로 했는데, 미안하게 되었습니다. 소장님."

"개의치 마시오, 청랑, 우리야 내일이고 모레 언제든지 밥 먹을 수 있으니 찾아오신 손님이나 잘 맞이하세요."

"이해해 주셔서 고맙습니다."

청랑은 사무실을 나오면서 쑹리매에게 전화를 했다.

"내 지금 바로 집에 갈게요."

"서둘지 말아요. 청랑, 내가 청랑의 집에 와서 안방을 차지하고 잘 있으니 볼일 다 끝내고 천천히 와도 됩니다. 청랑님."

급히 달려온 청랑이 집 안으로 들어서도 인기척이 없다. 이 사람이 그새 어딜 갔나? 거실로, 각 방으로 둘러보아도 보이질 않는다. 산책을 나갔나? 벌써 어두워졌는데 낯선 곳에서 안 될 말이다. 그는 다시 현관으로 나가려다 말고 멈추었다. 신발이 그대로 있구나. 다시 돌아선 그가 서재의 문을 열어보곤 실소를 금치 못한다. 이런 세상에 청랑의 침대에서 한가로이 잠들어있는 쑹리매다. 어디서 찾았는지 몸빼 하나 주워 입고 큰대자로 누워서 미녀의 입가에 침까지 흘리면서다. 그는 손수건을 찾아 입가의 침을 가만히 닦아 주고 얇은 홑이불을 가만히 덮어주었다. 한 번 꿈틀하고 뒤채는 듯 하더니 그대로 자고 만다. 청랑은 가만히 문을 닫고 나왔다. 낯선 곳 먼 길 찾아오느라 힘들었던 모양이구나. 그랬었다. 어제의 통화가 끝난 직후 쏭리매는 갑자기 마음이 동요했다. 내일은 청랑에게 가리라. 내 남자 청랑이 엄연히 존재하는데 내가 여기서 독수공방 애를 태울 거 뭐 있담? 비행기 타고 차만 타면 너댓 시간이면 그가 있는 곳에 갈 수 있는데, 그래 내일 당장 가면 될 것을. 그래서 쏭리매는 달려온 것이다. 전에 한 번 와 본 적이 있는 이곳 미보리다. 김해공항에 내려서 곧바로 택시를 타고 왔다. 동양무역이나 화백 루산나에게 안내를 부탁해도 되겠지만, 그러지 않기로 했다. 나 자신이 할 수 없을 땐 모르지만 공연히 그들을 번거롭게 할 필요가 없다. 와서 보니 내 집처럼 편안하다 못해 편해 보이는 몸뻬 하나 갈아입고 잠들어 버린 그녀다. 천하의 여걸, 쏭리매도 사랑의 목마름을 참지 못하는가, 상하이의 주언량무역과 칭베이호텔의 대주주이며 회장인 쏭리매, 중국공산당 정부의 개혁, 개방 자문위원이며 상하이시 당 재정 위원인 쏭리매, 그녀가 자신의 사랑을 송두리째 안겨버리고 싶은 곳이 한국의 사나이 청랑이라니, 그러나 전혀 새로운 사실이 아니다. 상하이시 당 고위층에서도 널리 알려진 사실이다. 허름한 작업복 차림으로 나타난 그를 앞에 두고 당 제1서기와 간부들에게 이 남자 청랑왕초가 이 쏭리매의 절친이며 유일한 남친이에요. 라고 애교 있는 선포를 해 온 쏭리매다. 그가 이곳 미보리의 주인 없는 청랑의 서재에서 거리낌 없이 잠들어 있는 것이 하나도 이상할 거 없음이라. 집주인 청랑은 불시에 찾아든 이 빈객을 위해서 저녁 식사 준비를 하고자 주방으로 갔다. 무엇을 할까? 식재료는 다 있는데 막상 무엇을 만들자니 평소와는 달리 맛을 낼 자신이 없어진다. 혼자 있을 때는 대충 때우곤 했지만, 왠지 오늘은 아닌 것 같다. 냉장고 문을 열었다 닫았다. 도마를 폈다 접었다를 하느라 덜걱거리는 소리만 날뿐 뭐 하나도 시작이 안 된다.
"청랑 왔구나. 지금 뭐하는 거야?"
언제 일어났는지 쑹리매가 주방으로 오고 있다.
"응, 쑹리매가 자고 있는 동안 먹을 거 좀 만들러고 하니 순서를 까먹은 거 같아."
"거봐, 그래서 남자지. 이리 줘 봐. 여자의 고유영역을 가로채려는 것 쉬운 일이 아닌 거야."
"무슨 소리? 그보다는 낯선 곳 주방을 뒤지는 일도 쉽지는 않을 텐데? 차라리 오늘은 근처 식당에 가자. 내일 아침엔 집에서 먹기로 하고."
"그것도 괜찮네. 산책도 할 겸해서 나가보자."
"그래 그럼. 그런데 이봐요. 청랑. 밥은 나중이고 인사가 먼저라야 되는 거 아닌가? 최소한의 포옹 정도는 말이야."
그녀는 금세 여인의 자세가 되어 두 팔로 청랑의 허리를 감고 가슴에 얼굴을 묻는다.
"그래 갑자기 어쩐 일이야. 어제 통화를 했는데?"
"그러게 말이야. 그건 나도 모르겠는걸. 그냥 와버린 거야."
"이런 철부지 같은 사람."
"그래, 나는 항상 청랑 앞에서만은 철부지잖아."
자유분방한 성격의 쑹리매다. 그런 그녀가 청랑과 함께라면 격식 같은 거. 필요치가 않다.
"이젠 나도 모르게 청랑을 닮아가나 봐."
"그건 또 무슨 소리?"
"무슨 뜻이겠어? 희대의 방랑아 청랑에게서는 헤어나지 못하는 쑹리매다. 뭐 그런 거겠지."

"그래 잘 왔다. 잘 왔어요. 쑹리매 여사님."
"진작에 그리 말할 것이지."
두 사람이 농을 주고받는 사이에 푸줏간 옆의 국밥집에 도착했다.
"우리 뭘로 할까? 쑹리매 여사."
"그럼 나에게 선택권을 주는 거야?"
"당연하지, 객을 배려함은 주인된 자가 해야 할 도리 아닌가?"
"그럼 좋아. 메뉴판을 보고 나서, 어디 보자."
"이봐요, 쑹리매씨 지금 여기는 상하이의 메뉴판이 아니고 한국의 식당 메뉴란 걸 잊으셨나 본데?"
"이거 왜 이러실까? 나 쑹리매가 상파울로 때 한국어와 한글 전공자라는 것을 모르시는 모양인데. 그간 십수 년을 가까이하고서도 나에게 한국어 운운하다니. 혹시 청랑에게 건망증이 생긴 건 아닌지 염려되네?"
"그래그래 미안. 내가 깜빡 실수야."
"그렇지? 이제 내가 주문한다. 저 주인장,"
"예, 손님, 뭘 드릴까요?"
"여기 수구레국밥 둘하고, 소주 한 병 주세요."
"예, 예, 금방 올리겠습니다. 손님."
"어때, 주문 실력 이 정도면 괜찮은 거지?"
"그래 멋진 주문이었어. 그런데 꽤 매운맛일 텐데 괜찮겠어?"
"이봐요, 청랑 매운맛이라는 어휘보다는 얼큰한이라고 하는 표현이 진정한 한국어의 참맛이야."
"허허 오늘은 되로 주고 말로 받아야 하는 수난의 청랑이구나."
"이제 알았으면 이 쑹리매를 이방인 취급 않기를 바란다."
"그래그래, 오해 마라. 나 청랑이 쑹리매를 두고 한 번도 그런 생각해 본 적이 없으니까."

"그래, 그 말은 믿는다. 내가 청랑을 안 믿으면 누굴 믿겠노."

둘은 소주잔을 부딪치며 그들 나름대로 최고의 얼큰함을 맛보는 만찬이다.

"청랑 우리 이 집 수구레국을 포장해 달래서 사가지고 가자. 내일 아침에도 고민할 거 없이 얼큰한 국으로 밥 먹으면 되잖아."

"그래, 쑹리매만 괜찮다면 그렇게 하자."

"주인 아저씨, 수구레국 2인분만 포장해 주세요."

"네네. 그러겠습니다."

식당을 나온 그들은 멀지 않은 곳에 있는 집으로 돌아왔다.

"어? 이제 보니 내 옷차림이 이게 뭐야? 내가 이 몸빼를 입은 그대로 외출한 거잖아?"

"뭐, 자연스럽고 좋아 보이는데 그래."

"정말이야? 이건 실내복이잖아?"

"모르는 소리, 이곳에서는 몸빼를 실내복도 하고 외출할 때도 입는 거야. 그리고 쑹리매의 우아한 자태가 몸빼의 가치를 더욱 돋보이게 만들어 놓았는데?"

"그런가? 어쨌든 이 옷이 편하긴 하네."

실내에 들어서자 마신 술이 그들을 더욱 화끈거리게 한다. 그리고 격식이란 게 사라지고 늘 그랬듯이 찾아드는 자연스러움 그대로다. 근 1년 만이다. 그들에게는 자기 자신보다도 상대를 더 배려하는 마음이다. 그런 다음이 스스로의 만족이다. 자타가 인정하는 절세미인 쑹리매가 그 자신 전부를 청랑에게 맡긴 후에 얻어지는 안식은 그녀가 살아가는 데 강한 생명력을 갖게 해주고 있다. 또 자신의 주위를 감싸고 있는 모든 사안들이 긍정적임을 느끼게 한다. 그녀는 이제 청

새로운 시작

랑의 턱밑을 바짝 파고들며 자신의 온몸에 배어 있는 그의 짙은 냄새에 취해가고 있다. 한차례의 폭풍이 그들을 흔들어놓고 간 다음이라 평화로워진 여인 쑹리매는 그래도 사내를 놓아주지 않고 속삭인다.

"청랑."

"응"

"내 말 듣고 있는 거야?"

"응, 그래."

"잠들지 말고 내 말 듣고 있는 거지?"

"응 그래 듣고 있으니 계속 부르지만 말고 무슨 말인데?"

"그것이 말이야. 돌아오는 4월이 되면 청랑과 내가 처음 만난 날로부터 15년이 되는 거야. 앞으로 3개월 후면 말이야."

"벌써 그렇게 된 건가?"

"벌써가 뭐야. 10년이면 강산도 변한다는데, 내 마음 청랑에게 붙들어 맨 채 요지부동인걸 보면 우리는 운명인가 봐."

"그야 쑹리매의 한결 같은 사랑이기도 하지만, 바보스러움이 한몫을 한 탓이지. 허구한 날 노동판을 전전하는 떠돌이 청랑을 보고 하찮은 여자들도 이구동성으로 노가다를 하는 볼품없는 인간으로 경멸하는 판국인데 그러지 않는 쑹리매야말로 천하의 바보가 아니고서야?"

"그런 말이 어딨어? 방랑을 거듭하는 청랑의 진면목을 몰라보는 그들이 바보이지, 나 쑹리매는 바보가 아닌 동시에 억세게 운 좋은 여자이거든. 그리고 난 한 번도 후회한 적이 없으며, 청랑을 한눈에 알아본 내 안목에 찬사를 금치 못하는 거야. 우연한 기회에 청랑이란 대단한 벗을 얻게 되어 그 후로 오랜 세월 이렇게 행복한 쑹리매인데, 그렇지만 청랑을 오랜 방랑의 길에 오르게 한 있을지도 모를 그의 아내가 존재한다면 그가 만약 청랑의 방랑을 멈추게 한다면 나 쏭리매는 다행스런 마음으로 박수를 보낼 것이다. 크나큰 아쉬움이 남는다 하더라도 먼발치에서 그의 그림자라도 벗하면 될 것이다. 그러나 아직은 아닌가 보다. 내 사랑을 방해할 아무런 징조도 보이지 않으니 말이다."

쏭리매는 다시 청랑의 가슴으로 안겨든다. 그녀의 진정이 사내를 감동시키고 있음일까? 사내는 그녀가 원하는 대로 응해 주고 있다. 그녀가 찾아올 때의 바람이 헛되지 않게 말이다. 미보리의 깊은 밤은 그들 남녀를 깊고 아늑한 사랑의 길로 안내해 주고 있다. 그리고는 단잠을 선물하고 아침이 왔다. 상쾌한 기분의 아침이다. 바깥의 기온은 차다. 아침 공기를 마시러 마당에 내려섰던 쏭리매가 금세 움츠리고 들어온다.

"아이 추워. 여긴 상하이보다 추운 날씨구나."

"그럴 거야. 위도상 그곳보다 한참은 북쪽이니까. 이제 보니 쏭리매가 예상 밖에 추위를 타는구나."

"그러네. 상하이나 상파울로는 12월이라도 이렇게 춥지는 않거든."

"그러기에 이곳 한국의 기후는 4계절이 분명해서 때로는 매운 맛을 줄 때도 있거든."

청랑이 가져다 준 따뜻한 보리차로 목을 적시며 금세 어깨를 펴는 쏭리매다.

"실내의 난방을 좀 높일까?"

"아니야, 이제 됐어. 내친김에 취사는 나 쏭리매가 담당할 거야."

그녀는 밥 짓고, 국 데우고 상 차리고 분주하게 몸뻬 입은 아낙 노릇을 제대로 하고 있다. 이곳 미보리의 청랑의 집에 그녀가 앉았던 자리를 남기려 함일까?

"청랑, 오늘은 가야 할 것 같구나."

"벌써? 겨우 하루였을 뿐인데?"

"그래, 나도 청랑의 곁에 계속 있고 싶은 마음이지만 그러지 못하는 게 아쉽다. 우리 속담에 하룻밤이면 만리장성을 쌓는댔잖아. 어제 하룻밤의 열정을 청랑과 함께 했으니, 그걸로 만족하고 다음에 또 올게."

"그래 그럼, 내 차로 태워다 줄 테니 중간에 들를 때가 있으면 말해."

"아니야, 그럴 거 없어. 이번 여행의 목적은 청랑에게 오는 거였으니까."

"그럼 설린이는 안 보고 가도 되겠어?"

"그래, 그 아이에게는 내가 작은 엄마일 뿐이야. 그 애가 알고 있는 그대로가 모두에게 좋다고 생각된다. 그리고 친부인 설선장 내외의 사랑 속에서 잘 성장했으니까 그것이 처음에 내가 바랐던 일이고, 그래서 난 화백언니 루산나가 존경스러운 거야. 그냥 가자 공항으로."

"그래, 그럼."

청랑은 쑹리매와 함께 고속도로를 달렸다. 마산, 진영을 거쳐서 김해 공항까지는 2시간이 남짓 걸렸다. 전화 예약한 비행기표는 창구에서 확인할 수 있었다. 상하이행 비행기의 탑승까지는 한 시간의 여유가 있다. 휴게실에서 차 한 잔을 마주한 쑹리매는 가방에서 통장과 인장을 꺼내서 청랑에게 내놓으면서

"받아주라. 청랑."

"이게 뭔데?"

"청랑의 서랍에 넣어둘까 했는데 늘 열어놓고 다니는 청랑의 집이라 도난 염려도 있고 해서 그냥 갖고 있다가 주는 거니 오해 같은 거 하지 말고 받아주렴. 청랑이 시작해 놓은 장학사업에 조

금이라도 도움을 주고 싶은 내 마음이야."

"그런 뜻이라면 고맙다. 하지만 나에게 도움을 주고 나면 쑹리매의 곳간이 빈 곳이 많아질 텐데?"

"엄려 미라. 그 정도로 허약한 체질의 쑹리매는 아니잖아. 아무튼 통장은 청리 이름으로 했고, 비밀번호는 청랑에게 익숙해진 숫자인 7174로 외환은행이야."

"알았다. 쑹리매의 그 뜻을 담아 오는 새 학기엔 10명의 학생에게 혜택을 줘야겠다."

"그래, 청랑이 하고자 하는 일이 다 잘될 거야."

"고맙다. 그렇게 생각해 주어서. 이제 탑승절차가 시작되나 보다. 게이트로 가자."

"잠깐 나 한번 안아주고."

"사람들이 보는 데서?"

"볼 테면 보라고 해. 내가 청랑에게 작별인사를 받는데 거리낄 게 뭐 있어?"

"그렇군, 앞으로 두 시간 후면 쑹리매가 상하이에 도착할 거야. 잘 가라, 쑹리매."

"청랑도 잘 있어."

아쉬움이 남지만 밝은 표정의 쑹리매다. 날아오르는 비행기를 확인하고 공항을 빠져나온 청랑은 다른 아무 곳에도 들르지 않고 곧장 달비골 현장으로 방향을 잡았다. 미보리집도 그냥 지나쳤다. 야적장에는 실려 온 적벽돌이 하역작업 중이고 차 소리를 듣고 사무실에서 나오는 공상무다.

"저 왔습니다. 왕초 형, 그간 별 일 없습니까?"

"언제 오셨는가, 공상무. 반갑구나."
"방금 전 내려오는 벽돌차에 얹혀서 왔습니다. 왕초 형도 보고 싶고 해서요."
"그래, 잘 왔다. 나도 공상무의 안부가 궁금했거든, 왔으니 우리 같이 건설사무소에나 들러보자."
"그럽시다. 형,"
"소장님, 안녕하십니까?"
"어서 오시오. 청랑왕초, 공상무도 오셨구려."
"예, 오랜만에 뵙습니다."
"자자 이리들 앉읍시다."
여직원이 차를 가져왔다.
"청랑께 찾아온 손님은 가셨소이까?"
"예, 방금 보내고 오는 길입니다."
"청랑형께 누가 왔다 갔습니까?"
"그렇다네,"
그때 청랑의 휴대전화가 울린다.
"잠깐 실례합니다."
"아, 나요, 청랑이요,"
"청랑, 나 방금 집에 도착했어요. 그래서 전화한 거예요."
"잘 도착했다니 안심이군, 먼 길에 힘들었을 테니 편히 쉬어요."
"힘들긴, 덕분에 잘 있다 왔고, 아직도 힘이 펄펄 남아도는데 다시 갈까?"
"사람하고는, 그렇게 농담이 하고 싶은 거야?"
"물론이지, 그럼 잘 지내라 청랑."
통화가 끝나고

"미안합니다. 전화 때문에."

"아니오, 그렇지가 않아요. 누구에게나 전화는 중요한 대화일 테니."

"그냥 질 도착했다는 알림 전화입니다. 비행기를 타고 긴 사람이리."

"그럼 왔다 간 분이 혹시 상하이의 쑹여사?"

"그래 맞아, 공상무도 만난 적 있는 쑹리매 그 사람이야."

"그럼 그분이 여기까지 형님을 찾아왔단 말입니까?"

"맞을 거요. 난 어떤 사람인지 모르지만 청랑이 어제 나하고 얘기하다가 급히 호출을 받고 나갔으니까. 중요한 손님이었겠지요."

"왜 아닙니까? 내 아우인 창호의 말을 들으면 쑹리매란 그분은 중국 정부의 개혁개방정책 자문위원이고, 상하이시 당 재정 위원이라 했어요."

"그게 정말입니까? 청랑왕초?"

"공상무의 집안 동생이 그곳 상하이 주재 한국영사이니 틀린 말은 아닐 겁니다."

"그런 대단한 위치에 있는 분이 청랑왕초를 찾아서 여기까지 오다니, 놀라운 사실이군요."

"소장님은 짐작이 안 되십니까? 그분은 여성인데 청랑님이 그리워서 온 거 외에 다른 이유가 있을 수 없지요."

"그 정말입니까? 청랑?"

"왜들 이러십니까? 사람의 집에 사람이 찾아오는 건 보편적인 일이지요. 그보다도 어제는 내가 부득이한 사정으로 낙소장님과의 저녁 약속을 펑크 냈으니까 오늘 저녁은 내가 사리다. 공상무도 오고 했으니. 더욱 잘 되었어요. 갑시다."

"좋아요. 청랑형이 내는 벌주라면 이 공기호가 빠질 수가 없지요."

공상무가 먼저 앞장선다.

"가만, 직원들을 두고서 우리끼리만 가는 것 안 좋으니 데리고 갑시다. 소장님."

"그러지 않아도 됩니다. 우리 직원들, 내일 현장 회식이 잡혀 있으니까 그냥 둡시다."

"어디로 갈까요? 소장님,"

"왜 지난번에 청랑이 자랑하신 수구레국밥인가 하는 거 한번 먹어봅시다."

그들은 비사벌 도축장 옆 국밥집으로 갔다.

"주인장, 우리 세 사람이니 고기 3인분하고 소주 두어 병 주세요."

"아니 청랑왕초, 우리 국밥 먹기로 하고 왔지 않소?"

"허허, 염려마시오. 낙소장님, 이 집은 국밥만 시키면 국밥만 주고서 밥값을 받지만, 고기를 시키면 수구레국은 덤이 되어 따라 나오거든요."

"거참, 묘한 장사법이군요."

"그렇게도 보이지만 이집 식당주의 속내는 소주 몇 병 더 마셔주면 이익금엔 지장이 없고, 인심 좋은 식당으로 호평을 얻을 테니 좋은 것 아니겠소."

"그랬다가 소주를 더 이상 안 마시면?"

"뭐 졸장부들이 그렇지 별 수 있나 하겠지요."

"거 재미있는 한 잔 술이군요. 자 우리 건배합시다."

그들의 소주잔이 호기롭게 입안으로 쏟아진다.

"그런데 왕초형은 저희 여화산업 적벽돌이 야적장을 가득 채워 놓았는데 무겁지도 않으십니까?"

"염려 마시게. 몇 장인지는 몰라도 2월부터는 쌓기 작업을 시작할걸세. 그때 가면 공상무의 꽁지가 빠지도록 뛰어야 할 걸세."

"형님도 참. 상황 파악이 안 되시는 모양이군요. 현재 야적장에는 백만 장이 쌓여 있고, 여화에서는 물론 '고령'과 '진영' 그리고 '양신' 3개 공장에도 각각 20만 장씩 도합 60만 장의 지원군이 준비되어 있습니다."

"그렇다면 다행이야. '적연화' 때문에 공정이 늦어지는 일은 없을 테니, 그러고 보면 급한 건 내가 아니고 낙소장 쪽인데 이제 어쩌실 겁니까?"

"그렇군요. 듣고 보니 내가 초읽기에 몰리게 생겼습니다. 그려, 청랑께서 한 수 물려주시구려."

"좋습니다. 내 젊은 시절 방랑을 하다가 잠시 쉬어가는 길목에서 삼국지에 푹 빠진 적이 있었지요. 그 속에서 촉의 제갈공명이 오의 산마루에 칠성단을 쌓아 그 앞에 앉아서 사흘 밤낮으로 정성을 들인 끝에 서북풍의 계절임에도 화공에 꼭 필요했던 동남풍을 불러오는 신기를 배운 적이 있습니다. 이번에 그 신통을 써 볼까 합니다만, 그러자면 낙소장의 협조가 필요합니다."

"그게 정말이요? 청랑의 지금 그 말씀이 가능하다 이 말이오?"

"허허 나 청랑이 언제 빈말하는 거 보았습니까?"

"당시에는 공명의 동남풍이 필요했지만 지금의 우리 현장은 차가운 한냉을 격파하는 일입니다. 그러자면 온기를 담은 봄이 필요하지요. 물론 그냥 기다리면 때가 되어 봄은 오지만, 그땐 이미 늦어진 공정에 만회할 기회가 없어진 다음이지요. 다행이 낙소장께서 청랑의 말을 믿고 동의를 하신다면, 나 청랑은 지난날 제갈공명으로부터 사사 받은 신통술을 써서 지금부터 한 달째가 되는 날에 공사를 재개할 수 있는 온기를 불러올 것입니다. 그 시점에서 낙소장께선 골조공사를 재개케 하고 적벽돌 쌓기로 그 뒤를 바짝 추격케 하면 골조작업은 꽁지가 빠지게 앞으로 전진할 것이고, 그로 인해 전체 공정을 많이 앞당기는 결과를 얻을 것입니다. 이상이 나 청랑이 할 수 있는 일입니다만"

"지금, 청랑왕초의 그 말씀이 가능할까요? 평소에 청랑의 비범함이 남다른 줄 알고는 있었지만, 설마 그렇게까지야?"

"이 공기호의 생각에는 소장님께서 심사숙고 하셔야 할 거 같습니다."

"그러네요. 공상무님 말씀도 일리가 있기도 하고요."

"아마 소장님께서도 저와 같은 생각이실 겁니다."

"허허, 공상무 저 사람이 들어서 큰일을 어긋나게 하는구나."

"정 그러시다면 없었던 일로 합시다. 저는 괜찮으니까."

"아니오, 청랑의 말씀대로 진행을 하십시다."

그 소리에 깜짝 놀란 것은 공상무다. 그는 입 밖으로 나오려던 말을 간신히 속으로 삼키고는 저런 일이? 멀쩡하던 낙소장이 최면을 먹었나? 쯧쯧, 이제 보니 현명했던 왕초에게도 신기가 있구나. 혀를 차며 껌 씹은 표정을 하고 있는 공상무다.

"자네 지금 혼자서 무슨 말을 중얼중얼하나?"

"아~ 아닙니다. 그냥 두 분이서 주연으로 펼치는 영화를 보는 것 같아서요."

"그랬는가? 재미있게 감상하시게. 낙소장께서 동의를 하셨으니 내일 모래가 우리 야적장의 저온 창고 상량식이니 돼지머리 하나 올려놓고 상량제를 올릴 것입니다. 그날 그 오른쪽 상단에 칠성단을 만들고, 봄을 부르는 기춘제를 하겠습니다."

"그래주시오, 청랑. 그 제단에 현장소장 낙동강이 100근짜리 돼지 한 마리를 제물로 바치겠습니다."

"그거면 충분합니다. 나 청랑이 정성을 다해보리다. 그리고 공상무는 그로부터 한 달째 되는 모월 모시에 술 말통에 표주박 하나 띄우고 기다리게나."

"왕초의 분부에 따르긴 하겠습니다만 아무래도 소장님께서 통돼지 한 마리만 날리는가 싶네요."

"그렇지가 않아요, 공상무. 이 낙동강, 돼지 한 마리를 내놓는 대신에 골조와 벽돌 양 팀을 코피 나게 몰아붙일 생각입니다. 그 돼지 한 마리로 나는 양 팀 일꾼들의 목 때를 씻기고 체력을 증강시킬 거고요. 봄이 도착할 그 때를 대비해서 말입니다."

"이제 보니 청랑형의 도술에 낙소장의 영혼이 무방비로 노출되는구나."

"이 사람 공상무, 칠성제를 앞두고 부정적인 마음을 가지면 칠성신이 노하시네. 그 노여움 사지 않으려면 공상무는 경거망동을 삼가게나."

"그래요, 공상무 지금부터 우리는 청랑의 신에게 토를 달지 맙시다. 오늘 와서 보니 청랑이 살고 있는 이 고장의 수구레국은 얼큰함이 일품이고 덕분에 술맛이 더해지는군요."

"그리고 보니 낙소장의 그 말씀과 식당 주인의 작전이 맞아지는군요."

"왕초형은 언제 봐도 대단하고요."

"고맙네, 그렇게 봐주는 공상무가 말일세."

새로운 시작 **107**

## 봄을 기다리며

이들 세 사나이는 느지막한 시간에 식당을 나왔다.
"오늘은 늦었으니 공상무는 물론이고 낙소장께서도 이 청랑의 자그마한 집에서 자고 가시지요."
"그래야겠습니다. 한 잔 술에 취하게 만들었으니 집주인이 쫓아낸다 해도 도리 없이 신세져야겠어요."
이리하여 청랑의 집은 주객 셋을 유치하는 성과를 올렸다. 다음 날은 세 사람 모두 새벽 일찍 일어나는 습관이 몸에 배인 노가다들이다. 한발 앞서 일어난 청랑은 찢어놓은 북어를 물에 불려서 넣고 파 마늘 두부에다 간을 맞춰서 속풀이 국을 만들어냈다.
"시원하고 좋군요. 이거 사온 것 아니라면 청랑의 솜씨 맞아요?"
"그 잘 모르겠는데요? 맛있으면 내 솜씨고, 맛없으면 사 왔다고 해야겠지요."
"음, 집주인 솜씨가 맞네, 잘 먹었습니다."
"그럼 두 분들 먼저 가시고 나는 교육청에서 와 달라고 하니 잠시 들렀다가 오후에 가겠습니다. 공상무는 바쁘더라도 날 기다려야 해."

"알았어요. 왕초."

교육청에 들른 청랑은 장학관에게 오는 새 학기엔 10명의 장학생을 선발해서 혜택을 주자고 했다.

"고맙습니다. 청리 이사장님, 우리 고장에 청랑 선생 같은 분이 존재하심은 자랑스런 일입니다."

장학관의 말이다.

"아닙니다. 생각보다 적은 선발이라 아쉽습니다."

청랑은 군 교육청을 나와서 달비 현장으로 차를 몰았다.

"왕초형, 오시는 대로 낙소장이 들리시랍니다."

"그래, 그럼 가보세."

"저도요?"

"그럼, 당연하지, 여기까지 내려와서 따로따로 놀자고?"

"그런 건 아니지만."

"아니면 같이 가자."

"그래요, 그럼."

"낙소장께서 날 찾으신 걸 보니 무슨 벌금이라도 내릴 모양입니다."

"벌써 짐작하시는군. 이번 기성에 청리 쪽의 자재 대금이 결제 났어요. 경리과장에게 말해 두었으니 수령해 가십시오."

"감사합니다. 우리 공상무도 때맞춰 잘 내려오셨구만."

"그러게 말입니다."

"아, 그리고 백만 장이 야적장에 온 걸로 보고 우선 50만 장분의 기성이 결제 되었습니다. 그리 아시고 수령해 가십시오."

"고맙습니다. 그리고 그동안 고생한 우리 공상무가 한숨 돌리겠구나."

"고마워요. 왕초형."

"이사람 공상무, 자기 물건 외상 줘놓고 늦게 받으면서 하는 인사치곤 듣기는 좋은데."

"그건 이 다음에도 소장님께서 잘 챙겨주십시오 하는 부탁이기도 합니다."

"싸인은 내가 할 테니 돈 보따리는 공상무가 잘 챙기게."

"알았어요. 왕초."

"그리고 자재 반입은 안 됐지만 생산을 의뢰해 놓은 지방 공장에도 얼마간의 계약금을 주는 것이 좋을 것 같은데 공상무 생각이 어떠신지?"

"안 그래도 왕초께 그 점을 건의할 생각이었습니다."

"그럼 됐네."

"저희 여화산업은 예외지만 지방 공장들은 영세성을 면치 못해서 어려움도 있을 겁니다. 그곳 공장들도 답사할 겸 해서 들려 봅시다."

"그러자면 충분한 시간을 가지고 움직여야 하는데 오늘 오후만으로는 택도 없다. 내일은 또, 상량식과 칠성제가 예정돼 있으니, 시간이 맞지 않구나."

"그럼 칠성제를 하루 늦추면 어떨까요?"

"예끼 이사람 정성과 시간을 중시해야 될 칠성제를 소홀히 했다가는 바람이 물거품 되고 오히려 벌을 받게 될 텐데?"

"어쩌지요?"

"소장님, 지금 무슨 말씀들 하시는 거요?"

"그쪽 사정에 나까지 벌 받을 수 없으니 나는 분명히 내일 그 시간에 돼지 한 마리를 제단에 바칠 겁니다."

"이보시게 공상무 낙소장님의 결심이 저럴진데 나 역시 그 돼지 한 마리 놓치고 벌 받느니 칠성제를 엄수해야겠네. 세 곳 공장은 공상무가 알아서 처리하게."

"안 됩니다. 나 혼자서는 칠성신의 분노를 감낭할 수 없으니 내 지금 달비 농협에다 이 돈 맡기고 칠성제에 동참하겠습니다."

"그렇다면 알았네."

청랑은 휴대전화를 눌렀다.

"아, 갈제소장, 나 청랑이오."

"네, 사장님, 내일 상량식 준비는 차질이 없는 거지요?"

"네 그렇습니다."

"그럼 됐고, 갈소장에게 부탁이 하나 더 있어요."

"말씀하십시오. 사장님,"

"그러면 내일 상량식 상 차릴 때 오른쪽 상단에다 칠성단을 좀 만들어 주시오."

"칠성단이라 했습니까?"

"금시초문이군요."

"그러실 테지. 흔한 일이 아니니까, 전화로 그림을 그려 보일 수는 없고 말로 하리다. 밑에서부터 낮게 오르는 7계단에다 단상에서 낮게 7층탑에 7개의 별을 얹어 놓고 탑 꼭지에서 7개의 천을 내리고 천의 색깔은 각색이어야 하고, 천 깃발에다 먹글씨로 '칠선신 상춘제, 기춘제, 지신과 천신을 각 다섯 천에 쓰고 나머지 두 깃발에는 갈소장 뜻대로 쓰시오."

"알겠습니다. 사장님, 어렵긴 해도 최선을 다해 보겠습니다."

"바로 그거요. 최선을 다한다는 갈소장의 그 정신이면 칠성제의 반은 성공이오,"

청랑은 주문 외우듯 하고 휴대전화를 접었다.
"정말 기가 막힙니다."
"왜 그러나 공상무?"
"칠성단을 쌓는 형님의 그 모습과 그것도 단 1분만에 다 쌓아 놓으니, 저 공기호 웃으려다 말고 잠깐이나마 형님의 그 칠성단에 갇혀 버리게 되는군요."
"이사람 공상무, 웃지 않길 잘했네. 잘못 웃었다가 벌 받는 거 나도 구제할 수가 없네."
"청랑왕초 이 낙동강은 웃지를 않았습니다."
"알아요. 알고 있어요. 낙소장의 진심을 깊이 신뢰하고 있으니 안심하십시오."
청랑과 소장 두 사람을 번갈아 보며 입을 다물지 못하는 공기호다.
"공상무는 지금 왜 그러고 있나?"
"아, 아닙니다. 전화 좀 하려구요."
책상 위의 전화기를 집어드는 공상무다.
"여보세요, 고령토 사장 부탁합니다."
"아, 고사장 오랜만이오. 나 지금 달비현장에 와 있어요. 용건만 말할게요. 내일 이곳 청리산업 저온창고 상량식입니다. 시간 나시면 오시라고요."
"당연히 가겠습니다. 공상무님과 할 얘기도 있고요."
"그래요, 시간은 오후 1시입니다."
공상무는 진영공장과 양산공장에도 같은 내용의 전화를 했다.
"내일 다들 오겠답니다."
"그럼 됐고, 우리 이제 그만 일어나세."
"그럽시다. 왕초,"

"잘 가시오, 두분."

　청랑과 공기호를 배웅하고 소장실로 온 소장 낙동강은 야릇한 감정에 젖어든다. 벽돌 왕초 청랑이 봄을 앞당기는 칠성제를 올린다는 기이한 발상에 한참 발을 들여놓은 자신을 깨닫고 흠칫 놀란다. 그것이 청랑의 허구적인 코미디임을 알면서도 그가 하는 말이 진실처럼 느껴지는 것은 무슨 조화일까? 웃음을 참지 못하고 코미디 그대로 받아들이는 공기호와는 달리 이 낙동강은 청랑의 칠성제에 기대를 걸고 있지 않은가? 동의하지 않았으면 후회가 될 것만 같은 내 마음, 그가 코믹하게 연출하고 있는 칠성제가 사람의 신통력이 아닌 자연의 섭리라고 밝혔는데도 그와 나는 제를 지내야 한다는 공감대를 형성하고 있다. 이왕 내친김에 라는 고집 같은 걸까? 그것은 아닐 것이다. 청랑이란 사람, 그런 무모한 고집쟁이가 아니다. 건축물의 상량식, 그것은 우리 모두가 공감하는 풍속이요, 개념이다. 그 속에는 무사안위라는 바람이 담겨있는 정신문화이다. 청랑이 연출하는 칠성제는 그보다는 황당해 보이고 현실과는 동떨어진 신령 굿 놀음으로 비칠 수가 있다. 그래도 청랑은 그것을 강행하려 한다. 왜일까? 한낱 미신을 믿고 굿이나 벌일 그런 청랑이 아님은 분명한데? 낙소장의 생각은 꼬리에 꼬리를 문다. 이제 보니 나 낙동강이 바보로구나. 청랑 그가 달비골의 지형 지질 풍토에 대하여 과학적인 근거를 담아 설명을 했는데도 이러고 있으니. 아니야, 그렇다면 그냥 그렇게 설명하고 그에 대비하자 하면 될 것을, 구태여 칠성제까지? 지금은 겨울의 한가운데 갇혀서 한 발짝도 앞으로 나가지 못하고 공정을 멈춘 상태의 공사현장이다. 본래의 계획은 금년 새 학기에 서울 본교의 재학생을 분산 수용하고 신입생도 받아들일 계획이었다. 이공계 학과를 세분화해서 그에 따른 전문인재를 키워낸다는 것이 학교 재단의 목적이었다. 그럼에도 토목공사의 지연 때문에 많이 늦어지고 그 부담은 건축공사로 넘어온 것이다. 공정을 앞당기기는커녕 오히려 지연되어 있는 건축 공정이다. 겨울철에도 강행하려 했지만 내륙에 위치한 달구지방의 추위는 만만치가 않다. 부득이 멈추어 있는 공사이고 보면 현장소장 낙동강의 속은 시커멓게 타들어 가고 있는 지금이다. 혼자 속으로만 끙끙 앓던 낙 소장이 어제의 술자리에서 속내를 드러내는 푸념을 했고 청랑에게 칠성제의 빌미를 제공한 것이다. 겨울 찬바람이 노가다 인들의 천적임을 잘 알고 있는 청랑, 제풀에 늘어져 있는 일꾼들의 정신력을 추스르고자 하는 데 목적을 둔 청랑이다. 그렇다. 하면 된다. 방법은 있다. 겨울의 동장군에 막혀 일을 할 수 없다는 고정관념을 깨뜨리고자 칠성제를 앞세우는 청랑, 그는 그 옛날 적벽대전의 승리를 위해서는 화공이다. 누구나 알고 있었던 화공전술 그러나 아군진영으로 불고 있는 서북풍이다. 이럴 때의 화공은 아군 진영을 불바다로 만들 뿐이다. 적을 공격할 그 날에 필요한 동남풍을 그 누구도 상상조차 할 수 없었을 때 공명이 말했다. 사흘 후에 동남풍을 불게 할 테니 그날에 공격 날짜를 맞추라고 장수에게 칠성단을 준비케 하고 바람을 부르는 공명의 신통력이 정확하게 사흘째 되는 날 동남풍이 불었고, 화공의 전승에 정신없는 진영을 빠져나와 유유히 강을 건너는 공명, 후에 공명이 말했다고 한다. 나는 신기에 능통해서 그날 그 시에 동남풍이 불어온다는 것을 알고 있었을 뿐이고 칠성단의 제례는 그 사흘을 기다리는 행사였다고. 청랑왕초 그도 이 달비골의 지형, 지질, 환경 등을 고려해서 한 달 먼저 봄맛을 볼 수 있음을 알고 있는 것이다. 칠성제를 빌미로 일꾼들을 불러 모아 고기를 잡아 회식의 잔치를 하고자 하는 것이다. 소장으로 하여금 돼지를 잡게 하고 우리 소장님께서 돼지 한 마리를 내놓으셨다. 일꾼들의 찬사에 고무돼 있는 소장 낙동강에게는 근심걱정 사라지고 희망이 오는 소리에 기대되는 칠성제이다. 이제야 생각이 나는구나. 본사에 있는 나의 상사인 개나리 본부장이 말씀이, 낙소장이 앞으로 청랑왕초를 잘 지켜보면 무척 흥미로울 거라고 당시엔 그 말뜻을 잘 몰랐었는데 이제야 알 것 같다. 그가 연출하는 칠성제에 현장소장 낙동강이 조연배우 역으로 출연하리라.

"청랑 형, 형님께선 어쩌자고 칠성제를 강행하려 하십니까?"

"쉿 이사람 공상무, 그 옛날 제갈공명은 칠성제로 그 유명한 적벽대전을 승리로 이끌지 않았는가? 하여 내일의 칠성제는 낙동강이란 선봉장에게 용기와 지혜를 얹어주는 계기가 될 걸세. 선봉장이 먼저 돌파해야 우리의 진군도 빠르다네."

"형님의 뜻이 거기에 있었군요. 여화산업의 공기호 상무도 내일 칠성단에 큰절을 올리겠습니다."

"그럴 텐가? 그렇다면 내일 아침, 나와 함께 목욕재계하고 참여하세."

끝까지 진지한 태도의 청랑이다. 공상무의 웃음도 접어지고 그 자리에 진정성 같은 것이 대신한다. 다음 날 아침 일찍부터 야적장의 저온 창고 현장에서는 갈제 소장의 움직임이 분주하다. 어제 못다 한 칠성단을 완성하는데, 목공들과 함께 정신을 쏟고 있다. 이제 완성된 칠성단의 촛대에 촛불을 올려놓으면 된다. 제단 앞에는 흰색 두루마기에다 머리에는 칠성제가 청랑이라는 붉은 띠를 동여매고 향로에 불을 붙이고 일곱 번의 큰절을 한다. 엄숙한 분위기가 조성되고 제주 청랑은 신통력을 내려 받기 위한 주문을 시작한다. 알 수 없는 언어의 주문을 외우다가 끝에 가서는 칠성의 제자 청랑이

"바라옵건대 오늘로부터 꼭 한 달이 되는 모월 모시에는 차가운 살바람을 멎게 하고 얼었던 땅을 녹여서 따뜻한 온기를 이곳 달비골 현장으로 모아 주시옵소서."

두 손 모아 합장하고 자리에서 일어선 그는 양팔을 들어 팔랑개비 돌리듯 몸을 서너 바퀴 곤두박질하더니 동작을 바꾸면서 전통무술의 공격과 방어 형태의 서너 차례를 거듭한 다음 동작을 멈추었다. 그리고 합장을 하면서 이제 제자 청랑이 물러가고 현장소장 낙동강이 칠성님께 소원을 빌겠다고 하니

"거두어 주시옵소서."

하고 단을 내려오는 청랑이다. 사람들은 청랑의 기이한 행동에 넋을 잃고 쳐다보다가 비로소 정신을 차리고 옆 사람의 얼굴을 서로 마주본다. 이어 현장소장이 단상으로 오르고 함바집 사장이 준비했던 돼지머리를 소반에다 받쳐서 소장에게 건네다. 그것을 받아 제단 앞에 놓은 다음 큰절을 두 번 하고 무릎을 꿇어 주문한다.

"신령님의 제자 청랑의 요청에 따라 현장소장 낙동강이 돼지 한 마리를 칠성님께 바치오니 부디 거두어 주시길 바랍니다. 머리만 가져오고 몸통은 함바집의 가마솥에 삶기는 중입니다. 칠성님의 이름으로 우리 일꾼들 모두와 함께 감사하게 먹을 것입니다."

합장하고 내려오는 소장 다음으로 골조팀장, 벽돌공장 사장들, 각 파트의 팀장들이 한꺼번에 예를 올렸다. 물론 돼지머리의 벌린 입에는 각자의 성의로 봉투나 지폐가 물려진다.

"제사에 임하는 소장님의 주문이 일품입니다. 언제 배우셨습니까?"

"그야 청랑께서 하는 걸 보고 따라했지요."

"역시 소장님의 그 정성 때문에 틀림없이 봄은 한 달 앞당겨질 것입니다."

이어서 상량식도 연달아 끝을 냈다.
"왕초 형님, 많은 사람이 잔을 드렸으니 칠성님이 취하시지 않을까 염려됩니다?"
"그건 두주불사인 칠성님의 주량을 몰라서 하는 소리네. 그보다 수천 배의 주량에도 거뜬하시다네."
돼지머리에 물린 봉투와 지폐는 갈소장이 수거해서 각 팀장들에게 골고루 나눠주었다. 그리고 모두들 함바로 이동해서 삶은 돼지고기와 술이 함께한 만찬을 즐긴다. 술과 고기가 모든 참석자를 즐겁게 한다. 본래는 현장에서 즉석 파티를 하는 것이지만 추운 날씨 관계로 훈훈한 함바로 온 것이다.
"고맙습니다. 낙소장님, 이 청랑의 연출에 호응해 주셔서요."
"뭘요, 호응이라기보다는 공명의 제자 청랑의 신통력이 이 낙동강의 타들어 가는 마음을 구제해 주리라 믿고 따른 것이지요."
"우핫하하 두 분이 주연한 영화가 대박이 나겠소이다."
"공상무의 그 웃음이 칠성의 노여움을 완전 벗어난 건 아닐세."
"왕초형, 제발 좀 그만 웃기세요."
"공상무, 이 사람 두고 보게나. 그래도 예정대로 봄은 올 테니 술이나 마셔보자."
"돼지고기 맛이 오늘은 특별하군. 왕초 형의 참뜻이 묻어 있는 것 같아서요."

왕초 청랑은 각 공구의 반장들에게 앞당겨 소집령을 내렸다. '김, 이, 황, 허' 네 명의 반장이 모인 자리에서 그가 말한 것은
"아직은 추위가 기승을 부리고 있지만 그렇다고 작업을 안 하고 마냥 놀 수는 없어요. 그래서 회사와 의논한 결과 창에 바람을

막고 온풍기 몇 대를 돌려서라도 내부 작업을 강행하기로 했어요. 하여 각 공구별로 반장들은 준비되는 대로 작업에 들어가도록 합시다. 모든 준비는 이삼일 안에 완료될 것이니 각 공구의 반장들은 필요한 인원을 재량껏 운용하길 바라고 애로사항이 있으면 언제든지 나에게 상의하도록 해요."
"잘 알겠습니다. 왕초."
벽돌팀의 작업재개에 현장소장 낙동강도 신이 났다.
"고맙소, 청랑."
"당연한 일이니 잘될 것입니다."
더 넓은 달비골 분지에 필요에 의한 간격으로 10개 동의 건물이 동시에 건축되고 있다. 주로 3층과 5층짜리 건물이다. 층수가 낮으면 바닥 면적이 넓고, 층수가 높으면 반비례해서 바닥이 적은 편이다. 그러니 각 동의 연 면적은 비슷하다. 가 캠퍼스동 건물 앞마당에는 덤프차로 실어다가 쏟아놓은 시멘트 벽돌로 가득하다. 그것을 내부 작업장까지 운반하는 곰방(운반) 조의 작업복은 온통 땀으로 젖어있다. 그 대신 그들 몫의 임금은 많아질 것이다. 아직은 강추위라 내부 작업만이 가능하다. 작업에 임하고 있는 벽돌공들은 힘은 들어도 마음은 가볍다. 이 엄동설한에도 놀지 않고 일을 할 수 있으니 말이다. 일은 곧 돈이고 돈은 내 가족을 먹여 살린다. 겨울에도 일할 수 있는 현장, 이곳이 좋다. 이 괜찮은 현장에 나를 불러준 우리들의 반장이 고맙다. 그래서 나는 좀 더 열심히 일할 것이다. 그러한 배경에는 왕초 청랑의 의지가 담겨있음이다. 청랑은 알고 있다. 노동자들의 추위를. 그는 지난 시절 겨울 일자리를 찾아서 수없이 헤매고 다녔었다. 햇살이 있는 곳으로 철새들처럼 그는 남쪽의 거제도로, 상하이로, 방랑을 거듭해 온 왕초 청랑이다. 그런 그가 팀 일꾼들에게 겨울 일자리를 제공할 수 있다는 것은 자신의 즐거움이기도 한 것이다. 작업량이 많은 3개 공구의 반장들 외에 허반장은 a동 하나만을 전담하고 있다. 앞으로 기초공사가 완료될 때의 달비식당 벽돌쌓기를 허반상에게 맡긴다는 왕초 청랑의 생각이다. 쉬지 않는 그날 그날이 지나가고 벌써 정월 달도 반을 접고 있다. 현장소장 낙동강은 골조팀의 장들을 소집했다. 목공반과 철근반, 콘크리트반들이다. 그리고는 회의석상에서 주문을 한다.

"여러 사장님들, 우리는 지금 겨울이란 깡추위에 발목이 잡힌 채로 한 발짝도 못 가고 있어요. 하여 공정은 늦어지고 학교 재단측에서는 독촉이 끊이질 않습니다. 이제는 작업을 재개했으면 하는데 여러분들의 협조가 필요합니다."

"하긴 저희들도 마음이 급한 건 마찬가지입니다. 다만 콘크리트 타설 후에 얼어버릴까 염려가 됩니다만."

"그렇습니다. 그 부분을 보완합시다. 지금 우리에게는 삼한사온이란 기후조건이 있어요. 즉 사흘은 춥고 나흘은 누그러집니다. 그 나흘에 콘크리트 타설을 하고 야간에는 덮개로 한냉을 차단하는 방법으로 합시다. 경우에 따라서는 온풍기를 가동하는 방법으로 말이오."

"좋습니다. 우리 골조공사쪽도 작업을 재개하겠습니다."

이젠 전 공정이 작업에 돌입했다. 낙동강 소장 그는 오랫동안 설계팀과 본사의 공무부서에서 근무해 왔기에 현장 실무에는 약한 편이다. 그럼에도 회사 내에서는 공무에 밝은 엘리트군에 속하기 때문에 달비현장 소장에 발탁된 것이다. 그러한 취약점을 알고 있는 사람은 본사의 개나리 본부장이다. 그래서 보완책으로 공사과장과 해당 기사들을 우수 실무자로 엮어서 파견한 것이다. 그리고 각 협력업체도 인지도가 높은 전문건설 업자를 선택해서 보낸 개나리 본부장이다. 그중에서도 이 번 학교 공사에서 가장 비중이 높은 벽돌공사에 기어코 청랑을 선택한 것도 개나리 본부장의 뜻이었다. 콘크리트는 타설 직후 굳기 전에 먼저 얼었다가 녹으면 부실해진다. 그래서 원칙론자인 현장소장에 의해서 작업중단을 선언했던 것이다. 그러나 지금은 아니다. 봄을 앞당기는 청랑의 칠성제를 보고 나서는 소위 청랑의 법칙 같은 것을 모방하고 있는 그 자신을 발견하고는 흠칫 놀라지 않을 수 없다. 그래도 청랑왕초란 자가 하고 있는 하나하나가 소장 낙동강을 고무시키면서 그에게 용기를 얹어주고 있음이다. 이제 보름간만 경과하면 봄이 도착할 것이다. 그때까지 덮개로 덮고 온풍기로 보온하면 된다. 칠성제에 담긴 자연의 섭리에 어느새 매달리고 있는 소장 낙동강은 줄곧 그를 괴롭히던 속앓이는 사라지고 발걸음이 가볍다. 그는 책상 위의 전화기를 들었다.

"청랑왕초, 나요, 나 낙동강이요."

"예 소장님."

"왕초는 지금 어디에 계시오?"

"예 지금 미보리 창고에 있습니다만, 무슨 일 있습니까?"

"그런 건 아니고 점심때라 국밥 생각이 나서 이왕이면 청랑과 함께하고 싶어서 전화했어요."

"그러시다면 내가 차로 모시러 가겠습니다."

"아니오, 그러실 거 없어요. 내 차로 가면 돼요. 내 지금 그때 그 국밥집으로 갈 테니 거기서 만납시다."

"어서 오십시오, 낙동강 소장님."

식당 주인이 반갑게 맞이한다.

"허허 주인장께서 내가 낙동강인 줄 어찌 아시오?"

"네에, 소장님이 오실 거라고 청랑 선생께서 말씀하셨습니다. 금방 오시겠다고. 먼저 오시면 잠깐만 기다리시랍니다."

방 한쪽 따뜻한 곳에 자리를 잡아주는 식당 주인이다.

"먼저 오셨군요. 코앞인데도 제가 좀 늦었습니다."

"나도 방금 왔어요. 그런데 왕초의 작업복 차림을 보니 뭐 한바탕 사업을 한 것 같소이다."

"그렇게 보입니까? 우리 저온 창고에 보관되어 있던 양파 한 차를 의뢰인이 출고코자 하는 바람에 내가 좀 거들었습니다. 이곳 농가에서 맡긴 것인데 지금이 양파 값이 가장 좋을 때라 시기를 놓치면 안 되니까요."

"그 농가의 주머니가 두둑해지겠군요."

"그렇습니다. 이 지방에서는 처음인 냉장창고지만 농가들의 경제에 한 몫을 하는 셈이지요. 주인장, 우리 고기 2인분 하고 밥 주세요."

"네, 사장님."

"그리고 소주도 한 병 주시고요."

"네네 선생님."

"이보시오 주인장, 여기 이분 청랑이 사장입니까? 선생이 맞습니까? 어느 쪽이요?"

"그건 저도 잘 모르겠습니다. 두 쪽 다인 것 같습니다. 소장님, 그리고 어떤 때는 오빠부대들이랑 오실 때도 있고, 또 다른 분은 왕초라고 부르는 분도 있어서 저로서는 도무지 가늠을 할 수가 없습니다. 그럼 맛있게 드십시오. 두 분 선생님."

"예에, 잘 먹겠습니다."

"이 집의 수구레국은 얼큰해서 좋아요. 그래서 찾는 사람이 많고요."

그때 마당 쪽으로 요란한 엔진 소리와 함께 서너 대의 오토바이가 들어온다. 보기에도 근사한 치장의 오토바이에 가죽옷으로 무장한 운전자와 각각 동승한 사람도 같은 헬멧에 가죽옷이다. 이런 시골 마을에서는 보기 드문 멋진 광경이라 사람들의 눈길을 모은다. 4대의 오토바이에 8명의 가죽옷 맨들이다. 그들은 식당 안으로 우루루 몰려들었다. 헬멧을 벗어들고 들어오는 모습이 카레이서들 같았다. 이제 보니 남녀 쌍쌍이다. 동승자들의 긴 머리채가 그것을 말해준다. 발랄하고 타이트한 가죽옷의 엉덩이가 여인의 미를 과시하고 있음이다.
"청춘 남녀들이군."
입속말을 하는 낙소장이다.
"주인장, 나 국밥 주시오. 우리 기사 하고 2인분입니다."
"오늘은 늦으셨네요. 서사장님, 금방 해 올리겠습니다."
"여보 주인장, 우리 것도 주문받으시오."
"손님들께선 어떤 걸로 드시겠습니까?"
"우리는 맛있는 삼겹살로 8인분 주시오."
"네네 알겠습니다."
식당 주인은 바쁘다. 꽁지에 불이 붙을 지경이다. 넓은 식당 저쪽에 멀찌감치 자리하고 있어서 청랑과 서창영이 서로 모르고 있다. 고깃집 식당이라 식객들은 으레 소주를 동반한다.
"얼큰한 수구레도 좋고 다들 한잔 하자."
"부라보, 건배."
남녀가 혼성된 떠들음이 요란하다. 소리에 민감해지는 서창영이다.
"주차나 잘할 것이지 떼거지로 몰려다니면서 민폐나 만들고 에이."
하고 한마디 내뱉는다. 그는 그걸로 끝나지 않았다.

"주인장, 마당 한가운데다 오토바이들이 가로막고 있으니 차가 들어올 수가 없어요. 밖에 세워놓긴 했지만 세상에 질서가 없으니 이래서야 되겠어요?"

식당 주인을 향해 불만을 토하는 서창영이다.

"죄송합니다. 서사장님, 제가 경황이 없어 얘길 못해서." 하고 얼버무린다. 섣불리 얘기할 수 없었다는 뜻이다.

"뭐야? 당신 지금 뭐라 했어? 우리 오토바이가 왜?"

오토족 중의 한 사람이 서창영의 투정을 들은 것이다. 그가 다가오더니

"이봐, 내 오토바이 내 맘대로 세워놓았는데 댁이 무슨 상관이야?"

"그야 오토바이가 마당 가운데를 온통 막고 있어서 내 차가 들어올 수 없었으니 하는 말이요."

"그야 내 알 바가 아니지. 우리가 당신보다 먼저 왔으니까."

억지소리다. 상대의 태도가 심상치 않음을 느낀 서창영이

"그만둡시다." 하고 한발 물러선다.

"그건 안 되지. 시비를 걸어놓고 그만두시겠다. 이거 누굴 갖고 놀려는 거야? 몸이 근질근질한 참에 너 오늘 잘 걸렸다."

놈이 서창영의 멱살을 잡는다.

"이거 왜 이래요?"

당황해하는 서창영에게 놈의 주먹이 날았다. 급기야 식당 주인이 나서면서,

"손님, 왜 이러세요. 참으세요."

"넌 또 뭐야? 너도 한통속이야?"

"저는 이 식당 주인입니다."

"너희 집에서 이러는 건 안 된다 이거야?"

봄을 기다리며 123

식당 주인도 떠밀려서 넘어졌다. 먼저 넘어졌던 서창영이 일어서서 덤볐다. 그의 분노가 폭발한 것이다. 그 광경을 본 오토족 또 한 놈이 합세한다.

"이것들 안 되겠군. 우리가 누군 줄 알고 감히." 그놈들의 무차별 구타가 자행된다. 나머지 두 놈과 계집들은 깔깔대며 술을 마시고 있다. 다급한 식당 집 아낙이 청랑 쪽으로 쫓아왔다.

"큰일 났어요. 선생님들 좀 말려주세요. 사람 죽이겠어요."

그 소리에 벌떡 일어난 청랑이다. 작은 소란쯤에 무심하려 했던 그다. 식당 아낙의 다급한 구원 요청에 나가보니 두 사람은 이미 쓰러져 있고 말리려 든 서창영네 기사도 구타를 당하고 있었다. 그쪽으로 가던 청랑이 깜짝 놀랐다. 넘어져 있는 식당 주인은 물론이고 다른 한 사람은 얼른 보아도 친구인 서창영이다. 그는 급히 내달았다.

"이보게 서건축, 이게 무슨 일인가?"

그를 일으키려 하는데 놈이 앞을 가로막는다.

"넌 뭐야, 너도 불만 있다 이거야? 감히 우리가 누군 줄 알고 덤비겠다는 거야?"

"그만두지 못해. 이 사람은 나의 친구야. 이쪽은 또 이 식당 주인이네. 이 사람들이 무슨 잘못이기에 말로 하지 않고 사람을 이 지경으로 만들어?"

가로막는 청랑을 툭 친다.

"이봐, 나 대구의 자갈마당이야. 감히 나에게 덤비겠다?"

무자비한 놈의 무식한 주먹이 청랑에게 날아든다.

"역시 네놈들이구나. 못된 놈들 같으니라고."

청랑은 더 이상 말을 하지 않았다. 그의 분노는 놈들을 그냥 두지 않았다. 두어 번의 방어에 두 번의 공격에 나가떨어지는 두 놈이다. 그러고도 그냥 두지 않았다. 넘어지는 놈들의 몸뚱이가 땅에 닿기 전에 다시 걷어찼다. 쿵 하고 저만치에 넘어지더니 다시는 일어나지 못한다. 나머지 두 놈도 협공을 시작했다가 청랑의 다가옴을 피하지 못한다. 패거리 사내놈들의 행패를 즐기려던 질 나쁜 계집들의 안색이 백지장이 되고 만다. 슬금슬금 뒷걸음질 치는가 싶더니 그중의 한 녀석이 잽싸게 오토바이에 올라앉아 시동을 건다. 제법 날렵한 동작이다. 순간 청랑의 몸이 휙 하고 열린 부채살이 되더니 훌쩍 뛰어 땅바닥에 손이 닿자 물레방아 돌듯 한 바퀴 옆으로 굴러 출발하는 오토바이 위의 계집을 낚아챘다. 계집은 땅에 내동댕이쳐지고 오토바이는 혼자서 담벼락으로 달려가서 부딪치고 넘어진다.

"요망한 것, 너희들도 자갈마당이야? 바른 대로 말해."
열 받은 청랑의 손바닥이 한 녀석의 귀싸대기를 후려쳤다.
"말해라. 이 녀석들." 청랑의 분노는 커졌다.
"그래 이것들도 자갈마당이구나."
번쩍 올려지는 청랑의 손을 보고 기겁을 한 계집들.
"아닙니다. 저는 아니에요."
"아니면 뭐야? 못돼먹은 패거리들. 너희들도 그냥 두지 않겠다."
"아니에요, 아저씨. 저희들은 자갈마당 근처의 다방 레지들이에요. 그냥 따라왔을 뿐이에요. 마담 언니가 같이 가라 해서 왔습니다."

땅바닥에 무릎을 꿇은 채 용서를 비는 계집들이다. 그때 쓰러져 있던 한 녀석이 정신이 들었는지 일어나면서 각목을 집어 들었다. 그것을 본 낙소장과 주위 사람들은 저저저, 하고 다급하게 말하려 하는데 어느새 각목은 청랑의 뒤에서 내려쳐지고 있었다. 그러나 뒤돌아보지 않은 채로 옆으로 한 발짝 비켜서는가 하더니 각목은 빗나가고 청랑의 팔꿈치가 놈의 가슴에 닿으니 퍽하고 둔탁한 소리와 함께 뒤로 벌러덩 나가떨어지는 각목 녀석이다. 그 모양을 보고 요행을 바라던 계집들은 땅바닥에 더 깊이 엎드리며
 "아저씨, 잘못했습니다, 살려주세요. 네?"
 그러나 얄팍한 계집들의 소리에는 모른 척하는 청랑이다. 식당 주인과 서창영 일행이 그 광경을 보고서는 넋 나간 사람이 돼버린다.
 "서건축, 괜찮은가?"
 "응, 괜찮네만 노생 자네가 어떻게 여기에?"
 "이 사람아, 나도 밥 먹으러 왔는데, 누가 액땜을 당한다기에 와 봤더니 자네였더군."
 "내 이 자식들을 그냥 죽여 버릴 테다."
 분이 풀리지 않은 서창영과 집주인 쓰러져 있는 놈들을 향해 헛발질을 하며 패악을 해본다. 볼이 붓고 입술이 터진 서창영이고, 집주인도 마찬가지다.
 "그런데 이놈들이 이리같이 날뛰더니 노생 자네 앞에선 왜 저러고 있는가? 저놈들이 제풀에 넘어진 건 아닐 테고?"
 "그래 자네 분풀이를 해주려고 내가 소리 좀 질렀네. 그런데 왜 그랬는지 저자들에게 들어나 보자. 보아하니 나이들이 분별없이 날뛸 때는 지난 것 같은데 왜 그랬는가?"
 "잘못했습니다. 용서해 주십시오. 형님."
 "이 사람들, 나는 자네들 형님이 아니네, 아까 네놈들 중에서 자갈마당이라 큰 소리 친 것 같은데, 그곳에는 너희들처럼 표리부동한 놈들만 있는 곳이구나. 소위 말하는 조폭들 말인가?"

"아닙니다. 그곳엔 지난날에 있었던 곳이나 지금은 아닙니다. 형님."

"아니긴 뭐가 아니야. 그 형님 소리 계속 써 먹는 걸 보니 맞는데 그래."

"아닙니다. 지금은 현직 명단에서 빠져나왔습니다. 형님."

"에끼 이놈들아, 손을 씻으려면 깨끗이 씻어야지. 그 못된 근성을 못 버리고 깡패짓을 하는 거야? 네놈들 기분 때문에 선량한 사람들을 괴롭혀?"

"잘못했습니다. 형님, 다시는 안 그러겠습니다. 형님."

"그래, 내가 네놈들보다는 몇 살 위일 테니 듣기 싫은 형님 소리지만 참기는 하지. 그런데 너희들의 입에서 나오는 이제 그만이란 맹세는 도대체 몇 번짼가?"

"지금은 두 번째입니다. 형님. 첫 번째 손을 씻을 때 한 번 했고, 지금이 두 번째입니다."

"그럼 좋다. 내 너희들에게 긴말 않겠다. 네놈들은 저 사람들을 이유 없이 구타하여 몸과 마음에 큰 상처를 입혔다. 그것이 잘못되었다고 생각한다면 진심으로 뉘우치고 치료를 해주어라. 그리고 너희들 때문에 이 식당에 피해가 많다. 남에게 입인 피해는 마땅히 보상해야 한다. 내 말이 틀렸는가?"

"아닙니다. 형님."

"그럼 지금 이 자리에서 보상을 해라."

"예, 형님."

"그럼 됐다. 식당사장께서는 피해 보상을 얼마를 요구하십니까?"

"예, 3만 원은 받아야겠습니다."

"그럼 쌀값으로 따지면 서른 가마 값이군요."

그 소리에 펄쩍 놀라는 자갈마당들이다.

"왜들 놀라는가? 요구액이 많다는 뜻인가?"

"아닙니다. 그런 것이 아니라 지금 당장에는 저희들에게 그만한 돈이 없기 때문입니다. 시간을 주신다면."

"그럴 거 없다. 너희들이 타고 온 오토바이를 처분하면 되겠다. 멋진 오토바이이니 그만한 값은 나가겠네. 그렇게 할 텐가?"

"네, 형님."

"그렇다면 먼저 저 세 분에게 무릎 꿇고 사과부터 하게."

그자들 모두가 무릎을 꿇었다.

"용서하십시오. 선생님들, 저희들 욱하는 기분에 그만 큰 실수를 하고 말았습니다. 지금 당장 저희들에게 몽둥이찜질을 한다 해도 달게 받겠습니다."

"어떠시오, 세분들 저 사람들의 사과를 받아들이겠습니까?"

"그래야지요."

"이제는 치료비와 피해 보상이네. 모두들 각자가 가진 금액 털어서 모아보게."

4명의 사내가 털어내 놓은 돈은 1만 원이었다.

"너희들도 한 팀이니까 있는 대로 내놔야지?"

"선생님에, 저희들이 무슨 돈 있겠어요. 몸만 따라왔는데요."

"이것들이 아무것도 없으면서 왜 같이 날뛴 거야. 동료들이 날뛰는 걸 방관하고 부추기는 것도 공범질이야. 이것이 다면 우선 이거라도 내놓을 텐가?"

"그러겠습니다. 형님."

그때 발끈하는 한 여자.

"오빠들 정신 나갔나? 우리들 티켓 값은 먼저 줘야 되잖아요?"

"이 가시나들 뭐라카노, 우리가 지금 살아야지, 감방 가는 거 볼라카나?"

"그래도 그렇지, 우리들 출장비가 먼저지. 우리 가시나들이 사내들 빈 붕일 보러왔나, 돈 보고 왔지?"

"이 가시나들, 입 다물어라. 네년들 죽고 싶나? 내 이것들을."

열 받은 한 녀석이 일어나서 콩 튀듯 달려들 기세다. 그러다가 청랑의 눈치를 힐끗하고 보더니 도로 제자리에 앉는다. 사내의 기세에 움찔했던 계집이 입속으로 쫑알댄다.

"쥐뿔, 힘도 없는 주제에 성깔만 남아 가지고,"

사내의 자존심을 있는 대로 긁어내는 계집의 쫑알거림이다.

"이 가시나가 죽을라고 환장을 했나?"

용수철처럼 튀어 오른 사내 녀석의 손바닥이 철석하고 쫑알이의 뺨을 후려친다. 기습 공격을 당한 계집이 발악을 한다.

"그래 이놈아, 때릴 테면 때려봐라. 내가 너한테 뭐 잘못했노. 니 가진 것 다 줄 듯이 내 젖가슴 지 것처럼 주무를 때는 언제고 이제 와서 나를 때려? 그래 이놈아 누구는 너만큼 깡이 없는 줄 아나? 이 년도 다방 레지 5년 차야. 이 놈아 오늘 너 죽고 나 죽자."

계집은 사내의 멱살을 잡고 늘어진다.

"이 가시나가 미쳤나, 이거 놓고 말해라."

멱살 잡힌 계집의 손을 떼어내려 하지만 악에 받친 계집의 손이 좀처럼 놓이지를 않는다. 몸뚱이가 땅바닥에 끌리면서도 말이다. 그들의 행태를 조금은 지켜보던 청랑이 소리를 쳤다.

"너희들 그만하지 못해? 이것들이 아직도 정신을 못 차렸어? 다방레지는 그 손 놓지 못해? 못돼먹은 것. 어디서 사내의 멱살을 잡고 행패야? 너희들 지금 어떤 처지인 줄 몰라서 그러는 거야?"

봄을 기다리며 129

"선생님, 저는 억울해요. 저 인간의 꼬임에 따라온 것뿐이에요."
계집의 간사함이 섞인 눈물 작전이다.

"왜 잘못이 없어? 지금 보니 너에게도 문제가 많아. 뜻이 맞아서 따라나섰으면 내 사내가 잘못을 하면 말렸어야지. 도깨비처럼 깔깔대다가 불리해지면 나만 살겠다고 오토바이로 도망을 칠 생각이나 하고. 이제 보니 너희들 겉으로만 반성하는 척하고 속내는 악이 춤을 추고 있는 거야. 말해 봐. 여기서 누가 대장이야? 대표로 말해봐라. 어떻게 할 건지?"

"예, 제가 나이로 제일 위이니 말씀드리겠습니다. 저희가 잘못했으니 형님께서 하라는 대로 하겠습니다. 다만 선처를 해주신다면 이 은혜 잊지 않겠습니다."

"다들 저 친구 말에 동의하는가?"

"예, 형님."

"너희 계집들은 왜 대답이 없어? 계속 말썽을 부리겠다 이건가?"

"아니에요, 저희들도 반성하겠습니다."

"그럼 좋다. 너희들이 내놓은 이 돈 1만 원 중에서 우선 저 아이들 티켓비라 했나? 정확한 내용은 모르겠다만, 여자 한 사람당 5백 원씩 먼저 지불해라. 너희 계집년들 불만 있나? 불만 있으면 너희들은 제외한다."

"아니에요, 선생님, 불만 없습니다."

"그렇다면 이 돈 받고 저 사내들에게 더 이상 요구하지 마라. 나중에 기분 내켜서 별도로 더 주는 건 오늘하고는 상관없다. 알겠느냐?"

"예, 선생님, 그다음은 각자 오토바이 연료비랑 사내들이 무일푼이면 되겠느냐? 사내가 돈 떨어지면 하찮은 계집에게도 무시당할 수 있으니 각각 천 원씩 가져라. 나머지 4천 원은 이집 식당에 밥값으로 지불한다. 너희들 밥값이란 말이다. 주인장은 4천 원 받아서 밥값 공제하고 나머지는 치료비로 쓰시면 되겠어요. 그리고 내 친구인 서건축의 치료비는 나 청랑이 부담한다. 어떤가 나의 제안이?"

"감사합니다. 형님의 선처에 고맙고 면복이 없습니다."

"그럴 거까지는 없고 한 번의 실수는 병가지상사라고 했다. 오늘의 일을 명심하게."

"예 형님, 그리고 방금 전에 말씀 중에 나 청랑이라고 하셨는데, 형님께서 정말 청랑이란 분이십니까?"

"나 말인가? 나는 자갈마당인가 하는 사람들의 형님이 아니네, 나는 이제껏 평범하게 살아온 노가다 왕초 청랑일세."

"정말이군요. 형님께서 그 유명한 청랑왕초셨군요."

"그렇네, 내가 청랑이네. 그리고 자네들이 그쪽에서 손을 씻은 이상 우리 모두 같은 사회에서 건전하게 살아가길 바라고 싶네."

"명심하겠습니다. 형님."

"어허, 그 형님 소리가 자네들의 생활에서 지워지길 바라네. 그리고 주인장께서도 오늘 일에 너무 괘념치 마시길 바랍니다."

"네, 청랑선생님께 감사드립니다. 오늘의 불상사를 잘 처리해 주셨습니다. 그래서 저도 밥값에서 2천 원만 받고 2천 원은 돌려드리겠습니다."

2천 원을 도로 내놓은 식당 주인이다.

"아닙니다. 저희들의 실수였으니 부족하겠지만 받아주십시오."

"아니오, 이것은 나의 뜻이라기보다는 청랑왕초의 뜻이라 생각하고 도로 가져가십시오."

"네, 이리 주세요, 사장님 주시는 거니 저희가 받겠습니다."

계집 하나가 냉큼 손을 내민다.

"그건 안 돼."

사내가 계집의 염치없는 손길을 제지한다.

"그러면 이렇게 하시지요? 저희들 때문에 모두들 식사하다 말고 망쳐 버렸으니 저희가 술 한잔 사는 걸로 하고 주인장께서 알아서 해주십시오. 그리고 형님분들께서도 거절 않으시길 부탁드립니다."

"낙소장님, 우리 바쁘더라도 마저 먹고 가시지요."

"그럽시다. 청랑의 뜻인데요, 뭐."

"서건축 자네도 함께 하세나."

"그럴까? 청랑의 뜻이니 사양 않겠네. 서기사 우리도 합세하자."

"오늘 저희 집에 오신 여러 손님들께서 식사를 시작하다 말았으니 처음으로 돌아가서 다시 준비를 했습니다. 지금의 이 메뉴는 자갈마당 친구들에게 선불을 받았으니 마음껏 드시길 바랍니다."

"왕초 형님, 오늘만 형님이라고 부르겠습니다."

"그리하게."

"지금에야 말씀입니다만, 실은 자갈마당 조직이 형님 때문에 와해된 거나 다름없습니다."

"이 사람아, 그게 무슨 소린가? 나는 자갈마당이 어떤 곳인지, 어디에 있는지 가본 적이 없네. 그런데 나 때문이라니."

"그전까지만 해도 중간보스였는데 저희 윗분은 나이가 많아서 은퇴 직전이고 제가 대신하다가 어느 땐가 관팔이와 맨돌이, 손을 씻는다면서 아이들 두서넛 설득해서 나가고 보니 조직이 약해지고 저도 나이와 생각하는 바가 있어 관팔이와 아이들의 이탈을 막지 않았고 저 역시 손을 씻은 지금입니다. 그랬는데 오늘 저 친구의 객기가 되살아나는 바람에 일이 이렇게 되고 말았습니다. 관팔이의 말에 의하면 왕초 청랑이란 분을 만나면 그다음엔 손을 씻게 된다고 들었습니다."
 "결과 여부는 모르겠으나 그렇게 되길 바란 것만은 사실이네, 자 우린 이제 가겠네. 식사들 잘하고 가길 바라네."
 "그럼 먼저 가십시오. 형님, 저희도 곧 일어나겠습니다."
 "노생, 어디로 갈 건가?"
 "난 우리 낙소장과 함께 달비 현장으로 가야 하네. 다음 또 만나세."
 청랑과 낙소장은 현장으로 와서 각자 자신의 위치로 돌아갔다. 퇴근 후의 청랑은 미보리의 서재에서 오늘의 일에 대해 몇 자 메모로 남겨놓았다. 그리고 호야등과 마주 앉아 다른 이야기를 하고 있는 그다. 등불호야. 너는 아주 오래 전 내 젊은 날부터 나와 친숙했으니 누구보다도 내 마음을 잘 알 것이다. 나의 소년 시절부터 너를 좋아했던 나, 너와 마주 앉기를 주저하지 않았던 내가 고향 산천이 그리울 때도 부모 형제의 정이 가슴을 저밀 때도 나는 너에게 말을 하곤 했었지. 그뿐이더냐, 오랜 세월 내 맘속에 자리했던 루산나의 안부가 절실했을 때도 호야등불 너에게 물어보곤 했었지. 그로부터 많은 세월이 흐른 지금도 싫지 않는 등불호야. 너와 마주 앉은 나는 또 푸념을 하고 싶구나. 내가 이곳 미보리에 온 지도 3년이 지나는구나. 그 누구에게도 상대방이 거절할지도 모르는 초대 같은 거 내 스스로는 하지 않기로 했기에, 그래도 왔다가 간 지인들이 극소수이기는 하나 몇몇은 되는데 정작 내 가족들은 아직 아무도 오지 않았다. 심지어 내 아내인 산골 유송까지도, 그의 꽉 막힌 생각이 아직도 뚫리지를 않아서일까? 그 막혀 있는 마음이 뚫리기를 기다린 지 벌써 오래인데, 영영 그대로 흘러가고 말 것인가? 그가 열린 마음으로 가족들에게 먼저 다가가면 그때엔 가족들도 이곳 미보리, 그보다도 청랑이 있는 곳에 다녀가겠지. 그러나 쉽지가 않을 것 같구나. 등불호야, 너에게 말이지만 내 아내 산골 유송, 그 여자는 자기 방어에만 집착해서 현명한 생각을 찾을 줄 모르거든. 그는 아직도 주위 사람들에게 자신이 후처임을 감추고 있으면서 행여라도 알려질까 봐 전전긍긍하고 있는 거야. 사실 그대로가 편할 텐데. 사실이 노출되면 자신의 인격이 손상을 입는다고 생각하는 거야. 그 잘난 인격 같은 거 진실 보담은 못 할 진데 위장하면 그만이라 생각하는 거야. 그러자니 전처의 아이들이 왕래하는 것을 거부하고 그것이 자기 방어의 일부라고 생각하면서, 순리라는 것을 역방향으로 따돌리고 있으니 안타까운 일이야. 그러니 아이들을 떳떳하게 대할 용기마저 줄어들고 있겠지. 정상적인 여자라면 남편의 여자 문제 같은 노파심에서라도 미보리에 다녀가야 옳을 것을, 아니면 혹시나 있을지도 모를 남편의 여자 관계를 일부러 방관함으로써 그 봐라. 내 남편은 본래 그런 사람이다. 그에 비하면 나는 한 눈 팔지 않는 성실한 아내다. 그런 논리로 자신의 품격을 정당화하려는 것일 수도 있겠지. 그런 고도의 잔머리에 집착하느라 마음고생 하지 말고 매사를 있는 그대로 툭 터놓으면 될 것을 말해봤자 소용없어서 그래 그것이 그 여자의 왜곡된 행복이라면 일부러 그것을 깨트릴 필요가 뭐 있겠나, 그냥 그대로 내버려 두자. 부부간의 전쟁이란 것을 하지 않으려면 말이다.

청랑은 아침 일찍 일어났다. 4곳의 창고를 한 번 둘러보고 창고 관리실에 들렀다. 문이 잠겨 있는 것을 보면 관리 직원 고창군이 아직 나오지 않은 모양이다. 오늘도 일부 출고예정이 있는 것 같아서 내용을 확인하고 달비 현장으로 갈 예정이다.

"벌써 나오셨습니까?"

기다린 지 얼마 되지 않아서 고창석이 나왔다.

"오늘 10시에 트럭을 가져와서 한 차를 실어간다 했습니더."

"그런가, 내가 없어도 되겠재?"

"염려 마이소, 한 차 쯤은 그쪽 운전수 하고 같이 실으면 됩니더, 사장님은 공사현장에 가실 꺼지예?"

"그래, 출고할 때 수량을 잘 확인하도록 하여라. 무슨 일 있으면 전화하고."

"알겠십니더. 다녀오이소.".

"그래."

청랑은 차를 몰아 달비 현장으로 갔다. 각 공구별로 내부 작업이 진행 중이다. 그는 작업장을 한 바퀴 돌아서 함바로 갔다. 라면에 공기밥 하나 말아서 간단한 식사 후에 소장실에 들렸다.

"어서오시오. 청랑, 차 한잔 하셔야지요?"

"주시겠습니까?"

"드리다 마다요."

여직원이 차를 가져왔다.

"괜찮은 거요 청랑?"

"뭐가요?"

"어제 그 친구들 하고 대련하느라. 힘을 많이 쏟았을 텐데?"

"안 그래도 온몸이 뻐근해서 잠을 못 잤습니다."

"저런, 큰일이군요."

짐짓 놀라는 척하는 소장이다.

"염려 마세요. 이 차 한잔이면 금세 풀릴 것 같습니다."

"역시 대단하더이다. 얘긴 들어서 짐작은 했습니다만 실제로 보는 건 지난번 지방의 벽돌공장들하고 어제하고 두 번인데 역시 듣던 대로였습니다."

"과찬이에요. 소장님, 그리고 도대체 누구한테 무엇을 들었단 말입니까?"

"자세한 얘기는 안 했고 언제 어디에서든 불량배를 만났을 때 무조건 청랑의 뒤에 숨으면 안전하다고 했던 개나리 본부장의 말씀이 생각납니다."

"그 양반 참, 이 청랑을 과대포장했군요."

"그런데 웃지 못할 사항은 어제의 그 판국에 내 티켓비가 먼저야 하고 덤비는 여자들의 돌출행동은 가히 일품이더군요."

"그러게 말입니다. 수틀리면 고무신부터 거꾸로 신는 게 여자라지 않습니까?"

"그렇군요. 아핫하하."

아침부터 폭소가 한바탕 소장실이다.

"그런데 말이요. 우리는 며칠 후면 자리를 펴 놓고 오는 봄을 맞이할 준비를 해야겠지요?"

"허허, 이제보니 소장님께서도 염려를 하고 있군요."

"그런 건 아니고 혹시나 옆으로 지나가 버리지나 않을까 하는 생각도 듭니다."

"염려 마세요. 소장님, 며칠 후의 2월 1일에는 봄이 다른 데로 새지 않고 분명히 이 달비골 현장으로 옵니다. 그 옛날 제갈공명이 동남풍을 불러놓고 만에 하나 생길지도 모를 불상사에 대비해서 저 모퉁이를 돌아선 나루에 배 한 척을 띄워놓고 대기하라 했는데, 공명의 제자 청랑도 공상무에게 큰 버지기에 술을 쏟은 다음 표주박 하나 띄우라고 당부해 두었습니다.

"나 청랑은 봄이 오는 소리를 들으면서 버지기의 술을 떠서 표주박과 함께 노래하며 낙소장의 승전을 구경하려구요."

"낭만적이군요. 내 처음 현장에 내려왔을 때 두려움과 고독함을 어찌할까 염려했었는데 다행이도 왕초 청랑이란 자가 있어 자신감을 얻게 되었어요."

"그렇습니까? 하지만 그것은 내 탓이 아니고 소장님의 본래부터 가지고 있었던 의지입니다."

"청랑의 그 격려가 이 낙동강의 발걸음을 가볍게 하는군요."

"그렇습니까? 소장님의 가벼운 발걸음에 현장 작업이 잘 되어가는군요. 오다 보니 철근조립과 목공들의 거푸집 설치가 빠르더군요."

"그래요. 내일은 3개 동의 각 3층의 공구리치는 날인데 날씨가 도와줘야 할 텐데."

"아마도 추위 사흘째인 오늘이니까 오후부터는 누그러지겠지요. 앞으로 4온의 나흘 동안 전 공구의 1개 층을 모두 타설 하고자 하는데 가능할까요?"

"물론입니다. 그리고 골조팀의 반장들이 알아서들 잘하겠지만 야간에는 얼어붙을 확률이 높을 테니 보온덮개를 씌워야 할 겁니다."

"그렇지, 그 점을 간과해서는 안 되겠지요?"

낙동강과 청랑, 그들의 환담을 시샘이라도 하는 듯 창밖으로 까치의 울음이 지나간다.

"오늘은 까치가 반가운 손님을 불러올 모양입니다. 소장님."

"허허 저 녀석 까치가 늦잠을 잔 모양이군. 내 사무실에는 이미 청랑이란 손님이 와 있었는데 이제야 알리려 하다니?"

"그보다도 소장님께 봄이 오는 것을 알리려 왔을 지도 모르잖아요?"

"어쨌든 까치란 녀석 반가운 소식을 듣고 오는 녀석이니 밉지가 않군. 안 그렇소?"

봄을 기다리며 137

"그렇군요. 소장님, 그러면 전 이만 나가보겠습니다."

그는 소장실을 나와서 야적장의 청리 사무실로 갔다. 창고는 이제 마지막 지붕 공사가 한창이다. 평 스라브가 아닌 경사지게 콘크리트로 알매를 쳐 놓은 상태다. 기와공들이 기왓장을 씌우고 있는 중이다.

"갈소장, 수고가 많아요."

"네, 사장님."

"그런데 갈소장, 지붕의 콘크리트 알매가 얼어있어서 미끄러울 텐데 어때요? 아주 급한 일이 아니면 중단했다가 날이 풀린 다음에 하는 것이 좋지 않겠어요?"

"예, 저도 그 점이 염려스럽긴 한데 이왕 나온 사람들이라 그냥 두었습니다."

"그렇다면 이미 정오가 되어가니 오후 작업은 중단합시다. 일꾼들에게는 안전사고 방지를 위한 것이라고 설명을 해주고 말이요."

"알겠습니다. 그리하겠습니다."

그때 청랑의 휴대전화가 울린다.

"네, 청랑입니다."

"오라버니, 저에요. 마성녀예요."

"오, 마사장이 웬일이야?"

"웬일은요? 나 성녀가 오라버니께 전화하는데?"

"아, 그래 어디냐고 묻는다는 게 그만"

"이곳 달구농협에 들러서 공단 대리점에 와 있어요. 여기까지 와서 보니 멀지 않은 것 같아서 미보리로 전화했더니 관리직원이 전화번호를 일러주었어요."

"그랬었군. 그럼 거기서 볼일 끝나면 부산으로 바로 가겠구나."

"무슨 말씀, 내 여기까지 와서 랑 오라버니 안 보고 가면 되겠습니까? 거기가 무슨 공사현장이라면서요?"

"그래 여기는 달비골에 위치한 공사현장이야. 그런데 여기로 오겠다고?"

"왜요, 제가 가면 안 되나요?"

"그런 건 아니고 성녀가 길을 모를 것이기에 내가 가는 게 나을 것 같아서지."

"그럴 거 없습니다. 우리 회사 차가 와 있으니 내가 가지요. 내 짐작이 맞다면 아마도 내가 가는 길목일 거예요. 아까 내려올 때도 큰 공사 현장이 보였는데 그냥 무심코 지나쳤지요."

"그래 맞아, 이곳은 해강대학 신축공사장이야. 입구에 벽돌 야적장이 있는데 그곳으로 와서 전화해라."

"알았어요. 랑 오빠. 1시간 채 못돼서 도착할 테니 꼼짝 말고 기다리세요."

역시 까치의 예언이 맞는구나. 얼마 후에 도착한 차에서 내리는 사람은 부산마대 공업사의 마성녀 사장이다. 그녀는 넓은 야적장에서 잠시 머뭇거렸다. 팻말에 청리산업 현장사무소라고 쓰인 화살표 방향으로 시선을 돌렸다. 그쪽에는 커다란 창고 건물이 보이고 컨테이너로 된 작은 사무실이 보인다. 가까이 가보니 청리산업과 여화산업으로 각각 다른 문이 있었다. 그녀는 청리산업 사무실을 노크했다.

"네, 들어오세요."

문을 열고 들어서니 청랑이 앉았다가 일어나며 반겨준다.

"어서와요. 마사장."

"안녕하셨어요. 랑 오라버니."

"그럼 전 이만."

같이 얘기하던 갈소장이 일어난다.
"사장님, 그럼 내일 날씨 지켜보고 모레는 기와 작업을 재개하겠습니다."
"그렇게 해요. 그리고 참 인사해도 괜찮겠군. 마사장, 여기는 우리 현장의 갈제 소장이시고, 이쪽은 부산마대 공업사의 마성녀 사장, 날 찾아온 손님이오."
"처음 뵙겠습니다. 갈제라고 합니다. 우리 사장님을 찾아오신 분이니 말씀 나누십시오."
갈제 소장은 나가고
"자, 이리로 앉아요. 그래 그동안 별일 없었고?"
"그래요, 별일은 없었는데, 전화 한번 없는 랑 오빠에게 섭섭한 마음 많았어요."
"그래, 그건 미안한데, 그건 마성녀 사장에게 뿐 아니고 내 본래 누구에게도 전화 안 하는 습관 때문이니 이해하길 바라요."
"거 보세요. 반년 이상 못 만나고 보니 랑 오빠 말투부터 거리감을 보이잖아요. 이 마성녀한테 남 대하듯 요가 뭐예요?"
"내가 그랬는가?"
"그래요, 나를 대할 때는 존칭 같은 거 쓰지 말아요. 제발 부탁입니다. 오라버니."
"그래 알았어. 그래 공장은 일 잘되고 있는 거야?"
"예, 랑 오빠 덕에 늘 바빠요."
"그래, 바쁜데도 불구하고 여기까지 찾아주어서 고맙다. 그리고 식사는 하고 온 건가?"
"아니에요. 랑 오빠하고 같이 하려고 그냥 왔어요."
"그래 잘 됐구나. 나도 아직 점심 전이야. 가자 우선 어디 가서 밥부터 먹자."

"그래요, 랑 오빠, 다른 데는 갈 거 없이 이 공사현장에도 밥집이 있을 것 아닙니까? 그곳으로 가요."

"현장 함바가 있긴 하지만 성녀 사장에게는 안 맞을 텐데?"

"염려 마세요. 랑 오라버니가 사주는 밥이면 뭐든지 잘 먹을 테니, 사주기나 해요. 알았죠?"

"그래 그럼, 함바밥 먹고 투정이나 하지 마라."

"그리고 누가 운전해서 왔을 거 아냐? 마비서 인가?"

"아니에요. 다른 직원이에요."

"그럼 같이 가도록 하자."

"그래요 그럼, 부기사 가자. 공사현장 밥집에서 점심 먹자."

오후 1시가 조금 지났는지라 일꾼들은 거의가 식사를 마친 다음이다.

"어떤가 마사장, 우리 노동자들이 먹는 밥인데?"

"맛있네요. 이 정도면 우리 공장의 밥이나 차이가 없어요. 먹을 만한걸요. 그런데 랑 오빠는 창고업만 하는 줄 알았는데 이렇게 큰 공사현장은 처음 봅니다."

"그렇게 되었어. 내 언젠가 얘기했을 텐데, 오래전 객지에서 공사판을 전전하다가 미보리에 정착했다고."

"그래요, 처음 우리 공장을 방문했을 때 랑 오빠가 한 말씀이지만 실제로 와본 건 처음이잖아요? 정말 놀랍군요."

"그래도 공사판은 험한 곳이야. 힘든 노동에다 거친 말투가 난무하는 곳 그래서 사람들이 일컫는 말 노가다판 사람들이라고 경시해서 부르고들 하는 곳이 이곳이야."

"그래서 랑 오빠는 지금 무슨 말을 하려는 거예요? 나는 노가다니

연약한 여자인 성녀 너는 가까이 오지 마라 뭐 그런 말을 하려는 거 아니에요? 참말로 별별 핑계를 다 동원해서 나를 따돌리려는 거죠?"
"왜 꼭 그렇게만 생각하는 거야? 나는 사실 그대로를 이야기한 것인데."
"그래도 나에게는 그렇게밖에 안 들리거든요. 안 되겠다. 나 지금, 수하 직원 앞에서 랑 오빠하고 티격태격하는 거 보이기 싫으니 우리 기사 먼저 보내고 나는 미보리 집에서 랑 오빠 올 때까지 쉬고 있을래요. 집 현관 열쇠나 주세요."
"그럼 오늘 부산 가는 거 아니고?"
"처음엔 랑 오빠 얼굴만 보고 갈까도 했는데 가만 보니 그래선 안 되겠어요. 랑 오빠 하고 따질 건 따지고 해야겠어요."
"그래 그럼, 성녀가 좋을 대로 해라. 옛다 현관 열쇠, 나하고 같이 가리면 지루할 테니 집에 먼저 가서 쉬어라."
"그럼 나 먼저 갈게요. 가자 부기사."
성녀는 타고 온 회사 차를 타고 야적장을 빠져나왔다. 한 30분을 달려서 미보리 청랑의 집에 도착했다.
"자 나는 여기 내려서 시간을 좀 지체해야 하니까 부기사는 가다가 마산 대리점에 물품 내려주고 바로 가거라."
"예, 그리하겠습니다만, 사장님은 차도 없이 어떻게 오시려구요?"
"그런 염려 마라. 오늘은 친척 오빠네 집에서 자고 내일은 버스든, 아무튼 차를 태워주겠지."
"예, 그럼 저 먼저 가겠습니다."
부기사를 보내고 난 마성녀는 청랑의 집 현관문을 열고 들어섰다. 전에도 왔다 간 곳이라 낯설지 않고 오히려 내 집에 온 것처럼 편안했다. 사장인 성녀는 데리고 온 부기사를 두서없는 구실로 적당히 따돌리고 청랑에게는 억지투정으로 미보리 집에 머무는 데 성공했다. 그동안 오랜 시간 동안 다시 오고 싶었던 곳이다. 더구나 지금은 봄이 오는 소리가 약간은 먼저 찾아와 마성녀의 치맛자락을 흔들고 가는 것이나. 봄은 여자의 계절이다. 여인인 마성녀 사장의 잠자던 애욕에 부채질을 하려 한다. 청랑의 냄새가 가득 배여 있는 이 집이야말로 성녀의 마음을 한껏 설레게 하고 있다. 그녀는 청랑의 서재에다 가방을 내던지고 입고 왔던 옷은 벗어서 구겨질세라 옷장에다 얌전히 걸어놓고 집주인 청랑이 입은 듯한 아무거나 하나 갈아입고 주방으로 갔다. 그녀는 오늘 잠깐 이 집의 주부가 되어보고 싶은 것이다. 냉장고를 열고 이것저것 식재료들을 꺼내서 도마 위에 놓고 칼질을 한다. 있는 소고기 썰고 무를 납작납작 썰어 다진 파 마늘과 함께 냄비에다 끓여본다. 자신이 좋아하는 고춧가루도 한 숟갈 넣었다. 맛있게 끓는 냄새가 난다. 밥이랑은 다 되어 있으니까 다른 반찬은 바로 담아내면 된다. 내가 왜 이렇게 서둘렀지? 아직도 해가 지려면 두어 시간은 남았는데. 그간 잘 해보지도 않은 부엌일을 해보고 싶었음일까? 내 남자 청랑에게 여자의 모습을 보여주고 싶었으리라. 됐다. 이따가 그가 오면 다시 데우면 되겠다. 행주에 손을 닦고선 거실 소파에 기대 앉았다. 나른해진다. 그리고는 잠들어 버린다. 그저 편하게 모든 잡념이 사라진 아름다운 여인의 얼굴이다. 달비 현장에서 청랑은 현장 작업실태를 돌아보느라고 그 외의 사안은 깜빡 잊고 있었다. 해가 지고 퇴근 무렵에야 생각이 난다. 그렇지 마성녀가 다녀갔는데? 가만 미보리의 집에 가 있겠다고 현관 열쇠까지 가져갔잖아. 그러면 지금 미보리에? 그랬다. 마성녀가 미보리 집에 가 있다는 사실이 이제야 생각난 것이다. 이거 큰일이다. 멀리서 온 그녀를 무시한 채 집에 다 혼자 두고 무심하게 있었다니. 얼마나 자존심 상해 할까? 이거 큰 실수로다. 그는 급히 차를 몰아 집으로 향했다. 마당에 차를 주차하고 현관문을 열고 들어섰다. 어둑어둑한데도 불이 켜져 있지 않았다. 화가 나서 가버렸나? 그는 거실에 올라 불을 켰다. 이게 웬일인가? 거실 소파에 비스듬히 기댄 채로 마성녀 그녀가 잠들어 있다. 곤하게도 잠들었군. 바깥과는 달리 거실의 따뜻한 온기가 그녀에게 단잠을 가져다 주고 있었다. 태평스런 나그네군. 그제야 청랑은 마음을 놓았다. 얇은 모포를 가져다가 살며시 덮어주었다. 그래도 세상 모르고 잠든 그녀의 모습이 평화로워 보였다. 청랑은 간단하게 세수를 하고 서재의 책상에 앉았다. 현장에서의 일을 요점만 메모했다. 마성녀 그녀가 몸을 뒤채다가 불빛에 눈이 부셨는지 깨어났다.

"내가 그새 잠들었었나?"

본인은 불을 켜 놓지 않았었는데 환하게 켜진 불이다. 랑 오빠 왔구나. 그녀가 일어남과 동시에 서재에서 나오는 청랑이다.

"언제 왔소, 랑 오빠, 왔으면 깨우지 않고요."

"그럴까도 했는데, 미녀의 단잠을 깨우기가 아까워서. 그냥 두고 본 거야."

"그래도 그렇지,"

그녀는 애교 있는 몸짓으로 청랑에게 다가가서 살포시 안겨든다.

"벌써 밖이 캄캄한데 언제 온 거야?"

"응 성녀가 부산 간 줄 알고 태평스레 있다가 착각한 나를 발견하고 깜짝 놀라서 달려오는 길이야."

"랑 오빠가 그만큼 나에게 무심했다는 증거네."

"그렇지 않으면? 사업에 열중하는 성녀 사장을 주제넘게 마음속에 끌어들이면 안 되는 거잖아."

"거봐요. 나하고는 무관한 여자니까 생각조차 안 한다 이거였군요."

"그런 것 아니었으니 괜히 생사람 잡으려 하지 말자."

"그래요, 랑 오빠, 나 섬너기 평소에는 질 도 참았는네 봄이 오는 소리가 나의 치맛자락을 흔들어대니 그 이유를 말해 줄 사람은 랑 오빠 밖에 없다 싶어서 오늘은 기필코 와버린 거야. 그리고 와서 보니 오길 잘했다 싶고."

쉴새 없이 말하는 그녀에게서 짙은 여인의 냄새가 물씬한다. 랑은 빤히 올려다보는 그녀의 눈길에 젖어 들면서 가만히 입술을 덮어본다. 여인의 깍지 낀 두 팔이 사내의 허리를 감은 채 뒷걸음질로 밀려서 서재에로 넘어진다. 사내의 허리를 놓으려 하지 않는 그녀이다. 기어코 랑의 전부를 자신의 신비스런 계곡에로 유인하고는 사랑의 노래를 하고 있는 마성녀, 그녀는 오랫동안 자제해오고 참았던 애욕을 보상받으려는 듯 사랑의 몸짓을 거듭하고 있다. 이렇듯 사랑의 포로가 되어버린 두 남녀를 시간은 그들의 모든 것을 아무 말 없이 감싸주고 있음이다. 이제 참으로 오랜만에 사랑을 머금은 여인의 화사한 얼굴에는 생기가 넘친다. 그녀는 잠들어 있는 옆자리의 사랑을 가만히 비켜놓고 옷매무새를 바로 하고는 주방으로 갔다. 진작에 만들어 놓았던 밥상을 다시 덥히고 손질해서 식탁 위에 얹어 놓는다. 내가 봐도 괜찮은 솜씨의 요리다. 거기다가 계란 부침을 추가해 본다. 그리고는 자고 있는 내 남자에게로 다가가서 콧잔등을 살며시 잡고 흔들었다.

"일어나요. 랑 오빠, 이대로 자버리면 한 끼를 놓치는데? 그러면 평생을 찾아 먹지 못하고 후회를 하게 된단 말이야. 어서 일어나요 랑 오빠. 내가 근사한 밥상을 준비해 놓았거든."

오랜만에 꺼내든 성녀의 애교가 다정다감한 여인의 모습 그대로다.
"언제 이렇게 만들어 놓은 거야?"
식탁 앞으로 온 랑은 놀라는 표정이다.
"왜 놀라기는? 주부가 이 정도의 밥상 차리는 것쯤은 당연한 일 아닌가요?"
"그렇군. 나는 성녀가 사업가인 줄만 알았지. 주부라고는 생각지 못했거든."
"왜 이러실까? 이래 봐도 이 성녀도 밥 짓고 빨래할 줄 아는 여자란 말이에요. 지금처럼 이런 기회가 주어진다면 말이에요. 어서 들기나 해요."
"음, 찌개 맛이 일품인데. 간도 잘 맞고."
"그럼 다행이다. 내 남자 청랑으로부터 칭찬 받는 것도 괜찮은 기분인데."
"그건 나도 마찬가지야. 식당이 아닌 내 집에서 그것도 내가 아닌 나의 여친으로부터 받아보는 밥상은 흔한 일이 아니거든. 나 청랑에게는 말이야."
"그렇다면 내가 아주 눌러 앉아 버릴까?"
"그건 안 될 말씀."
"왜 안 돼. 랑 오빠만 허락한다면 난 얼마든지 할 수 있는데?"
"그건 성녀가, 너무 비약하는 거구나. 현실과 낭만의 괴리가 크다는 것을 잠시 망각하고 하는 소리구나."
"아닌데? 나는 진심으로 한 말이었는데."
"그래, 그 말씀만은 고맙게 받아들일게. 이렇게 근사한 밥상에 와인 한잔 없어서야."
청랑은 진열장에서 포도주 한 병을 가져왔다.

"자, 우리 한잔하자."

그들은 정말 낭만의 시간을 가져본다.

"고마워요. 랑 오빠."

"왜 또 새삼스레?"

"아니에요. 오랜 시간 동안 고독한 여자로 살아온 나 마성녀에게 청랑이란 남자가 내 맘속에 자리하고부터 고독이란 것이 사라졌으니 말이에요."

"그래 우리 경직된 생각을 털어버리고 편하게 살자."

"그래요. 랑 오빠, 청랑의 그 말뜻을 정확하게는 모르겠으나 내 마음대로 생각할 거야. 그리고 오늘만은 그 누구에게도 방해받지 않는 내 남자란 것을 그 외는 아무것도 생각하지 않을 거야."

"그래 그건 성녀가 편할 대로 생각해라. 내 집에 온 사람이, 아주 편하고 즐겁게 있다가 가는 것은 내가 가장 바라는 일이거든. 그래서 이제부터 설거지는 내가 할 거야."

"그래 줄래?"

"당연하지. 그런 것까지 성녀가 하도록 하는 건 손님에 대한 예의가 아니지."

"실은 랑 오빠에게 손님 취급 안 받고 완벽한 주부 노릇을 하고 싶었는데 포도주를 마시고 나니 나른해진다. 이젠 더 이상 나도 모르겠다."

"그래 그 정도로도 어느 집의 주부가 되어도 손색이 없음을 내가 인정해주지. 이제 보니 성녀가 입고 있는 그 옷은 내 작업복이잖아. 그래 어제 이 집안에 들어서면서 아무거나 하고 입었는데 자고 나서 다시 입었나 보네."

"헐렁하고 편하긴 하네. 랑 오빠가 처음 우리 회사로 날 찾아왔을 때 입고 온 그 옷인데? 어쩐지 낯설지 않게 내 손에 집힌다 했더니."

"허허 이 못 말리는 성녀 여사, 그렇게도 촌티를 내고 싶은 거야?"

"그럼 어떻게? 가져온 옷은 없고 입고 온 옷은 꽉 조이는 게 영 불편한데. 랑 오빠 입던 옷이라 부담 없이 입은 것뿐이야."

"그래도 옷 속의 사람이 달라서인지 내가 입었을 때보다는 괜찮아 보이는데."

"정말이야? 그럼 나도 이런 옷 한 벌 주라."

"그보다도 저쪽 방에 가면 몸빼 같은 거 있을 거야. 깨끗하게 빨래되어 있을 테니 편한 걸로 갈아입으렴."

"알았어. 랑 오빠."

청랑이 주방을 정리하고 설거지를 하는 동안 성녀는 옷장으로 가서 잘 접어져 있는 몸빼 하나를 꺼내서 입었다.

"랑 오빠 어때 몸빼 입은 내 모습이?"

"잘 어울리는데, 하지만 사장의 모습은 간 곳 없고 그냥 차분한 여자로 변해졌는데?"

"바로 그거야. 내가 랑 오빠에게 듣고 싶었던 말이거든."

"또 말해 줄까? 성녀야말로 여자 중의 여자이며 거기다가 약간은 철없는 여자이기도 하고."

"그래 그 정도의 평가라면 대만족이야. 이제는 랑 오빠에게 칭찬을 들을 만큼 들었으니 나 먼저 들어가서 잘래."

"그래 알았다."

설거지를 마친 청랑은 대문을 잠그고 열려있던 문을 모두 닫고 전등을 끈 다음 서재로 돌아왔다. 성녀는 침대에서 자는 듯 눈을 감고 있다. 청랑은 습관처럼 호야등과 마주 앉았다. 호야등의 심지를 낮추고 그는 독백처럼 중얼거린다. 호야등불 너에게 묻고 싶다. 이 보잘 것 없는 청랑이 무어라고 불시에 찾아든 귀한 손님 성녀에게 내가 어찌해야 그를 섭섭지 않게 할 수 있을까? 등불호야 너는 알고 있으리라. 말해 다오. 나에게 올바른 이야기를,

"칭링 오빠 무슨 닞두리가 그리 깊어요. 나 혼자 누워있자니 이 스스한데 그러지 말고 이리 와서 나 한 번 안아주면 될 것을."

그녀는 팔을 뻗어 랑의 손을 잡아당긴다. 그래그래 랑은 등불호야를 마져 껐다. 창으로 비치는 겨울 달빛이 어둠을 약간 걷어주고 있다. 성녀는 자칭 내 남자 랑의 가슴을 파고든다. 그리고는 내 남자의 모든 것을 자신에게 담으려 하고 있다. 그러는 그녀의 몸짓을 청랑인들 마다할 수 있으랴. 그녀를 깊게 안아주는 랑의 품 속에서 자신의 전부를 불태우는 성녀다. 그들은 한 몸이 되어 혼신의 사랑으로 정을 쏟아내고 있다. 이 밤은 역시 그들 편이 되어 온갖 허물쯤은 덮어주고 있다. 그리고 새벽이 되어도 그들을 떼어놓으려 하지 않는다. 성숙함을 넘어 어느덧 중년을 걷고 있는 마성녀 여사. 오늘 새벽만은 더디 가기를 바라면서 랑의 품속을 다시 한 번 파고든다. 그녀의 바램에 그 무엇이든 아낌없이 내어주는 청랑이란 이름의 품속이 따뜻하고 황홀하고 좋기만 하다. 이제는 놓아주자. 그녀는 가벼운 잠 속으로 빠져든다. 해가 돋아 그 햇살이 시샘하듯 잠자는 내 눈을 비집을 때까지 세상모르고 자버릴 것이다. 극히 평화로운 모습으로 잠들어 있는 그녀의 가슴에까지 잔잔하게 이불을 덮어주고 아침 산책에 나서는 청랑이다.

그의 지나간 젊은 시절 새벽같이 현장으로 내달았던 몸에 배인 습관이 지금에도 그를 늦잠 같은 곳에 놓아두려 하지를 않는다. 그는 저온창고 4곳을 돌아서 푸줏간 옆의 해장국 식당으로 갔다. 그 옆은 우시장이 열리는 곳이라 새벽에도 해장국을 팔고 있다. 청랑

은 식당에 부탁해서 2인분을 포장해서 집으로 왔다. 빈객은 아직도 잠들어 있는 듯하다. 그는 조용히 들어와서 주방을 먼저 차지했다. 오늘 아침은 내가 하리라. 쌀을 씻어 밥을 짓고 식당에서 얻어온 깍두기를 접시에 담아내고 해장국을 다시 한 번 끓여서 담으면 된다. 오늘이면 떠나갈 저 길손에게 청랑의 정성을 먹여서 보내리라. 그러는 사이에 해가 돋는다. 햇살이 창살로 넘어와 잠자는 그녀를 깨우는 소리에 긴 기지개와 함께 일어나는 그녀의 첫마디는

"아, 잘 잤다. 벌써 해가 돋았네. 랑 오빠, 먼저 일어났으면 진작에 깨우지 그랬어요."

"아무렴 내가 미인의 단잠을 깨울 정도의 심술쟁이는 아니니까. 잘 자기는 한 거야?"

"응, 정말 잘 잤어요. 랑 오빠, 내 어깨 좀 만져줄래?"

"그래 그럼 돌아서 봐."

"아, 시원하다."

그녀는 지금 한 번이라도 더 랑의 손길이 와닿기를 바라는 것이다.

"이젠 된 거야?"

"응, 된 것 같애. 조금은 아쉽지만 지금은 날아갈 것 같은 기분이야."

"자, 아침 먹자."

"그새 아침밥을 한 거야?"

"그래, 성녀가 자고 있는 동안 열심히 해 봤지. 어서 먹자."

"랑 오빠, 나 하루 더 있을까?"

"아서라 마성녀 사장. 주인 없는 회사가 어찌 돌아가는지도 모르는데 사장이 한가롭게 타지에 눌러있겠다?"

"그럼 안 되는 일인가?"

"두 말하면 잔소리지. 안 되겠다. 철없는 이 여사장 얼른 밥 먹

여서 차에다 냉큼 태워 보내야지."

"랑 오빠 내가 하루쯤 더 회사를 비운다고 해서 큰일 나는 건 아닌데 나 때문에 랑 오빠 일이 지장을 받으면 안 되겠지?"

"그래, 싱녀의 응서은 다 받아술 수 있지만 어쨌든 가야 할 사람은 가야 하는 거여."

"알았어요. 랑 오빠, 말씀대로 할게. 나중에 다시 또 오면 되지 뭐."

"그래그래 잘 생각했다."

"근데 랑 오빠 우리 사업 얘기 좀 하자."

"사업이라면 성녀와 나 각기 다른 사업인데."

"무슨 소리, 랑 오빠와 나 사업 파트너란 것을 벌써 잊은 거야?"

"처음엔 그런 적이 있었지만, 지금은 서로가 사업영역이 다른데?"

"정신 차려요. 랑 오빠 사업하는 사람이라면 자기 몫은 챙길 줄 알아야지. 그래서 말인데 그물마대의 올랴티에서 랑의 몫 따로 챙겨두었다고 내가 얘기 하고선 장학재단으로 보내면 된다는 랑의 말을 이행하지 못했었어. 왜냐하면 장학재단의 영역에 나 성녀의 이름이 오르는 것은 주제넘다고 생각했기 때문이야. 그래서 별도로 통장을 만들었으니 랑이 직접 관리하고 앞으로도 랑의 몫은 지금의 같은 통장으로 입금될 거야."

"나는 잊고 있었는데 꼭 그래야 한다면 한 번이면 충분하고 더 이상의 입금은 하지 않아도 된다."

"그건 랑이 모르는 소리, 그런 논리대로라면 우리 마대공업사도 한 번만 받고 말아야 한다는 건데 특허권의 사용료는 계속해서 지급받기로 되어 있는 거야. 그러기에 그건 그냥 주어지는 것이 아니고 청랑의 몫이기 때문이야. 그러니 본래 청랑의 발명품으로 특허를 취득한 우리 마대 공업사가 받아지는 특허권료를 혼자서 꿀

꺽하는 사장 마성녀다. 뭐. 그런 파렴치로 만들지 말고 본래의 취지대로 받아서 쓰는 건 청랑의 마음대로야. 이제 내 설명은 끝났으니 랑 오빠가 더 이상의 반론을 하지 않길 바랍니다."

"허허 이거야 참, 그래도 되는 건지 모르겠다. 그리고 고맙다."

"사실은 내가 랑 오빠를 꼭 만나야 한다는 본래의 이유는 이 문제 때문이었어. 꼭 만나서 직접 전해주어야 할 것 같아서였거든. 이제 됐다. 난 갈래, 잘 있어요. 랑 오빠."

"그래, 그럼, 내가 부산까지 데려다 줄까?"

"그럴 거 뭐 있어. 그건 시간 낭비야. 부산 가는 버스에까지만 데려다주라."

시외버스의 차창 안에서 손을 흔드는 성녀를 보내고 청랑은 돌아섰다. 아직도 인생의 방랑을 접지 못한 사나이 청랑에게 진한 인연을 놓고 가는 또 하나의 여인이구나. 그래, 마성녀, 그녀가 무사히 안전하게 귀가하기를 바라면서 청랑은 달비골 현장에로 차를 몰았다. 지금은 다른 외부의 별다른 스케줄이 없기 때문이다. 현장의 작업실태를 돌아보고 야적장의 사무실로 돌아왔다. 그는 의자에 기대고 눈을 감아 명상에 잠겨본다. 내가 지금 잘하고 있는 것일까? 잘못 빠뜨리고 실수하지나 않았을까? 언제나 결점투성인 내 인생인데 행여나 사람들에게 아픔 같은 거 남기지나 않았을까? 그러지는 않으리라 다짐은 하면서도 그 노력이 부족하지 않을까도 염려된다. 이렇듯 막연한 생각으로 가고 있는데 따르릉 하고 휴대전화가 울린다.

"예, 청랑입니다."

"랑 오빠, 나예요. 성녀예요."

"오, 그래 잘 간 거야?"

"네, 방금 도착해서 회사로 바로 왔어요."

"그래, 회사에는 별일 없고? 태워다 주지 못해서 걱정됐는데 잘 갔다니 다행이다."

"랑 오빠, 말하는 것 보니 진짜로 날 걱정했구나. 고마워요. 랑 오빠."

"그래, 전화 줘서 고맙고 잘 지내거라. 성녀."

전화를 끊고도 청랑은 그녀에게 가는 연민의 여운 같은 게 남는다. 부산의 마성녀가 다녀간 후의 미보리 청랑의 집은 평온한 것 외에 별다른 변화가 없다. 새벽이면 일찍 일어나서 창고를 순회하고 작업화 끈을 조여 매고 달비골 현장으로 출근하면 일에 매달려 각 공구의 반장들을 격려하고, 해가 져서 집으로 돌아오면, 마주하는 등불호야와 밤이 이슥하도록 얘길 하고, 그러기를 반복하다 보니, 어느덧 열흘이란 시간이 훌쩍 넘어갔다. 그동안 윙윙 소리를 내던 칼바람이 잦아들더니 홀연 자취를 감추고 영하의 기온도 슬그머니 사라지고 단단히 얼었던 땅바닥이 녹으면서 작업화에 더덕더덕 달라붙는다.

"청랑왕초, 정말로 봄이 왔어요. 온도계가 영하로는 내려가질 않습니다. 내일 모레면 2월 초하루인데 청랑의 부름에 드디어 봄이 오는 모양이오."

"예, 정성을 드리긴 했는데 두고 보아야지요."

당연하다고 생각하면서도 한 발 슬쩍 물러서는 듯한 청랑이다.

"이제 서둘러야겠소이다. 이젠 추위가 없을 것 같아요."

소장 낙동강은 조금은 흥분한 상태다.

"네에 소장님, 이제는 중단 없이 작업을 계속해도 될 것 같습니다."

"역시 청랑의 칠성제가 봄을 불러왔어요."

연신 쏟아내는 소장의 소리에 말없이 웃기만 하는 청랑이다.

그랬다. 현장소장 낙동강이 보이 오는 징조에 환호하는 것은 당연한 일이다. 본래 건설 공사란 부지가 마련되고 설계가 그려진 다음, 필요한 자재와 인력이 갖춰지면 하게 되는 것이다. 그 다음의 중요한 사항은 자연의 섭리와 조화를 이루고 기후의 흐름에 잘 맞춰가야 하는 것이다. 인간의 힘으로는 어쩔 수 없이, 때를 기다릴 수밖에 없는 상황도 공사현장이다.

그런데도 그 기다림의 시간을 한 달이나 앞당겨 놓은 사람이 있다. 그것도 한 달 전에 예언을 해 놓고서 말이다. 그리고 유독 이 달비골 해강대학 공사현장에만 국한해서 약속한 날짜를 한 치도 어긋남이 없이 봄을 갖다 놓은 그가 바로 벽돌왕초 청랑이다. 그럼에도 여전히 태연자약한 청랑이란 자는 금세 어디론가 사라지고 없다. 이제 해가 지긴 했지만 당연히 지켜진 약속인데 그 누구에게도 칭찬 같은 거 일부러 외면해 버린 듯 없어진 그를 제외하고 전 현장의 공구장과 각 협력업체의 사장들이 모인 자리에서 현장소장 낙동강이 주문하다.

"오늘 이 자리에는 우리 해강대학 공사에 관계하시는 책임자분들이 다 모이셨습니다. 우리들 작업에 필요한 봄이 예정된 날짜에 우리 현장에 와 주었어요. 하여, 내일부터는 전 공정에 공사를 재개할 것이요. 우리 모두가 차질 없이 해당 작업에 임해 주시길 바랍니다."

"잘 알겠습니다만 아직은 추위가 기승을 부릴 정월 말인데 이곳에만 한 달이나 앞당겨서 봄이 오다니, 그 정말 이상하네."

"이상할 거 없네. 이 사람아, 자넨 듣지 못했는가? 그 벽돌왕초 청랑이란 자가 칠성제를 지내고 도술로 봄을 불렀다지 않는가."

"참 그랬었지. 정말 귀신같은 능력을 가진 사람이군."

"자 그럼 오늘 회의는 여기서 마치겠습니다."

"그런데 소장님, 오늘은 봄을 불러온 그 도사분에게 고맙다는 인사 겸해서 술 한잔 해야 되는 거 아닙니까?"

"나도 그럴 생각이었는데, 보이지를 않는군요."

"그럼 어디 있는지 전화라도 해보시지요."

소장은 전화를 걸었다.

"여보세요, 청랑왕초, 나 낙소장인데 지금 어디에 계십니까?"

"아, 소장님, 나 미보리의 국밥집에 있습니다만, 무슨 일 있습니까?"

"당연히 있지요. 사람이 온다간다 말도 없이 혼자만 그곳에 가 있으면 어떡합니까? 우리 그쪽으로 갈 테니 꼼짝 말고 기다리시오."

"자, 사장님들 가십시다. 벽돌 왕초의 행방을 찾았습니다."

"그래요, 그 도사가 은거해 있는 곳이 어딘지 모르지만, 우리 모두 가십시다."

소장을 위시한 공사 과장과 골조공사, 전기공사, 설비공사 등등 8명의 협력업체 사장들과 회사 직원들 모두 열 서너 명의 사람들을 태운 차가 30분을 달려서 미보리의 도축장 옆 국밥집에 도착했다. 벽돌 왕초 청랑은 혼자서 소주잔을 기울이고 있었다.

"허허, 벽돌 왕초께서 혼자서만 술을 드시다니 이거 섭섭합니다."

"어서 오십시오. 사장님들, 저의 집이 이곳에서 가까운지라 평소에도 이곳에서 밥 먹으면서 한 잔씩 하곤 합니다. 습관이지요."

"인제 보니 낙소장께서는 멀리서 온 우리가 꼼짝 못 하게 붙들어 놓고서 벽돌 왕초에게만 한가로운 휴가를 주셨다니, 이거 정말 불공평합니다."

"허허, 사장님들 나는 그런 적 없소이다. 나도 모처럼 모이신 여러 사장님하고 인사하느라고 잠시 방심한 사이에 무단이탈해

버린 걸 어떻게 합니까?"

"그건 맞아요. 그리고 오해들 마십시오. 나는 줄곧 이곳 현장에서 상주하다시피 하는지라 많은 분이 모이신 오늘쯤은 나 정도는 관심 밖일 거로 생각하고 줄행랑을 했습니다. 그러니 낙소장은 아무 잘못이 없습니다."

"그게 말이 됩니까? 오늘이 무슨 날입니까? 늦어진 공정 때문에 봄을 앞당기기로 한 칠성제의 제주이신 청랑이 안 보이면? 그러다가 봄이 안 오기라도 하면 그다음은 어찌 되겠습니까?"

"바로 그겁니다. 행여라도 봄이란 것이 약속한 날짜에 도착하지 못했을 땐 이 청랑은 여러 사람의 뭇매를 맞을 것이 두려워 피신한 겁니다. 나 살자고 말입니다."

"허허 이거야, 신의 재주를 가진 분에게도 두려움이란 게 있었다니, 사실 처음에 믿기지 않았던 사람들 앞에 거짓말처럼 봄이 와 있고 보면 평범한 우리 생각으론 뭐가 뭔지 분간키가 어렵군요. 자, 어쨌든 청랑왕초께서 우리 현장에 봄을 가져다 놓았으니 경사 중의 경사이므로 오늘의 축하주는 현장소장인 이 낙동강이 사겠습니다. 마음껏 드시지요."

도축장 옆이라 1등급의 고기와 최고의 술인 소주로 회식이 시작됐다. 오랜만에 각 업체의 사장이자 노가다 왕초들이 한자리에 모였다. 호기롭게 술잔을 들어 건배하며 마시는 이들에겐 오랫동안 해왔던 그들의 풍습들이라 해도 좋다. 거칠고 힘든 일들을 거침없이 소화해 낸 백전노장들이다.

"정말 놀랍습니다. 벽돌 왕초."

"아니 설비공사 왕초께서는 새삼스레 왜 그러십니까?"

"나만이 아니오, 생각해 보십시오. 귀신이 곡할 노릇이지, 신기에 가까운 벽돌 왕초의 재주 말입니다. 아니 그렇소, 전기공사 사장님?"

"그래요, 저도 설비 사장과 동감입니다. 신기하고말고요."

"허허 이렇게 순진하신 분들께서 어떻게 노가다 왕초가 되셨을까?"

"알고 보면 하나도 신기할 것 없소이다. 내 지금부터 그 비법을 알려 드리지요."

"정말입니까? 우리한테도 그 도술을 전수해 주신다는 말입니까?"

"그렇습니다만 그건 도술이 아니에요. 자연의 이치입니다. 우리 현장이 위치한 달비골은 사방으로 산이 병풍처럼 둘러싸인 분지입니다. 불어오는 바람은 차단되고 낮 동안에 담긴 햇살은 다른 데로 가지 않고 고스란히 땅 위를 녹여주고 달비골 지하에는 뜨거운 온천수가 지나고 있어요. 이러한 지리적 조건이 다른 곳보다는 한 달쯤 먼저 따뜻한 기온을 가져다주지요. 엄동설한이 지나면 그 현상은 더욱 빨라지고요. 나 청랑은 그것을 믿었을 뿐입니다. 칠성제는 그것을 빙자한 연극일 뿐입니다. 그 자연의 이치가 다행히도 나 청랑의 상식에 동조를 해주었고요. 이 정도면 나 청랑이 도술사가 아닌 벽돌 왕초일 뿐이란 걸 증거이죠."

모두 입을 다물지 못하고 경이로운 표정이다.

"놀랍습니다. 벽돌 왕초에게 그런 해박한 지식이 있는 줄은……. 그만하면 무지한 우리에게서 도사 칭호를 받을 만합니다."

"그렇습니까? 고맙습니다. 내 지나간 젊은 날에 방랑하던 때가 있었지요. 그 와중에 잠깐 쉬어가느라고 삼국지에 푹 빠진 적이 있었는데 그때 적벽대전의 승리를 위해서는 동맹군에게는 동남풍이 필요했습니다. 서북풍의 계절에 적진을 향하게 하는 동남풍을 얻기란 불가능했음에도 칠성단을 쌓고 사흘 밤낮으로 신께 빌어 동남풍을 불게 하겠노라고 목숨과 맞바꾸는 약속을 한 공명은 사흘 밤낮의 제를 올린 끝에 동남풍을 불게 했었지요. 이 청랑도 그 공명에게서 칠성제의 지혜를 배운 것입니다. 그 사흘 밤낮은 제를 지내지 않아도 기다리면 되는 자연의 이치를 천문지리를 터득한 공명이 알고 있었고, 그것은 바로 공명의 연극이었습니다."

좌중은 박수를 보낸다.

"역시 청랑은 우리보다는 한 수 위입니다."

"그건 여러분의 과찬이십니다."

"그렇지가 않습니다. 일의 특성상 청랑왕초와 자주 만나게 되는 이 낙동강도 깜짝깜짝 놀라는 일이 한두 번이 아니에요."

"아니, 오늘 벽돌에게 소장님까지 왜 이러십니까? 미운 놈 밥 많이 준다고 했으니 술이나 한잔 듬뿍 주십시오."

"여부가 있습니까? 이 전기쟁이가 먼저 한 잔 드리지요. 그리고 양해 부탁도 함께요."

"양해라니요, 당치도 않습니다."

"아니에요. 앞으로는 쫓기는 작업이 될 텐데, 우리 전공들이 배전반 설치다 뭐다 해서 쌓아놓은 벽돌을 깨뜨리는 일이 많을 텐데, 그때그때 너그러이 봐 주십사 하고요."

"그야 서로가 엉켜서 작업할 수밖에 없는 현장이니, 어쩔 수가 없는 거 아니겠습니까?"

"감사합니다. 벽돌 왕초님."

"가만, 그 부분이라면 우리 설비도 마찬가지예요. 이참에 나도 양해를 구하겠습니다."

"좋습니다. 그 문제라면 저희 쪽에서도 애로사항이었는데 두 팀 사장님들께서 먼저 말씀해 주셨으니 저로서는 문제가 쉽게 풀려서 좋습니다."

"어느 쪽이나 잘 조화를 이룰 수 있도록 실무반장들에게 잘 얘기해 놓으면 될 것입니다. 자 오늘의 주인공은 벽돌 왕초이시니 한잔 받으시죠."

"그보다도 도망쳤다가 붙잡혔으니 벌주로 알고 마시겠습니다."

그들은 이런저런 잡담을 안주 삼아 한 잔 술에 푹 빠져버린다. 모두 대주가들이다. 먹고 마시는 대는 이들을 따를 자가 없다 해도 과언이 아니다. 오랫동안 노가다 현장을 걸어온 백전노장들이다. 오늘에 흠뻑 취하는데 몸을 아끼지 않는 그들에겐 내일 아침에 속쓰림의 뒷맛이 따르리라. 그래서 허겁지겁 해장국을 찾게 되고 그러나 그들이야 그렇게 하든 말든 소장 낙동강은 최고조의 기분에 젖어있다. 이제부턴 전체 작업이 일사천리로 달아날 테니까. 그 왕초들을 코가 비뚤어지게 마시게 하고 내일부터는 사정없이 볶아대리라. 그런 생각과 함께 소장 낙동강도 서서히 취해가고 있다.

"주인장, 우리가 너무 늦게까지 있어도 괜찮겠습니까?"

"그럼요, 내일은 일찍부터 우시장이 열리기 때문에 저희 식당은 24시를 계속한답니다. 그리고 먼 데서 오신 분들이 있으시면 저희집에서 민박을 겸하고 있으니까 주무셔도 됩니다."

"그럼 오늘 잠자리를 부탁드리겠습니다. 계산은 우리 낙소장이 하실 테지만. 이 동네에 사는 나로선 마음이 쓰입니다."

"염려 마십시오, 오늘 사장님의 일행에게는 숙박은 무료입니다."

"그러지 않아도 됩니다. 민박도 장사인데 운영자가 손해를 봐서야 안 되지요."

"그렇지 않습니다. 왕초께서 우리 집에 도움 주신 일이 적지 않은데 그리고 이제는 단골 중에 단골손님이잖습니까? 그러니 염려 마시고 들어가셔서 편히 드십시오. 제가 특별히 서비스로 자그마한 상을 올리겠습니다."

"허허, 이러면 미안한데, 어쨌든 고맙습니다."

청랑도 반쯤은 취했다.

"우리의 도사님께서는 어딜 갔다 오시는 거요. 오늘은 마음껏 마셔봅시다."

골조공사 사장의 혀 꼬부라진 소리다. 그 모양을 본 소장이 혼잣말로 중얼거린다.

'되게들 마셔대는군. 먹새들이 저렇게 좋은 줄 내 미처 몰랐는데. 이러다가 내 주머니가 텅 비게 생겼구만.'

그때다. 식당 종업원이 고기와 술을 또 한 상 그득히 들여온다.

"아니, 내가 더 주문하지 않았는데?"

깜짝 놀라는 건 소장이다. 뒤따라온 식당주가 말한다.

"염려 마십시오. 소장님, 지금부터의 이 음식은 저희가 별도로 드리는 것이니 부담 없이 드시길 바랍니다."

"고맙긴 합니다만 왜요? 알고나 먹읍시다."

창호공사 사장이 반문한다.

"딱히 무슨 이유가 있어서가 아니고 우리 집을 이용해 주시는 고마움과 청랑왕초와 소장님의 친구분들이시기에 저희 마음입니다."

"괘념치 마십시오. 역시 벽돌 왕초의 도술이 이 집에도 통하는 모양이요. 주인장,"

"그럴 수도 있습니다. 사장님들."

집주인은 알고 있다. 청랑이란 사람에 대해서. 어렴풋이나마 그가 의인의 마음을 가졌다는 것, 다정다감한 성격의 소유자로 남의 마음을 아프게 한다거나 손해를 보게 하는 일은 절대로 하지 않는 사람이라는 것을. 그래서 식당 주인은 그와 함께 오는 사람들을 추호도 소홀하게 대하지를 않는다. 그가 오는 날이면 오늘은 장사가 잘되겠구나 하고 막연한 믿음 같은 게 생긴다.

봄을 맞은 달비 현장의 모든 작업에 가속이 붙었다. 그동안 공사 진행을 가로막았던 추위란 놈은 현장 밖 언저리에서 맴돌기만 했지 한 발짝도 공사장 안으로 들어오지 못했다. 붉은 벽돌을 싣고 온 여화산업의 화물트럭은 언제부턴가 야적장이 아닌 공사현장으로 직행했다. 짝꿍인 지게차와 함께다. 건물 외벽의 적벽돌 치장 쌓기를 시작한 오늘을 대비해서 작업자에게 지시해 놓은 것은 왕초 청랑이었다. 사람의 옷매무새도 첫 단추가 잘 끼워져야 하듯이 적벽돌 쌓기의 제일 밑 첫 단이 중요하다. 콘크리트 바닥이 울퉁불퉁해서 맞지 않으면 벽돌을 쪼개서라도 수평을 잡아 나가야 한다. 물론 그 부분의 작업은 고도의 숙련공 아니면 각 공구의 반장이 직접 해야만 한다. 왕초 청랑의 관심도 그곳에 집중되어 있다. 이 부분 만큼은 왕초의 집요한 잔소리에 반장들의 귀가 편할 리가 없다. 청랑왕초의 생각을 잘 알고 있는 반장들 역시 그 부분만큼은 철저하게 만들어나가야 함을 잊지 않는다. 제일 첫 단 밑자리가 완성되면 왕초는 '언제 잔소리했었냐'는 듯이 반장들이 알아서들 잘하고 있는데 뭐 하고 태연해진다. 이제 정말 춘삼월 봄이 온 누리에 하품하는 때다. 달비 현장의 건물마다 붉은 벽돌의 띠가 허리춤까지 둘러져 있다. 건물의 치장이 제법 괜찮아지려나 보다. 휴대전화가 울린다.

"청랑왕초, 나 낙동강이요. 현장에 있으면 사무실에 한 번 들르시지 않겠소?"

"예, 무슨 일 있습니까? 소장님."

"무슨 일은요. 차 한잔하자고 찾은 거예요."
"네, 곧 가겠습니다."
"안녕들 하십니까?" 사무실로 들어서는 청랑의 인사에 직원들이 반색하며 의자에서 일어나 답례를 한다. 그것도 그럴 것이 여러 날 만에 나타난 청랑이기 때문이다.
"소장님, 부르셨습니까?"
"어서 오시오. 청랑, 요즘은 왜 그리 뜸하셨소? 자주 좀 들르셔야죠?"
"예, 바깥 일이 조금 바빴습니다. 혹시 우리 팀에 지적사항이라도 있으신지?"
"아니오, 내 말 했잖습니까? 차 한잔 같이하자고요."
"고맙습니다."
"그건 오히려 내가 할 소리요. 청랑왕추가 있기에 나 현장소장의 존재가치가 유지되는 것 같소이다."
"허허 소장님도, 아무튼 이 차 한잔을 농담으로 알고 마시겠습니다. 그리고 덧붙여 소장님께 부탁이 있습니다."
"말씀해 보세요. 뭔지?"
"소장님께서 작업일지를 보시면 아시겠지만, 저희 청리의 작업 인원은 기능공, 조공, 운반공 합해서 120명 정도가 일하고 있습니다. 물론 그에 상응하는 작업진척이 있겠습니다만, 2층서부터는 효율적인 운반이 필요하므로 리프트 카 설치가 시급합니다. 아무래도 소장님께서 관심을 두셔야 빠를 것 같습니다."
"그게 그렇게 급한 겁니까?"
"예, 소장님, 설치만 된다면 지금 당장이라도 사용해야 합니다."
"알았어요. 내 서둘러서 설치해 드리지요."

"그리고 잘 아시겠지만 전부 10개 동이라 한꺼번에는 안 되겠지만 먼저 되는 곳부터 운반작업을 시작할 겁니다."

"알았어요. 인제 보니 이 낙동강이 청랑에게 거꾸로 쫓기게 되는군요."

"그럼 그리 알고 저는 물러갑니다."

"잘 가시오, 청랑."

이거야 참, 무심코 불렀다가 떼려던 혹을 달고 말았군. 그러나 맞는 말이다. '아직은' 하고 느긋하게 생각하고 있었는데 듣고 보니 시급한 일이로군. 소장은 공사 과장을 비롯한 해당 기사들을 모아놓고 리프트 설치의 시급함을 알리고 준비에 들어가도록 했다. 역시 청랑은 경험이 많은 사람이다.

본사의 개나리 본부장이 굳이 청랑을 선택한 이유를 알 것 같다. 벽돌 자재만 하더라도 전처럼 회사에서 조달해 주기로 했으면 지금쯤은 자재조달에 차질이 올 수도 있었겠지. 그나마 청랑에게 맡겼기에 야적장을 만들어 많은 양을 비축할 수 있었다. 현장 경험이 부족한 나를 보완하기 위한 본부장의 방법은 바로 청랑이었구나. 소장 낙동강이 나름의 생각에 매달려 있는 동안 청랑은 야적장 사무실에 들렀다가 차를 몰아 미보리의 집에 도착했다. 그의 집은 대문은 밤이 되기 전까지는 언제나 열려있다. 그 대신 현관문은 전과 달리 잠그고 다닌다. 열쇠를 예비로 하나 더 만들어서 관리 담당 고창군에게 맡겨두고 있다. 관리실도 창고와 집 대문 중간 위치를 옮겨 놓았다. 집 대문에서도 잘 보이는 곳이다. 중요한 객이 찾아왔을 때 고창군이 청랑에게 전화하면 된다. 청랑의 자동차가 대문 안마당에 들어섰을 때 관리실의 고창군이 달려왔다.

"사장님, 웬 할머니가 찾아오셨어요."
"그래? 누구라고 하더냐?"
"저 건넛마을에 산다고만 하고 사장님께 꼭 부탁드릴 말씀이 있다면서 가지 않고 있기에 관리실에 기다리게 했습니다. 돌려보낼까요?"
"아니야, 내 집에 찾아온 사람인데 만나는 보아야지. 이쪽으로 모시고 오게."
청랑은 현관문을 열어놓고 거실 마루에서 기다렸다. 고창군을 따라서 온 객은 시골 농부의 평상복 차림인 초로의 여인이었다.
"선생님, 안녕하십니꺼?"
60세가 가까워 보이는 초로의 할머니는 어색한 표정을 지으며 인사를 한다.
"우선 여기로 좀 앉으시지요"
응접실 의자에 자리를 권했다.
"그럼 전 가보겠습니다."
고창군이 나가고 청랑은 따뜻한 커피를 두 잔 타서 왔다.
"뜨거우니 천천히 드십시오."
"고맙습니더 선생님."
"그래 무슨 일로 저를 찾아오셨는지 말씀해 보십시오. 할머니."
"선생님, 저는 아직 60이 못되어서 할매가 아닙니더. 그저 아지매입니더."
"예 예 알겠습니다."
"저, 선생님께 어려운 부탁을 하려고 염치없이 찾아 왔십니더."
"예, 말씀해 보이소."
"예, 지는 어미 애비 없는 손녀 하나를 데리고 살고 있습니더. 아 애비는 만날 술만 마시시다가 병들어, 낫지 못하고 저세상으로 가고 아 어미는 삶이 고달펐는지 서너 살 먹은 지새끼 놔두고 제갈 데로 가버리고 없으니 우짜겠습니꺼. 그 어린 것 데리고 여태껏 살아왔는데 내 손녀가 이제 소학교 6학년 입니더. 이제 곧 졸업하면 중학교에 보내야 하는데 형편은 안 되고 부모 없이 자란 저서 남들 다 가는 중학교라도 보내야지 하고 걱정하는 내 꼴을 보고 오히려 중학교 안 가도 된다며 다 커서 '돈 벌겠다'며 지를 위로하려 드니 그 꼴을 보는 내가 죄스럽습니다. 생각다 못해서 장학재단인가 학생을 돕는다는 선생님이 계신다기에 이렇게 찾아왔습니다."

"그럼 그동안 생활을 어떻게 하셨습니까?"

"농촌이라 농사철에 이집 저집 일손 거들어 주고 밥은 근근이 먹고 지냈는데 모아진 돈이 없어 손녀 입학금을 준비 못했습니더. 공부는 곧 잘해서 등수가 뒤로 안 처지고 합격했는데 방법은 없고 생각다 못해서 찾아왔습니더. 입학금만 빌려주시면 또 일거리 생겨서 품삯 받으면 갚아 드리겠습니더. 여기 오기 전에 여러 곳을 가서 말해보았으나 그 누구도 내 말을 들어주는 사람이 없습니더."

"그러셨군요. 그리고 손녀딸의 할머니시니까 편하게 할머니라고 부르겠습니다."

"괜찮습니더 선생님, 할매라 카면 모두들 늙은이 취급하고 일 안 시켜 줄까 봐 나이 덜 먹은 척하는 겁니더."

"그러셨군요. 할머니, 말씀 잘 들었습니다. 내가 도와드릴 방법을 찾아볼 테니 손녀가 다니는 학교와 학생 이름을 말씀해 주세요."

"그럼 제가 적어 드리겠습니다."

"예 그러시지요."

종이와 연필을 받아든 학생의 할머니는 아주 느리게 한 자 한

자 또박또박 적는다. 소림골에 사는 소길녀의 손녀인 강선자 학생은 미포 초등학교 6학년생입니다. 라고 적었다.

"다 적었습니다만 선생님이 알아보실지 모르겠습니다."

"네에 아주 잘 적으셨습니다. 공부하셨군요."

"아닙니다. 어릴 적에 친정 아부지께 언문을 조금 배웠습니다."

"선자 학생의 할머니께서는 염려 말고 돌아가십시오. 손녀가 중학교에 입학할 수 있도록 학교에다 얘기해 놓겠습니다."

"감사합니다. 선생님, 정말 고맙습니다. 이 은혜를 어떻게 갚아야 할지 모르겠습니더."

"그런 생각 안 하셔도 됩니다. 손자를 생각하는 할머니의 정성과 용기가 강선자 학생을 중학교에 입학시키는 겁니다."

소길녀 할머니는 몇 번이고 고맙다는 인사를 남기고 돌아갔다. 다음 날 청랑은 군청에 들러서 교육위원과 장학관을 만났다. 그들에게 말했다. 현재 소녀 가장이나 다름없는 미포국교의 6학년 강선자 학생의 장학생 선정 절차를 밟아서 서류를 갖추라고 부탁했다. 그리고 그 학생이 합격한 중학교에 입학절차도 함께 해줄 것을 당부했다. 군 교육청을 나오는 청랑은 마음이 홀가분했다. 혼자서는 해결할 수 없었던 어린 학생과 그 할머니의 소망을 해결해 줄 수 있다는 것이 그에게 보람을 가져다준다. 군 교육청으로부터 강선자 신입 예정자의 장학생 선정결과를 하달받은 비사중학교에서는 등록절차를 완료해서 미포국민학교로 통보했다. 6학년 담임 선생은 학생들을 모아놓고 이렇게 말했다. 오늘 우리 학교에 그것도 우리 반 6학년에 큰 경사가 생겼다. 우리 반의 강선자 학생은 줄곧 할머니를 모시고 고생스러우나 착하게 살아온 소녀 가장이라 할 수 있다. 앞으로도 커가면서 할머니를 모시고 열심히 공부하고 꿋꿋하게 생활하라는 뜻에서 군 교육청으로부터 장학생에 선정되었다는 통보가 왔다. 하여 비사 중학교에 진학하는 입학 등록금과 1년간의 학비를 군 교육청으로부터 제공받게 된다. 여러분들 모두가 강선자 양의 장학생 선정을 축히하는 뜻에서 큰 박수를 주길 바란다. 선자 학생은 앞으로 나와 주길 바란다. 영문을 모르고 있던 선자 양은 어리둥절한 표정으로 교단으로 나갔다. 박수에 인사하고 담임을 바라본다.
"선생님, 전 아무것도 몰라요."
"그럴 수도 있으나 어쨌든 결정돼서 통보가 왔으니 축하한다. 급우들에게 소감 한마디 하길 바란다."
"얘들아, 친구들아, 내가 할머니와 단둘이 사는 건 맞는데 내가 한 일은 아무것도 없고 할머니 속만 썩였는데 뭐가 뭔지 아무것도 모르겠다. 중학교 시험에 합격하고부터 입학금 때문에 할머니는 걱정하고 나는 입학을 포기하려 하고 있었는데 뜻밖이구나."

열세 살 어린 소녀는 말끝을 맺지 못하고 마침내 울음을 터뜨리고 만다. 급우들도 부러움과 축하의 박수를 길게 보내고 있다. 소녀는 제자리에 돌아가서도 놀라움과 기쁨의 눈물이 멈추어지지 않는다. 이것은 정말 드문 일이었다. 담임 선생으로서도. 기쁘기는 마찬가지다. 상급학교에 합격하고도 가정 형편이 따라주지 못해서 진학을 포기해야 하는 어린 제자들을 볼 때면 마음이 아프다. 선진국에서는 중학교도 의무교육을 하고 있다지만 우리로서는 아직도 먼 이야기다. 선자 소녀의 가정 형편을 알고 있는 담임 선생으로선 안타까우면서도 불가항력적인 자신을 개탄했는데 그 제자의 어려움을 도와주려는 그 누군가에게 감사의 마음을 가져본다. 잠깐의 시간이 흐르고 소녀도 선생님도 마음의 안정을 되찾고 담임 선생님은 말한다.

"자 우리 반 졸업생 전원이 상급학교인 중학교의 입시에 합격했고, 강선자 양의 진학이 불투명해서 걱정하고 있었는데 다행스럽게도 이런 좋은 소식을 전할 수 있어서 선생님도 기쁘게 생각한다. 우리 한 번 더 강선자 친구에게 박수를 보내자."

박수를 받으며 자리에서 일어선 소녀는 급우들에게 묵례하고는 담임 선생님에게 감사의 예를 한다.

"선생님 감사합니다. 정말 감사합니다."

"그래그래 앉아라, 이번에 선자에게 주어진 장학생 자격은 선생님도 오늘 처음 알았다. 이것은 아마도 강선자 양이 할머니와 함께 어려운 환경 속에서 착실하게 살아온 사실을 주위의 사람들에 의해 교육청에 전달된 것이다. 따라서 교육청에서 미리 결정하고 우리 학교에 공문이 내려온 것이다. 앞으로도 선자 양은 할머니와 함께 꿋꿋하게 그리고 공부에 열중하길 바란다."

"예 선생님, 감사합니다."

수업을 마친 선자 양은 책 보따리를 챙겨서 집으로 달렸다. 학교를 나와서 한 1km 정도의 들판을 건너면 할머니와 소녀가 사는 집이다.

"할머니 학교 다녀왔습니다."

헐레벌떡 뛰어드는 손녀를 보고

"무슨 일이고? 좀 천천히 다니지 않고."

"할머니 내 말 좀 들어봐."

"애가 그런데 숨넘어가겠다 찬찬히 말해 보거라."

"할머니, 글쎄 안 있나 내가 장학생이 되었대. 학교 선생님이 그라는데 나의 중학교 입학금이랑 교육청에서 다 지원해 준댔어."
"그게 정말이가?"
"그래 우리 담임 선생님이 그라는데 비사 중학교에 입학이 결정됐다 안카나."
"그래 잘 됐구나! 이런 고마울 데가 어딨노?"
"선생님의 말씀이 할머니와 내가 어렵게 생활한다고 군 교육청에서 결정했다 안카나."
 손녀는 할머니 품속에 와락 얼굴을 묻고, 할머니는 손녀의 등을 가만히 어루만진다.
"남들이 다 가는 중학교인데 너 못 보낼까 걱정했는데 이제야 소원이 이루어졌구나."
"그리고 할머니, 앞으로 1년 동안 학비도 다 지원해 준다고 하더라."
"이런 세상에! 정말 고맙습니다, 선생님."
 소녀의 할머니는 문 쪽을 향해 두 손을 합장하고 연신 절을 해댄다. 감격스러운 장면이다. 훌륭하신 선생님께서 정말로 우리의 소원을 들어주셨군요. 감사합니다. 감사합니다.
"할머니 이젠 그만해라, 사람도 없는 문에다 대고 자꾸 절을 하면 우짜노? 교육청은 반대쪽 산 넘어 읍내에 있는데"
"아무 쪽이면 어떠냐. 내 손녀를 중학교에 보내주신 분인데. 우리한테 이토록 고마운 분이 어디 있나?"
"할머니는? 교육청, 누군지도 모르면서?"
 그러나 소녀의 할머니는 알고 있다. 손녀를 장학생으로 만들어 준 사람을, 그가 바로 미보리에 있는 장학재단 인가 하는 곳의 청랑 선생이란 것을. 그 선생이 자신의 간절한 청을 외면하지 않고

봄을 기다리며　169

들어 주었다는 것을. 그러나 손녀딸 선자에게는, 그러한 사실을 말하지 않았기에 전혀 모르고 있다. 지금 저토록 좋아서 기뻐하고 있는 손녀에게 아직은 말하지 않았다.

"할머니, 나 이제 중학교에 들어가면 공부 열심히 할 거야. 그래서 나중에 좋은 곳에 취직하면 월급 받아서 할머니 맛있는 것도 사드리고 좋은 옷도 사줄 거야"

"그래 너를 공부할 수 있게 지원해 준 그분들을 생각해서라도 너 하고 싶은 공부나 열심히 해 보거라. 선자야 넌 집에서 쉬고 있거라 내 나가서 국거리 좀 사 오마. 오늘은 좋은 날이니 고깃국이라도 끓여야겠다."

"할매가 고기 살 돈이 어디 있나? 맨날맨날 쪼들리면서"

"내 그동안 너 중학교 들어갈 때 입학금에 보태려고 조금, 아주 조금 모아둔 거 있다. 너 입학금 문제가 해결됐으니 오늘은 열일 제쳐 놓고 고기 한 근 사 올 끼다."

"그라마, 내도 할매 따라갈래."

"아니다. 너는 그냥 집에 있거라, 나 혼자 갔다 오마."

"아니다 할매. 혼자 무거운 거 들고 오게 할 수 없다. 내가 들고 오면 좋잖아?"

"야가 지금 고기 한 근이 뭐가 무겁다고? 그거 열 배라도 안 무거우니 쓸데없는 소리 말고 집에 있서라."

"그래도 나는 같이 갈 거야 지금 해가 질라 카는데 장에까지 갔다 오면 캄캄해진다. 할매 한테 무슨 일이라도 생기면 장학금이고 뭐고 다 소용없다."

할머니와 손녀는 상반된 생각으로 티격태격이다. 할머니의 나들이 목적은 지금쯤 퇴근을 할지도 모르는 청랑 선생을 찾아 고맙다는 인사를 하기 위해서 손녀를 따돌리려는데 손녀는 오늘따라 할머니 혼자 나서려는 게 영 마음이 놓이지를 않는다.

"할매, 그러면 나 혼자 뛰어서 갔다 올 게, 그래야 어둡기 전에 갔다 올 수 있다."

할머니는 난감했다. 당분간은 손녀가 모르게 하고 싶은데 인사는 해야겠고, 낮에는 그 선생이 없을 것 같고 해서, 이 시간을 택하려는데 오히려 손녀의 불안해하는 모습을 보게 된다.

"그래 좋다. 이 할미와 같이 가자."

"할매가 진작에 그럴 것이지."

할머니를 따라나서는 손녀도 할머니도 둘 다 기분이 좋아졌다. 그들은 들판 길을 건너서 도축장 옆 고깃간에 들렀다.

"주인장 고기 좀 주이소."

"얼마나 드릴까요? 할머니?"

"고기 맛있는 거로 두 근 따로 하고 한 근은 허드레 고기로 따로 주소."

"할매, 뭐 하는데 고기를 그렇게 많이 사는데?"

"고깃값 얼만교?"

할머니는 치마 섶을 젖히고 꼬장주우 주머니에서 돌돌 말아진 지폐를 꺼내서 고깃값을 치르고는

"선자야, 가자. 이거 들고 따라서 오너라"

"할매야, 집에 안 가고 어데로 가는데?"

"가보면 안다."

할매는 어차피 손녀에게 한번은 인사를 시켜야 하는 거라 '오늘이 그 날이다'라고 생각했다. 청랑의 집 대문이 열려있고 실내에 불이 켜져 있는걸 보니 안에 있는 듯하다.

봄을 기다리며

"선생님 계십니꺼?"

마당 안으로 들어가 현관 쪽으로 가면서 큰 소리로 말하는 할매를 따라가는 선자 양은 어리둥절하기만 했다.

"선생님, 안 계십니까?"

두 번째 부르는 할매의 소리에 현관문을 열고 나오는 집주인 청랑이다.

"아니 할머니가 웬일로?"

"선생님, 계셨네요. 안 계시면 어쩌나 했는데."

"네 저도 조금 전에 들어왔습니다만, 우선 안으로 들어오시지요. 이 학생이 손녀군요?"

"예 선생님. 선자야 선생님께 인사드려라."

"안녕하십니꺼 저는 강선자 입니더."

"그래 네가 선자구나! 할머니로부터 네 얘기를 들어서 알고 있다."

"선생님, 고맙습니더. 이 늙은이의 염치없는 부탁인데도 처음 보는 우리의 부탁을 외면하지 않고 들어 주셔서 정말 고맙습니다."

"별말씀을요, 할머니의 손녀 아끼시는 마음이 저를 감동하게 했습니다. 그래 선자 양의 학교로 통보가 갔구나."

"예 선생님, 오늘 학교에서 담임 선생님이 말씀해 주셨습니더, 교육청에서 장학생으로 선정이 됐다고 공문이 왔다캅니더, 그럼 선생님이 교육청에 계시는 분입니꺼?"

"아니다. 나는 선생님이 아니고 그냥 평범한 아저씨일 뿐이다. 그러니 그냥 아저씨라고 부르면 된다."

"그럼 아저씨가 저를 장학생으로 만들어 주신겁니꺼?"

"음 뭐라 할까 내가 만든 것이 아니고 선자 학생 할머니의 부탁을 받고 내가 교육청에 전달했을 뿐이다. 그래서 이 결정 모두가 선자 양의 할머니가 손녀를 사랑하는 마음에서 나온 용기가 교육청을 움직이게 한 결과이다. 그 대신 선자 양은 건강한 심신으로 공부에 임하는 것이 할머니의 마음을 편하게 하는 길이라 생각된다."

이제야 선자 양의 머릿속을 맴돌던 수수께끼가 풀렸나. 선사 양은 일어서서 두 손으로 바닥을 짚으며 큰절을 한다.

"고맙습니더 아저씨예."

"그래. 선자 양의 큰절을 받으니 내가 고맙구나. 앞으로도 희망적인 마음으로 할머니와 함께 잘 지내길 바란다."

"예 아저씨."

"그리고 선생님, 오면서 고기 한 근, 사 왔으니 변변치 않아도 한번 끓여 드셨으면 합니더."

"그래요 사 오신 거니 고맙게 잘 먹겠습니다만 앞으로는 절대로 뭘 사 오시면 안 됩니다."

"가만있자 손님이 오셨는데 아무것도 준비한 게 없으니 어쩐다?"

그러면서 사이다 한 병을 따서 왔다.

"이거라도 마시거라."

"고맙습니더 아저씨예."

"그리고 선생님요, 뭐 하나 더 부탁해야겠습니더."

그 소리에 깜짝 놀라는 선자 양이다.

"할매는 뭐 자꾸 부탁할라 카노? 미안하지도 안 하나?"

열세 살 소녀치고는 제법 민감한 반응이다.

"괜찮으니 말씀해 보세요, 선자 할머니."

"선생님요, 제 나이 내일모레가 60이라지만 아직은 무슨 일이라도 다 할 수 있습니다. 농사일 품팔이는 없을 때가 많습니더 어디 식당 같은 데라도 설거지 일이나 또 아무거나 할 수 있으니 말

봄을 기다리며

씀해 주셨으면 합니다. 내 돈 벌어서 야 장학금 받는 거 다 갚아야 합니더. 선생님은 그런 일자리를 말해줄 수 있을 것 같아서 부탁드리는 겁니다."

"선자 할머니, 학생에게 주어지는 장학금은 갚지 않아도 됩니다. 학생 공부하는 데 도움을 주는 거니까 부담 안 느끼셔도 되고 다만 생활 때문에 그러시다면 제가 한번 알아봐 드리겠습니다. 조급하게 생각지 마시고 기다려 보십시오."

"고맙습니더 선생님."

"아닙니다. 아직은 정해진 것도 아니니 인사받기는 이릅니다."

"그래도 선생님이 저의 청을 거절하지 않는 것만으로도 감사합니다. 그럼 우린 이만 가겠습니다. 선자야, 이젠 선생님께 인사하고 가자."

"응 할매. 안녕히 계세요 아저씨."

"그래 잘 가거라."

이들을 배웅하려 문밖에 나와보니 벌써 어두워진다. 그들이 사는 소림골이면 1킬로 정도의 인적없는 들판을 걸어야 하는데 어린아이와 할매를 걸어서 보내기는 무리다.

"선자야, 잠깐 기다려라. 날이 어두워졌으니 내 차로 데려다주마."

"아입니더. 그냥 걸어가도 됩니더."

"그럴 거 없다. 어서 타거라."

할머니하고 미안해하는 그들을 태우고 좁은 차도로 5분쯤 달려 소림골 그들의 집까지 데려다주고 왔다. 이런 것이 청리 장학재단의 설립 목적이 아니었던가? 비록 작은 일에 불과하지만 절박한 처지에 있는 한 사람이라도 돕는 것이 청랑을 움직이게 한다. 선자네의 국솥에는 방금 사 온 허드레 고기에다 담벼락 밑에서 무와 파 하나씩 뽑아 썰어 넣고 고춧가루 마늘 다져 넣어 아궁이에 타는 불로 한솥 넉넉하게 끓고 있다. 손녀는 아궁이에 불을 때고 할매는 연신 국솥을 저어댄다.

"할매야, 맛있는 냄새 난다. 빨리 묵고 싶다."

"그래 이제 다 됐다. 방에 앉거라."

"와 할매야 오늘은 쌀밥이네?"

"그래 오늘은 우리한테 제일 좋은 날이니 맛있는 밥 한번 해묵어보자."

늘 꽁보리밥에다 푸성귀만 먹던 선자네로선 최고의 진수성찬이다. 그랬다 오늘이야말로 선자와 소길녀 할매의 인생 중에서 가장 행복한 시간 중의 하나일 것이다. 이제 배부른 식사를 마치고 잠자리에 든 손녀와 할머니의 얼굴에 오랫동안 깊게 드리워져 있던 근심 걱정이 사라지고 없다. 이제 곧 소녀 가장의 문턱을 앞에 둔 열세 살 선자 양과 아직은 노동력이 있을법한 그의 할매를 데려다주고 돌아온 청랑은 여느 때처럼 등불 호야와 서재에 마주 앉았으나 오늘은 왠지 호야에게 들려줄 얘기가 생각나지 않는다. 한참이나 지났지만, 도무지 이야기란 것이 생각을 키우지 않는다. 그래. 등불 호야엔 미안하지만 잠이나 자두자. 다음 날 아침 일꾼들이 아침밥을 먹으러 함바로 몰려드는 이른 시간에 청랑은 걸어서 현장을 돌고 있었다. 어제의 작업 모양새를 만나 보고 있다. 완벽하지는 않지만, 그런대로 잘 쌓여 있다. 아침 7시 일꾼들이 작업을 시작할 시간에 그는 함바에 들러, 맨 꼴찌로 식사를 받아 앉았다. 그의 그런 습관을 잘 아는 각 공구의 반장은 나름대로 할 말이 있으면 그곳으로 찾아와 이것저것 할 말을 하고 간다. 왕초 청랑은 특별한 경우가 아니면 좀처럼 반장들을 한꺼번에 소집

하지 않는다. 그들의 귀중한 시간을 뺏고 싶지 않아서이다. 그는 가끔 반장들에게 지나가는 말로 건축의 생명은 수직과 수평이다. 우리 벽돌쌓기는 수평과 수직이 생명이다. 혹시 반장 혼자만 알고 있는 건 아니겠지. 염려 마세요. 우리 공구 벽돌공들에겐 잘 일러두었습니다.

"허반장, 치장 쌓기는 줄눈이 생명이야."

"예 그럼요. 저도 그 점을 강조하고 있습니다."

왕초 청랑은 현장맨이다. 사무실엔 잘 앉아 있질 않는다. 걸으면서 생각하고 걸으면서 이야기하고, 그다음엔 건설본부 사무실에 가서 소장을 만나고 하는 것이 그의 통상 코스일 것이다. 오랜만에 여화산업 공상무가 내려왔다.

"형님, 저 왔습니다."

"오 공상무, 공장일이 바쁠 텐데 내려 왔구만."

"예 공장일도 일이지만 여기 상황도 궁금하고요. 수시로 보고는 받지만 그래도 눈으로 직접 보는 것만 합니까?"

"잘 왔네! 이 사람."

"그런데 요 며칠은 위에서 내려오는 차는 없고 지방 공장에서 붉은 벽돌이 들어오더구만."

"그렇습니다, 여주 공장에서는 얼마간은 공장 가동을 중지해야겠습니다."

"왜? 무슨 일이 있는가?"

"그동안 쉬지 않고 많은 양을 구워내다 보니 흙이 동이 났어요. 그래서 원재료인 흙을 확보하는데, 시간이 걸립니다."

"그렇겠군. 그 많은 벽돌을 만들어내었으니 흙의 확보가 만만치 않을 거야."

"그래도 지방 공장과의 예약 물량이 있으니 공사에 지장은 없을 겁니다."

"그런 거야 공상무가 알아서 잘할 거고, 오랜만에 내려왔으니 오늘은 소주나 한잔해야겠다."

"그럼요 제가 형님을 모시지요."

"이 사람아 나한테도 소줏값은 있다네. 기왕이면 낙소장과 함께해도 괜찮겠지?"

"그 양반 애주가인데 빼놓고 가면 삐치겠지요."

퇴근 후에 그들이 모인 곳은 미보리 국밥집이다.

"어서 오십시오 사장님들."

"잘 있었어요. 주인장."

"예 예 청랑님도 오셨군요. 어서 안으로 드시지요."

주인은 서둘러서 손수 자리를 권한다.

"지난번 낙소장님과 두 분이 다녀가시고선 뜸하시길래 아주 바쁘시다고, 생각했습니다."

"그렇기도 했지만, 그동안은 같이 올 사람이 없었어요."

"오늘은 공상무님이 오셨기 때문이군요."

"아니 저를 기억하십니까?"

"그럼요. 청랑님과 같이 오신 분은 특히 제 기억을 되살려 주거든요. 잠시만 기다리십시오. 금방 올리겠습니다." 사실은 식당 규모나 드나드는 고객들에 비하면 주방이나 홀에도 일손이 더 필요한데도 내외가 종업원 없이 억척을 떨고 있다. 술과 음식을 청해 놓고도 성질 급한 사람들은 손수 달려가서 술병을 쏙 빼 오기도 한다. 실은 음식 만드는 주방이 바쁘기 때문에 홀을 담당해야 할 주인이 주방에까지 들락거리는 형태다.

"이거야 원 바깥주인이 주방까지 넘나드니 내가 가져와야지."
공 상무가 일어나서 술병을 들고 오며 한마디 내뱉는다.
"주인장. 보아하니 이 집은 언제봐도 바빠 보이는 데 일할 사람 두엇 두고 해야 하는 거 아닙니까?"
"예 안 그래도 주방에 일손을 보충할까 하는데 마땅한 사람이 없군요. 허허."
"어떤 사람을 원하길래 그리 어려워요?"
반 농담으로 공상무가 식당 주인과 주고받는 대화다.
"일 이래야 별다른 게 있겠습니까. 주방에 설거지나 하고 반찬 차리는 거 거들 수 있는 아주머니 정도면 되는데 농촌 지역이라 그런 아주머니가 흔치 않더군요. 그리고 보수적인 고장이라 부인네 들은 남의 눈을 많이 의식하는 거 같아요."
"그건 맞아요. 우리 집사람도 식당을 하고 있지만, 집안에서 일하는 가정부와는 달리 식당은 여러 사람의 시선에 노출되다 보니 그것을 의식하는 자격지심 같은 게 일할 기회를 위축시키는 것 같아요."
"허허 공상무의 심리학이 보통이 아니군. 자 공상무, 바쁜 주인장 붙들고 말 많이 시키지 말고 우리 술이나 마시세. 공상무님 멀리서 오셨으니 이 낙동강의 술 한잔 받으세요."
"감사합니다, 소장님."
"그래요, 이 잔은 여화산업의 벽돌이 색상에서나 모양새가 반듯하게 잘 만들어져서 감사의 뜻으로 드리는 거예요."
"고맙습니다. 저희 제품의 우수성을 소장님께서도 알아보시는 군요."
"그에 비하면 지방 공장 세 곳의 제품들은 품질면에서 조금 떨어지는 것 같아요."

"그래도 어쩔 수 없는 사항이었잖습니까?"

"하긴 그래요. 지금에 와서 잘잘못을 논하자는 것은 아니고 공상무를 칭찬히려디 보니 얘기가 나온 깃뿐입니다."

"그렇다 해도 우리 낙소장의 말씀이 맞아요. 분명히 차이가 있는 건 부정할 수가 없어요."

"그러나 우리 쪽 기능공들이 잘 조화를 이루어 시공할 것이기에 공상무는 이 한잔의 벌주는 받아야 하네."

"참 청랑 형도. 이 공기호에게 강제로 술 먹이는 방법도 여러 가지군요."

"이 사람 공상무, 강제는 아닐세. 나는 그저 물량 달리지 않게 미리미리 잘 갖다 주어서 고마움을 표시하는 거라네."

"왕초 형의 그 말씀은 앞으로도 물량조달이 늦으면 안 된다는 그 말씀이기도 하고요."

"이 사람, 비약하기는"

"자자 한잔합시다. 그리고 공상무와 나 우리 팀으로 인해 공사가 지연되는 일은 없을 것입니다. 낙소장님."

"이젠 왕초께서 공을 나한테로 넘기시는군요?"

"암요. 믿고 말고요. 두 분의 사정이야 어찌 됐든 간에 나는 지금 태평가를 부르고 있어요. 오핫핫하 유쾌한 술자리다."

"공상무. 이건 내 생각인데 흙을 외부에서 사들이려 하지 말고 아예 채토장으로 토산을 하나 확보하는 건 어떤가? 기계도 그쪽으로 옮기고 해서 제2공장으로 만들면 될 것 같은데. 채토 된 빈자리는 공장용지로 넓혀질 테고. 어쩌면 공상무가 알고 있는 일을 재론하는 것이기도 하겠지만."

"아니요. 내 미쳐 거기까진 생각 못 했는데 왕초형의 야적장 확보의 목적과 같은 개념이군요. 1차 목적을 충분히 활용하고 나면 그 자리에 방대한 토지가 생기고 공장부지가 공짜로 얻어진다?"

"왕초 형의 선견지명을 도저히 따라잡을 수가 없군요."

"이 사람 공상무, 그만하면 내가 소주 한잔 값은 하는 셈인가?"

"이르다 뿐입니까."

"그것은 두 분간의 일이고 오늘 소주는 우리 현장 일에 고생하시는 두 분에게 이 낙동강이 사겠소이다. 주인장 여기 소주 하고 고기 좀 더 주세요."

"예 소장님, 여보 고기 등심으로 한 접시 내주오."

"이걸 어쩌나, 썰어 놓은 게 다 나갔는데 지금 썰어야 하니 조금 기다리소."

그 소리를 들은 바깥주인 주방으로 뛰어들어 팔을 걷어붙이고 고기를 꺼내서 썰기 시작한다. 시간이 조금 지나서야 헐레벌떡 고기와 술을 들고나왔다.

"죄송합니다. 소장님, 준비해둔 게 모자라서 다시 준비하느라고 그만."

"알았어요. 주인장. 바쁜 걸 아는데 난들 어찌하겠소. 괘념치 마시고 내일 당장 광고를 내시오. 주방 도우미를 구합니다. 하고요."

"안 그래도 식자재 납품업체에다 부탁해놨는데 아직은 희망자가 없으니 기다리라고만 하네요."

"주인장이 정 일손을 구하고자 한다면 내가 한사람 추천해도 되겠소?"

"예 예 청랑님이 말씀하신다면 믿을 수가 있는 사람이지요."

"그렇다면 내 먼저 주인장의 의사를 들어보고 결정합시다. 그분은 나이가 좀 많으신 아주머니요. 58세 정도인데 식당에서 할 수 있는 일이 있을는지 모르겠어요."
 "그런 아주머니면 적합합니다. 주로 주방에서 그릇 씻고 챙기는 것하고, 밑반찬 챙겨서 놓는 것 정도입니다."
 "그런데 문제는 시간이에요. 그 아주머닌 이제 중학교에 입학하는 손녀를 데리고 생활하는데 너무 늦은 퇴근은 곤란할 거예요. 저쪽 건넛마을 소림골이라 해 질 무렵엔 집에 도착할 수 있어야 하고 나이에 걸맞은 일 정도라야 할 겁니다. 그런 사람인데도 가능하다면 내가 소개를 할 수 있어요."
 "좋습니다. 그런 분이라면 우리 식당에도 맞을 것 같습니다."
 "그렇다면 내 그 아주머니께 권유해 볼 테니 세부적인 사항은 당사자와 얘기하시고 단. 서로의 입장을 배려하는 마음을 전제로 해야 할 것입니다."
 "청랑님의 말씀 참작하겠습니다."
 청랑은 지금의 이야기가 어쩌면 양쪽 모두에게 도움이 될 거라고 여겨진다.
 "인제 보니 청랑 형께선 소개업도 하실 작정이군요?"
 "그게 아니라 이제 곧 초로를 맞이할 할머니와 겨우 열세 살 난 손녀의 어려운 생활상을 보았기 때문이네. 아직은 노동력이 있어 일거리를 찾는 할머니기에 중재하고 싶었네."
 "역시 언제 어디서나 청랑왕초십니다."
 "그러나 서로 간에 얘기가 잘됐으면 하네만."
 노가다 들의 술자리는 언제나 가식 없고 푸짐하고 호방하다. 현장소장 낙동강은 이 두 사람과의 술자리는 언제라도 기분 좋고 부담이 없다. 그들이 일 가지고 속 썩이는 거는 없으니까 그리고 좋은 친구들이라 믿어지기에, 다음 날 아침 현장으로 출근하기에 앞서 청랑은 소림골로 선자 학생의 할머니에게 들렸다. 막 아침밥을 먹고 있었다.

"선자 할머니, 계십니까?"

그 소리에 문을 열고 깜짝 놀라는 선자 할매다.

"아이고 선생님께서 아침 일찍 웬일이십니꺼?"

"내 드릴 말씀 있어서 왔는데 잠깐 들어가도 되겠습니까?"

"예 예 누추하지만 들어오이소."

"선자 양도 있었구나."

"예 아저씨, 밥 먹고 학교 가려고요."

"제가 온 것은 다름이 아니고 선자 양 할머니께서 일자리 말씀하시기에 저 건너 미보리의 식당인데 주방에서 그릇 씻는 거와 반찬 챙기는 일 같은 기라고 합니다만, 하실 수가 있을는지요?"

"예! 선생님, 그런 일이라면 하고말고요. 얼마든지 할 수 있으니 일할 수 있게만 해주이소."

"그러시다면 얘기는 해 놓았으니 식당 주인을 직접 만나서 일할 수 있는 시간과 품삯을 소상히 서로 간에 의논해서 결정토록 하십시오."

"감사합니다, 선생님. 우리를 이렇게 도와주시니 우째 감사를 드려야 될지 모르겠습니더."

"그거야 손녀딸과 잘 사시면 됩니다. 식사 마저 하시고 가는 길로 내 차로 태워다 드리겠습니다."

"선자야, 다 먹었으면 어서 가자 선생님 바쁘실 거다."

"할매야, 괜찮겠나, 일이 힘들 텐데."

"걱정 마라, 그까짓 거 설거지쯤이야 문제없다."

그들 손녀와 할매를 태우고 미보리 국밥집에 도착했다.

"학생은 차에서 조금만 기다려라. 할머니 이야기하시게 해주고 너 학교까지 태워다 주마."

"아입니더 아서씨예, 여기서 가먼 집에서보다 반노 안 됩니더. 걸어갈 거라 애."

"그래라 그럼 할머니 걱정은 말고 학교에 바로 가거라."

"주인장, 아주머니 모시고 왔으니 서로 간에 말씀 잘 나누시고 좋은 결정 바랍니다."

"네 청랑님, 염려 마십시오."

청랑은 그들을 뒤로하고 달비골 현장으로 달렸다. 잘될 것이다. 라고 생각하니 홀가분한 마음이다.

7"공상무, 어제 내 집에서 같이 자자고 했더니만?"

"그 민박집도 편하고 좋더군요. 형님 집으로 가도 되는데 낙소장이 그러더군요. 남자들이 술이 거나해서 세 사람씩이나 갈지자 걸음으로 거리를 나다니는 것도 남 보기에 좋지 않다면서 여기 민박에서 자는 게 좋다고 했어요."

"가까운 거리인데도 불구하고 그 낙소장이 신중한 데가 있군그래."

"어쨌든 나 혼자 떠밀려 나올 땐 섭섭했지만 공상무의 해명을 듣고 보니 그럴 듯하긴 하네. 나보다 먼저 왔으니 식사는 안 했을 테고 함바로 가세. 속풀이는 해야지."

아직은 식사 중인 일꾼들 사이로 빈자리에 앉았다.

"여기 계십시오, 제가 가서 식사를 가져올게요."

"공상무, 그럴 거 없네. 본래 함바에선 자신의 몫은 본인이 챙겨 먹는 법이네."

"두 분 먼저 오셨구료."

"어 소장님도 여기서 하려고요?"

"공상무님, 소장 입은 입이 아닙니까? 지금 시간에 여기 말고 갈 데가 어디 있습니까? 속이 쓰리다고 아우성칩니다. 어서들 듭시다."

그들은 누가 먼저 할 거 없이 허겁지겁 후룩 후룩 하고 국물을 마셔댄다.

"어 시원하다. 이제야 속이 좀 풀리는 것 같습니다."

"인제 보니 소장님께서도 우리의 본을 따르려 하는군요."

"공상무님, 왜 이러십니까? 나도 이 현장에선 우리 직원들을 이끄는 노가다 왕초예요. 나를 두 분과 달리 취급하지 마십시오."

"그럽시다. 그럼"

"그런데 청랑 형은 왜 늦으셨소?"

"아 나는 소림골에 가서 학생의 할머니를 식당에 모셔다 드리고 왔네."

## 가난한 집의 외딸

올해의 청리 장학재단의 장학생은 고교 진학 대상자 12명과 중학교에 진학하는 소녀 가장 강선자 학생까지 모두 13명의 학생이다. 해당 장학금을 교육청에 넘겨주고 모든 절차를 군 교육청에 일임했다.

아직은 이곳 지방 비사 군만을 대상으로 하는 작은 규모지만 보람을 느끼는 청랑 이사장이다.

자신의 처지로는 어려움에, 꿈을 펴지도 못하고 좌절할지도 모르는 해당 학생들에게 희망을 주는 보람 말이다.

3월 중순이다. 대구의 금화 호텔 1층의 연회장에는 참석자들의 숫자가 점점 늘어난다.

이 사람들은 전국 요식업 협회 금년도 정기총회에 참석차 온 사람들이다. 개최 시간은 오후 한 시다.

총회의 개최지를 매년 각 지역의 중심지로 번갈아 가면서 개최하는데 이번에는 대구 경북의 차례다.

요식업 강원지부라고 앞 유리에 붙인 전세 버스가 도착했다. 춘천에서 강릉 속초 원주 등지를 돌면서 참가자들을 태워서 온 것이다.

내리는 사람 중에는 지역 협의회 회장인 민화전도 끼어 있었다.

벌써 많은 사람이 모였고 서로 간에 면식이 있는 자들은 인사를 나누고는 시, 도 지부별로 정해져 있는 자리에 가서 앉으면 된다. 거의 가 식당을 운영하는 자들이라 딱딱한 분위기는 없다. 바로 옆에 뷔페식이 마련돼있어서 자유롭게 음식을 가져다 놓고 먹으면서 행사가 진행되고 있다. 그러니까 오찬을 겸해서 하는 친목 모임의 형태나 요식업에 대한 새로운 관련 법규의 인식과 시행 방법 등을 다양하게 접하는 자리다. 개회사가 시작되고 주최 측의 총무가 경과보고를 한다.

"끝으로 오늘 모금 내역을 말씀드리겠습니다. 오늘 참석 인원, 3백 회원외 회비 1인당 5천 원으로, 150만 원과 14개 지부에서 각 20만 원 해서 280만 원 그리고 강원 춘천 지역회의 민화전 회장께서 30만 원을 찬조하셔서 총 모금액은 460만 원입니다.

오늘의 행사비 이백만 원 중에서 주최 측 부담, 100만 원과 모금액에서 100만 원을 충당하고 나머지 360만 원은 중앙본부에 맡겨서 우리 회원들의 복지 사업에 쓰도록 하겠습니다.

이로써 경과보고를 마치며 회원 여러분들께서는 즐거운 식사를 하시면서 각 지부의 덕담을 듣도록 하겠습니다."

간간이 박수가 지나가고 아직은 익숙하지 않은 뷔페식 이란 특이한 형태의 서양식 음식문화를 접하면서 주로 맛에 관한 이야기를 주고받는다. 다시 사회자의 안내 방송이다.

"회원님들께서는 지금까지 각 지부의 특색있는 말씀을 모두 들었습니다.

끝으로 사회자의 개인적 생각에다 전 회원님들의 동의를 구하고자 합니다.

지금 우리 전국 협회에서 유일하게 여성 회장을 맡고 계시는 강원 춘천 지회의 민화전 여사님의 입지진적인 이야기를 청해 듣고자 합니다. 동의하시는 분은 박수로 환영해 주시길 바랍니다."

전원의 박수갈채다. 갑작스러운 사회자의 제안에 당황스러워진 민화전 회장이다.

그러나 지명을 받은 이상 피할 수 없는 상황이다. 생전 처음 단상에 오른 민 여사가 다소곳이 인사를 하고는 입을 열었다.

"생각지도 않고 있다가 갑작스러운 호명을 받으니 당황스럽습니다. 저는 강원도 춘천에서 조그만 음식점을 하는 민화전입니다.

어린 시절은 화천의 한 산골에서 화전을 일구어 생활하는 가난한 집의 외딸로 태어나서 그곳에서 자랐습니다. 그러나 제가 성인이 되기 전에 불행하게도 아버지가 세상을 뜨시고 홀어머니와 화전 밭에서 생활하다 이웃 동네 어른의 소개로 화천호에서 고기잡는 노총각에게 시집을 갔습니다.

그러나 그것도 잠시 혼인 한 달 때쯤에서 폭풍우를 무시하고 고기잡이 나갔던 신랑이 익사하고 말았습니다."

저런 일이? 사람들 속에서 탄식이 터져 나온다.

"그때 저의 나이 20을 갓 넘긴 때였지요. 박복한 팔자를 탄식할 겨를도 없이 신랑이 남겨놓은 노를 잡았어요. 홀어머니와 함께 먹고살아야 했으니까요. 그런데 물고기는 나를 바보라고 비웃듯이 한 번도 걸려들지 않았고, 생각다 못해 다른 어부들이 잡은 고기를 배가 닿을 수 있는 서너 곳의 식당에다 넘겨주는 배달꾼 노릇을 했습니다.

그 때문에 사람들은 저에게 '화천어부'라는 또 다른 이름을 붙여 주었고요.

그 무렵 신포리의 강변 식당의 음식 맛이 없어서 한번 왔던 사람들은 오지 않는다는 소문이 있었고, 급기야 식당 주인인 초로의 아주머니가 음식에 간을 보아달라고 했고 그때부터 그 식당에서 일하게 되었습니다. 물론 저는 강 건너에 있는 저의 움막집까지 노를 저어 출퇴근했고요. 식당을 찾아오는 식객들의 반응이 좋아져서 장사도 잘될 즈음에 그 식당 주인의 제법 잘사는 아들이 자신의 춘천집에서 함께 살기를 원하는 뜻을 거절할 수가 없어서,

'그래 음식 맛도 제대로 못하는 내가 계속하느니 차라리 화천이 네가 하라.'고 하시길래,

'어머니 나는 이 식당을 인수할 돈이 없어요.'리고 했더니

'내가 이 집 시세의 반만 받을 터이니 그리하거라.'

그래도 저에게는 강 건너 움막집을 팔고, 있는 돈 합쳐도 그분이 받겠다는 돈의 반밖에 안 돼서 포기하려는 나의 사정을 딱하게 여긴 아는 분께서 도와주셨어요.

그리하여 식당 도우미에서 시작하여 '화천어부'가 되기까지 만 1년, 지금 '강변식당'의 주인이 되었습니다."

중간 박수가 강연하는 그녀에게 물 한 모금을 마시게 해준다.

"인제 그만할까요?"

"아닙니다. 그다음은 어떻게 하셨습니까?"

"지루하지 않으시다면 제 얘기를 계속하지요. 장사는 생각보다 잘되었고 식당에 필요한 채소를 얻기 위해 근처에 헐값에 나온 텃밭을 사서 이것저것 채소를 자급자족하니 더욱 남는 장사가 되더군요.

지지리도 박복했던 이 사람의 팔자가 나도 모르는 사이에 변해 가는 것 같았어요.

후에 춘천에서 화천 가는 새 도로가 생기면서 채소를 심었던 뒷밭이 도로에 수용되면서 당시에 저에게는 큰돈이 되는 보상금이 나왔습니다.

그 돈으로 춘천 시내 헌 집을 사서 수리하고 고쳐서 식당을 만들어서 지금은 춘천의 명품이 된 닭갈비와 강원도의 고유 음식인 막국수를 발전시켰습니다. 지금까지 한 20여 년의 세월이 가까워진 것 같습니다.

유복자로 태어난 내 딸아이가 19살이 다 되었으니까요. 두서없는 제 이야기는 여기까지입니다."

당연한 박수갈채다. 그때 한 젊은 회원이 깜짝 질문하겠다고 한다.

"무슨 말씀인지?"

"민여사 아니 회장님께선 재혼을 언제 하셨습니까?"

직설적인 질문이다.

"아직은요."

단답이다.

"그럼 재혼을 하실 생각입니까?"

"아니요. 그럼 이만 제 이야기를 들어주신 여러분께 감사드리면서 물러갑니다."

박수와 함께 웅성거리는 소리.

"저렇게 훌륭한 미모에다 아직 젊으신데 재혼을 안 하셨다니."

"이 사람아, 그러니까 회장이 되신 거 아닌가?"

그녀가 자리에 앉자 넉살 좋은 사내들 여기저기서 다가와

"제 술 한잔 받으십시오, 여사님."

"고맙습니다만 전 술을 못합니다. 그렇지만 주시는 잔이니 그냥 받기만 하겠습니다."

그렇게 받아놓은 술이 족히 10잔은 된다.

강원 춘천의 민화전 회장, '화천어부'가 단연 오늘의 화제 인물이 되어버렸다.

요식업 회원들에겐 입지전적인 여걸로 모이는 것이다.

총회가 성공리에 끝나고 각자 자기네들 고장으로 돌아간다. 강원 춘천 지역 회원들도 전세 버스에 올랐다. 차에 시동이 걸렸다. 그때 누군가가 외친다.

"아직 출발하면 안 됩니다. 우리 민회장께서 타지 않았어요."

"예 예 염려 마세요. 출발 예정 시간이 10분 정도 남아있습니다."

그때 차에 오른 화천어부 민회장은 동료 회원들에게 양해를 구한다.

"미안합니다. 같이 가려고 했는데 이 지방에 지인이 있어서 내려온 김에 찾아보고 가야 할 것 같아요. 그리 아시기 바랍니다."

회원들을 태운 강원행 전세 버스는 떠나고 홀로 댕그렇게 남은 화천어부다. 약속은 없었다. 그러나 그가 찾고자 하는 사람은 청랑이다.

여기까지 와서 보니 그를 만나고 싶다. 아니 꼭 만나야만 한다.

그 사람 청랑이 공사하는 곳이 달비골이라 했다. 연전에 만났을 때 들었던 이야기를 마음속에 담아 두고만 있었는데 어디로 어떻게 가야 할지 설정이 안 된다. 난생처음으로 와본, 낯선 곳이다.

이럴 땐 누구한테 물어보아야지 하면서도 어떤 말로 어떻게 물어봐야 할지 막연하기만 하다.

'청랑에게 전화를?'

그러나 전화번호를 모르고 있는 그녀다.

한 번도 그에게 묻지를 않았기 때문이다. 가장 가까운 사람이라 생각하면서도 막 대하기가 어려웠던 그가 아니더냐. 그렇지 이럴 땐 춘천 아우한테 물어보면 되겠다.

그의 남편 공상무와는 전회를 주고받을 테니까. 그 집의 재상 어디에 적혀 있겠지.

그녀는 호텔 로비 한쪽에 있는 공중전화에서 여주 강변의 춘천댁에게 전화를 걸었다.

"화천 언니 저예요. 집은 아닌 것 같고, 어디세요?"

"춘천 아우 내가 지금 요식협회의 총회 참석차 대구에 와있다네."

"참 지난번에 언니가 그곳에 간다고 얘기했었지요?"

"그래, 내 여기까지 온 김에 청랑을 찾아보고 싶은데 어떻게 가야 할지 모르겠어."

"언니도 참, 전화하면 되잖아요? 얼른 전화하세요."

"그러면 되겠는데 나한테 전화번호가 없거든."

"언니, 무슨 소리예요. 여태 청랑 형부 전화번호를 모르다니?"

"그러게 말일세 내가 그걸 물어보지 않았거든."

"알았어요. 언니. 내 지금 공상무 전화번호 수첩에서 찾아볼게요. 여기 있네. 찾았어요. 언니. 받아 적으세요."

"응 불러다오."

"그러니까 011 894에 7174번 이에요."

"얘 춘천이 다시 한번 봐라. 전화번호가 이상하다. 011은 뭐고? 잘못 본 거 아니냐?"

"언니도 참, 그것이 집에 가만히 앉아 있는 전화기가 아니고 손에 들고 걸어 다니면서 통화하는 전화기래요. 그러니까 핸드폰이라나 뭐 그런 거랍니다."

"알았네. 고맙다. 춘천아 또 전화할게."

화천어부는 그 자리서 다시 동전을 넣고 다이얼을 돌렸다. 신호가 간다. 서너 번의 벨 소리가 울린 다음에 상대편에서 전화를 받는다.

"예 청랑입니다. 말씀하세요."

귀에 익은 목소리다.

"네 청랑님, 저에요."

해 놓고 뭉클하는 감정이 앞서서 말문이 막히고 만다. 다시 상대의 목소리가 들려온다.

"여보세요. 누구신지요?"

그래도 금방 말을 잇지 못하고

"저,"

저만 하는 그녀다.

"혹시, 하천어부?"

"네 저 화천이에요."

겨우 말문이 트인 화천어부다.

"화천, 당신이었구나. 오랜만이오. 그런데 전화를 다 하고 무슨 일 있는 거요?"

"아니에요, 그런 건 아니고 나 지금 대구에 와있어요. 여기가 대구의 금화 호텔이에요."

"거긴 왜? 무슨 일이 있긴 있네, 말해 봐요. 무슨 일인지?"

"실은 요식협회의 전국 총회가 이곳에서 있었어요. 회의는 조금 전에 끝나고 다들 헤어지고 나만 남았어요."

"왜요? 누가 못 가게 붙잡는 사람이 있었군, 누구요 도대체 화천을 못 가게 하는 자가?"

"누군 누구겠어요, 청랑이란 사람이지. 내 여기까지 와서 일행들과 돌아가려 했으나 청랑님을 안 보고는 그냥 가지지를 않는군요."

"그렇다면 내가 그쪽으로 갈 테니 기다려요."

"아니에요 일 바쁘신 청랑이 여기까지 올 거 없이 내가 그쪽으로 갈세요. 서기가 어딘시 길이나 알려줘요."

"첫길이라 어려울 텐데? 그러지 말고 이 전화 호텔 안내로 돌려줘요."

"안 돼요. 그건. 지금 호텔 로비에 있는 공중전화에서 하는 거예요."

"그렇다면 지금 바로 안내 창구로 가서 있어요. 내가 전화할 테니까."

"그럴게요."

화천 어부는 전화를 끊고 안내 창구로 갔다. 로비의 카운터에 전화벨 소리가 울리고.

"네 금화 호텔입니다"

청랑의 전화가 걸려온 것이다.

"수고하십니다. 나는 달비골 해강대학 신축현장의 작업자 청랑입니다. 지금 그곳에 오늘 요식협회 행사에 참석한 민화전 춘천지부 회장이 있을 겁니다. 좀 바꿔 주시겠습니까?"

"민회장님입니까? 전화 받으십시오."

"네 저예요 청랑."

"아 거기 있었군. 내가 호텔 측에 길 안내를 부탁해 놓을 테니 그 사람들이 안내하는 대로 오면 돼요. 만나서 얘기하도록 하고 그 사람들 다시 바꿔 줘요."

"전화 받으세요. 선생님."

"아 제가 이곳에서 금방 가기가 어려워서 부탁드립니다. 지금 그 사람 민회장이 이곳 지리에 생소하니 호텔의 전속 콜택시에 태워서 보내주시면 고맙겠습니다. 발생하는 요금 명세서를 운전기사 편에 보내주시면 여기서 내도록 하겠습니다. 이곳 현장에 와서 청리 산업 건설의 청랑왕초를 찾으면 됩니다. 잘 부탁합니다."
"예, 선생님, 우리 호텔 콜택시로 잘 모셔다드리도록 하겠습니다."
잠시 후에 호텔 전용 콜이 도착했다.
"타시지요, 여사님."
"친절 감사합니다. 선생님."
택시는 시내를 벗어나서 한참을 달려 달비골로 들어섰다. 거대한 공사 현장이 시야에 들어온다. 차는 야적장 앞을 그대로 지나쳐서 현장사무소 앞에 도착했다.
"잠깐만 앉아 계십시오. 손님, 제가 올라가 보고 오겠습니다."
그는 요금 명세서를 챙겨서 2층 사무실로 올라갔다.
"안녕하십니꺼. 여기 청랑왕초라 하는 분 계십니꺼?"
"있습니다만 왜 그러시는지요?"
"예, 저는 그분을 찾아오신 분을 모시고 온 운전기사입니더."
때마침 소장실을 나오던 낙소장이 직원에게 묻는다.
"누구를 찾아오신 분인가?"
"예, 소장님, 청랑왕초를 찾아오신 분을 대구에서 태우고 온 기사분이랍니다."
"그럼 그 손님 사무실로 오시게 하세요."
"예, 그리고 저희 호텔에서 청랑왕초께 드리라는 요금 명세서입니다."
"김 양, 확인하고 결제해 드려요. 나중에 청랑에게 받으면 되니까."
"예, 소장님, 감사합니다. 우리 회사에서 승객에게 받지 말고 꼭 청랑왕초께 받으라고 해서요."

"미스 김이 기사분 따라가서 모시고 와요. 청랑에겐 아마 중요한 분일 거야."

"손님, 여기가 맞습니다. 내리십시오."

"고마워요. 기사분, 태워다 주어서요."

"그럼 전 이만."

"잠깐 요금을 받아가세요. 내가 깜빡했군요. 얼마에요."

"이미 사무실에서 받았습니다."

화천어부를 내려놓은 택시는 떠나갔다.

"청랑왕초의 사모님이시죠? 사무실로 올라가시지요."

"소장님, 모셔왔습니다."

"어서 오십시오. 부인, 청랑왕초께서 현장에 있는 모양이니 여기 기다리시면 올 겁니다. 앉으시지요."

응접 의자에 앉으니 여직원이 차를 내왔다.

"고마워요. 아가씨."

"네 사모님."

이 일을 어쩐담, 모두가 나를 청랑의 부인으로 잘못 알고 있는 사람들이다. 그렇다고 아니라고 해명할 수도 없으니 그냥 엉거주춤 있을 수밖에.

"미스김, 청랑왕초에게 전화해서 손님이 와 계신다고 하게."

"예, 소장님."

"청리 사장님, 어디 계십니꺼? 지금 사무실에 사모님께서 와 계십니더."

"그래요? 야적장 사무실에 있었는데 그쪽으로 갔구먼. 내 금방 간다고 해요."

"네, 사장님"

"금방, 오신 대요. 사모님"

"네, 고마워요. 아가씨"

여직원은 말끝마다 사모님이다. 그에 대해 긍정도 부정도 못 하는 민 여사다.

헐레벌떡 계단을 오르는 소리가 빠르다.

"허허, 내 사무실에서 기다리라 했더니 화천이 이쪽으로 오셨구나."

"이보시오, 청랑, 부인을 오시라 했으면 여기서 대기할 것이지 어디를 다니시는 겁니까?"

"그러시는 소장님은 날 찾아온 친구를 내 사무실로 보내지 않고 인질로 잡아둘 건 뭐 있어요?"

"허허 청랑께서 적반하장도 유분수지. 친구의 부인이시라 최선을 다해 보호해 드렸는데 몰라 주시다니. 이거 섭섭합니다. 아니 그렇습니까? 부인?"

"그건 소장님 말씀이 맞아요. 청랑, 제가 내리면서 택시비를 내려고 하니 사무실에서 대납하셨다고 하더군요. 지금이라도 갚아야 해요."

"그렇게 되었군. 내가 그쪽에다 요금 계산서를 보내 달라 했는데, 미안해요. 미스김 대납금 명세서 이리 주시고 대납금 이자 가산해서 받아요."

"그래도 돼요, 사장님?"

"물론이요. 그리고 고마워요, 김 양."

"소장님도요."

"그보단 부인께서 멀리 낯선 길 찾아오시느라 고생하셨습니다."

"저도 소장님을 뵙게 되어 반갑습니다."

아무런 대답을 안 할 수 없는 화천어부다.

"이제 갑시다. 화천."

"차 잘 마셨어요. 아가씨, 그리고 감사합니다. 소장님."
"잘 가십시오. 부인."
"안녕히 가세요. 사모님."
끝까지 자신의 존재를 잘못 알고 있는 사무실 사람들의 인사에 무척 당황스러운 화천어부다.
아니라고 말하지 못하는 처지도 함께 말이다. 그러나 주제넘은 생각이지만 듣기가 싫지 않은 것도 사실이다.
청랑은 화천어부를 태우고 야적장의 청리 사무실로 왔다.
"여기가 우리 청리 사무실이니 잠깐 앉았다. 집으로 갑시다."
"직원들은 없나 봐요?"
"아, 관리직이 한 사람 있는데 작업장에 나간 모양이오."
"공사 현장이 엄청 크군요."
"그렇게 보일 거요. 대학교 하나를 통째로 만드는 거니까."
"청랑님이 힘들겠어요. 일이 너무 많은 것 같아서요. 너무 무리하지 마시고 건강 상하지 말아야 해요."
"허허, 화천이, 내 걱정을 다 해주고, 듣기는 괜찮은데?"
"난 진심으로 말한 건데 건성으로 받아들이는군요."
"그럴 리가? 염려 말아요. 내가 이 일에 몸담은 지 20년 하고도 수년이오. 그리고 일은 나 혼자 하는 것이 아니고 우리 팀의 반장들과 일백여 명의 근로자가 다 같이 하는 거요."
"그거 보세요. 그 많은 일꾼을 챙기려면 보통 일이 아니잖아요."
"허허, 저 사람, 화천이 회장님이 되시더니 모르는 게 없으시군."
"놀리지 마세요. 쑥스러워요. 내가 조그맣게 요식협회 회장이 될 수 있었던 건 따지고 보면 청랑님 덕분이에요."
"이 사람 보게, 가만있는 청랑을 왜?"

"생각해 보세요. 풍우 속에 노 젓는 화천어부를 못 본 척하고 그냥 내버려 두었으면 그 당시를 버티지 못하고 수장 되었을 거예요. 그러니 지금껏 이 화천이 존재하는 건 청랑님 탓이에요."

"그건 너무 비약이다. 화천어부 당신은 내가 아니었어도 충분히 그 당시의 세파를 헤쳐나갔을 거야. 공연히 나한테 시비 걸지 말고 집으로 갑시다."

"그런데 청랑님께 내가 한 번도 묻지를 않았지만, 안방 언니가 전에는 서울 쪽 집에 있으리라 짐작만 했을 뿐인데 지금은 이곳의 집에 와 있지 않으세요? 아까 현장 사람들이 나를 청랑의 부인으로 착각하는 걸 보면 어찌 된 영문인지 모르겠어요. 내가 집에까지 따라가서 안방 언니 속상하게 하면 안 되잖아요."

"그랬었군. 그러고 보니 화천에 대해서만 듣고 보고했을 뿐, 나에 관한 이야기는 한 번도 안 했었구나. 그 점은 미안해, 그러나 화천과 나의 만남, 그 자체가 중요한 거지 그 외에는 무슨 변명 같은 거 하고 싶지 않았었거든, 화천이 말하는 그 언니, 그 사람은 수원에 있고 지금 여기는 나 혼자 있는 거야."

"그랬구나. 나 화천에겐 여전히 바람 같은 사나이 청랑인데, 그 바람이 다시 불어오기를 기다려서 짧게는 1년, 길게는 이삼 년씩 기다리곤 했던 나 화천이 이번엔 나 스스로 찾아와서 얼굴만이라도 보고 가야겠다고 했는데 좀 더 함께할 수 있는 시간이 나에게 주어지다니 이를 두고 행운이라고 해야겠지요."

"무심하게 보이는 나를 질타하는 화천이구나. 지금처럼 화천이 오든, 아니면 바람처럼 내가 가던 우리는 만나게 됐고, 중요한 건 만남 그 자체일 거야."

"그래요, 청랑."

한결 가벼워지는 마음의 화천어부다.

"자, 일어나요. 내가 집에 데려다줄 테니."

"끝나려면 아직 멀었잖아요. 나 때문에 가버리면 현장은 어떡하고요."

"걱정도 팔자네. 내가 말했잖소. 일은 내가 하는 것이 아니라고 그리고 멀지 않는 곳이니 30분이면 데려다주고 30분이면 다시 올 수 있으니 어서 일어나요."

"네 청랑님."

청랑은 화천과 함께 야적장을 벗어났다.

"이곳은 참 따뜻한 곳이네요."

"이제 봄이니까 당연한 거지."

"봄이 왔다고는 해도 춘천은 아직도 쌀쌀한 날씨에요."

"그렇겠군. 춘천은 여기보다 훨씬 북쪽에 위치해 있으니까."

"청랑님, 우리, 집에 들기 전에 시장에 들렀다가 가요."

"그건 불가능한데, 화천."

"왜요? 청랑."

"여기 시골은 5일 장이거든. 시장통이 있긴 하지만, 장날이라야 전이 펼쳐지고 사람들이 모여들어 물건도 살 수 있는 거야."

"그래도 가봐요. 시장통이면 장날이 아니래도 기존 가게는 있을 거예요."

"대체 뭘 사려고 하는지 모르겠네."

"생각해 보세요. 집에 가면 밥도 해야 하고 반찬도 만들어야 할 거 아니에요?"

"그건 걱정 안 해도 돼요. 반찬거리는 대충 준비돼 있으니까. 그리고 근처에 고기 식당, 국밥집이 있는데, 가서 사 먹으면 돼요."

가난한 집의 외딸

"그렇다 해도 오늘에 외식은 안 돼요. 명색이 식당 아줌마인 화천인데 제 손으로 직접 밥상 한번 해 드리고 싶어요."

"그래요, 그럼, 내 지금은 화천의 고집을 이길 수 없을 것 같으니 읍내 장에 갑시다."

화천의 말대로 고정 점포는 열려있었다.

"아주머니, 갈치, 크고 싱싱한 거로 3마리 주시고요. 고등어도 서너 마리 주세요. 죄송하지만 좀 다듬어서 주시면 안 될까요?"

"왜 안 되겠습니까, 제가 잘 다듬어서 드릴게요."

"그리고 무하고 마늘, 대파, 고추 매운 거로 좀 담아 주세요."

"자 말씀하신 대로 들고 가시기 좋게 잘 담아 드렸심더."

"고마워요. 아주머니."

계산하고 돌아서는데 말로써 화천의 뒷덜미를 잡는 가게 주인이다.

"사모님은 말씨가 어긋진 걸 보니 여기 사람이 아니네예?"

"네, 아주머니, 저는 강원도 춘천이에요."

"우짠지 투박한 우리 경상도보다 나긋나긋한 서울내기 말씨더라 카이, 그라마 잘 가이소."

식품 가게를 나와서 곧장 집으로 온 그들이다.

"자, 이제 집에 왔으니 오늘의 집주인은 당신 화천이오. 알아서 하구려. 나는 다시 현장에 갔다가 두어 시간 후에나 오게 될 거요."

"예, 청랑님, 염려 말고 다녀오세요."

다시 현장으로 돌아온 청랑은 아무 일도 없었다는 듯 현장 작업장을 돌아본다.

그의 머릿속에는 언제나 작업장의 안전상태다. 그다음은 작업 실태와 만들어진 작업의 표면과 예술성이다.

그의 생각과 시선이 그러한 것에 초점을 맞추고 있다.

각 공구의 반장들을 만날 때면 '별일 없재?'로 대화를 단축한다.

집의 일은 잠시 잊어버린 상태다. 미보리 집에 '나 홀로' 남겨진 화천어부는 여기저기 집 안을 둘러보고는 청랑의 별다른 모습을 새삼 느껴본다.

언제나 변함없는 표정으로 화천에만은 편안함을 주었던 그의 이 집안 어디에도 편안함 그대로다.

'가만있자, 이대로는 안 되는데, 내가 입을 간편복을 안 가져왔 잖아. 어떡한담?'

그러다가 주방과 거실 사이의 벽에 붙여진 글씨에 눈이 갔다.

이곳 청랑의 집을 찾는 모든 이를 환영합니다.

필요하신 음식은 셀프입니다.

준비된 재료를 사용하시면 되고 필요하신 옷은 방마다 걸려 있는 아무거나 편한 대로 입으면 됩니다.

'옳다구나!'

그녀는 방안에 걸려 있는 옷을 하나 집었다.

자신의 체형에 맞는 크기의 것으로 역시 몸뻬였다.

'여자에겐 이 옷이 가장 편하거든, 이제 됐다.'

그녀는 당장 주방으로 가서 봐온 장거리를 손질했다. 바로 불을 붙이면 10분이면 조리가 완성된다.

이제 나의 청랑이 올 때까지 기다리면 된다. 그녀는 편안한 마음으로 거실 소파에 앉아서 등을 기대본다.

오늘 총회가 끝난 오후부터 몇 시간 동안 숨 가쁘게 여기까지 달려왔다.

오로지 청랑이란 내 남자를 만나야 한다는 절실함이었는데, 드디어 그를 만났고, 그의 안식처에서 그를 기다리는 설렘을 가져보는 화천어부다.

'그래, 누가 뭐라 해도 나 화천에는 이 세상 어디에도 없는 단 하나뿐인 내 남자 청랑이다. 그러면서도 우연히 만나는 것 외에 절실한 그리움은 있었지만, 단 한 번도 내 욕심 때문에 청랑 그를 찾아다닌 적은 없었다. 바보스럽게도 지난날 그가 나에게 말해 준 것을 다시 듣고 싶은 마음에서 시간을 삼키는 기다림이 있었을 뿐이다. 그러했던 내가 그의 퇴근을 기다리는 그의 여자가 돼 보는 지금이야말로 내 생애 처음 느껴보는 행복감이다. 그렇다. 나에게 있어서는 청랑이 유일한 내 남자이기도 하지만, 그는 결코 어느 한 여자만의 남자가 아니다. 지금도 여전히 방랑의 길에 서 있을지도 모를 그를 독차지하려는 여자가 있다면 오히려 스스루에 의해 그의 사랑을 잃어버릴 수도 있다. 그러기에 나 화천어부는 그런 아둔한 짓은 하지 않을 것이다.'

그녀의 마음은 다시 평온을 되찾았다. 그리고 졸음이 몰려와서 화천어부 눈을 평화롭게 감겨 놓는다.
얼마간의 시간이 지났을까?
앞마당에 차가 와서 멎는 소리에도 소파에서 몸을 기댄 채로 꿈속을 헤매고 있는 듯하다. 청랑이 현관문을 열고 들어서도 그녀의 자세는 그대로다. 오늘의 여행이 그녀에게 극도의 피로를 가져다준 모양이다. 정신적 피로 말이다. 청랑은 들고 온 케이크 상자를 식탁 위에 올려놓고는 그래도 일어나지 않고 있는 그녀를 깨우지를 않았다. 거실에 불을 켜려다 말고 서재의 불만 켜 놓았다. 편안하게 쉬고 있는 객의 잠을 방해하고 싶지 않았다. 그는 이제 간편한 운동복으로 갈아입고 세수를 하고 서재로 다시 들어갔다. 호야 등불에 심지를 올리고 켜진 등불 앞에 앉았다. 그것은 청랑의 습관이다. 한 손의 수건은 아직도 물 묻은 얼굴을 닦으면서 다른 한 손에 볼펜이 들려지며 종이 위를 걸어간다. 오랜만에 찾아온 귀한 손님이다. 화천어부, 그녀가 지금 거실 소파에 묻혀 곤히 잠들어 있다. 혹시라도 생의 길이 피로해서 지쳐 있는 건 아니겠지? 그것이 아니기를 바랄 뿐이다. 인기척을 느꼈음인지 깜빡 잠에서 깨어난 화천어부다. 내 정신 좀 봐. 벌써 어두워지네. 청랑님이 왔구나. 얌전히 기다리다가 앞마당까지 뛰어나가 마중한다는 것이 부질없는 졸음 때문에 퇴근 후의 님을 맞이한다는 행복감을 스스로 날려버린 셈이다. 그녀는 자신의 머리를 한 두 번 욱 지르며 불 켜진 서재로 다가갔다.

"오셨으면서 깨우시지 않고요."

"음, 일어나셨군. 하도 곤히 자고 있기에 미녀의 단잠을 깨우는 것은 예의가 아니지."

"여전하시군요. 그 값비싼 인사, 말이에요."

"그보다 잘 쉬기는 한 거고?"

"그럼요, 이렇게 세상을 다 얻은 기분에서 잠든 것은 흔치 않거든요."

"그럼, 그런 때가 전혀 없진 않았다는 거구나."

"그래요. 있었지요. 왜요? 시샘이 나시나요?"

"시샘은 무슨? 화천에게 그런 기분이 많이 있으면 좋은 일이지."

"누가 아니래요. 그렇지만 겨우 몇 년에 한 번쯤 청랑을 만났을 때뿐이었어요. 그나마도 그게 어딘데요. 나 화천에게는 아주 귀한 선물이거든요."

가난한 집의 외딸

"그렇게 생각한다니 내가 미안하군."
"아니에요. 언제나 바람 같은 그 사람 청랑이 지금 내 앞에 있는데요 뭐. 정말 보고 싶었어요. 청랑."

그녀는 두 팔로 가만히 청랑의 허리를 감싸며 그의 가슴에 얼굴을 묻는다.
"그래, 그래, 화천에게 언제나 멀리 떨어져 있어서 미안해요. 그래도 화천이 이렇게 찾아와 주어서 고맙고."
"저도 반가워요. 청랑, 날 어색하지 않게 반겨주어서 말이에요."
그녀는 환한 웃음으로 청랑의 품을 벗어나면서,
"내 금방 저녁준비 할 테니 잠깐만 계세요."
"나도 거들까?"
"됐네요. 나의 청랑님께선 그냥 구경이나 하세요."
"그럼 나는 서재에 있을 테니 다 되면 불러요."
"그럴게요. 서방님."
그녀는 자신도 모르게 튀어나온 그 소리에 스스로가 흠칫 놀랐다. 내가 부끄럼도 없이 이렇게 막 나가다니, 그래도 그녀는 좋기만 하다.
요리는 미리 준비해 둔 냄비 솥에다 물만 붓고 끓이면 된다.
갈치 서너 토막에다 무 썰어서 파 마늘 다지고 고춧가루도 넣어줬으니 끓고 있는 갈칫국이 별맛 냄새를 준다. 두어 토막은 굵은 소금 살짝 뿌려서 구워내고 또 다르게 준비해 놓은 찌개 냄비엔 불을 붙이지 않았다.
한꺼번에 같은 재료의 음식이 많으면 입맛을 후퇴시킬 수도 있기에 내일 아침 식탁으로 미루고 대신에 상추로 겉절이를 만들

자. 그녀의 손 움직임은 요리의 달인답게 능수능란하다.

"다 됐어요. 청랑, 이제 나오세요. 어때요, 간이 맞아요?"

"음, 좋은데. 갈칫국은 오랜만에 먹어보는데 맛이 아주 좋아요."

"그럼 많이 드세요."

"그러리다. 본래 갈치로 국을 만드는 건 부산이나 제주에서 잘하는 음식인데 강원도의 사람이 해내는 거 보니 화천은 역시 요리의 대가요."

"그야 세상이 다 아는 사실이기에 내 자랑은 안 할게요."

"그 말씀이 오히려 은근한 자랑으로 들리는데?"

"부인하지 않을게요. 청랑에만은 자랑하고 싶은 내 마음인걸요. 그렇다면 나는 맛있게 잘 먹어주면 되는 거고, 그런데 저 상자는 뭐에요?"

"아차, 내가 깜빡했군. 화천을 생각하고 사 온 케이크인데 열어봅시다."

"예쁘기도 해라. 이건 본래 서양사람들이 생일이나 좋은 날에 쓰는 건데?"

"맞아요. 오늘이 화천의 생일이라 생각하고 나이대로 촛불을 켭시다. 가만있자, 화천의 나이가 몇이더라?"

"내 나이야 이제 마흔이 넘었지만, 그보다도 내가 청랑님을 만난 지가 꼭 19년째에요. 열아홉 개의 촛불로 기념합시다."

"화천이 좋을 대로 해요. 내 집에 온 손님을 위해서 준비한 거잖소."

"그렇지만 내 손님 취급받는 건 싫은데."

"싫으면 주인을 하시든지."

"그럼 오늘 하루만 대행할게요."

"자, 이 포도주 괜찮은 건데 우리 건배합시다."

단숨에 한 잔 술을 비우는 화천어부다.

"화천의 주량이 늘었나 보다."

"그러네요. 나도 몰랐는데. 포도주가 향긋하고 잘 넘어가는데요. 오늘 낮에는 다들 권하는 술을 아예 나는 술을 못하는데요 하고 그냥 받아만 놓았더니 열 잔이나 되더군요. 참, 전화 좀 쓸게요."

"그러시구려. 내 전화기로 해요."

"아니에요. 집 전화기로 그냥 할래요."

"이보게 '춘천아우', 전화가 늦어서 미안하다. 그냥 두서없었다고 핑계 댈게."

"그래요, 언니, 궁금하긴 했는데 전화 없는 걸 보니 잘 찾으셨구나 싶어서 오히려 안심하고 있었어요. 그분은 잘 만나셨나요? 지금 어디예요?"

"응, 여기 청랑님의 집에 와서 있다네."

"잘됐네요. 언니."

"그래, 다음에 또 전화할게."

수화기를 내려놓는 화천어부다.

"어떡할까, 한 통화 더 해야 하는데, 그 핸드폰인가 하는 손전화기 좀 줘 보세요."

핸드폰을 건네받은 그녀,

"이거 사용법도 좀 알려주세요."

"일반 전화기하고 같은 방법으로 전화번호만 누르면 돼요."

"알았어요. 해볼게요."

그녀는 자리에서 일어선다.

"왜? 앉아서 편하게 하지 않고."

"춘천댁이 그러는데 이 전화기는 걸어 다니면서 하는 거라 하더군요."

"그건 길가다가 급히 통화할 때고, 지금은 앉아서 해도 되는 거예요."

"그래도 나는 걸으면서 해볼래요. 잘 되나 안 되나 보려구요."

"그렇게 해봐요. 그럼."

번호를 누르니 신호가 가고 상대편의 목소리가 들려온다.

"랑아구나! 나 엄마야."

"엄마, 여태 안 오고 어디서 전화하는 거야?"

"응, 오늘 가려고 했는데 못 가게 되었다. 여기 내려와서 아는 분 아저씨를 만났거든. 그래서 오늘은 여기 있다가 내일 갈게. 밥은 먹었니?"

"응, 학교 갔다 와서 조금 전에 할머니와 먹었어. 그런데 엄마, 어떤 아저씨를 만난 거야?"

"응, 그게 말이다."

"오라, 엄마가 전에 얘기했던 청랑인가 하는 그 아저씨구나?"

"그래 맞아, 청랑 아저씨야."

"그럼 잘됐네."

"얘 좀 봐, 네가 뭘 안다고 잘됐다는 거야."

"에헤, 울 엄마, 속내를 내가 다 아는데……."

"얘가 점점, 내일은 갈 테니 할머니한테 잘 말씀드리고 문단속 잘하고."

"걱정 마! 엄마가 더 있고 싶으면 내일 안 와도 괜찮아요."

"얘, 좀 봐, 엄마를 아예, 내쫓아라. 그리고 랑아야, 내 목소리 잘 들리는 거냐?"

"그래 엄마, 아주 잘 들려. 왜 엄마는 잘 안 들리는 거야?"

"나도 잘 들려."
"그럼 왜 그러는데 엄마?"
"내가 지금 걸어 다니면서 너와 통화를 하고 있거든."
"아, 그거 핸드폰이구나."
"그래 맞아, 핸드폰이야. 너도 알고 있구나. 이거 정말 편리하네."
"그럼 엄마도 하나 사요."
"얘가 지금, 이 전화기가 얼마나 비싼 건데? 아마 집 한 채 값은 될 거야. 전화 요금 올라간다. 이만 끊자."
화천어부의 통화하는 모습을 보며 웃음을 삼키느라 애를 쓰는 청랑이다.
"랑아가 뭐랬길래, 서둘러서 전화를 끊으실까?"
"글쎄, 얘가 핸드폰 얘기를 하다가 '신기한 전화기다'고 했더니, 그러면 '엄마도 하나 사요!'라고 하잖아요."
"틀린 말도 아닌데 뭘?"
"얘가 대학 들어가더니 겁이 없어졌다니까요."
"이보세요, 화천, 랑아 말대로 하나 사면 될 것을, 내가 하나 사줄까?"
"아니요, 난 그렇게 집 한 채 값이나 하는 비싼 전화기 없어도 되니 아예 그런 말 꺼내지도 말아요."
그녀는 핸드폰값이 엄청 비싼 거로 착각하고 있다.
"내가 옆에서 듣자 하니 랑아가 엄마를 생각하는 마음이 큰 것 같아요."
"그럼요. 고것이 이제는 컸다고 지 엄마를 보호하려 한다니까요. 누굴 닮았는지 원."
"그거야 엄마인 화천을 닮아서겠지?"

"아니에요. 그 애는 보면 볼수록 하는 행동이 지 아버지를 많이도 닮았어요. 생긴 모습이나 걸음걸이까지도 판박이예요."

딸에 대한 흠담인지, 아니면 자랑인지에 도취해 있는 그녀의 모습을 바라보는 청랑은 말이 없다. 모성애를 담아서 딸 자랑에 몰입된 자신을 망각하고 있는 듯하다. 그러다가 깜짝 정신을 차리고는,

"내가 지금 무슨 말을 하는 거야?"

비로소 그녀는 혼자만 알고 아무도 모르는 말을 하고 있었음을 깨닫고는 쑥스러운 표정을 짓는다.

"괜찮아요. 화천의 딸 자랑이 보기 좋은데, 모성애도 가득해 보이고."

"하긴 그 아이가 별로 내 속을 썩인 적 없이 건강하게 잘 자라 주어서 얼마나 고마운지 몰라요. 마음 같아선 큰 학교에 유학하면 좋은데, 내가 너무 외로울 것 같아서 집 가까운 곳 K대학에 보냈는데, 잘못한 게 아닌가도 싶어요. 모르겠어요. 내 지금은 그 애 뒷바라지하고도 먹고 살 만큼은 되는데 내 생각 외에 딱히 의논할 곳도 없었기에 그리 결정했지만, 지금 그 대학 졸업하고 랑아가 공부를 더 하고 싶어 하면 그땐 보낼래요."

"잘 생각했어요. 그렇게 해도 늦지 않으니 지금 하는 대로 하면 돼요. 먼길 오느라 힘들었을 테니 인제 그만 쉬도록 해요. 저녁 요리는 화천이 했으니 뒷설거지는 내가 하겠소."

"안돼요. 그건 내 오랜만에 청랑에게 와서 주부 노릇 하고자 하는데 방해하지 말아요. 당신 오기 전에 소파에서 실컷 자고 휴식했어요. 나 이래 봬도 건강한 여자라고요. 포도주 한 잔만 더 주실래요."

"그럽시다. 같이 한 잔씩만 더 합시다."

"아까 보니 책상에서 글 쓰시던데 마저 하시고 나는 설거지와

잠자리 펴 놓을게요. 그런데 참 청랑의 침실은 어느 방이에요? 침실이 세 군데나 있던데."

"그 3개의 방은 찾아오는 손객들을 위해서 만들어진 것이고, 나는 서재를 크게 만들어서 침실을 겸해서 쓰고 있어요."

"그럼, 나는 어느 쪽을 사용해야 하나요?"

"오늘은 서재를 나 혼자 쓰기는 너무 넓은 것 같으니 화천이 반을 쓰도록 해요."

"알았어요. 청랑, 당신의 간곡한 청이니 내 기꺼이 받아들이지요."

청랑은 화천의 권유대로 잠시 책상을 마주하고 앉았으나, 다른 아무 얘기도 생각나지 않는다. 그사이 설거지와 서재의 침실준비를 마친 화천어부다.

"청랑, 그렇게 가만히 앉아 있을 거면 잠자리를 펴 놨으니 주무세요."

"그럽시다. 화천."

그들은 자연스럽게 나란히 베개하고 누었다. 이제 어둠은 그들을 감싸주고 있다. 서서히 달아오르는 여인의 마음과 몸은 사내의 품속으로 안겨든다.

화천어부, 그녀는 남다른 미모와 균형 잡힌 신체를 가진 흠 잡을 데 없는 여인의 모습이다.

지난날 여주 남한강 변 춘천댁 민박 식당에서 하룻밤을 같이 지낸 후, 꼭 1년 만이다.

이들이 인연을 맺은 지 어언 19년, 늘 방랑길에 있었던 청랑이라 바람처럼 불어와서 화천에게 정을 주고 떠나가면 길게는 3년, 짧게는 1년을 기다려야 한다는 화천어부의 고백은 사실이다. 그것도 비껴가는 바람의 길목을 지켜야만 가능한 일이었다.

그래도 그녀는 '행여나 지금쯤……'하고 기다림의 희망을 품고 살아온 청랑의 여인이다.

그러한 화천을 대할 때의 청랑은 미안함이 앞선다.

그러기에 그는 지금 이 여인의 심신을 진심으로 안아준다.

그렇다, 여인의 몸짓은 지금의 내 남자 청랑의 모든 것을 앙금지게 쓸어 담아 황홀함에 젖어 든다.

오랫동안 인내하며 기다려온 그녀에게 사랑의 목마름을 적셔주는 보상이리라.

이제 이들은 서로가 함께 호흡하며 길게 무아지경으로 가고 있다. 얼마를 달렸을까? 가쁜 숨을 몰아쉬며 겨우 꿈속을 벗어나는 그들이다. 여인은 아직도 사내의 가슴에서 벗어나려 하지 않는다.

그리고 속삭인다.

"당신은 내 남자, 내 남자의 품에 안겨 있는 지금이 이렇게나 행복한 것을 1년이란 시간을 기다렸네요. 정말 인고의 기다림이었어요."

"이렇게 어리석기는? 그러기에 내 진작 그대에게 말했음인데 바람같이 떠도는 나, 그 어떤 여자에게도 사랑을 말할 수 없는 '자격 미달의 사내'를 기다리는 그것이야말로 바보 같은 생각이라고. 적당히 좋은 남자 만나면 재혼해서 행복을 찾으라 일렀거늘."

"그럼 어떡해요. 마음속에 내 남자는 당신뿐인데. 그리고 하나뿐인 우리 딸 랑아는 어떡하고요. 눈에 넣어도 아프지 않은 우리 딸 랑아, 당신이 나에게 준 고귀한 선물인데, 그런 내 딸에게 나 혼자 좋자고 재혼을 해서 그 아이에게 상처를 줄 수는 없어요. 지금은 대학생이 된 랑아가 청랑이란 남자를 너무도 닮아서 그 애를 바라보면 그 남자가 옆에 있는 거나 다름없는데, 행여라도 그 바람이 화천에게로 불어올세라 그렇게 기다리면 돼요. 그러나 우리 모녀의 존재가 그 바람 청랑에게 걸림돌은 되지 않을 거예요."

"나, 청랑이란 사내가 화천에게 무슨 할 말이 있겠어요? 나를 이해해 주는 화천이 고마울 따름이오."

"다만 우리 딸 랑아는 호적에 있는 그대로 유복자인 임랑아로 살아가게 놔두어요. 그것이 랑아 본인에게도 좋을 거라 생각돼요. 그 부분에 대해선 나도 많이 고민했어요. 어떨 땐 친부가 청랑이라고 말해주고 싶을 때가 많았지만, 참고 말하지 않았어요. 나와 청랑의 관계가 인간으로서 순수하지만, 도덕적 잣대 앞에선 움츠러들기도 하고, 청랑이란 남자 나 혼자만 욕심낸다고 될 사람 아니기에 참을 수밖에요. 그런데 랑아, 그 아이가 하는 말이,

'엄마는 나를 유복자로 태어나게 하고 그 후로 남자친구 하나 없이 어떻게 지내 온 거야?'라고 하길래,

'왜 없어, 나라고 남자친구 없으란 법 있니, 왜? 있으면 말리려고?'

'아니야, 엄마, 젊은 날부터 나 키우느라고 고생만 했는데, 이제는 내 눈치 보지 말고 좋은 남자 있으면 얘기도 하고 그래요.'

'그럴까? 엄마를 생각해 줘서 엄청 고맙다.'

'혹시? 큰소리치는 울 엄마 남친이 여러 사람인 건 아니겠지?'

'얘가? 그런데 지 엄마를 뭘로 보고하는 소리야?'

'울 엄마 헤픈 여자가 아니라는 건 알지만 어떤 사람인데, 이름이 뭔데?'

'얘가 그런데 왜 그렇게 집요하게 파고드는데?'

'엄마 내가 한 번 맞춰볼까?'

'니가 뭘 안다고?'

'그 사람 이름이 청랑이지?'

'네가 그걸 어떻게?'

'엄마가 놀라는 걸 보니 맞네. 그래 맞아, 엄마가 유일하게 좋아하는 분이시거든. 그럼 재혼을 하면 되겠네.'

'얘기 점점 말도 안 되는 소릴 하는구나. 그만하자. 내 딸 랑아를 두고 재혼은 무슨. 인제 보니 엄마가 딸과 재혼 사이에서 갈등을 겪고 있구나.'

'엄마가 그렇게 좋아하는 사람이라면 재혼해도 돼요. 나는 이제 다 컸고 아빠가 생기면 좋은 거니 그 청랑이란 아저씨하고 혼인해 버려요.'

'얘야, 랑아야, 너 자꾸만 엄마한테 왜 그러는데? 청랑이란 이름을 어떻게 알았는지 모르지만, 그분은 재혼 같은 거 할 처지가 아닌 분이야. 그리고 나는 재혼 같은 거 안 하니까 너도 엄마에 대한 의구심은 안 가졌으면 한다.'

'미안해 엄마. 내가 우연히 엄마의 잠꼬대를 들었거든. '내 남자 청랑! 우리 딸 랑아 아버지 나 한번 안아주세요.'하고 잠꼬대하는 엄마를 보고 짐작은 했지. 그 후로 난 울 엄마가 재혼하려 하는구나! 라고 생각된 거야. 그리고 엄마 딸 임랑아에게는 엄마만큼 소중한 사람이 어디 있겠어? 그래서 엄마의 마음속을 헤아려 본 거야.' 하더군요."

"글쎄, 그 애가 그런 아이예요. 아까 저녁 무렵 통화할 때 이곳 아는 분 댁에 있으니 내일은 갖게 했더니. '그분이 청랑 아저씨 맞지? 그러면 내일도 안 와도 돼요.' 하지 않겠어요?"

"듣고 보니 랑아가 혼자 지내는 엄마를 안쓰럽게 생각했구나."

"고것이 지 엄마를 재혼 운운, 할 때는 청랑 당신과 흡사하다니까."

"미안하오. 화천! 나의 평탄치 못한 운명 때문에 화천과 랑아에게 이런 모습일 수밖에 안 되니 정말 미안해요."

"그런 말씀 마세요. 나 화천에게는 이 세상에 청랑이 존재하는 것만으로도 마음 든든해요. 당신은 나에게 랑아를 갖게 했고, 삶의 기초를 열어주었잖아요. 행여라도 청랑이 가는 길에 강물이 나타나서 건너뛰기 힘들면 나 화천어부는 노를 저어 청랑을 건너게 할 거예요."

"고맙소. 나 역시 화천이 가족과 함께 행복하기를 바랄 뿐이오."

그들은 서로가 하고 싶었던 이야기를 많이도 했다. 그리고는 다시 한 번 사랑의 몸짓에 함께 어우러진다.

깊고 아늑하게. 다음날 달구역까지 태워다 준 청랑의 배웅을 뒤로하고 중앙선 열차에 몸을 실은 화천어부다.

그녀에겐 차창 밖으로 스치는 바깥 풍경 모두가 아름다워 보이고, 얼굴에는 그늘진 모습 같은 게 사라지고 없는 밝은 표정이다.

서울의 청량리에서 내려 다시 버스를 갈아타고 춘천에 도착한 것은 해가 질 무렵이다.

긴 시간의 여행인데도 지루함은 전혀 없다. 집에 오니 학교 갔던 딸 랑아가 먼저와 있었다.

"지금 오는 거야 엄마?"

"그래 내가 좀 늦었구나. 차를 타고 오는 시간이 길더구나."

노모도 이틀 만에 돌아온 딸을 반긴다.

"너무 했다. 엄마, 이틀씩이나 집을 비우다니."

"애 좀 봐. 전화에는 내일도 안 와도 돼요. 해 놓고서는?"

"통화할 땐 그랬는데, 그래도 엄마 없이 지내려니 허전해서 죽을 뻔했단 말이야. 그런데 엄마는 행복해 보이는데? 나만이 엄마를 기다렸구나. 이건 불공평하다."

"그래 미안하다. 나만 행복한 여행을 하고 와서."

"아니야. 그래도 엄마가 행복한 시간이었다니 다행이다. 울 엄마를 붙들고 있는 그 아저씨가 얄밉긴 하지만, 그래도 이 엄마를 잘 보호해 주었잖아."

"그분을 너무 나무라지 말아라."

"이보세요. 엄마, 지금 딸 앞에서 그 아저씨 편드는 거야? 울 엄마 이제보니 제정신이 아니네."

"얘 랑아야, 너무 그러지 마라. 겨우 1년 만에 만나 본 아저씨야."

"그럼 그전에도 자주 만났다는 얘기구나."

"그래봤자 짧으면 1년, 아니면 3년이야. 그보다 더 멀 때도 있었지."

"이제보니 대단하신 울 엄마네. 언제부터야. 그 아저씨 알은 지가?"

"19년째다 왜?"

"어머나, 이젠 큰소리까지 하네. 울 엄마, 좀 이상해진 거 알아? 딸자식 앞에서 외도를 자랑삼아서 하다니? 부끄럽지도 않나 봐? 가만 19년 전이면 내가 태어나기 전후란 말인데 내 아빠가 죽기 전부터 교제해 왔다는 거야?"

"그런데 얘가 지금, 너 엄마를 취조하듯 하는구나. 너무 심한 거 아니니?"

"그러긴 한데, 엄마에게 수상한 점이 한두 가지가 아니라서 그래. 아예, 딸은 안중에도 없이 무시하고 바보 취급하는 것 같아서야."

"얘 좀 봐. 내가 언제 널 무시했다고 그러니? 난 한 번도 그런 적이 없으니 괜한 오해하지 말거라."

"그럼 뭐야? 내가 유복자로 잉태한 걸 알고서도 외간 남자를 만났다? 그건 정말 부도덕한 일이야. 이제야 알게 된 내가 불쾌하고. 내 존재가 완전, 무시당한 당시였군. 안 되겠다. 엄마의 정신 감정을 받아보든지, 아니면 내가 그 아저씨한테 따져야겠다."

"그건 안 돼."

"왜 안 되는 건데? 내 아버지와 그 외간 남자 사이를 오가면서 이중적인 생각을 하는 여자에게서 어쩌다가 태어난 아이가 그 사실을 알고 나서도 정신이 온전할 것 같애? 자신의 아내에게 속으며 살다 죽은 내 아버지가 저승에서도 통탄하겠다. 아주 비열하기 짝이 없는 여자인 줄 모르고 하늘 같은 울 엄마라고 믿었었는데…. 나 이제 학교도 안 갈 거야. 엄마를 보는 것이 두려워."

랑아는 자리를 박차고 일어나 밖으로 나가려 한다. 딸의 갑작스러운 태도에 당황한 화천어부다.

"랑아야, 잠깐!"

"이젠 날 부르지도 마."

붙잡는 엄마 손을 뿌리치고 나가는 딸이다. 다급해진 화천이 소리쳤다.

"그분 청랑이, 너 아버지야."

그 소리는 나가던 랑아의 발걸음을 멈추게 했다.

"청랑…. 그분이 랑아 네 친부란 말이다."

화천은 기어코 그 말을 하고야 말았다. 그리고는 엎드려서 눈물을 감추려 애쓴다. 한참을 우두커니 서 있던 딸 랑아가 돌아서 온다.

"엄마가 지금 뭐라고 한 거야? 내가 잘못 들은 거 아니지? 엄마 일어나 다시 한번 말해봐요."

그제야 얼굴을 든 화천어부의 눈에서는 눈물이 글썽이고 있다.

"그래 네가 잘못 들은 거 아니다. 그분 청랑이 널 탄생하게 해

준 너의 친아버지셔."

"그럼 내 아빠가 망자가 아니고 현존하고 있단 말이야?"

"그렇단다."

"그게 정말이야? 그렇다면 왜 여태 한 번도 볼 수 없었는데'?"

"그래 인제 와서 더 숨길 수가 없구나. 지금껏 너에게 말을 안 한 건 미안한데 언젠가는 랑아가 성인이 되고 나서 말할 기회가 있을 거로 생각했었다만, 끝내는 말을 안 할 수가 없게 되는구나. 엄마가 태어나서 자란 곳은 화천의 깊은 산골 화전 밭을 일구어놓은 곳이었다. 그곳에서 간신히 초등학교에 다녔었고, 불행하게도 외할아버지는 병고로 돌아가셨고 남겨진 모녀는 화전 밭에서 옥수수를 심으며 살았었지. 스무 살이 넘도록 그곳에서 농사를 지었으나 끼니를 간신히 유지할 정도였어. 어느 날 산 밑 아랫마을의 어른들 소개로 시집을 간 사람이 나이 40이 넘은 노총각으로 화천호에서 고기 잡는 어부였어. 성은 임 씨였고 가난하고 무지한 어부였지만 나로선 선택의 여지가 없었던 때야. '운명'인지, 시집간 지 며칠 안 되어 풍우 속에 고기잡이를 나가는 그 사람의 고집을 꺾을 수가 없었는데, 더욱 세차게 불어오는 폭풍우에 밤이 되어도 그 사람은 끝내 돌아오지 않았어. 먼동이 트면서 호숫가를 찾아 헤매었으나 아무것도 발견하지 못했는데, 호수 건너편 아래쪽에서 익사체로 발견됐다는 전갈이 왔고, 쪽배도 그쪽으로 떠내려가 있다고 하는 거야. 군청의 도움을 받아 장례를 겨우 치르고 나니 가난은 그대로고 혼인신고는 이틀 전에 했으니, 완벽한 과부가 된 거였어. 하는 수 없이 그 사람이 하던 '화천어부'자격을 인계받아 노를 젓고 그물을 던져 보았으나 영리한 물고기는 비웃듯이 나를 피해가고 살 길이 막연해졌어. 그래서 하는 수 없이 생각한 것이 좀 더 아랫마을로 내려가 보자. 이왕에 버린 몸, 사람들이 많은 곳으로 내려가 보자. 쪽배는 나루에 묶어두고 군부대가 있는 '신포리에 가면 일자리가 있다'라는 소문을 듣고 그곳 신포리의 이장 댁으로 찾아갔어. 그 마을 전체가 민박 식당이었고 이장 댁도 민박 식당을 하고 있어서 쉽게 일자리를 얻게 되었어. 주방에서 일을 거들고 홀에서 음식을 나르기도 하는 일들인데 사흘째가 되는 날 그 집 식당에 단체 손님이 오고 그 사람들은 인근에 미사일 부대를 만드는 건설회사 사람들이었어. 그럴 때는 눈코 뜰 새 없이 바쁘지만 일이 몸에 익은 나는 힘든 줄 몰랐고 품삯을 당일로 받아서 집에 갈 땐 쌀도 사고해서 매우 희망적이었지. 그런데 그날은 회식이 늦게까지 계속됐고 회식이 끝난 후에는 화천 가는 차편도 끊어진 거야. 그때 이장댁의 말이 '화천아, 네가 저 끝에 방에 이부자리 좀 갖다 주어라.' '내가 바빠서 깜빡했구나.' '네, 아줌마!' 하고 요, 이불을 안고 가보니, 한 청년이 술에 취한 채로 겉옷 그대로 곯아떨어진 거야. 이불을 펴 놓고서 나오려다 돌아서서 맨바닥에 그냥 누운 사람을 공 굴리듯 한 번 떠밀어서 이불 위에 얹어 놓고 겉옷만 벗겨주자 하고 벗겨도 그대로 잠든 채야. 그러고는 이제 됐다 하고 나오려다. '아니지, 지금 나가서 차도 없고 민박에 돈 주고 잠자야 하는데 그러면 오늘 품삯 반은 날아간다. 그보다는 이 사람 옆 한쪽에서 자야겠다.'라고 생각하니, 내 눈이 뒤집혔는지 잠자는 그 사람이 좋게 보이고 해서 이불 한 쪽 자락에 가만히 눕고 말았어. 어찌 된 셈인지 처음 보는 그 남자가 전혀 두렵지 않고. 내 남자 같은 생각이 들었던 거야. 두근거리는 가슴을 안고 있다가 나도 잠이 들었고 새벽녘에 잠에서 꿈틀거리던 그 남자의 손이 내 가슴에 얹히더니 어둠과 덜 깬 잠속에서 자기 여자인 줄 착각했음인지 자연스레 나를 안아줬고 나도 아무 말 없이 그를 받아주고 말았어. 그러고는 둘 다 잠이 들고 먼동이 틀 때쯤, 나는 일어나서 그 방을 나오려고 했었지. 마침 잠에서 깬 그 사람이 나를 불러 세우더군. '아가씨! 잠깐, 잠깐만 기다려요. 지금 이른 시간인데 여기서 그대로 자요. 나는 현장으로 나가야 하니 내가 지금 나갈 거요. 그리고 미안해요. 나는 잠결에 내 집인 줄 알고 아가씨를 내 집사람으로 착각한 것 같소.' 하길래, 아무 말이 없는 나에게 미안해하는 말을 하는 그 사람을 보고 '이상하다. 왜 미안하다 할까? 내가 자처해서 저지른 일인데, 역시 나는 그 당시엔 백치였나 봐.' 나는 엉겁결에 '아니에요!' 하고 말한 것뿐이었어. 그 사람은 일어나서 옷을 입고는 자신의 주머니를 뒤지고는 지갑을 털어 지폐 몇 장을 꺼내서 내 손에 쥐여 주더군. '미안해요. 내가 가진 것이 이것뿐이오. 그럼 잘 자요.' 하고 문을 열고 나가버린 그 사람인데 나는 뭐가 뭔지도 잘 모르겠고, 그대로 자리에 도로 누웠었지. 내가 원해서 한 일이라 후회 같은 거 없었는데 미안하다고 돈까지 주고 간 그 사람이 바보가 아닌가도 싶고 나는 손에 돈 쥔 그대로인 채 잠이 들었다가 한참만에야 깨어났었지. 나는 얼른 일어나서 밖으로 나오다가 이장댁 아줌마와 맞닥뜨렸지. '너 어젯밤 집에 안 간 거야?' '네 아줌마, 차시간이 없어서 못 갔어요.' '참 그렇지. 그럼 어디서 잔 거야? 우리 집에 빈방이 없었을 텐데.' '그냥 갈 데가 없어서 저 끝에 방에서 잤어요.' '그럼 그 방이 비어있었나? 아닌데?' '아줌마, 나 집에 갔다가 올게요. 엄마가 밤새 기다렸을 거예요.' '오냐 갔다가 오후에는 꼭 와야 한다.' 그 길로 나는 가게에 들러서 쌀도 사고 필요한 것 이것저것 사고도 돈이 많이 남는 거야. '왜 이렇게 많이 남았지? 아 맞다 아까 그 사람이 주고 간 돈이 있었구나.' 지금 생각하니 하루 품삯의 두 배나 되었던 것 같았어. 그 후로도 나는 계속해서 집과 신포리를 오가며 일을 했고 나처럼 일하는 민박집 도우미 아가씨들도 20여 명이나 되어 서로가 친구처럼 지냈었지. 민박 식당이지만 휴가 나온 군인들과 면회 오는 그 가족들이 주 고객이었고 그리고 군부대 공사에 온 사람들이었어. 가끔 건설 사람들의 회식 자리가 있었지만, 그날의 그 사람은 좀처럼 보이지가 않았어. 이름도 성도 모르는 그 사람을 은근히 기다리다 실망만 맛보기가 일쑤였지. 왜 안 올까? 이곳 일을 그만둔 걸까? 그러나 한 달이 훌쩍 넘어가도 건설 사람들이 오고 가는 곳에 그 사람이 없는 거야. 그러던 어느 날 이장댁 식당에서 건설팀 회식이 있었는데 나는 오늘은 그 사람을 볼 수 있겠구나. 하고 기대에 부풀었는데 역시 보이지가 않는 거야. 조바심하며 기웃거리는 내 모습을 본 이장댁 아줌마가 '화천아, 너 누굴 기다리는구나. 언약이라도 한 사람 있는 거냐?' '아니에요, 아줌마.' '아니긴 뭐가 아니야. 지금 너 얼굴에 그렇게 그려져 있는데?' '아줌마, 처음에 왔던 그 사람은 왜 안 보여요?' '그 사람이라니 누구? 오라, 언젠가 저 끝방에서 너를 재워준 사람 말이구나.' '네 아줌마, 여길 그만두었어요?' '그런 건 아닌 것 같다만 화천이가 그 사람에게 정을 주었구나. 그 사람은 이곳 현장에 공사를 맡아서 하는 오야지인데, 그 사람은 자신을 왕초라고 부르는 게 좋대나? 뭐. 그런 사람인데 이 현장의 소장이나 감독 모두가 그 사람을 괜찮게 보더라. 여기 말고도 다른 지방 몇 군데 공사에도 일꾼들을 심어놓고 왔다 갔다 하는 사람이래. 그 여러 곳을 일일이 다니다 보니 한 달쯤 돼야만 한 번씩 왔다가는 그 이름은 청랑왕초야.' '아줌마는 어찌 그리 잘 아세요?' '나야 우리 집 양반이 이장님이니까 정보가 훤하지. 그 젊은 왕초를 너가 여기 오기 전에 다른 애들도 한 번쯤 안겼으면 하는데도 전혀 관심을 안 보이는 사내야. 그나마도 너는 이곳에서 제일 운 좋은 애야. 제 눈에 안경이라고 네가 얌전하고 좋게 보였던 거구나.' 그런 이장 아줌마의 수다가 나에게는 조금은 위안이 됐어. 여기를 그만두지 않았으니 다시 올 거라는 희망이 생겼기 때문이야. 그런 며칠 후에 이장 아줌마가 나에게 말하기를 '화천아, 오늘 저녁에는 좀 바쁠 거다. 미리 서둘러서 준비해야겠구나.' '왜 무슨 날이에요?' '응 오늘은 현장에 각 팀 사장들이 모이는 날이고 우리 집에서 회식하겠다고 예약을 했다. 어쩌면 화천이 기다리는 그 사람도 올지 모르겠구나.' 그 말을 들은 나는 가슴이 설레고 기대에 벅차서 일 같은 건 힘든 줄 모르고 막 해댔지. 이곳 이장댁 식당은 별도로 만들어져 있지 않고, 옛 민가 그대로여서 대청마루와 양쪽으로 방 두 개의 초가삼간이다. 민박 숙소는 그 옆으로 방 몇 개를 새로 지은 것이다. 10여 명의 건설 현장 사람들이 왔을 때는 이미 상이 차려져 있고 필요한 것은 다시 보충시키면 되는 것이다. 그 사람이었다. 시선을 사로잡은 것은 분명 여러 사람 사이에 앉아 있는 그 사람이다. 나 자신도 모르게 숨을 길게 들이마셨다. 남자들만의 단체 식객이 왔을 때 아가씨들이 와서 사내들 틈새에 끼어서 술을 따르는 관례가 있었다. 그래서 그날은 한가한 식당의 종업원이 원정을 와서 거들고 있었다. 대신 나는 주방과 회식 상을 오가며 음식을 나르곤 했지. '청랑 사장, 오랜만에 왔으니 내 술 한잔 받아요.' 일행들은 그를 향해 술잔 세례를 퍼붓고. 사양 없이 받아 마시는 그의 성격

탓인지 보는 나를 걱정스럽게 만들고. 그러나 그는 나를 기억조차 못 하는지 나에게 특별히 아는 척을 안 했다. 술을 따르는 다른 아가씨들에게도 마찬가지지만 다른 사내들은 아가씨들에게 농담을 하고 가까이하려 드는데 그만은 여전히 목석같은 표정이었다. '사장님, 저도 한잔 주시와요.' 빈 잔을 들고 청하는 아가씨에게 말없이 덤덤한 표정으로 술을 부어주는 그였다. '저도요.' 다른 아가씨가 또 빈 잔을 들이댄다. 그는 거절을 안 하고 서너 명의 아가씨에게 한 잔씩 부어주고는 '이제는 내 술 먹기도 바쁜 사람이니 다른 분들에게 달라고 해요.' '허허. 청랑왕초께선 산골 스님도 아닌데 어여쁜 아가씨들의 애정 공세를 마다하시니.' 그렇게 회식이 끝나는 동안 나는 그에게 말 한마디 붙여보지 못했다. 모두들 일어나면서 현장소장이 이장에게 말한다. '우리 청랑왕초 취했으니 우리 숙소까지는 너무 멀고 이장님 댁에서 잘 보호해 주시오. 숙박비는 내가 내고 갈 테니.' 그들은 가고 청랑은 이장 댁 민박으로 안내되었다. 이장 댁 아줌마는 '화천아 막차 시간이 다 돼간다.' '이곳은 내가 정리할 테니 어서 가 보거라.' '아니에요. 저도 거들게요. 아줌마.' '얘가 그런데 갈 생각을 안 하고? 오라, 내가 그 생각을 못 했구나. 너 속내를 내가 잊고 있었구나. 그럼 오늘은 가지 말고 여기 주전자에 물을 담아서 너가 기다렸던 그 사람에게 갖다 주거라. 그다음은 너 알아서 하고 나는 모른다.' 난 다행이다 싶었다. '선생님, 물 가져왔어요.' 두어 번 말하면서 노크를 하자, '거기 그냥 두고 가요.' 하는 소리에 기껏 부풀었던 기대감이 저만치 날아가는 것 같았다. 조금 망설이던 화전은 '안 되겠다 여기서 용기를 못 내면 이 사람을 영영 만날 수 없.'을 것 같았다. 화전은 방문을 열고 들어가서 주전자를 내려놓고 그냥 앉아 있었다. '됐으니 거기 두고 가도 돼요.' 눈을 감고 건성으로 말하는 그였다. '선생님, 전 갈 곳이 없어요.' 화천은 자신도 모르게 그렇게 말하고 말았다. '허허 이 아가씨 보게. 나는 남자인데 남자들의 못된 버릇을 어찌 알고 그리고 있는 거요? 낭패를 보기 전에 어서 나가요.' '난 선생님을 아는데 절 모르시겠어요?' '나를 알다니 그대는 누구요?' 그제야 눈을 뜨고 일어나 앉는 그는 나를 자세히 보더니, '그럼 그때 그 아가씨?' '네, 저에요. 이제 알아보시겠어요? 절 내쫓지는 않으시겠지요?' 하는 나를 물끄러미 보더니 '그래요. 편히 앉아요. 내 미처 몰라봐서 미안해요. 내가 본래 여자 보는 눈썰미가 없는 탓이요. 그런데 멀쩡한 아가씨가 외간 남자 주위를 맴도는 건 득 될 일이 하나도 없을 텐데.' '그래도 선생님께 한 번 준 마음인데 곁에 있고 싶어요.' '허허 이 철없는 아가씨가 스스로 앞길을 망치려 하다니.' '그래도 오늘은 안 갈래요.' '어쩔 수가 없군. 여기서 그냥 자요. 내 인내심을 시험하려 들지 말고, 나도 사내니까.' 그래서 나는 두 번째로 그의 곁에 누울 수가 있었다. 우리는 한 몸이 되었고 그는 나를 진정으로 안아주었고 나는 그에게 '선생님이 또 언제 오실는지 모르지만 나는 그때를 기다릴게요.' '정말 철없는 아가씨로군. 이제 충분한 성인이 되었는데, 얌전하게 있다가 시집가면 될 것을 이름도 근본도 모르는 남자에게 무턱대고 자신의 마음을 맡기려 하다니?' '저는 알아요. 선생님이 누구인지, 청랑왕초님이잖아요.' '내 이름은 맞지만, 아가씨와 길게 인연을 가질 만한 자격이 못 돼요.' '단 하나 남자라는 것 외에는 아무런 가치가 없는 사람이오. 여자는 부모님 밑에서 자라서 성년이 넘어서면 좋은 상대 만나 시집을 가서 본인의 행복은 물론 주위 가족들에게도 축하를 받을 수 있는 것이, 제일 좋은 것이오.' '선생님 저는 시집을 갔던 여자네요. 일찍 아버지를 여의고 홀어머니와 살다가 시집을 갔는데 한 달도 못 돼서 폭풍우에 남편을 잃었어요. 신랑이 화천호에서 고기 잡는 어부였거든요.' '저런 일이?' '그 사람은 다른 가족이 없는 혈혈단신 40이 넘은 노총각이었으니 이제 남은 가족은 저의 홀어머니와 저뿐이었어요. 이제 다시 화천호에 그물을 던진 나에게 물고기들은 조롱만 하고 잡히지를 않았어요. 생각다 못해 이곳으로 나온 지 3일째 되는 날 청랑님을 만난 거예요. 물론 저 스스로 청랑님에게 안겼지만, 그러고 보면 저에게도 젊음이란 게 있었나 봐요. 시집은 갔다고 하지만 한 번도 제대로 관계한 적이 없었거든요.' '그건 또 무슨 말이오.' '거짓말 같지만, 그 사람은 성 의욕이 상실된 사람이었어요. 이성이 뭔지도 알지 못하는 온전한 남자가 아니었어요. 그 사람이 날만 새면 물 위에서 살았으니 중매를 한 사람도 몰랐을 거라 생각돼요. 딱한 내 사정을 알고 밥이라도 굶지 않을 거라고, 생각한 거였겠지요.' '그렇다면 이제라도 정신 차리고 마음을 다잡아야지. 이 세상에 많고 많은 것이 남자들인데 건강하고 좋은 외모를 가진 그대에게 인연이 닿는 남자가 분명히 있을 거요.' '그래도 청랑님은 내 스스로 몸과 마음을 준 나에게는 첫 남자예요. 더는 시집 같은 건 안 갈 거예요.' '그건 현명한 판단이 아니오. 그대는 시집을 가서 평화로운 삶을 가져야 해. 나는 이미 가정이 있는 기혼자이기에 그대와의 인연을 길게 할 수가 없는 사람이오. 그리고 바람처럼 가고 오는 내가 그 누구와도 아무런 약속 같은 거 할 수 없는 바람 같은 남자일진대 특히나 여자에게는 백해무익한 존재라는 걸 알아야 한단 말이오.' '알았어요. 청랑님, 노력해 볼게요.' 청랑왕초는 언제나 신포리 현장에 오는 때는 하루 정도 머무른 사람이었고, 그날 이후 나 화천도 신포리에 잘 나오지를 않았었지. 그가 자신이 오래 있을 곳이 아니라는 생각이었기에 그곳에 계속 남아있는 동료들에게 혹시라도 청랑왕초가 보이면 알려 달라고 마을의 기곗집 전화번호를 연락처로 남겨놓고 그 후 나루터에 매어진 조각배의 밧줄을 다시 풀었고, 다른 어부들이 잡은 물고기를 사서 배가 닿는 강 근처의 식당에다 되파는 장사를 시작했었지. 물론 신포리 쪽에도 가까운 나루에다 배를 묶어두고 얼마간 걸어서 민박 식당에 납품하게 되었고, 그동안의 안면으로 화천과의 거래를 해준거야. 그러다 보니 빠른 연락이 필요했고 주문을 받기 위해 움막집에도 전화 연결을 했었지. 또 한 달이 지난 어느 날 그곳 도우미 아가씨한테서 전화가 왔었어. 해가 지고 어두운 시간이었는데 '화천언니, 그분이 오셨어요. 언니의 애인 말이야. 빨리 와 만약에 언니가 못 와도 우리 중에는 그 누구도 화천언니 애인을 건드리지 않기로 했으니 안심해도 되고 하기야 목석같은 그 사내가 받아주지도 않겠지만 말이야.' '그래 알았어. 택시라도 타고 가야지.' 하고는 서둘러서 택시를 불러서 달려갔었지. 행여나 못 만날까 염려에 마음 졸이며 그런 나를 반기면서도 '지독히도 말을 안 듣는 철부지로군.' 나 화천은 그 말에는 아랑곳하지 않고 그의 가슴에 안기며 비로소 평안을 찾았었지. 그것이 세 번째의 만남이었고 그 후에 곧바로 내 몸에 이상이 생긴 것을 알았고, 난생처음 입덧이라는 것을 경험하면서도 그것이 무엇 때문인지도 몰랐던 숙맥이었어. 치료를 받기 위해 병원에 가서야 임신이라는 것을 알게 되고 벌써 3개월이 지났다는 거야. 청랑님과의 첫 만남, 그것도 남자와의 첫 관계에서 잉태한 거였어. 나는 길게 생각하지 않았고 낳을 거야. 하늘이 나에게 준 선물이고 생명인데 당연히 낳으리라. 그리고 그에게 말하지도 허락 같은 거 요구하지도 않으리라. 반대에 부딪힐지도 모르기에 이것이 내 뱃속의 내 아이를 내가 지키는 길이리라. 그 후로도 나는 벨트로 허리를 감아서 표를 내지 않았고, 그가 왔을 때는 놓치지 않고 두어 번 더 그의 품에 안기곤 했었지. 임신 6개월이 되면서 나 스스로 자제를 하고 그를 만나지 않았었지. 다행히 그 사람은 한 번도 연락이 없었고, 그것은 그 사람의 성격이며 특이 사항이 아니면 여자들에게 말을 건네지 않는 사람이라 한다. 나의 노 젓는 일은 계속됐고, 출산 한 달 앞두고 휴식 기간을 갖고 합해서 열 달 만에 해산하게 되어 건강한 딸아이를 얻은 거야. 나는 곧바로 시댁이었던 임 씨가의 성을 따서 출생 신고를 했고, 사람들은 유복자로 태어난 딸이이로 자연스레 인식했고, 아이의 이름은 처음엔 청랑의 '랑' 자와 화천의 화자를 각각 따서 '랑화'라고 하려다 화의 어감이 마음에 걸려서 좀 더 부드러운 어감의 아로 바꿔서 랑아, 임랑아로 이름한 거야. 공교롭게도 랑아의 출생 직전 3개월은 청랑 역시 더 바쁜 다른 현장에 매달리느라 신포리에 오지 않았고 랑아의 출생 사실은 별로 아는 사람도 없었지만 아무도 그에게 말해주는 사람이 없었기에 모를 수밖에 없었다. 나는 화천호 근처의 움막을 버리고 신포리의 강 건너편에 방 하나인 값싼 오두막을 사서 노모와 함께 이사하고 랑아는 노모에게 맡기고 화천은 배달 장사를 계속했다. 화천호에서 신포리의 강물을 오가는 화전의 쪽배에는 쏘가리며 잉어와 붕어 등의 민물고기들이 아가미로 부채질을 하고 있다. 사람들은 나를 일컬어 '화천어부'라 이름 했다. 그 무렵, 신포리 나룻가에 민물매운탕집이 있었는데 찾아온 미식가들이

한 번 왔다 간 사람은 두 번 다시 안 오는 기이한 현상으로 장사가 영 안 되고 있었어. 맛이 없기 때문이다. 그 집의 주모이자 주인인 초로의 할멈은 아무리 잘해보려 해도 스스로가 음식의 맛을 분별 못 하고 보니, 딱한 노릇이 아닐 수 없다. 할멈이 의욕이 넘쳐 본래의 살던 집에서 소일 삼아 해보리라. 노년을 심심치 않게 오가는 식객들을 벗 삼아 자식들의 만류에도 불구하고 시작해버린 것이었다. 어느 날 물고기 배달 온 나에게, '오늘은 물고기 안 받아도 된다.' '왜요, 어머니?' 그냥 어머니라고 불렀다. '왜긴 왜야. 장사가 안 되니 그렇지.' '지난번에도 안 받으시고 벌써 닷새째가 됐는데요?' '그래도 어쩌겠니? 사람들의 입맛이 별난 것인지 도대체 먹는 사람마다 짜네. 맛이 없네. 하고 투정들 하더니 그자들이 소문을 내고 다니는지 요즘은 식객들이 안 오는구나. 내가 통 음식의 간을 맞출 수가 없으니 그래도 익힌 음식이니 그냥 먹으면 되는데 웬 투정들이 그렇게 많은지 답답하구나. 네가 한 번 우리 집 매운탕 맛을 좀 봐다오.'

'어디 봐요, 어머니.' 맛을 본 나도 오만상을 찌푸렸지.

'어떠냐? 괜찮냐?'

'이래서는 안 되겠어요. 짜고 비린내 나고 이러다간 문을 닫게 생겼어요.'

'그럼 어떡하니?'

'강변 엄마, 생선은 우선 지느러미를 다 떼어내고 깨끗이 씻어야 해요. 그리고 소금만 사용하지 말고 간장으로 간을 맞춰야 해요. 마늘 고춧가루 파, 채소들을 골고루 해서 맛을 내야 해요.'

'애 그렇게 복잡한 걸 내가 어떻게 하나? 우리 아이들도 자라면서 음식 투정을 많이 했는데 나한테 문제가 있는 것이 사실이군.

안 되겠다. 차라리 네가 날 좀 도와다오. 이익금은 반반으로 하고.'
'강변 엄마, 나는 하는 지금의 배달일 계속해야 해요.'
'그럼 배달은 오전에 하고 오후 시간에만 하는 거로 하자.'
'좋아요. 해볼게요.'

그때부터 오전 배달, 오후 식당으로 병행해서 일했다.
'강가의 매운탕 집에 요리사가 새로워서 음식 맛이 아주 좋아졌다더라.'라는 입소문을 달고 식객들이 모여들었다. 나는 식재료를 손질하고 양념을 만들어 냄비마다 깔끔하게 많은 개수를 만들어 놓고 국은 별도로 큰 솥에 가득 끓이고 매운탕과 추어탕까지 준비해 두고, 해가 지면 쪽배를 저어 강 건넛집까지 20분이면 도착했지.

종일 퉁퉁 불어 있는 젖꼭지를 랑아, 너에게 물리고는 잠이 드는 하루하루가 계속됐다.

이제는 끼니 걱정도 없어졌다. 오랜만에 작은 평화로움 같은 거 느껴봤다.

가끔은 나에게 유일한 남자인 청랑왕초가 생각날 때도 있었다.
그때마다 딸 랑아에게 젖꼭지를 물리며 위안으로 삼았다.
그를 못 본 지도 반년이 넘었다. 몇 번이나 신포리에 왔다 갔는지는 모르지만 봄은 나에게도 내가 여자임을 알려줬어. 내 남자에 대한 그리움 말이다."


끝나가는 공사에 마지막 점검일지도 모르는 현장정리를 온 청랑이다.
전날의 과음 탓에 꺼칠한 얼굴로 나타난 왕초를 본 허반장이,
"왕초께서 과음하셨군요."

"음 어제는 한잔했더니 속이 쓰리구먼."

"그럼 사무실에 들르셨다가 저 아래 강가에 매운탕 집이 있는데 거기 가서 매운탕으로 속풀이 합시다. 나도 말만 들었는데 맛있게 잘하는 집이라 하더군요."

"이참에 왕초와 함께 가봐야겠어요."

그러자 청랑은 사무실을 거쳐서 허반장을 따라 강가에 식당을 찾아 나섰다.

"어서들 오세요."

주인댁 할멈이 자리를 내준다.

"이 집 매운탕 잘한다는 소문 듣고 왔습니다. 2인분 주세요. 저 마당에 끓는 국도 한 그릇씩 주시고요."

"알았네, 그럼 국부터 먼저 드시게들 매운탕은 내 딸년이 고기를 가져와야 하는데 오늘따라 늦는구먼."

할멈이 떠다 준 국은 간이 안 된 맨 국이다.

"할머니 이거 맨 국입니다."

"에끼 이 사람들 싱거우면 거기 소금으로 간을 맞추게 그리고 내가 어째서 할멈이야. 이제 60이 갓 넘었는데, 옳지 우리 딸년이 저기 오는구만. 조금만 기다리게 음식 맛은 저 아이 몫이거든."

"강변엄마 늦었어요."

"왜 이렇게 늦었니? 저쪽에 있는 두 사람 국이 짜네, 싱겁네 하고 투정들이야."

"강변 엄마 그 국에 양념을 안 넣었군요."

"그래 나는 끓기만 하면 되는 줄 알았지. 그리고 저 사람들이 국을 먼저 달라기에 그냥 퍼다 주었지."

"그럼 엄마 얼른 가서 도로 뺏어 오세요. 내가 얼른 양념 쳐서 가져갈게요."
"이 보게들, 그 국사발 도로 내놓게. 맛있는 걸로 바꿔줄 테니."
"벌써 반쯤 먹었는걸요?"
"상관없네. 내 실수였으니까."
"그래요, 그럼."
"선생님들 죄송해요. 엄마가 깜빡 잊고 그냥 드려서. 지금 양념을 넣어서 다시 해 왔으니 잡수시고 용서하세요." 등 돌리고 앉은 청랑이라 아직은 서로가 알지 못하고 있다.
"제가 왕초에게 오자고 했는데 다행입니다." 그 말에 화천어부의 귀가 번쩍 띄었다.
'왕초라면 설마 그분이?' 그녀는 얼른 국그릇을 내려놓고 얼굴을 쳐다본 그 사람이다. 말문이 막혀 버린다. "자 드시죠, 왕초"
"음, 그래!" 그때까지도 옆을 쳐다볼 줄 모르는 청랑이다.
"오셨군요, 청랑님!"
그제야 쳐다보는 청랑왕초.
"어? 그대는 화천!"
"네, 저에요. 언제 오셨어요?"
"나야 조금 전에 왔지만, 화천은 어쩐 일로 여기에...?"
"저 여기서 일하고 있어요."
청랑은 화천의 손을 잡아주며
"오랜만이오, 화천, 그간 잘 지냈어요? 내 한 두어 번 왔었는데 보이질 않기에 이제는 시집을 갔구나 했었는데 이 댁 아드님과 혼인을 했었군?"
"틀렸어. 그건 내 아들 하고가 아니라 이 할멈과 맺은 거야. 엄마와 딸로."

"그게 사실이오? 맺은 상대가 남자가 아니고 이 말솜씨 거친 할멈하고란 말이오?"

"청랑님, 그렇지 않아요. 엄마가 말투는 거칠어도 인정은 많은 분이에요."

"그렇다면 다행이고."

"그럼 왕초께서 아는 분입니까?"

"그렇네."

"안녕하세요. 전 우리 왕초님 모시고 있는 허반장입니다."

"처음 봬요. 화천이에요."

"이 작자들 보게나. 날 더러는 할멈 어쩌고 퇴물 취급하더니 젊은 내 딸한테는 고분고분해졌네!"

"엄마는 너무 그러지 마세요. 이분들 점잖으신 분들이에요."

"오라 너까지? 젊은 사내를 보더니 평소에 안 하던 역성까지 드는구나."

"엄마도 참, 그게 아니에요."

"그래 알았다. 나도 농담이다."


'그렇게 우리는 오랜만에 재회했고 화천이 늦은 오후에 도착한 탓에 금방 해가 지고 얼른 준비한 매운탕으로 허반장과 왕초를 대접했다. 나는 강 건넛집에 가야 할 나룻배를 풀 생각이 없었고…'

"어떤가? 젊은이들, 객지인 것 같은데 돈 들여 여관 갈 생각 말고 내 집에서들 쉬게나. 이건 내 딸하고 아는 사이인 것 같아서 특별히 봐주는 것일세."

"그렇게 하세요. 왕초."

"왜? 허반장도 나하고 같이 있자."

"아닙니다. 나는 현장숙소가 있으니 염려 마시고 여기서 주무세요. 나는 현장으로 가서 내일 뵐게요."

"그래 그럼, 나는 허반장과 밤새껏 마시려고 했는데."

허반장은 현장숙소로 가고 조금은 외진 강가인지라 식객은 일찍 끊어졌다.

"내 보아하니 둘의 사이가 보통이 아닌 것 같으니 내 이야기네만, 내 아들이 춘천집으로 들어오라고 저 난리니 이 늙은이가 계속 고집 피울 수는 없고 이 식당은 화천이 인수하거라! 네 형편을 내가 알고 있으니 시세의 반값만 내라. 그래도 모자라면…"

"아니에요. 엄마!"

'나는 얼른 말을 막았다.'

"안 할래요."

"왜?"

"아직은 그럴 마음의 준비가 안 되어 있어요."

"그럼 언제까지 그렇게 궁상을 떨 건데? 어차피 나는 오래 못하니, 기왕이면 너에게 주고 싶다."

"그래도 안 돼요. 저는,"

"왜 안 된다는 거야? 내가 이러는 건 너만을 생각해서가 아니야. 그동안 나의 실추된 명예를 되찾아준 너에 대한 고마움과 앞으로도 내가 살아있는 동안 이 식당이 살아있는 걸 보아야만 하거든. 내 그냥 너에게 주고 싶지만, 자식들의 눈이 있기에 반값은 받아야 명분이 서겠기에 그런다."

"그렇게 해요. 화천, 강변엄마의 뜻이 고마우니 받아들여요."

"그렇지만 저로선…."

"아! 얼마인지 모르지만 내가 좀 도우리다."

"역시 내 그럴 줄 알았다. 왕초라더니 그냥 얻어진 이름이 아니구나."

"그럼 이 자리시 계약하시지요, 모친."

"옳거니 왕초께서 쓰시게."

"아닙니다. 내가 쓰면 내 맘대로 가격을 낮게 쓸 수 있으니 어른께서 생각하신 대로 쓰시지요."

"이 사람 왕초, 어른이라 하지 말고 엄마라고 부르게. 내가 화전의 엄마면 왕초에게도 마찬가지 아닌가?"

"엄마는? 넘겨짚지 마세요."

"얘 봐라. 누굴 바보로 아나? 척 보면 몰라서? 왕초가 화천이 늘 그리던 네 남자인 걸 내가 다 아는데 내가 그래도 소학교는 다닌 사람이야."

"모친의 말씀이 맞습니다. 제가 쓸 테니 금액을 말씀해 주십시오."

"그래 이 집이 봐서 알겠지만, 대지가 3백 평이네. 집은 낡아서 값을 매길 수 없고, 땅값만 백만 원은 될 걸세. 반값으로 하여 50만 원으로 결정하세."

"알겠습니다. 그럼 매매 계약서의 매도자 난에 자필서명 하시고 이곳 매수자란에는 화천이 서명해요. 그리고 매매 대금은 50만 원이고, 계약금 오만 원은 지금 제가 드리겠습니다. 입회인은 청랑입니다."

"계약서 한 번 확실히 하자는군."

"그저 형식일 뿐입니다. 사람의 마음이 중요한 거지요. 잔금 일도 명기되어 있습니다."

"그래 이제 계약이 끝났으니 우리 왕초 술이나 한잔 받으시게."

"네 감사합니다. 모친께서 특별히 화천을 생각해 주시는 마음, 존경스럽습니다."

"그거야. 왕초도 마찬가지 아닌가?"

"엄마께 말씀이지만 내가 그동안 일해서 모아둔 것 20만 원과 강 건너 오두막을 처분하면 10만 원은 될 거예요. 나머지는 제가 벌어서 갚을게요. 엄마."

"그렇지 않아도 돼요. 화천어부, 그 20만 원은 내가 도울 테니 염려치 말고 장사나 열심히 해봐요."

다음날 청랑은 현장에서 20만 원을 가져다주었고,

"이제는 장사 잘하고 좋은 남자 생기면 혼인해서 행복을 찾아요. 그리고 우리 팀 허반장에게 일러두었으니 울타리랑 오래돼서 부서진 벽 같은 거 고쳐줄 거요. 부담 갖지 않아도 되니 잘 살기나 해요."

"그 뒤로 몇 년 동안 청랑은 오지 않았고, 나는 장사가 잘 되어 번 돈으로 청랑에게 진 빚을 갚으려 했으나 그걸 기회가 주어지지 않았고, 그 돈으로 헐값에 나온 텃밭을 사서 채소를 자급자족해서 남는 장사가 되었는데, 얼마 후에 춘천, 화천 간 건설되는 새 도로에 수용된 텃밭의 보상금이 큰돈이 되었기에 그 돈으로 춘천 시내에 시장 입구에 점포 딸린 헌 집을 사서 새로 고치고 해서 사는 집이 지금의 이곳이야. 여기까지가 랑아의 생부인 청랑과 나의 이야기다. 내 딸 랑아의 존재를 항상 유복자로 말해 왔었기에 그분도 모르고 있었던 거야. 그분 역시 외국으로 어디로 줄곧 방랑하며 살아온 분이기에 3년 전쯤에 만났을 때 랑아가 청랑의 친딸임을 말하게 되었었는데 깜짝 놀란 그분은 '그러한 사실을 모르고 있었다니 내가 면목이 없구나. 하지만 랑아를 화천이 잘 키우니 걱정

없는데, 내 처지가 그 아이에게 떳떳하지 못할뿐더러 랑아 본인도 갑작스러운 변화에 충격을 받을 것이 염려되니 후에 성인이 되어서 스스로 알기 전까지는 임랑아로 살게 하는 것이 랑아에게도 좋을 것이오' 하는 것이 그분의 당부였는데 오늘은 끝내 말하고 말았구나. 지금도 나는 단 한 번도 그분을 원망해 본 적이 없었다. 그분의 다정다감한 천성이 험난한 곳에 버려진 나의 처지가 안쓰러워서 나를 구제해 준 것뿐이었으니까. 아마 다른 사람에게도 마찬가지일지도 몰라. 그분이 나에게 무관심해서가 아니고 자신의 현재가 상대편에게 집중할 수 없으므로 스스로 먼저 연락하고 찾는 일은 하지 않으려는 사람임을 나는 알 수 있다. 이제 나는 내 딸 랑아에게 엄마의 떳떳치 못했던 과거지만 어쩔 수 없었던 운명이었다고 하면 변명이 될 수 있을까? 내 얘기는 여기까지다."

화천어부 민화전 여사는 딸의 얼굴을 보지 않은 채 자신의 과거사를 회상이라도 하듯 그냥 읽고 있었고, 처음에 등을 돌리고 앉았던 딸 랑아도 어느새 어디쯤에의 이야기에서 엄마인 화천어부를 보고 있었다. 엄마는 여전히 딸의 얼굴이 아닌 허공에 시선을 둔 채로 이야기를 계속했다.
"엄마, 미안해. 내가 엄마 속도 모르고 철없이 굴어서요."
그제야 딸의 목소리 쪽으로 얼굴을 돌리는 곳에 딸 랑아의 얼굴은 온통 눈물로 젖어 있다.
"그래 엄마도 미안하구나."
랑아는 엄마의 무릎에 얼굴을 묻었고, 엄마인 화천은 흐느끼는 랑아의 등을 어루만지고 있다. 이것으로 이들 모녀의 다른 생각으로 잠시 만들어졌던 벽은 무너진 것인가?

"이번 여행에서 돌아온 울 엄마를 환영하는 뜻에서 딸 랑아가 한 잔의 차를 준비할게요. 그리고 엄마는 랑아에게는 가장 소중한 울 엄마고 그 울 엄마가 만들어준 내 이름 랑아를 자랑스럽게 간직할 거예요."

"고맙구나. 내 딸 랑아에게 이 엄마의 허물이 크구나."

"아니야, 엄마 울 엄마의 어려웠던 때의 지난날을 내가 어찌 감히, 쉽게 말할 수가 있으리. 그리고 지금은 울 엄마가 성공한 사업가고 딸을 가진 엄마잖아. 그러고 보니 울 엄마 민화전 회장이 돋보이네."

"얘는? 네가 갑자기 그러니 쑥스럽다. 얘."

# 열편단심 청랑의 여자'들'

 청리 산업이 벽돌 공사를 하는 달비골에는 본 공사인 해강대학교 말고도 분위기가 색다른 건물 하나가 인근 마을 가까운 쪽으로 윤곽을 드러내고 있다. 달비 성당이다. 달비골에 해강대학이 건설되는 것을 알게 된 가톨릭 재단에서 같은 시기에 공사를 해 줄 것을 의뢰해 온 것이었다. 구체적인 내용은 모르지만 해강학원 재단과 연관성이 있지 않나 짐작해 보는 청랑이다. 골조공사가 거의 다 된 상태라 이제는 벽돌 쌓기 작업이 시작됐다. 외벽은 전부 붉은 벽돌로 쌓아지는 것은 성당건물의 전통이라 할 수 있다. 비사의 종탑과 아치 부분이 많아서 정밀 작업이 요구된다. 허반장이 벽돌공을 이끌고 작업을 하고 있어서 안심은 되지만 청랑왕초의 관심이 집중되는 곳이기도 하다. 믿음이 깊은 성당인들은 자신의 신앙과 인류의 평화와 안전을 위해 기도한다지만 청랑은 그들이 기도할 수 있는 전당을 만드는 데 심혈을 기울이고 있다. 그는 다른 공구의 작업장보다 성당의 벽돌 쌓는 곳에 상주하다시피 하고 있다. 이렇듯 정교한 기술을 필요로 하는 중요한 작업장이지만 왕초 청랑은 그가 지난해 말부터 교육한 1기생 20명을 허반장으로 하여금 인솔해서 작업하게 했다. 기본법을 충실히 배웠기에 잘 해내리라 확신하고 있는 청랑왕초다. 그는 벽돌공들의 동작만 보아도 결과를 알 수가 있다. 자신의 경력과 기능을 과신하고 자만에 빠지기 쉬운 고참들보다는 신중에 신중을 기하는 교육생들이 실수를 덜 할 것이다. 허반장은 그들을 철저히 관찰하고 도와주거라. 조금이라도 하자가 발견되면 뜯어내고 다시 해야 한다. 제일 첫 단은 수평을 맞추기 위한 기초 단이다. 그러기에 바닥이 울퉁불퉁 솟아오른 부분은 벽돌을 쪼개서라도 수평을 맞춰야 한다. 첫 단은 지표 아래로 묻히는 부분이다. 첫 단은 허반장이 일일이 수평을 확인하여 쌓아가고 그리고는 시멘트 몰탈이 굳어진 다음에 둘째 단을 쌓게 된다. 위단에서부터는 몰탈의 반죽을 죽같이 질게 하면 흘러내려서 적벽돌 표면에 얼룩이 진다. 시멘트물의 얼룩은 닦아내도 깨끗해지지 않는다. 작업 후의 그런 부분이 청랑의 눈에 띄었다.

"허반장, 저기 흘러내린 저 부분은 염산으로 닦아도 없어지질 않네. 어떻게 하면 좋겠나?"

"네, 왕초, 저 부분은 헐어내고 다시 쌓겠습니다."

"그래, 그렇게 하는 것이 좋겠다. 일꾼들에게 경종의 의미도 될 것이고, 역시 벽돌공들의 정신 무장에 효과가 보인다."

그날 작업 후에 탁주 말을 버지기에 쏟아 부어 바가지를 띄우고 잔을 돌린 다음 청랑은 말했다.

"제군들의 노력과 솜씨가 보기 좋은 집이 되어가니 우리 모두 기분 좋은 축배를 마시자."

청랑은 퇴근 후에 서창영 건축사와의 약속으로 여러 날 만에 미보리의 국밥집에 들렀다.
"벌써 와 있었군."
"어서 오게, 청랑, 나도 방금 왔었네. 보아하니 오늘은 청랑의 표정에 일 때의 흔적이 묻어있군 그래."
"그렇네! 오늘은 성당 건물의 벽돌을 쌓느라 고생한 일꾼들과 탁주 한 사발 나누고 왔네."
"그래도 우리는 국밥하고 소주가 좋겠지? 사장님, 우리는 늘 하던 거로 주세요."
"네, 곧바로 올리겠습니다."
주인은 직접 상을 받쳐 들고 와서
"청랑 선생님하고 서 사장님, 오랜만에 두 분이 함께 오셨군요."
"그래요, 주인장도 잘 지내셨죠?"
"네, 저야 항상 잘 있습니다만, 참 지난번에 청랑께서 말씀하신 그분 선자 할머니께서 오셨길래 이야기하고 우리 식당에서 일하기로 했습니다."
"그래요. 잘 됐군요. 주인장께서 잘 배려해 주셔서 고맙습니다."
"그보다도 저희도 일손이 모자라던 차에 좋은 분을 보내주신 청랑님께 감사드립니다."
"이보게 청랑, 자네 하다 하다 이젠 사람소개업까지 하는구나."
"이 사람 서건축, 서로에게 도움 되는 사안이라면 그게 뭐 어때서?"
"안녕하십니꺼, 선생님, 오셨네요. 저 선자 할미입니더."
"예, 그간 잘 지내셨습니까? 일이 힘들지는 않으신지요?"
"힘들게 뭐 있습니꺼. 우리 선자, 중학교에도 입학하게 해주시고 저 일자리도 구해 주신 선생님이 정말 고맙습니더. 이제 나는 걱정 같은 거 없어져서 날아갈 것 같습니더."
 "다행이군요. 그런데 퇴근이 늦으면 선자 양이 걱정되겠습니다."
 "괜찮습니더. 이제 선자도 중학생이 되고부터 지 알아서 잘 챙기고 할미가 조금 늦으면 마중도 나오고 합니더."
 "그렇군요. 아무튼, 손녀하고 서로 의지해서 잘 지내시길 바랍니다. 선자 할머니."
 오길녀 여사는 밝은 표정으로 인사를 하고 주방으로 갔다. 청랑은 마음속으로 다행이구나 싶었다. 어렵게 살아왔던 선자네가 그래도 희망의 빛이 보이는 듯해서 말이다. 선자 할머니의 용기 있는 생각이 청랑의 도움을 만나게 되어 자신을 위기에서 희망쪽으로 바꿔놓은 것이다.
 "자 서건축 한잔하자."
 "그러세. 오늘따라 청랑의 술잔이 가벼워 보이니 나도 기분이 좋네."
 "그런데 서건축이 오늘날 보자고 한 이유가 뭔가?"
 "이 사람 노생 꼭히 무슨 일이 있어서가 아니라 우린 친구일세. 친구 간에 술 한 잔 나누자는 것 외에 다른 이유 같은 건 없네. 혹시 모르지? 지난번처럼 오토바이족들이 나타나서 청랑의 그 통쾌한 솜씨를 또 보게 될지."
 "에끼 이 사람, 날 무슨 액션 배우 취급하는 것은 아니겠지?"
 "왜 아니겠어. 노생 자네하고 같이 있으면 신기한 일이 생길 것만 같은 기대감이 없지는 않네."
 "꿈 깨시게. 오늘은 절대로 그런 일은 일어나지 않을 테니 말일세. 그보다 나는 서건축의 그 섬세한 설계로 이 고장 비사골에 새로운 건물이 하나둘씩 늘어났으면 하는 바람이네."
 "지금 말한 노생의 그 바람이란 거, 이 고장 발전이 더디다는 것인가? 아니면 이 설계쟁이의 밥그릇 걱정인가?"

"둘 다일세. 특히 서건에게 일거리가 펑펑 쏟아져야 술값 걱정 없이 마실 것이 아닌가."

"염려 밀게 내 자네와 한께 마실 술값쯤은 벌고 있으니까."

이들 둘 술꾼들은 노가다들이다. 하나는 엘리트 노가다요, 또 한쪽은 현장 노가다. 이들 두 친구의 만남에는 이해득실 같은 거는 없다. 그저 호기와 허세를 담은 한 잔 술의 낭만이 있을 뿐이다.

"이보게 노생 자네는 달비골 공사가 끝나면 또 다른 곳으로 공사 따라 가버리겠지?"

"글쎄다. 아마도 그래야겠지? 나의 직업이 벽돌공이니까."

"그래 맞아 누가 뭐래도 우리 건축에서는 벽돌 공사 비중이 가장 크고 중요한 부분이지. 자네는 그 벽돌 공사의 왕초이고 나아가서는 우리 노가다에서의 명물 왕초가 아닌가."

"이 사람 서건. 그렇게 나를 위로하려고 하지 않아도 되네. 나는 어디까지나 노동자이며 오랫동안 같이들 일해오면서 먹고사는 것만으로도 만족해 왔었네. 앞으로도 계속 나에게 기회가 주어진다면 그들과 함께하고 싶은데, 또 다른 작은 일을 시작해 놓고 보니 두 가지를 같이 할 수 있을지 모르겠어."

"이 사람 청랑, 나는 말이야. 눈금 자잘한 잣대에 의존해서 이리저리 재고 그래서 간신히 하나를 완수하는데 비해 청랑은 그 평범한 보폭만으로도 성큼성큼 잘도 가늠하고 근사한 일을 만들어 내는 걸 보면 존경스럽다 못해 시샘이 나네."

"시샘할 거 뭐 있나. 서건의 그 치밀한 잣대로 벌어들인 거금을 혼자 다 가지려 하지 말고 누구에겐가 조금씩이라도 나눠주다 보면 그 재미도 괜찮을 걸세."

"청랑의 그 말씀 내 한 번 생각해 보겠네. 하지만 자네처럼 대형창고 몇 개쯤 보유하려면 오랜 세월이 흐르고도 불가능할지도 모르네."

"에끼 이 사람 벌써 발뺌인가 우핫하하"

"오해 말게 내 말뜻은 천하의 노생이 하는 일을 아무나 흉내 낼 수가 어렵다는 뜻이야. 자 한잔 하세."

그들은 각자 소주 1병씩을 비우고 일어섰다.

"잘 먹고 갑니다. 주인장."

"안녕히 가십시오. 두 분 선생님들."

그때 식당 앞마당으로 택시가 와서 멎는다. 운전기사가 내려서 승객을 찾는다.

"청랑이 어느 분이신지요?"

"아, 내가 청랑이요."

"어서 타시게, 서건축."

"그럼 노생이 날 위해서 택시를 부른 건가?"

"그래 지금은 어두운 밤길에 혼자서 터덕터덕 걸어가게 할 수 있나. 고개 넘어가다가 늑대나 여우를 만나기라도 하면 큰일 아닌가? 자, 기사 양반 이분을 집 앞까지 잘 모셔다드리시오. 차비는 내가 선불하겠소."

택시를 보내고 청랑은 걸어서 집으로 돌아왔다. 역시 그의 집은 주인이 와서 불을 밝혀 주기를 기다리고 있다. 그가 들어서면서 현관과 거실에 불이 켜지고 제일 가까이 와 닿는 거실 소파에 털썩 앉았다. 친구 서건과의 한 잔 술이 오늘의 피로를 말끔히 날려 보내긴 했지만, 마음 한구석이 텅 빈 것처럼 허전하기만 하다. 내 주위엔 아무도 없어 나 홀로 서 있는 것처럼 말이다.

그 무슨 소리, 너 이름 청랑이란 사내의 정을 뚝 따먹고 간 순정파 여인들이 사방에 포진하고 있을진대, 그 어느 쪽에라도 전화하면 사랑의 메아리쯤은 금세 돌아올 텐데. 그러나 그럴 수는 없다. 내 감정이 동요에 의해서라면 그 이느 쪽에도 전하할 사겨이 없다. 그들 개개인 각자가 나에게는 소중한 인연들이다. 그 인연들에 스스로 흠집을 내는 일은 없어야 한다. 그러므로 청랑 너에겐 선택권이 없는 것이다. 그래, 내 주제에 무슨? 그는 평상시의 마음으로 돌아가서 거실의 전등을 끄고 서재의 침실로 갔다. 내일을 위해서 잠을 자두자. 그는 뒷머리에 깍지를 끼고 누워본다. 그때 휴대폰의 벨 소리가 울린다. 현장에서인가? 전화기를 들고

"여보세요 청랑입니다."

"오, 청랑 나 쑹리매야. 잠자는 거 아니지?"

"그래, 이제 막 잠자리에 들려고 했지. 그런데 이 밤중에 웬일이야? 무슨 일 있는 거야?"

"무슨 일 있으면 달려올 거야?"

"당연하지 내가 꼭 있어야 할 일이라면."

"그래 청랑이 필요한 사안이야."

"무슨 일인데? 어서 말해봐."

"실은 내 옆에 기린화가 와 있거든. 매달 월급을 타고나면 찾아와서는 언니와 청랑 때문에 회사에 잘 다닌다면서 귀염을 떨고 가는데 문제는 청랑을 만나고 싶다는 거야."

"그건 안 돼. 또 불가능한 일이고,"

"그래도 통화는 해 봐라. 지금 바꿔줄 테니,"

"청랑님 저에요. 기린화예요."

"오, 그래 기린화씨, 잘 있는 거죠?"

"네 전 회사에 다니고 잘 있어요. 오늘은 월급날이라 회장 언니 한테 놀러왔어요. 그런데 청랑님은 왜 한 번도 안 오세요? 벌써 몇 년이 지났어요."

"음, 그건 내가 이곳에서 일하다 보니 그곳에 갈 일이 없어졌기 때문이오, 그보다 기린화는 이제 시집가서 잘살 거라 믿는데 아무쪼록 잘 살아요. 그리고 시집갔으면 한눈팔지 말고 행복하게 살길 바라요. 그리고 남편 이외에는 모두가 외간 남자이며 그 중엔 나도 한 명이니까 경계하고."

"그래요, 청랑님이 나 걱정해 주시는 건 고마운데 전 아직 시집을 못 갔거든요."

"무슨 소리야, 여태 시집을 안 갔다니? 안 되겠군. 시집 안 간 사람하고 길게 통화할 수 없으니, 쑹리매 회장 바꿔요."

"청랑오빠 너무해요. 목소리만 들어도 나는 좋은데, 알았어요. 바꿔 드릴게요."

"회장언니 전화 받으세요."

"왜? 통화 더 하지 않고?"

"글쎄 시집 안 갔다고 했더니 화를 내면서 통화하지 말재요."

"나예요, 청랑, 기린화가 섭섭해 하는데."

"섭섭이고 뭐고, 직장도 갖고 생활이 안정됐으면 시집가서 가정을 꾸려야지, 쑹리매가 잘 타이르지 않고 그냥 보고만 있는 거요?"

"허허, 기린화가 시집 못 간 걸 내 탓으로 돌리는군. 나도 그 점을 얘기 안 한 건 아니지만 강제로 될 일이 아니잖아, 아마도 그 애 기린화의 마음속에 청랑의 그림자가 있는지도 모르겠고,"

"이보세요, 쑹리매 회장, 말이 되는 소릴 해요. 그 정신 나간 기린화 잘 타일러서 시집이나 보내시오."

"알았어요. 청랑, 청랑이 화를 내는 걸 보니 기린화가 걱정이 되긴 하는 모양이네."

"쑹리매 회장, 농담 그만 하시고 정말 무슨 일이 있는 거야?"

"응, 다른 일은 없고 기린화가 청랑을 만나게 해 달라고 떼를 쓰는 일 때문이야."

"그러면 그건 불가하다고 단호하게 얘기해 주면 되잖아."

"그런데 어쩌지. 기린화가 매달 꼬박꼬박 찾아와서는 오늘은 기린화가 밥 살게요 언니, 하면서 졸졸 정붙임을 해 왔으니 뇌물 먹은 내가 진퇴양난이거든."

"그래도 그렇지 뇌물 값 한답시고 그 아이의 삐딱한 생각을 순순히 받아주면 안 되는 거 아닌가?"

"그래 청랑의 그 말뜻은 알아듣겠는데, 청랑이 잘 모르는 게 있을 거야. 여자는 말이야. 특히 기린화의 가슴 깊숙이 담아놓은 응어리가 있다면? 끝내 그것을 풀지 못해 굳어지면 암 덩어리가 되어서 그 아이를 상하게 할까 봐도 염려되고."

"이 일을 어쩐다. 이제 보니 쑹리매가 은근히 협박까지 하는구나."

"협박이라기보다는 언젠가는 청랑이 기린화의 가슴속 응어리를 한 번은 풀어줘야 할 것 같아서야."

"쑹리매가 지금 하고 있는 농담에 재미를 붙인 모양이군."

"그래 농담이라 해도 좋고, 어쨌든 청랑하고 통화하는 지금이 좋은 건 사실이야. 그보다도 청랑의 하는 일 잘되고 별다른 일 없는 거지?"

"그래 쑹리매의 염려 덕분에 나는 언제나 변함없이 잘 있으니 염려 말고."

"그럼 됐다. 오늘은 이만하고 전화 끊어도 되는 거지? 그래 쑹리매도 잘 있어요."

"허허 이거야 원, 천하의 쑹리매가 별 희한한 농담을 하다니."
 전화가 끊어진 후의 푸념하는 청랑이다. 한편 통화를 접는 쑹리매에게 바짝 다가서는 기린화다.
 "언니 청랑오빠가 뭐래요?"
 "뭐라 했겠니? 너 시집 안 간 걸 내 탓으로 돌리더라."
 "청랑오빠 그게 다 자기 때문인데 왜 언니 탓을 해요. 그러니까 만나게만 해 주세요."
 "내가 그냥. 왜? 요절이라도 내겠다. 이거야?"
 "그런 건 아니지만 청랑오빠 미워 죽겠어요."
 "언니 미워하지 마라. 청랑이 저러는 건 기린화의 장래를 아끼고 생각해서야. 너도 알다시피 그 사람은 기혼자야. 그러기에 아직은 미혼인 기린화가 좋은 배필을 만나 행복하게 살기를 바라는 마음에서일 거야."
 "그래서 더더욱 보고 싶단 말이에요. 안되겠다. 언니, 나 아무에게나 잠깐 시집이란 거 갔다가 와 버릴까 봐요."
 "애 좀 봐, 못하는 소리가 없네."
 "내가 그렇게 하고 나면 청랑오빠 입에서 시집 안 간 처녀가 좋은 짝 만나서 라고 하는 핑계가 없어질 거 아니겠어요. 어때요, 언니, 내 말이 맞죠?"
 "그래그래, 딱 들어맞는구나. 그러니 기린화의 생각이 그렇다면 아무도 말릴 사람 없으니 그렇게 하려무나. 일단 시집을 가 보면 새로 만난 남자와 사랑을 나누고 정이 들면 내 스스로가 나오기 싫어질걸. 그래 그 방법이 좋겠네."
 "언니는 제 뜻을 왜곡하지 마세요. 난 헌옷으로 바꿔 입고 청랑오빠를 공량하고 싶다는 뜻이에요."

"그래, 그래 공략을 하든, 함락을 하든, 우선 순서대로 시집이란 걸 먼저 가보려무나."

"알았어요. 언니. 그리고 죄송해요. 언니, 나에게는 하늘 같으신 회장 언니께 버릇없이 굴어서요."

"아니야, 나도 기린화의 그 천방지축이 예뻐 보일 때가 있으니 청랑으로 인해서 얻어진 우리의 인연이 아닌가."

"고마워요. 언니, 명색이 제가 회사에서 팀장이다 보니 사원들의 혼례식에 종종 참석하면서 그 때마다 생각해 보는 것이 저 사람들 모두가 잘도 시집을 가는데 나는 왜 이렇게 안 되는 것일까 하고요."

"그거야 기린화가 마음을 비우지 않아서겠지. 사람이란 결코 해결이 불가능한 나만의 집착에 매달리다 보면 나 자신은 물론 그 집착의 끝에 서 있는 상대방까지 혼란스럽게 만드는 거거든."

"그럼 어떡해요. 언니? 그 집착이란 거 내 딴에는 순수하다고 생각되고 그것만이 청랑오빠에 대한 나의 순정이라고 믿고 있거든요. 말하자면 일편단심 같은 거 말이에요."

"그래, 일편단심! 사람이면 누구나 가져볼만한 소중한 것이긴 하지만 그것이 상대와 내가 일치된 마음이어야 고귀한 것이 되지만 상대의 뜻을 생각지 않는 나 혼자만의 욕망이라면 하찮은 집착에 불과한 거지."

"알았어요. 언니, 그 집착이란 거 말고 마음을 비우도록 노력해 볼게요. 잘 될지는 모르지만,"

"그래, 잘 생각했다."

"그럼 언니, 저 갈게요."

"늦었는데 가는 차가 있겠니?"

"아직은 공단 쪽으로 가는 차가 있을 거예요."

"그래도 안 되겠다. 밤길에 너 보내놓고 신경 쓰느니, 차라리 우리 집 유모 방에서 자고 내일 일찍 가거라."

"그래도 돼요? 언니?"

"그래, 그렇게 하려무나."

"고마워요. 언니."

쑹리매는 알고 있다. 저 아이 기린화가 잠깐이라도 청랑의 정을 먹은 여자란 것을. 그 정이 그리워서 청랑과 가까운 나를 찾아와서라도 마음의 위안을 얻고자 함이 아니더냐. 그러기에 청랑의 여자인 내가 동생처럼 느껴지는 기린화를 보호함은 잘한 일이라 생각된다. 기린화도 알고 있다. 감히 쉽게 벗할 수 없는 위치에 있는 쑹리매 회장인데도 격의 없이 기린화의 응석을 받아주는 것은 청랑을 대신하는 마음에서라는 것을. 그러기에 기린화는 애욕이 아닌 두 인생 선배의 넓은 마음속에 묻히고 싶은 것이다. 그리고 청랑으로 인해서 살아난 목숨이기에 내 모든 것을 그에게 주고 싶은데 내가 하고 싶은 마음인데 매사가 어렵기만 하구나. 지금의 내가 안정된 직장을 갖게 된 것도 청랑과 쑹리매 그 두 분이 아니었으면 불가능한 일이었고, 내가 홀어머니와 함께 수년 전의 오랜 가난에서 벗어날 수 있게 된 것 모두가 청랑오빠와 쑹리매 언니가 만들어 주었기에 내가 어떻게 하면 그 두 분의 그늘에 오래오래 머물 수 있었으면 하는 나 기린화의 바람이다. 그렇다 해도 기린화의 순수하고 정직함이 인간의 굴레 안에서는 몇 가지 구분되어야 하는 제약이 있기에 그것을 뛰어넘기란 어려운 것이다. 그러기에 기린화 나름의 순수한 감정이 현실의 문턱에서 멈추어진 지금이다. 그러한 사실을 진작부터 알고 있는 쑹리매는 기린화 스스로 자신을 다스리는 지혜를 갖게 하기 위해 청랑과의 통화를 연결해 주었던 것이다. 그것을 핑계로 청랑의 안부를 확인할 수도 있었으니 지금은 편안해진 쑹래매의 마음이다. 청랑도 마찬가지다. 쑹리매의 목소리도 들을 수 있었고 오랫동안 잊고 있었던 기린화의 호야당한 생각을 담은 우스갯소리까지 아무튼 나와 인연이었던 모두가 건재하고 잘 살고 있음은 나의 마음을 가볍게 해준다. 쑹리매 그녀가 미보리의 청랑에게 다녀간 지 서너 달 남짓하다. 그 때 그녀가 말하기를 다가오는 4월이면 청랑과 쑹리매가 만난 지 15주년이 되는 결혼기념일 같은 거라 했다. 무슨 계약 같은 거 없는 사이라도 그녀야말로 일편단심 청랑의 여자임을 자타가 인정하고 있다. 이제 곧 4월이 된다. 어쩌면 그 쑹리매가 불현듯 날아올지도 모른다. 내 남자 청랑이 있는 미보리 집으로 말이다. 그녀가 관여하고 있는 공적인 일에 큰 행사가 없는 이상 기필코 그는 달려올 것이다. 쑹리매와 청랑, 그들이 서류상으로 맺어진 계약서 같은 거는 없지만, 남과 여, 그리고 신뢰하고 의지하는 마음과 정이 두터워져 있는 그들이기에 앞으로도 오래도록 인생의 동반자가 될 것이다. 서로의 인격과 권리 그리고 자유를 존중하면서 말이다. 이곳 미보리의 집이 청랑의 존재 이외에 늘 비어있듯이 그를 동반할 아내의 자리가 비어져 있다는 말인가? 그렇지는 않다. 언젠가도 말했듯이 자칫 나락으로 떨어질 뻔한 절박함에서 청랑에게 구제받은 산골 유송이란 여자가 어부지리로 그 자리에 비집고 앉았다. 막상 앉고 보니 그에게는 부담스런 자리였다. 한 치 사람 속을 알 수 없었던가. 그 자리가 내 남자 하나와 나 둘만의 아성으로 착각한 그녀가 좁은 자신의 도량을 넓히려 하지 않는다는 것을 뒤늦게야 알게 된 사내의 방랑은 멈추지 못하고 길게 이어지고 있는 것이다. 청랑은 오랜 시간을 삶의 후미진 곳을 돌고 돌아서 이곳 미보리에 정착한 지 3년이 되어간다. 그는 이제 잃어버린 시간들을 조심스레 되돌아보면서 결코, 후회 같은 거는 하지 않으리라 다짐해 본다. 때로는 생각이 모자라서 아니면 용기가 없어서. 그리고 잠시 발을 헛디뎌서 참담함을 겪기도 했었지만 이제는 더 이상 미워하는 사람을 만들지는 않을 것이다. 그럼에도 그 누가 나를 질타한다면, 그 또한 피해가려 하지 않으리라. 청랑이 이곳 미보리의 집에서 혼자 생활해 온지 3년 가까이 되다보니, 사람들의 눈에는 가족이 없는 사람으로 인식돼가고 있다. 어쩌다가 한 번씩 왔다가는 사람들이 있을 때면 아마도 도시에 생활 근거를 둔 가족이려니 라고 인식해 주는 사람들도 있으리라. 그러나 그러한 사안들은 사람들의 일시적인 관심일 뿐 금세 그들의 생각에서 사라지기 마련이다. 청랑 자신도 어쩔 수 없는 현실이기에 별로 비중을 두지 않고 있다. 그가 바라는 가족 간의 화목이 청랑에게는 절실했지만 아직도 그에게는 멀찌감치 떨어져 있는 상태다. 자신의 본분을 망각했거나 아니면 알면서도 스스로 행하려 하지 않는 당사자에게 억지로 설득하려 든다면 오히려 부작용을 초래할 수도 있을 것이다. 최악의 결과로 말이다. 그러기에 그 어떤 경우에도 스스로 판단해서 옳은 길을 선택하는 것도 인간의 덕목일진대 그리되기를 기다려보는 청랑이다. 설사 그 시다림이 헛된다 하더라도 그것만이 최소한의 평화인 것이다. 그나마도 그러한 청랑이 좋아서 찾아오는 사람들이 있어서 그에게 고마움을 남기게 한다. 이제 곧 3월이다. 사람들에게 입혀졌던 두꺼운 옷이 벗겨지고 좀 더 얇은 것으로 바뀌어진다. 따라서 여인들의 치맛자락은 스치는 산들바람에 설렘을 가져다 준다. 들녘에는 보릿잎이 파랗게 덮히고 이 곳 양파 고을에서는 얼마 전에 이식된 양파들이 뿌리를 내리고 제법 파랗고 꼿꼿한 줄기를 자랑하고 있다. 앞으로 두서너 달 후면 수확기가 도래할 것이다. 그물마대의 수요가 급격히 늘어날 그 때를 대비해서 부지런히 생산을 해두어야 한다. 벌써부터 성급한 지역판매점에서는 주문 전화가 쇄도하고 있다. 최초에 특허 생산자인 부산마대 공업사에서는 금년에도 적지 않은 영업이익이 예상된다. 가격이 오른 제품의 판매이익과 예상되는 특허료의 수익도 만만치가 않다. 사장인 마성녀는 한결 마음이 풍족해진다. 이 모두가 청랑오빠, 그 사람 덕이다. 일을 생각하다 말고 불현듯 청랑이 떠오른다. 보고 싶다. 봄의 내음이 마성녀 사장으로 하여금 청랑이란 남자에게 달려가고픈 충동을 준다. 그녀는 수하직원을 불렀다.

"마대리는, 비사군 쪽에 주문량과 공급날짜를 확인해 봐라."

"예, 사장님."

마단녀 대리는 주문대장을 가져왔다.

"여기 있습니다. 사장님, 남지, 영산, 비사 세 곳 농협에 각각 2천장씩 합해서 6천매이고, 공급날짜는 3월 15일로 되어 있습니다."

"십오일이라. 그럼 내일모레군. 거긴 마대리가 우리 회사 차로 직접 운전해서 갈 거잖아. 그때 나도 같이 갈까?"

"사장님은 안 가셔도 되는데요?"

"아, 내가 그 쪽에 볼일이 있는데 가는 길이니 내가 좀 얹혀 가면 안 될까?"

"많이 불편하실 텐데 그래도 괜찮으시다면 그리 하시지요."

"불편할 게 뭐 있나? 그리 알고 준비해라."

그런 다음 그녀는 어딘가로 전화를 걸었다.

"네, 청랑입니다."

"청랑오빠, 저예요. 마성녀예요?"

"오 마사장, 성녀사장이 웬일이야?"

"웬일은요? 안부 전화 했어요. 그간 잘 지내셨어요?"

"그럼, 나야 잘 있지만, 성녀 사장은 잘 있은 거야?"

"예 저도요. 그리고 청랑오빠, 모레쯤 비사 쪽으로 납품이 있어서 가야하는데 랑 오빠는 그날 어디에 있을 거예요?"

"나야 늘 달비현장에 나가 있다만 왜?"

"그날 랑 오빠가 다른 스케줄이 없으시면 가는 길에 만났으면 해요."

"아직은 특별한 선약이 없다만 일 바쁜 마사장이 그럴 시간 있을까?"

"그럼 됐어요. 저녁 때 쯤 그쪽으로 갈게요. 아니다. 제가 늦을지도 모르니 집으로 바로 갈게요. 그리고 관리실에다 문 열어 달라고 하면 되는 거죠?"

"그래, 그럼, 그랬다."

"마성녀는 달비현장에 가서 바쁜 사람 시간 뺏고 하느니 미보리 집을 선택한 것이다. 그것은 청랑에게서 만남과 시간을 확보하는 확실한 방법이 되기 때문이다. 이제 벽돌공사가 중반이 넘어서는 한창 바쁜 때이다. 늘 같은 일이지만 넓게 분포된 전 작업장에 일꾼들의 안전 문제다. 작업 중에 그들이 다치는 사고가 없어야 한다. 장애물이 많은 공사현장이다. 못을 밟는다든지, 움푹한 곳을 헛딛는다든지 해서 자칫 넘어지는 일이 없어야 하고, 집었던 벽돌을 놓쳐서 아래로 떨어지면 다른 사람이 다칠 수도 있다. 안전화와 안전모 착용은 필수 요건이다. 그래서 작업 시작 전 10분간은 안전에 대한 교육을 한다. 10분간의 안전 교육은 몇 10배의 효율을 가져다준다. 청랑이 작업장에 있다 보면 하루해가 금방 지나간다. 마대 공업사의 사장 마성녀는 그물마대 6천매를 실은 트럭 조수석에 앉아 남지와 영산, 농협에 각각 2천매씩 내려주고 다시 비사 농협에까지 모두 공급해 주는 일을 끝내고 보니 오후가 되었다.

"얘 단녀야, 나를 미보리의 청랑오빠 집까지 데려다 줄래?"

"네, 언니, 언니가 볼일 있다더니 청랑 오라버니 만나러 오셨구나."

"그래, 그 오라버니 안 본 지가 오래여서 만나려면 내가 와야겠다는 생각이 들었다. 너는 한 번 가 보았으니 너하고 오는 게 편하겠다는 생각이 들어서 같이 오자고 한 거야."

그들이 도착했을 땐 집에 아무도 없었다. 안마당으로 통하는 대문은 열려 있어도 현관문은 잠겨 있다. 창고 앞 관리실에 얘기했다.

"부산에서 온 마대공업사예요. 집에서 기다리기로 했는데 문이 잠겨 있네요."

"그러시면 잠깐 기다리세요. 사장님께 전화해보고 열어 드릴게요."

고창군은 전화를 했다.

"사장님, 부산마대 공업사에서 손님이 왔습니더. 집에서 기다리겠다고 하시네요?"

"아, 그래 현관문을 열어드리고 집 안에서 쉬시라고 하게. 나는 일 끝나고 가야하니까."

"네, 알겠습니더."

"관리인 고창이 문을 열어주었다.

"아마 우리 사장님은 현장일 끝나야 오실 것 같으니 편히 쉬십시오."

"고마워요. 총각,"

그럼 전 창고 쪽에 일이 있어서, 라고 하면서 관리인은 갔다.

"언니, 나도 언니하고 같이 있다 가면 안 될까요?"

"그러고 싶으면 그렇게 하렴. 본래는 너 먼저 보내려고 했는데 너가 있고 싶다니 그렇게 해라. 랑 오라버니 처음 보는 사람도 아니니까."
"고마워요. 언니, 그리고 이야기 하시는 거 방해 안 할게요."
"얘가 무슨, 엉뚱한 생각을 하느냐구요."
"내가 울 언니 마음을 다 아는데,"
그래, 그래 괜히 넘겨짚지 말고 우리 차에 얹어 온 그거나 내려와라."
"아참, 내가 깜빡했어요."
마사장의 동생인 마단녀는 사원 겸 비서 역할도 하고 있다.
"이거 뭐예요. 언니?"
꽁꽁 보자기에 싸여진 것을 들고 오면서 단녀가 묻는다.
"그거 전복인데, 싱싱하길래 몇 개 가져왔다."
"언니도, 정성이 참 대단하시네요."
"쉿, 함부로 말하지 마라. 청랑오빤 나에게 소중한 사람이야. 우리 회사에도 마찬가지고,"
"누가 뭐랬나요? 언니의 정성이 대단하다는 생각을 해 본 거예요."
거실에 들어서면서 우선 주방 쪽으로 갔다. 중간 기둥에는 여전히 눈에 익은 글귀가 있다. 이곳 청랑의 집은 모든 것이 셀프입니다. 간편복은 방에 있고 식재료는 냉장고에 있으니 필요한 대로 사용하면 됩니다. 마성녀는 방으로 가서 편한 몸빼로 갈아입었다. 그리고 주방으로 와서 보자기를 풀고 가져온 전복을 양재기에 쏟아 놓았다. 아직도 살아 있는 것처럼 싱싱하다. 우선 수돗물에 깨끗이 씻어서 보관해 두고
"얘, 단녀야. 배고픈데 뭐라도 먹어야 할 것 같구나."
"그래요 언니,"

"너도 배고프지. 이집 주인이 오려면 아직은 멀었으니까 라면이라도 끓여서 먹자."

"예, 언니, 내가 할게요."

"아니다, 너는 그냥 쉬어라. 내친김에 내가 힐 테니까."

아직은 이른 오후라 허기진 배로는 그냥 기다릴 수는 없다. 라면을 끓여 허겁지겁 먹어대는 마씨네 자매들이다. "애 단녀야, 여기에 밥도 있네. 한 숟갈 말아볼까?"

"그래요, 언니."

일과 허기가 합쳐져서 왕성한 식욕을 가져다 준다.

"설거지는 내가 할게요. 언니."

"그래라 그럼."

그들 자매는 공석에서는 사장과 직원이고, 사석에서는 언니와 동생이다. 마성녀 사장, 그가 회사에서는 대단한 카리스마가 보이지만 청랑의 칩에 오면 평범한 아낙으로 변신해진다. 자신도 모르게 그렇게 되고 만다. 그녀는 세면장으로 가서 라면 먹은 입속을 헹궈내고 먼지 묻은 얼굴을 닦고 해맑은 여인의 모습으로 나왔다. 그리고는 커피 한 잔을 들고 소파에 기대앉았다.

"너도 커피 한잔 하려무나."

"예, 언니."

이제 마주앉은 단녀가 짐짓 운을 떼 본다.

"언니, 청랑 오라버니 오시는 거 보고는 늦게라도 출발할까요?"

"글쎄다, 그러려면 너 혼자 가거라. 나는 집에 가도 기다리는 사람 없으니 여기서 자고 내일 갈 테니까"

"그럼 나도 안 갈래요."

"왜?"

열편단심 청랑의 여자'들' 255

"나 혼자 가버리면 차가 없는데 언니가 불편하잖아요."

"걱정을 마라. 읍내에 가서 버스만 타면 잘 데려다 주는 데 아무 걱정 없다. 그런데 이제 보니 단녀 너, 은근히 이 언니를 갖고 농담하고 있구나."

"그래요 언니, 울 언니의 마음이, 속내가 어디에 있나 해서 해본거에요."

"어디 있긴 여기 있지. 그리고 단녀 너 행여라도 청랑 앞에서 지금처럼 쓸데없는 농담하면 안 되는 거다. 그러다가 노여움을 사면 둘 다 쫓겨나는 꼴이 될 수도 있다."

"언니는 별걱정 다 하시네. 청랑 오빠가 설마 언니에게? 그럴 분이 아니라는 걸 잘 아시면서."

"단녀, 너 정말 쓸데없는 상상 그만하래도."

"알았어요. 언니."

그러면서 커피를 마신 후의 성녀는 잠이 들었고, 단녀는 소매를 걷어붙이고 긴 막대가 달린 걸레로 마루를 닦고 방마다 걸레질을 했다. 그리고 거실 기둥이며 주방까지 깨끗이 닦아놓았다.

"이제 됐다."

단녀도 나름대로 청소를 마치고 거실 소파에 앉았다. 오늘은 어디까지나 성녀 사장의 수행비서가 되었다. 그를 대신해서 수고를 덜어준 것이다. 그리고 홀로 지내는 청랑의 집을 깨끗하게 닦아주고 싶어서였다. 제법 넓은 실내 공간의 곳곳을 털어내고 열심히 청소 하다 보니 이마에 땀방울이 맺힌다. 표는 안 나지만 제법 깨끗해진 느낌이다. 이 정도면 오늘 숙박비는 되리라. 세수를 하고 돌아와 보니 그때까지도 잠들어있는 마성녀 사장이다. 두어 시간은 되었으리라. 단녀도 이제는 소파에 기대어보니 피로가

다가와서 눈꺼풀을 덮어준다. 모처럼 봄나들이 온 두 자매가 모두 잠에 취해 있다. 그리고 또 한 시간을 보태니 사방이 어둑어둑해진다. 마당에 와 닿는 자동차 소리에 잠에서 깨어난 마성녀 사장, 청랑이 왔나보다. 현관 밖으로 마중 나가려는데 이미 현관으로 들어서는 청랑이다.

"벌써 어두워졌네. 랑오빠 기다린다는 것이 그냥 잠들었었나 봐."

"잘했네 뭐. 그냥 기다리게 했나 싶어 걱정했는데 다행이야."

"그런데 얘는 언제 여기 와서 자고 있네. 깨워야지. 얘 단녀야."

하고 흔들어 깨우려는데

"잠깐만, 깨우지 말고 그냥 두지 그래. 좀 더 쉬게 집안 청소 하느라고 애를 많이 쓴 것 같은데."

청랑은 집 안으로 들어서면서 산뜻함을 느꼈다.

"이 넓은 곳곳을 다 닦아 놓았군. 많이도 힘들었겠는데? 미안해서 어떡하나."

"안 그래도 내가 좀 쓸고 닦을까 했는데 나 잠든 사이에 애가 내 할 일을 가로채 버렸구나."

"나는 미안해지고 단녀는 기특해 보이고, 아무튼 단녀와 같이 오길 잘한 거였어. 아참 내 정신 좀 봐. 자느라고 저녁 준비도 안 했구나. 지금부터 서둘러야지."

그녀는 주방으로 달려간다.

"서둘지 않아도 된다. 내가 오다가 국밥집에 들러서 포장해 달라고 해서 3인분 사왔으니까. 한 번 더 끓이기만 하면 되니 오늘 저녁 식사는 이걸로 때우면 안 될까? 그러면 충분하고 좋은데."

"그러고 보니 내가 해 놓은 일이 하나도 없구나. 랑오빠, 미안해요."

"미안할 거 뭐 있노. 성녀는 엄연히 내 집에 온 손님인데, 잘 지내다 가면 그것만으로도 나는 대만족이야."

"그래요. 이제부터 밥상은 내가 차릴 테니 청랑오빠 어서 가서 씻고 오세요."

성녀는 청랑이 가져 온 국을 한 번 더 끓이고 식탁을 준비한다. 식당에서 공기밥도 함께 주었구나. 성녀는 올 때 가져온 전복을 서너 마리 익히고 식초를 섞은 새콤한 양념장을 만들고 익혀진 전복을 썰어놓았다.

"얘, 단녀야, 이제 그만 자고 일어나거라."

그 소리에 깨어난 단녀가 깜짝 놀란다.

"어머나 내가 잠들었었나 봐. 이를 어째."

그녀는 당황스러워한다.

"얘 단녀야, 너가 잠을 자도 한참이나 잔 거야."

"그럼 왜 안 깨웠어요?"

"그건 청랑오빠가 곤하게 잠든 너를 깨우지 말라고 한 거야."

"일어났어요, 단녀씨?"

"어머나 선생님, 죄송합니더, 오시기 전에 깨었어야 했는데."

"아니오 미안할 거 없어요. 단녀씨 덕분에 집안이 깨끗해지고 공기가 맑아졌어요. 오히려 고마운 건 나요. 자 갑시다. 언니가 밥상을 차려놓은 것 같으니, 가서 먹어줍시다."

"선생님, 저한테는 말씀 낮추세요. 저는 성녀 언니의 동생이에요. 언니한테는 해라 하시면서."

"그래도 단녀씨는 성인이에요. 내가 함부로 말을 낮추면 안 되는 자리에요."

"청랑오빠, 단녀는 내 친동생인데 편하게 대해주면 될 텐데. 단녀가 불편해 하잖아요."

"모르는 소리. 단녀씨는 나와는 각각이 대등한 인격체야."

"그럼 나는요? 냐아말로 단녀의 손위 언닌데 한 단계 더 높은 존재잖아요."

"그렇지. 두 자매간에는 그렇겠지만 성녀와 청랑은 엄연한 친구사이기 때문에 단녀씨와는 다른 거지."

"그런 게 어딨어요. 청랑오빠, 이러다간 안 되겠다. 애 단녀야, 우리가 랑오빠에게 참패를 먹기 전에 호칭을 바꿔라. 선생님이라 부르지 말고 형부라고 해라. 청랑형부, 이렇게 말이야."

"그 무슨 말도 안 되는 소리, 동생 앞에서 못하는 소리가 없네."

"맞아요. 형부 언니 말이 맞아요. 저도 그렇게 부르고 싶은 것은 사실이에요. 그러니 그렇게 부르도록 양해해 주세요. 청랑 형부."

"허허 이것 참 되로 주고 말로 받는 격이군. 그래요. 단녀가 편할 대로 불러요. 다만 단녀가 그렇게 호칭을 바꾸면 남들 보기에 언니의 입장이 난처해질 수도 있을 텐데 그럼 어떡해요?"

"언니가 말해 봐요."

"그래 단녀야. 나는 괜찮다. 남들이야. 어떻게 보든 나는 상관없으니 너 좋을 대로 하면 된다."

"이제 보니 울 언니는 남들이 그렇게 봐주기를 은근히 바라고 있는 것 같애요."

"그건 단녀 너 말이 맞다. 사람들에게 임자 없는 과부취급 받는 것보다는 마성녀란 여자에게는 청랑이란 남자가 있다는 인식이면 나는 훨씬 좋은데."

"허허 이제 보니 두 자매가 어울려져 농담들을 곧잘 만들어내는군. 이 정도 하고 밥이나 먹읍시다."

"청랑오빠는 그 존칭을 못 버리시는군요."
"그래 존칭이란 어린아이에게도 좋은 것이거든."
"알았어요. 청랑오빠, 이거나 한 점 들어보세요. 괜찮은지."
"그래 어디보자. 음 맛있는데, 이거 전복이란 거 같은데."
"그래요. 우리 옆집에 사는 해녀 아줌마가 따온 걸 몇 개 가져왔어요. 랑오빠 입맛에 맞으면 소주라도 한잔 곁들여요."
"그래도 되겠구나."
청랑은 진열장에서 포도주 1병을 가져왔다.
"자, 오늘은 단녀 동생이 집안 청소하느라 힘들었을 테니 한 잔으로 피로를 풀자. 건배."
이들은 손객이면서도 잠시나마 가족 흉내를 내고 있다.
"그런데 성녀가 이렇게 와준 거는 고맙다만 회사 일이 바쁠 텐데 사장이 회사를 비워도 되는 건가?"
"염려 말아요. 내 오면서 충분한 일거리를 싣고 왔습니다. 해서 손해 볼 일은 없고 나로서는 랑오빠를 만나는 일이 제일 큰 바람이에요. 정말이지 나는 줄곧 도시에서만 살다가 언젠가부터 이곳 미보리에 와서 보면 여기가 나 마성녀를 감동케 하는 낭만의 곳이구나, 라고 생각되어요."
"그럴 테지, 그래서 농촌 풍경을 전원이란 표현을 쓰는 거겠지."
"오빠가 말을 돌리시려 하는군요. 만약에 청랑이 없는 전원이라면 나에게는 별 의미가 없을지도 모르고요. 그 말 뜻은 우리는 사업 파트너니까 동업자가 없는 곳이면 별 의미가 없다. 뭐 그런 거겠지. 이보세요. 청랑오빠, 정말 내 마음을 모르는 거예요? 아니면 일부러 모른 척하고 싶은 거예요. 이제 와서 이 마성녀를 처음 만난 사람처럼 거리를 두려는 건 아니겠지요?"

"두 분 무슨 말씀인지 몰라서 저로서는 끼어들 수가 없을 것 같으니 제 방으로 갈래요. 두 분이서 싸움을 하시든 말든."
"아니야 마대리가 가버리면 내가 곤란한데?"
"그래도 나 가서 편히 쉴래요."
단녀는 객이 사용하는 침실로 가버린다.
"이거 큰일이군."
"큰일 날 게 뭐 있어요?"
"나는 좋은데."
성녀가 자리를 바꾸며 다가와서 청랑의 어깨에 기대어온다.
"정말 부정하네요. 나는 청랑오빠와 헤어져 있는 몇 달 동안 포근했던 그 남자의 품이 늘 그리웠는데, 그래서 오늘은 큰맘 먹고 찾아왔는데."
"그래그래, 여기에 온 것은 잘 했다마는. 그렇다고 사업에 몰두해야 할 회사 사장이 그깟 남자 하나에 조금치라도 마음 뺏기는 건 덕 되는 일이 아닐 텐데."
"왜요? 사업은 사업이고 홀로 걷는 내 인생에 절실한 내 남자를 찾는 것은 당연한 일인데 청랑오빠는 그러한 내가 귀찮은가 봐?"
"오해 마라. 절대로 그런 건 아니야. 나야 성녀같이 젊고 아름다운 미녀가 청랑을 과대평가함은 고맙고 두렵기도 하지만 내가 성녀를 많이 좋아해서 그의 남자가 된 것도 맞는데 그럼에도 그 사내는 그 여인이 듣고 싶어할지도 모르는 표현, 나는 당신만을 사랑한다라고 하는 그런 말을 해 줄 수 없는 염치없는 인간처럼 보여지는 것이 자꾸만 미안해질 뿐이야."
"그런 말씀 말아요. 청랑이 성녀를 대할 때는 언제나 진심이었음을 나는 잘 알고 있어요. 그리고 청랑이란 남자를 좋아하고 필요로 하는 여자가 나뿐만이 아니라는 것도 그 여자들이 청랑을 먼저 좋아했고 사랑하여 언제나 그 남자의 정을 기다리는 줄 알면서도 나 성녀가 그들 몰래 끼어들었음도 모르는 바 아닌데 청랑의 얼굴이 불현듯 떠오를 때면 다른 모든 이유 같은 것은 어느새 망각되고 그의 품에 와락 안기고 싶은 충동이 앞서는데 그럼 어떡해요? 이렇게라도 내가 먼저 청랑의 문을 두드릴 수밖에요. 그러니까 랑 오빠도 부담 같은 거 생각지 말고 내 남자가 되어 줄 수 있을 때만 나를 가져주면 되는 거예요. 아시겠지요?"

"그래, 내 진심을 이해해 주는 성녀에게 고맙고 미안하다."

청랑은 안겨오는 그녀를 감싸 안았다. 거실의 불이 소등되고 청랑이 문단속을 하는 동안 성녀는 서재로 가서 침대에 이부자리를 펴고 반듯이 누웠다. 서재는 청랑의 생활과 휴식을 창출하는 복합공간이며 침실이기도 하다. 여인 마성녀는 먼저 자리 잡고 내 남자 청랑을 기다리고 있다. 이제 그들에게는 더 이상 말이 필요 없었다. 창밖의 봄 내음은 잠자던 여인의 이성을 깨우고 생기를 주어서 애정을 먹고 싶은 충동질까지 한다. 그것을 피해갈 수 없는 여인 마성녀가 한껏 달구어진 자신의 용광로에 이제 포로가 된 내 남자를 집어 담아 그 전부를 녹이리라. 봄 기운에 물이 오른 여인 마성녀가 오늘따라 능동적이다. 익을 대로 익어서 풍만해진 몸짓으로 내 남자의 정기를 남김없이 먹으려 든다. 그녀는 길게 황홀함에 도취되어 스스로 경이로운 탄성을 자아낸다. 무아지경이다. 이 밤은 그렇게 이들이 하고 싶은 그리고 하고 있는 그대로를 조용히 덮어주고 있다. 모른 척하면서 그 아무에게도 말하지 않을 것이다. 그들만의 일이니까. 사랑을 치른 후의 단잠은 그들에게 주는 또 하나의 보약이다. 깊은 잠에서 먼저 깨어난 여인은 다시 한 번 사내의 품으로 파고들어 새벽 사랑을 하려든다. 사내가 여인의 몸짓으로 잠에서 깨었을 땐 되살아난 그의 성정이 흡인력 강해진 여인의 깊숙한 성 안으로 빨려 들어가고 있었다. 상상 외로 따뜻하고 황홀함을 주는 여인의 내성이었다. 그들은 그렇게 신비의 싱에 갇힌 채로 늦잠을 자고 말았다. 사장은 늦잠에서 깰 줄 모르는데 비서인 단녀는 부엌의 이쪽 저쪽을 오가느라 바쁘다. 있는 재료 이것 저것 찾아서 국 끓이고 나물 무치고 밥을 지어 식탁 위에 하나둘씩 솜씨 좋게 얹어본다. 단녀에게는 사장이며 친언니인 성녀 사장이 오랫동안 남자 없이 나 홀로 고독하게 살아온 것을 보았기에 그 시간이 소중하다 싶어서 그들이 깨기 전에 콧노래를 흥얼거리며 아침식사 준비에 재미를 느껴본다. 됐다. 이 정도면 충분한 아침식탁이다.

"얘 단녀야, 이게 다 뭐꼬? 언제 이래 많은 것을 만들었노? 신기하고 대견하네."

"뭐 이 정도 쯤이야 보통이잖아요. 우리 사장 언니가 사랑에 취해 있는 동안 두 분이 깨어나기를 기다리며 만들어 본 거예요."

"그래, 내 동생, 단녀가 고맙구나."

"그것뿐이에요 언니?"

"그럼 또 무슨 말이 더 필요한데?"

"이를테면 뭐 월급을 올려 주겠다든지 아니면 앞으로도 여기 올 때는 언제나 단녀와 동행한다라든지, 그런 거 말이에요."

"음 그렇다면 후자를 선택해야지. 얘 단녀야, 다음에도 같이 오자, 응, 너의 음식 서비스와 나의 신변 보호도 필요하니까?"

"그거면 됐습니다. 언니, 어서 드세요. 청랑형부."

"어험, 어험, 음식 맛이 아주 좋은데, 이 정도면 어서 빨리 시집을 보내도 되겠는데?"

"정말이에요. 형부, 이 정도면 주부될 자격이 있는거죠?"
"그럼 되고 말고지. 그렇지만 단녀가 시집 갈 나이는 이르다"
"얘, 넌 이제 겨우 스물 셋이잖아."
"언니는? 나도 여자로서 알 건 다 안다구요."
"그래그래 알았다. 알았어. 그렇다고 설마 나 혼자 있는 거 보면서 너만 가버릴 생각은 아니겠지?"
"그래요. 언니 한 이삼년 쯤 더 두고 볼게요. 그러니 걱정 말고 식사나 하세요."

그들은 한바탕 농담과 식사를 섞었다.
"청랑오빠 우리들 잘 있다 갑니다."
"그래 잘 가고 단녀도 잘 가요."
"예 청랑형부, 안녕히 계세요."

떠나가는 성녀와 단녀 두 자매의 뒷모습이 행복해 보인다. 생애 최고의 봄나들이를 한 마성녀 사장이다. 그렇다, 행복이란 이런 것이다. 인간과 인간의 만남에서 얻어지는 행복감, 그런 것을 몰랐을 땐 한참이나 먼 곳에만 있는 줄 알았는데 알고 보니 내 마음속에 있는 것을, 앞으로도 사랑을 먹고 싶을 땐 나는 곧바로 그가 있는 곳으로 달려갈 것이다. 언제나 어설픈 모습의 사나이 청랑, 그는 여태껏 그 누구에게도 의도적으로 접근한 적은 한 번도 없었지만 우연히 알게 된 몇몇의 여인들 그들이 청랑에게서 본 소박한 인간미와 진정한 정의 느낌 때문에 그의 이름에서 떠나려 하지 않는 여인들이다. 아직도 방랑하는 노가다 왕초 청랑에게서 말이다. 그래서 그가 가고 있는 길이 외로워 보이면 나라도 달려가서 그를 위로하리라고 하는 것이 청랑을 마음에 담고 있는 여인들의 공통적인 생각인지도 모른다. 그들은 또 할 수만 있다면 청랑의 방랑을 멈추게 하여 자신의 옆에 붙들어 앉히고 싶은 마음 간절하나 그것 또한 불가능하다는 것도 잘 알고 있는 여인들이다. 찾아왔던 손객을 보내고 난 청랑은 곧장 달비골 공사 현장으로 차를 몰았다. 청리 산업 시무실의 내 책상에 있어서 눈앞의 칠판에 적힌 작업 현황을 훑어보았다. 각 공구의 반장들이 적어놓은 기록에는 대학 5개동의 캠퍼스 건물은 2층까지의 쌓기를 마감하고 3층으로 올라섰다. 나머지 강당과 4개동은 아직 2층에서 머물고 있다.

"왕초, 나오셨어요."

"그래 수고가 많네. 허반장, 내 방금 현황판을 보고 있었네. 이대로만 나가도 공정에는 차질이 없을 것 같겠만."

"저도 그렇게 생각됩니다 왕초. 그리고 나오시면 본부 사무실에 드리시라고 낙소장이 말씀하셨습니다."

"그래 알았네. 그럼 나 본부에 먼저 가보고 이따가 현장에서 보자."

"네, 왕초."

"어서 오시오. 청랑, 날 찾으셨다구요."

"소장님, 우선 좀 앉으시오."

"무슨 일 있습니까?"

"소장님, 허허 성미 급하시긴 우선 차나 듭시다. 다름 아니라 내일 오후에 서울 본사에서 본부장이 내려오신답니다."

"본부장이라면 개나리 본부장 말씀입니까?"

"그렇습니다. 그분이 오시면 분명히 청랑왕초를 찾으실 테니 미리 신병확보를 하는 겁니다."

"소장님도 참, 나 청랑이 뭐라고?"

"그렇지가 않아요. 다른 사람은 몰라도 청랑이 없으면 이 낙동강 혼자서는 개나리 본부장을 감당키가 어려워요. 그러니까 내일

만큼은 다른 데 가지 말고 우리 현장에 있으시길 바랍니다."

"알겠습니다. 낙소장님의 강요라면 그리 하겠습니다."

"청랑왕초, 곡해하지 마시오. 강요가 아니고 부탁입니다."

"그렇습니까? 저도 농담이었습니다."

"당연히 기다렸다가 인사드려야지요. 그런데 소장님, 거의 안 오시던 분인데 오시는 걸 보면 무슨 일 있습니까?"

"아마도 재단 이사장 측에서 중간 견학을 하는 모양이오. 아마도 그 사람들 눈에는 전부가 벽돌집으로 보일 테니 분명 벽돌 왕초를 찾으리라 생각되니 청랑이 있어야 할 거요."

"잘 알겠습니다."

본부 사무실을 나온 왕초 청랑은 전 작업장을 돌아서 청리 사무실로 왔다. 그리고 각 공구의 반장들을 무전기로 불러들였다. 김, 이, 황, 허 4개 공구의 반장들에게 말했다.

"내가 보기엔 각 공구마다 반장들의 노력 덕분에 일의 진척이 많이 되었다고 봐요. 그런데 우리 반장들의 생각이 너무 실적에 치우치다보니 작업 후의 모양새가 좀 거칠어 보이는 점이 없지 않아요. 예를 들면 줄눈을 파고서 깨끗하게 쓸어야만 선이 뚜렷하게 보일 테고 그 줄눈에 메지 작업 할 때를 감안해서 좀 더 깊게 긁어 놓아야 할 것이오. 그리고 내일은 이 학교의 재단 측 사람과 우리 쪽 건설본부장이 오신다니 전 작업장의 정리를 해 두는 것이 좋겠소. 그 사람들에게 깨끗하게 보여서 나쁠 건 없으니까, 작업 끝나기 한 시간 전쯤 해서 대청소 한번 하는 게 좋을 것 같은데 반장들의 생각은 어떤지 말해보시오."

"왕초 말씀대로 하겠습니다."

이구동성이다.

"좋아요. 그럼 반장들만 믿겠소."

"그랬다. 현장의 정리정돈은 기본이지만 특히나 시찰 오는 사람들에 대한 예의 차원에서이기도 하다. 그 대상이 누구든간에 절기는 이제 곧 3월 중순을 넘어서고 있다. 새봄을 맞아 본녀 삭업에 임한 것은 한 달이 조금 넘었다. 꽃샘추위가 미련을 갖고 가끔씩 투정을 부릴 땐 작업이 주춤거리기도 했지만, 청랑의 벽돌쌓기가 모양새를 잡아가고 있는 때이다. 앞으로는 작업에 좀 더 속도를 낼 수 있을 것이라는 것이 청랑왕초의 판단이다. 오늘은 청랑의 귀가가 늦어서일까? 그의 서재에 불이 켜진 것은 밤으로 접어든 시간이다. 특별한 일이 있어서가 아니다. 바빠 집에 와야 할 이유가 없었기에 지금에야 온 것이다. 그는 버릇처럼 등불호야와 마주 앉았다. 그러나 오늘 따라 별다른 질문이 없는 등불호야다. 늘 하던 일이기에 더도 덜도 아닌 적당량의 벽돌을 쌓고 왔겠지 하는 정도다. 등불호야의 시큰둥한 태도에 그래, 나도 별로 할 얘기가 없으니 잠이나 자두자. 동시에 등불호야도 눈을 감는다. 그렇게 밤은 모두에게 휴식을 주고 잡다한 허물을 덮어 버린다. 새벽이 왔다. 잠에서 깨기 전에 잠깐 꿈을 지나 온 청랑이다. 봄날에 흔히 찾아드는 꿈인가?

지난 시절 언젠가 그는 봄의 언덕길을 걷고 있었다. 다리에 힘이 풀린 소년은 허기진 배를 움켜쥐고 길가에 앉아 쉬어야 했다. 낮은 언덕 산자락에 핀 작은 키의 나무에 하얗게 몽우리를 한 아카시아 꽃을 한 움큼 훑어서 입 안 가득히 담아본다. 달고 맛이 있다. 몇 움큼 훑어서 먹은 덕에 허기를 면하고 발걸음이 가벼워졌다. 집에 거의 다 왔을 무렵 빈속에 먹었던 아카시아가 곯았던 창자를 두들기며 소란을 피운다.

배 끓는 소리와 함께 설사를 하면서 잠에서 깨어났다. 꿈이었다. 꽤 오래 전에 겪었던 일이었는데 새삼스레 왜? 그러면 지금도 그 때 그 소년처럼 끼니를 굶는 학생들이 있다는 말인가?

현장소장 낙동강은 아침 조례에서 말한다.

"오늘은 우리 현장에 해강 측 관계자들이 온다고 하고, 우리 회사에서는 서울본사의 개나리 본부장께서 같은 시간에 도착할 것이기에 손님맞이에 만전을 기해야 할 것이오. 각 공구장들은 각 분야의 작업자들을 독려하여 현장 청소와 정리정돈을 한 다음에 작업 시작을 하도록 해 주시오. 특히 벽돌 작업장에는 흩어진 자재와 작업 후의 찌꺼기가 많은 것이오. 실개천 십장은 지금 바로 그들 반장들에게 통보하길 바라오."

"그런데 소장님, 말씀드릴 게 있습니다."

"말해 보시오. 실개천 십장."

"예, 벽돌 작업반들은 어제 작업 끝나기 한 시간 전에 청소를 하고서 작업을 끝낸 걸로 알고 있습니다. 자기네 왕초의 지시라면서 전 작업자들이 청소에 매달리던데요."

"그래요? 그렇다면 우리 사무실에서는 뒷북을 치는 격이군. 아무튼 잘된 일이니 다른 작업반에 중점을 둡시다." 조례를 마치고 전 직원들 현장으로 나가고 소장 낙동강도 작업장을 돌아본다. 우선 제일 먼저 눈에 띄는 곳은 벽돌 쌓기 작업장이다. 벽돌공들은 평소와 다름없이 외부의 적벽돌 쌓기에 바쁘다.

"이 사람들, 청소부터 하지 않고? 청랑왕초도 안 보이고."

그러나 벽돌 작업장 어디에도 흐트러진 곳이 없다. 그런대로 깨끗하게 정돈되어 있다.

"소장님, 안녕하십니까?"

"아, 허반장, 오늘은 외부에서 중요한 분들이 오는데 정리정돈을 한 다음에 작업을 하시오."

"예 소장님, 저희는 우리 왕초의 지시로 어제 작업 막판에 전원이 청소에 임하여 정리를 해 놓았습니다. 소장님께서 보시고 미비점이 있으시다면 보완 하도록 하겠습니다."

"그래요? 그런데 청랑왕초는 왜 안 보이는 거요?"

"예, 소장님, 저희 왕초께서는 아침에 교육청에 먼저 들렀다가 나오신다 했습니다. 나오시면 소장님께서 찾으셨다고 전하겠습니다."

"그래요, 허반장이 한 번 더 확인하고 미비점이 있으면 보완토록 하시오."

소장 낙동강은 현장을 돌면서

"역시 왕초청랑이군. 언제나 나보다 한 발 앞서다니."

그는 알 수 없는 뜻의 중얼거림을 남기면서 사무실로 돌아왔다. 이처럼 외부에서 중요 인사가 방문하게 되는 날에 제일 긴장해지는 사람은 현장소장이다. 오후 2시쯤에 본사의 개나리 본부장이 도착했다.

"어서 오십시오. 상무님."

"낙소장이 수고가 많아요. 현장은 잘되고 있는 거요?"

"예, 본부장님."

"해강 쪽 사람들 아직 안 온 거지요?"

"예, 마침 저기 오는군요."

그들은 사무실로 안내되어 인사를 나누었다. 이곳 사무실에서 내려다보면 전 현장이 한 눈에 들어온다.

"우선 현장을 한 번 돌아봅시다."

그들 모두가 현장소장의 안내로 현장을 차례로 돌아본다. 내부

보다는 외부 작업장을 돌며 간간히 설명하는 낙소장의 안내에 고개를 끄덕이는 방문객들이다. 그들의 시야에는 온통 붉은 벽돌 작업장이고 그저 웅장하고 좋게만 보일 뿐이다. 정교하게 잘 쌓여지는군. 일사불란하게 움직이는 벽돌공들의 동작이 괜찮아 보인다. 왕초 청랑도 미리 와서 각 작업장을 돌면서 문제점 등을 체크하고 있다. 구태여, 방문객들의 길목을 지킬 필요 없이 내 작업에 충실하면 되는 것이다. 시찰단들의 눈에는 붉은 벽돌 작업만이 전체 작업인 양 보일 뿐이다. 자연 그들의 가리킴은 벽돌이고 고개를 긍정적으로 끄덕이게 한다.

"이 사람 청랑은 왜 안 나타나는 거야?"

낙소장이 무전기로 호출하려 한다.

"그냥 두시오. 괜히 바쁜 사람 부를 거 없어요. 일이 잘 돼가고 있는데."

"그야 그렇지만 본부장님이 오셨는데 나타나지도 않고?"

"그 사람은 본래 일부러 얼굴을 내밀지도, 또 감추지도 않는 사람이니 가다가 만나지면 좋고, 소장은 괘념치 마시오."

"아 저기 보이네요."

청랑은 3공구의 황반장과 서서 작업 이야기를 하고 있다.

"청랑이 일에 묻혀 정신이 없으시구만."

본부장의 말에 그제서야 깜짝 놀란 청랑이 인사를 한다.

"본부장님, 오셨군요. 오신 줄을 알았었는데 사무실로 찾아뵈려 했습니다."

"그때까지 기다리느니 내가 먼저 찾아나서는 게 나을 것 같아서 다니다보니, 결국 만나지는군."

"죄송합니다. 본부장님,"

"아니오, 이렇게 현장에 있는 청랑이 훨씬 보기 좋은데. 참 내가 소개하리다. 이분은 해강재단 이사장님이시고."

"그렇습니까? 안녕하세요? 처음 뵙겠습니다."

"그리고 이 사람은 우리 회사 벽돌웡초로 이곳 현장을 전담하고 있는 청랑입니다."

"수고가 많으시오 청랑왕초. 오다가보니 성당 건물의 붉은 벽돌이 평화롭고 웅장하게 보이던데 혹시 그곳도 왕초께서 쌓으신 거요?"

"예, 이사장님. 저희 쪽 벽돌공들이 작업했습니다."

"집짓는 기술들이 좋군요."

"감사합니다. 해강 이사장님. 그리고 과찬이십니다."

"그러면 혹시 달비 성당과 해강 재단이 연관성이 있으신지요?"

"왕초께서 잘 보셨어요. 우리 해강과 성당은 정신적 친구입니다. 그러니 성당 쪽에도 각별히 신경 써 주길 바랍니다."

"명심하겠습니다."

해강측 시찰단은 외관으로 드러나는 벽돌 공사에 만족을 표시하고 현장 사무소로 돌아왔다. 탁자를 길게 맞대어놓고 다과상이 차려졌다.

"그럼 전 이만 현장에 있겠습니다"

라는 청랑에게

"무슨 소리요. 사무실로 갑시다. 문책 사항도 있고 하니"

하는 그들에게서 벗어날 수 없게 된 청랑이다. 다과상을 마주한 사람들은 해강 측의 이사장과 수행직원 두어 명, 그리고 공사감독관, 건설 측에선 본부장과 현장소장 외 핵심직원들, 그리고 벽돌왕초 청랑이다.

"공사 관계자 여러분들 고생이 많았소이다. 작년에 착공식 때만 해도 풀숲이 우거진 황무지였는데 이제는 대학 강당의 건물들 골격이 거의 만들어졌어요. 그동안 겨울이 있어서 아직은 했는데 생각보다 공사가 많이 진척되었어요. 얼어붙은 동절기가 길었을 텐데, 이 정도까지 온 걸 보니 현장소장이 잠을 안 자고 일을 한 모양이오. 노고를 치하하오."

해강 이사장의 인사말이다. 그리고 현장소장에게 악수를 청한다.

"이사장님의 말씀 감사합니다. 허나 이 정도의 공사를 앞당길 수 있었던 것은 그 어떤 한 사람의 도움이 없었으면 불가능한 일이었습니다."

"그래요? 그런 사람이 있었소? 그가 누구요 소장? 그 사람은 지금 어디 있습니까?"

"예, 이사장님, 그 사람은 지금 여기 있습니다. 그가 바로 벽돌 왕초 청랑입니다."

"그게 정말이오? 그 장본인이 벽돌왕초란 말이오?"

"아~ 아닙니다. 저는 아무 짓도 안했습니다. 우리 소장께서 공연히 저를 물고 들어가십니까?"

"청랑 발뺌할 생각 마시오. 엄연한 사실인 것을."

"허허 우리 낙소장의 말을 들으니 청랑이 또 일을 저질렀군. 어디 자초지종 이야기나 들어봅시다."

"예, 말씀드리지요. 작년 12월에 접어들면서 기온이 떨어지고 사방이 얼어붙는 통에 작업은 중단되고 공정은 한 발짝도 내딛지 못해 속앓이를 하다가 벽돌 왕초에게 푸념을 쏟아놓았지요. 봄이 오려면 석 달이 더 기다려야 하니 이 일을 어쩌면 좋겠소? 정말 피가 마를 지경이오 라고 했더니 걱정 마시오. 내가 낙소장의 미를 마르지 않도록 해줄 테니 내 뜻에 따라 주겠소? 라고 하길래

물론이오 그리만 할 수 있다면 동의하고 말고요 했습니다. 그럼
됐어요. 지체 말고 현장 한 곳에다 칠성단을 쌓고 길일을 택해 칠
성제를 올리고 봄을 불러 오도록 하겠어요. 그래서 봄을 한 달쯤
앞당겨서 이곳 달비 현장에 갖다 놓도록 하겠소."
 "저런 황당한 일이? 낙소장께서 그 말을 믿었단 말이오?"
 "그럼 어쩌겠습니까? 피 말라 죽지 않으려면 믿을 수밖에요."
 "허허 저런, 지금이 우주를 나는 20세기 문명시대인데 소장이
나 왕초 두 사람이 어떻게 된 거 아니오? 그래서 칠성단인가 하
는 것을 쌓았단 말이오?"
 "예 도복수를 앞세워 청랑이 주문하는 대로 일곱 계단 위에다
칠층탑을 만들고 탑머리에서 아래로 7색 깃발을 길게 내리고 탑
층층에 일곱 개의 촛불을 밝혔지요. 제주 청랑은 도포를 입고 머
리에는 칠성제자 청랑이란 띠를 두르고 현장소장 낙동강은 백 근
짜리 돼지 한 마리를 잡아 제물로 바쳤지요. 그리고는 제주 청랑
이 혼자만 아는 이상한 주문을 외우더니 끝에 가서는 칠성제자
청랑이 바라옵건대 는 2월 초하루에는 칼바람을 멎게 하고 얼음
을 녹이는 봄을 주시옵소서. 하고는 큰 절을 몇 번 하더니 양팔
을 휘저으면서 몸을 날려 곤두박지리을 끝으로 두 손 모아 묵례
를 하고 물러나더이다. 그 다음엔 소장인 나더러 예를 올리라기
에 저도 진심을 담아서 빌고 또 빌었습니다. 그리고는 제를 끝낸
다음 제물로 바친 돼지고기를 삶아서 지켜보던 모든 근로자들에
게 회식을 시켰습니다. 반신반의하던 사람들의 불신은 고기로 잠
재웠고, 저도 왠지 마음이 편안해지더군요."
 "저런 일이 소장까지 청랑의 도술에 휘감기고 말았군. 그래서
요? 봄은 올 리가 없었을 테고?"

"아니오, 왔습니다. 정확하게 양력 2월 초하루에 신기하게도 도착했습니다. 어제만 하더라도 몰아치던 칼바람이었는데 조용한 아침 햇살이 찾아오고 땅위의 얼음이 밤새 녹아 없어졌어요. 일꾼들이 나와서 작업하는 데 지장이 없었고, 정말 우리 현장에만 봄이 와 주었어요. 기상청의 예보에는 전국적으로 여전히 칼바람이 일고 있다더군요. 우리 현장은 이때부터 본격 작업을 할 수 있었습니다."

"지금까지 한 낙소장의 이야기가 사실이라면 청랑선생 당신은 대체 어떤 사람이오? 그런 신출귀몰한 초능력을 지니고 있다니?"

다들 놀란 시선으로 청랑을 바라본다.

"왜들 이러십니까? 저는 여전히 벽돌 쌓는 청랑일 뿐입니다."

"허허 이 시대에도 천지조화를 부르는 도사가 있었다니. 그것도 우리 해강 현장에서 말이오. 고맙소이다. 어쨌든 봄을 불러 우리 학교 공사를 도와주셨으니 제 잔을 받으시오. 청랑, 아니 도사님."

"아닙니다. 해강 이사장님. 저의 도술이 아니라 이곳 명당 자리에 해강 대학을 세우기로 하신 재단 이사장님께서 선견지명이 있으신 겁니다. 그러고 보니 생각납니다. 이곳을 선택하려 했을 때 풍수지리의 대가가 여기 이 자리는 여간해서 찾기가 힘든 명당자리입니다. 라고 했어요. 거 보십시오. 제가 도술을 부린 게 아니고 이곳은 지리적으로 사방이 산으로 둘러싸인 오목한 분지로 불어오는 찬바람을 차단할 수 있기에 이웃의 발판보다는 아늑하고 받아 놓은 햇살은 쉬이 나가지 않아 온기를 유지할 수 있을뿐더러 이곳 달비골의 지하에는 따뜻한 온천수가 흐르고 있으므로 위로 솟는 온기가 햇살과 더불어 얼었던 곳을 금방 녹여주게 됩니다. 그러한 몇 가지 조건이 다른 곳보다 한 달 정도 봄을 앞당길 수 있음을 짐작했을 뿐입니다. 본시 이 청랑은 노가다에 일찍 발을 들여놓아 얼지 않는 곳 일터를 찾아서 방랑을 거듭하던 지난날 잠깐 쉬어가던 골방에서 삼국지를 벗삼으며 공명의 제자가 된 적이 있었지요. 그 때 그분은 그 옛날 어느 곳에서 서북풍이 계절임에도 꼭 필요했던 동남풍을 빌려오는 비법을 행한 적이 있었지요. 그 때 공명은 칠성단을 쌓게 하고 사흘 밤낮을 제를 올리고 동남풍을 빌어와서 화공으로 적벽대전을 승리로 이끌게 해놓고 자룡의 배를 타고 유유히 사선을 벗어난 적이 있었지요. 공명선생 그가 제를 올린 사흘 밤낮은 시간을 벌기 위한 행위였을 뿐, 제를 올리지 않아도 사흘 밤낮의 말미 그 시각에 동남풍이 분다는 것을 천기를 보고 알고 있었던 공명이었으니 청랑 역시 그 한 수를 흉내 냈을 뿐입니다. 칠성제를 지내지 않았어도 이곳에는 2월 1일에 봄이 오게 돼 있었으니 말입니다. 다만 낙소장의 속앓이를 치료하는데 극적인 효과를 얻고자 했을 뿐입니다."

"대단하시오. 청랑왕초, 벽돌만 쌓으시는 게 아니고 천문지리에 밝으시다니 앞으로 우리 해강에 교수로 오실 생각 없으신지요?"

"해강 이사장님의 말씀 고맙습니다만 노가다가 저를 놓아줄 것 같지가 않습니다. 우왓하하."

모두가 한바탕 폭소들이다.

"이보시오 청랑, 어찌 그럴 수가 있소? 청랑과 내가 한솥밥을 먹은 지도 수년하고도 적지 않은 세월인데 청랑이 그런 비법을 갖고 있다는 말은 한 번도 없었잖소? 정말 섭섭하오이다. 청랑."

"본부장님, 그리 생각 마십시오. 그런 천기는 함부로 누설하는 게 아닙니다. 잘못 천기를 누설했다가는 하는 사람이나 듣는 사람 둘 다 화를 입을 수가 있습니다. 모든 일은 때가 있는 법이지요.

하여 청랑은 자타를 위해서도 천기누설을 하지 않았던 것입니다."
"그래도 그렇지, 나한테만 살짝 귀띔을 해 줄 수도 있었을 텐데."
본부장 개나리는 껌 씹은 표정으로 중얼거린다.
"이보시오. 본부장님, 그건 청랑의 말씀이 맞아요. 나 해강도 이곳이 명당이오 라는 풍수설을 처음 들었을 때는 긴가민가했는데 오늘 청랑으로 인해 사실임이 밝혀졌으니 나는 기분 좋소이다. 그런 의미에서 우리 다 같이 건배합시다."
해강 이사장의 이 한마디가 오늘 시찰에 만족했음을 뜻한다.
"그리고 오늘 저녁에 여러분들과 함께 저녁시간까지 보내려 했는데 갑자기 다른 일정이 생겨서 가야 해요. 그 대신 회식비로 조금 넣었으니 소장님께 드리리다. 그리고 청랑왕초 덕분에 즐거웠소이다. 본부장님은 여기 계실 거지요?"
"예, 저는 오랜만에 만난 청랑과 한잔 해야겠습니다."
"두 분이서 그런 사이였어요?"
"그럼요. 우린 벌써 10년지기인데다. 지난날 상하이에서 테러범으로부터 내 목숨이 풍전등화였을 때 나를 위험으로부터 구해낸 생명의 은인이기도 하고요."
"그러셨군요. 그럼 나 먼저 갑니다. 본부장님, 또 봅시다 청랑,"
"안녕히 가십시오."
해강 측 사람들은 떠나갔다. 본부장도 만족했다. 해강 측의 시찰이 불평 없이 끝났으니 말이다.
"그럼 전 이만 현장으로 가보겠습니다."
"그래요, 청랑, 그리고 퇴근 후에 어디서 저녁이나 합시다. 어디가 좋을까? 듣자니 청랑의 집이 여기서 멀지 않은 곳에 있다고 들었는데 기왕이면 그쪽 근처의 식당으로 하면 좋겠는데, 어때요 청랑?"

"저희 쪽은 시골이라 자그마한 식당이 있긴 한데 그럼 퇴근 후에 소장님과 같이 국밥집으로 오십시오."
"그럽시다. 청랑."
본부 사무실로 나의 청리 산업 자신의 사무실로 놀아온 청랑은 김, 이, 황, 허 각 공구의 반장들과 회합을 가졌다.
"오늘, 해강재단 관계자들의 시찰을 무난하게 통과했어요. 특히 우리 벽돌 공사에 긍정적인 평가를 하고 갔으니 우리 반장들의 많은 노력 덕택이라 하겠소. 하여 오늘 작업 끝나는 대로 각 공구별로 탁주잔이라도 나누도록 하시오. 나도 같이 어울리고 싶지만 따로 약속이 있어서 먼저 가야 하니 양해들 하고."
"예, 왕초 염려마시고 다녀가십시오."
청랑은 현장을 뒤로 하고 미보리로 차를 몰았다. 그는 저온 창고 앞 관리실에 들렀다. 퇴근 시간이 지나서 관리직원은 가고 없었다. 하지만 관리직원이 적어 놓은 게시판의 일지를 보면 오늘의 출고 현황을 알 수 있다. 그는 창고를 뒤로하고 곧바로 걸어서 국밥집으로 갔다.
"벌써 와 계셨군요. 제가 좀 늦었습니다."
"어서 와요. 청랑, 우린 벌써 시작했어요. 허기져서 그냥 기다릴 수가 있어야지."
"잘 하셨습니다. 그리고 죄송합니다. 제가 좀더 빨리 왔어야 했는데"
"그걸 알았으면 벌주 한 잔 받아요."
"이걸 빈속에 마시라고요?"
"그러니까 벌주지요. 좋습니다."
한잔을 죽 들이키는 청랑이다. '커어'
"본부장님의 벌주가 맵긴 합니다. 차 감독님도 오셨군요. 벌주

받느라 인사가 늦었습니다."
"이해합니다. 오늘 청랑왕초 덕분에 편안한 저녁을 먹게 되었습니다."
"선생님, 오셨군요."
"잘 있었어요. 주인장."
"내 소개하지요?"
"벌써 알고 있습니다. 소장님께서 알려 주셔서 인사드렸습니다. 본부장님과 감독님께도요."
"자자, 우리 일찌감치 통성명 했으니 염려 말고 한 잔 합시다. 보아하니 여기가 청랑의 단골 식당 같은데 국밥 맛이 특이하고 맛이 있어요. 무슨 비결일까? 도사이신 청랑이 설명해 보시오."
"허허 본부장님도, 이 청랑을 흔들어 보고 싶은 모양이군요. 내가 음식 전문은 아니지만 내 설명을 듣고 나면 본부장님의 비위가 뒤틀려서 입맛을 잃을까 염려됩니다만 그래도 좋다면 알려드리지요. 우선 식객들의 입맛을 사로잡는 국건더기는 이 고장의 도축장에서 도살되어 나오는 소고기를 제외하고 버려지는 부산물, 즉, 소가 살아 있을 때 사료를 먹고 위에서 소화되어 똥오줌이 되어 통과하는 통로인 창자, 내장이라고도 하지요. 또 피를 걸러내는 수건같이 생긴 천엽, 허파와 간, 이런 것을 주워 모아 뒤처리하는 사람들이 걸레 빨듯이 씻어서 그걸 식당에다 헐값에 공급하면 식당주는 이것저것 다른 양념을 섞어서 국을 끓이면 똥오줌 맛은 없어지고 지금처럼 특이한 맛을 주는 수구레국이 되는 것입니다."
"이보시오. 청랑 그 똥오줌이란 단어는 빼고 설명할 수는 없어요?"
"그럴 수야 없지요. 사실 그대로를 얘기해야 하겠기에."
"그래도 그렇지, 본래 청랑이 거짓말 안하는 사람인줄 알고는 있지만. 음식상 앞에서 그 똥오줌이란 말은 좀 비위를 자극하려 드는데….”
"그래서 이 수구레국은 그만 드시겠다는 겁니까?"
"아니오, 아니오, 청랑의 표현이 내 비위를 자극하는 것 같았는데 국 맛의 유혹이 더 강해졌소이다."
"내 그럴 줄 알았습니다. 이 곳의 수구레국 맛이 큰 소문을 날려서 아주 먼 곳에서도 일부러 맛 여행 오는 사람들이 많아졌다고 합니다."
"이보시오, 청랑, 이참에 당신의 스승인 제갈공명께 부탁해서 해강대학 벽돌을 하룻밤 만에 뚝딱 쌓아서 공사기간을 단축시켰으면 좋겠는데~"
"착각하지 마십시오. 본부장님, 그분 제갈공명께서는 순리에 역행하는 일은 절대로 하지 않습니다. 그리고 그분이 예언하시기를 먼 훗날에 벽돌 쌓는 일이 필요한 시기가 오면 청랑이 최고일 걸세 라고 했어요. 왜냐하면 그분의 시대에는 벽돌 쌓는 일이 없었을 때였으니 말입니다."
"아차 내가 준비 안 된 아둔한 질문으로 청랑을 맞서려다 또 한 방 얻어맞았군. 안 되겠다. 나는 이 한 잔 술과 수구레를 안주할 테니 낙소장이 날 좀 거들어 주시오."
"그러게 말입니다. 본부장님께서는 그토록 긴 시간을 청랑과 동고동락 했다면서도 청랑을 잘못 짚는데 이 낙동강의 재주로는 청랑을 이길 자신이 없습니다. 옆에 계신 차 감독에게 부탁해 보시지요."
"아니, 왜들 이러십니까? 이미 지고 있는 사건을 나한테 맡기려 들다니요? 그러지들 마시고 깨끗이 승복하시고 패배주나 마십시다. 자 건배, 오늘의 설전은 청랑왕초의 압승입니다."

"역시 현명한 차 감독이십니다. 나 청랑의 진면목을 알아주시다니 우홧하하 자, 한 잔 합시다."

역시 노가다들의 술판은 기름지다 주고받는 술잔에 거나해지고 본부장 개나리의 낭만은 계속된다.

"난 말이오, 오랜만에 청랑과 함께 술잔을 나누다 보니 지난날이 생각나요. 상하이의 '난항상'공단에서 그 넓은 현장을 돌다가 우연히 청랑과 마주치면 아니 일부러 내가 찾아간 것이라 해야 옳겠지. 만나진 우리는 잠깐 쉬고 싶은 오후에서 공단 주변에 새로 생겨난 선술집에 앉아서 낮술 한잔으로 향수를 달래곤 했었지."

"아니, 본부장님께선 그 때 그런 내색은 안했잖습니까?"

"그래요. 말은 안 했지만, 타국이란 곳의 낯설음과 두려움 같은 것은 가끔씩 찾아오는 때가 있거든. 그 때마다 나는 그렇지 내 옆에는 청랑이란 친구가 있다. 그가 우리 현장에 있는 이상 마음 든든하다. 약속된 건 아니지만 막연한 기대 같은 거 말이오."

"그건 저도 마찬가지였습니다. 나 청랑에게는 개나리 본부장이라는 막강한 빽이 있다는 생각으로 현장을 겁 없이 누비고 다녔지요. 아무튼 내가 상하이에 있을 때, 많은 배려해 주신 것을 잊지 않고 있습니다."

"가만, 말씀들을 듣다 보니 두 분의 친분이 보통이 아니군요."

"그래요, 차 감독, 나 개나리의 노가다 인생에서 협객 청랑을 만난 것은 행운이었소."

"본부장님께선 별 말씀을요. 만남의 행운은 오히려 제 쪽입니다. 덕분에 지금같이 큰 공사에도 참여케 해 주셨고요."

"그건 우리 건설에서 청랑왕초의 능력이 필요했기 때문이오.

나는 알고 있어요. 청랑이 노가다에서 손을 씻고 다른 일을 하려 했으면서도 나의 청을 거절치 못해 달비 현장에 왔다는 것을. 나로서는 고맙고 다행이오."

"그렇지만은 않습니다. 시금 생각하면 해상 공사에 참여하길 잘했다 싶습니다. 창고업도, 장학 사업도 같이 병행할 수 있으며 조금씩 발전을 보고 있습니다."

"장하시오, 청랑, 청랑이란 사람 언젠가는 큰일을 해낼 거란 내 짐작이었소만 조금씩 보이기 시작하네요."

"감사합니다. 본부장님께서 그렇게 봐주셨다니. 나 청랑은 앞으로 조금씩 한 걸음씩 내딛어 볼까 합니다."

"안녕하십니까, 주인장."

"어서 오십시오. 서소장님, 오늘은 따로따로 오시는군요."

"따로라니? 또 누가 왔단 말입니까?"

"예, 청랑 선생님께서 와 계십니다."

"어디, 혼자인가요?"

"아닙니다. 오실 때는 혼자였는데 지금은 여러 사람과 같이 계십니다. 아마도 달비 현장의 소장님과 감독관인 것 같습니다."

"그럼 나는 따로이 자리하겠습니다."

"오셨다고 말씀드릴까요?"

"아니오, 약속을 안했으니 그냥 두세요. 그분들끼리 중요한 이야기를 하는지도 모르니."

서창영은 국밥에다 소주 한 병을 놓고 앉았다. 혼자서도 식사에다 밥 반주, 가끔 있는 일이다.

"허허, 이게 누구시오? 혼자서 술잔을 따르시다니."

"아니 낙소장님, 안녕하십니까? 오랜만입니다."

"그래요. 왔으면 우리들 자리로 오시질 않고? 보아하니 청랑과의 약속하신 모양인데?"
"아닙니다. 약속 없이 그냥 저녁 먹으러 왔습니다."
"그렇더래도 청랑도 함께 있으니 우리 자리로 합석합시다."
"그렇지만 중요한 얘기에 방해될까 봐서 나 혼자 하려던 참이었습니다."
"그러실 거 없어요. 자 갑시다."
"청랑왕초, 여기 누가 왔는지 보세요."
"어? 서건축이 아닌가? 어서 오게."
"저쪽에 혼자 계시길래 내가 강제로 납치해 왔습니다."
"소장님 때문에 오긴 했는데 다른 분들께 실례가 안 되는지 모르겠습니다."
"괜찮아요. 어서 오시오. 청랑의 친구시라면 잘 왔어요."
"인사드립니다. 저는 이 고을에 사는 서창영입니다".
"내가 소개하지. 여긴 우리 달비현장의 차 감독이시고 이쪽에 계신 분은 본사에서 오신 본부장이시네,"
"나 개나리입니다. 우리 청랑왕초가 신기를 가진 도사이니 이 고장 분들 모두가 보통사람 같지가 않아 보입니다."
"그렇지가 않습니다. 본부장님, 저희도 어릴 때는 모르고 있다가 그간 보이지 않았던 노생이 어느 심산유곡에서 오랜 수련을 하고 온 사람 같아서 깜짝깜짝 놀라고 있습니다."
"방금 뭐라 했소. 서 선생, 청랑에게 노생이란 또 다른 호가 있었소?"
"예, 한때는 잠깐 동안 그렇게 불린 적이 있었지만 지금은 아닌데도 나의 못된 습관이 그만, 그리고 말씀드리기가 좀,"

하고 난처해지는 서창영의 표정이다.

"괜찮네. 당연한 걸 가지고 새삼스레 뜸 들일 거 뭐 있나? 서건 답지 않게."

"알았네. 그럼 여기 칭링과 나 서창영은 이곳 비사벌 중학교 입학동기입니다. 2학년까지 줄곧 한 반에서 수업을 받았는데 3학년 새 학기를 앞두고서 청랑이 보이질 않았어요. 처음엔 어디 다른 학교로 전학을 갔겠구나 라고 생각했었는데 그게 아니었고, 가출을 했더군요. 휴학을 한 셈이지요. 그리고는 오랜 세월이 지난 30년 만에 비사벌 중3학년에 복학을 했어요. 서른 살의 격차를 둔 학생들과 함께 1년을 하루도 결석 없이 꼬박꼬박 수업을 받고는 졸업을 했지요. 그러니까 노(老)학생이 되어 1년을 합친 삼십 년 만에 졸업한 노생(老生) 청랑이었어요. 동시에 검정고시를 거친 대학입학 자격과 비사벌 고등학교 명예 졸업장도 취득한 내 친구 노생입니다."

"그게 정말입니까 서 선생? 그간 우리가 본 청랑의 행보가 언제나 우리들을 능가했음인데 놀랍군요. 청랑왕초는 역시 천하의 기인입니다."

"그보다도 나의 방랑이 길어지는 바람에 입학동기들은 18세 소년들이니 천하의 느림보 노생 청랑이 맞습니다. 그리고 노가다의 벽돌왕초 청랑이고요."

"대단하오, 청랑, 인고의 긴 세월을 잘도 소화해냈군요. 지금의 청랑을 축하하는 뜻에서 우리 한잔 건배합시다. 건배."

잔을 비우면서 개나리는 말한다.

"서 선생이 때맞춰서 잘 오셨어요. 청랑을 감싸고 있는 베일을 또 한 꺼풀 벗길 수 있었으니 말이오. 아직은 또 남아있는지는 몰라도."

"이제는 없소이다. 그리고 여태껏 일부러 감추려고 한 것은 아무것도 없소이다. 다만 말할 기회가 없었을 뿐입니다."

"그건 알아요. 평소에 거짓을 모르는 청랑이 일부러 감출 리가 없다는 것도. 그러나 사람은 때때로 자신을 감싸고 있는 중요한 사안인데도 정작 본인은 잊어버리고 있을 수 있으니 관심 있는 사람이 밝혀내는 것도 의미 있는 일이지요. 아무튼 청랑의 뜻이 가는 일에 발전이 함께하길 바라겠소."

"감사합니다. 본부장님. 그리고 여기까지 오셨으니 저희 집으로 가시지요."

"그러고는 싶은데 가족들에 폐가 되지 않을까?"

"지금은 청랑 혼자 있는 집이니 염려 안 해도 됩니다."

"이 곳은 문 닫을 시간이니, 다들 우리 집으로 가십시다. 숙박비도 무료고, 괜찮은 술도 있으니 말입니다."

"과연 도를 닦는 신선의 집이군."

"아니 본부장께선 청랑의 모든 것에 과찬의 딱지를 붙여 놓으니 어디 궁색한 엄살 한 번 해 볼 기회를 주지 않는군요."

"그거야 우리 낙동강 소장이 잘 들어 주면 되는 것이고, 나 개나리는 아직도 밝혀지지 않았을지도 모를 청랑의 진면목을 찾는 재미에 빠지면 되는 것이오."

"자, 청랑의 집은 준비 돼 있는 모든 것이 셀프입니다. 저 기둥에 적혀 있는 저대로이니 각자의 외박에 대한 와이프님의 추궁을 감당할 수 있는 분은 청랑의 집에서 유숙해도 됩니다."

"그거야 청랑왕초가 변론을 맡아 주신다면 겁날 거 없소이다."

"좋습니다. 대신 무료변론은 절대로 안 되니 추후에 따로 청구하겠습니다."

"좋아요. 좋아."

사나이들의 호쾌한 웃음소리가 조용했던 청랑의 집을 가득 메운다. 청랑의 시재 책상 옆에 있는 전화벨이 요란스럽게 울린다. 이 밤중에 누굴까? 청랑은 서재로 가서 수화기를 들었다.

"예, 청랑입니다."

"청랑이구나. 나 쏭리매야."

"오 쏭리매 반가운 목소린데, 웬일이야? 잘 있는 거지?"

"그래 잘 있다마다. 지금쯤 청랑이 등불호야와 단둘이 무슨 얘기 하나해서 방해하려고 전화했지."

"어쩌지? 오늘은 쏭리매가 한참 잘못 짚었어. 노가다의 별들이 침공해 와서 청랑의 집이 온통 점령당해 있거든."

"별들이라면?"

"달비골 현장 소장과 감독관 그리고 본사의 본부장까지."

"그럼 현장분들하고 한 잔 하는구나."

"그래 국밥집에서 저녁 먹고 시간이 늦어서 모두들 우리 집으로 온 거야."

"집에까지 와서 2차를 하는 걸 보니 좋은 일 있었구나."

"그래, 학교 재단 측에서 시찰을 하고 간 다음에 우리 현장 관계자들만 집 근처로 오게 된 거야."

"가만, 본부장이면 이곳 상하이에 있는 그분이구나."

"그래 맞아, 개나리 본부장이야. 오랜만에 만났기에 한데 뭉치게 된 거야."

"그래, 그럼 안부 전하고 조만간 청랑에게 가고 싶은데 가도 되는 거지?"

"나야 좋지만, 언제는 쑹리매가 허락 받고 온 건가? 불시에 찾아오는 사람이니 긴장을 늦출 수가 없겠는데?"

"그만 일에 긴장까지야 할 거 없고, 그럼 이만 전화 끊는다."

통화가 끝나고 제자리로 돌아온 청랑이다. "미안합니다. 통화가 길어져서 그만."

"그렇다면 벌주가 한 잔 추가 되어야지."

"기꺼이 받겠습니다."

"웬일일까? 의외인데. 반가운 전화였나 보군."

"그렇습니다. 본부장님께도 안부 전하라 부탁하더군요."

"내가 아는 사람이라면 그럼 혹시 상하이의 쑹여사?"

"그렇습니다. 상하이의 쑹리매였습니다."

"아니, 두 분의 대화가 갑자기 상하이로 건너가는 군요."

"그러게 말이오. 청랑과 나 개나리가 지난날 상하이에서 4년씩이나 같이 있었거든. 한중 수교의 시범 사업이기도 한 전자공단 건설에 참여한 지 6개월이 지날 즈음에 관할 관청인 상하이시 당국자들이 시찰을 나왔었는데 그 중의 한 사람이 청랑의 지인이었어. 그것도 아주 절친한 재색을 겸비한 여인이었어요. 그럼에도 청랑은 무심하게도 일에만 묻혀 지내다가 그날 그곳에서 덜미를 잡히고 말았지. 시간이 흐르면서 차츰 안 일이지만 그 여인이 청랑을 생각하는 면이 아주 남달랐거든. 아마 조금 전의 전화가 그 여인이라면 알만하지 않는가 말이오. 안 그렇소, 청랑."

"본부장님도 참, 사람과 사람이 알고 지내는 것은 누구에게나 있는 일인데 그와 나의 관계도 다를 바 없습니다."

"그래 그쯤 해둡시다. 그리고 내게도 안부 전하라고 했다면 개나리 본부장께선 나의 청랑을 이유 없이 괴롭히지 마시오. 하는 경고장 같은데, 혹시 나의 험담이라도 한 것 아니오?"

"그랬지요, 노가다의 별들이 침공해 와서 나와 집이 지금 점령당해 있다고 말했습니다."

"노가다의 별들이라 그 정말 듣기 괜찮은 별칭이로군."

"안 그렇소 여러분들,"

"그러네요. 청랑왕초가 우리를 스타로 만들어 놓는군요. 고맙소이다. 그리고 기분 좋소이다. 나 역시 이곳 청랑의 집에 별들을 초대할 수 있었음을 영광으로 생각합니다."

"부족함이 있더라도 양해하시고 편히들 쉬십시오."

이들 노가다들은 전원 냄새 물씬한 청랑의 집에서 허리띠를 풀어놓은 채로 자유로운 낭만을 마시고 있다. 그러다가 누가 먼저랄 거 없이 객실에서 잠을 청하면 되는 것이다. 다음 날 아침, 누구보다 일찍 일어난 사람은 청랑이다. 4개 동의 저장창고를 한 바퀴 돌아서 우시장 쪽으로 걸어가 보았다. 오늘은 닷새 만에 우시장이 열리는 날인가보다. 많은 사람들이 소 이까리를 잡고 모여들었다. 사고파는 거래가 한창인 것 같다. 청랑의 목적은 소의 거래가 아니라 그 언저리에 있는 해장국 집이다.

"주인장 해장국을 가져가서 먹을 테니 다섯 사람이 먹을 만큼 큰 그릇에 좀 담아주십시오."

"예예, 잠깐만요, 여기 있습니다." 엄청 큰 주전자에 웬만치 담아준다.

"들고 가기 좋으라고 주전자에 담았습니다."

"감사합니다."

청랑은 돌아와서 솥에다 쏟아놓으니 한 솥이다. 다시 끓이고 밥을 짓고 하여 식탁에다 상을 차렸다. 건설팀들은 습관적으로 일찍 일어난다. 그들은 세수를 하는 둥 마는 둥 하고는 식탁 앞에 둘러앉았다.

"모두들 과음하신 덕에 속이 편치 않을 터이니 해장국으로 달래어 줍시다."

"신기해요. 언제 이렇게 만들었어요?"

"제가 만든 게 아니고 오늘은 우시장이 서는 날이라 해장국 식당에 가서 가마솥에서 펄펄 끓는 놈을 퍼온 거외다."

"어서들 드십시오."

"얼큰해서 좋구만."

식객들 저마다 만족해한다. 그런 객을 보는 청랑의 기분은 더욱 스스로 만족감을 느낀다. 식사가 끝나기 전에 관리실 고창군이 헐레벌떡 쫓아왔다.

"아직 출근시간이 이른데 이렇게 일찍 나온 거야?"

"예, 사장님, 저 건너 새비 넘의 남새벽 어른이 오늘 일찍 양파 한 차를 출고해야 한다고 했습니다. 지금이 양파 시세가 가장 높을 때라 주문 왔을 때 보내줘야 한답니다. 차가 곧 도착할 거 같습니다."

"그렇다면 내가 나가야 하는 건가?"

"아닙니다. 사장님은 안 나오셔도 됩니다. 저는 보고 드리고 나가서 그 사람들과 함께 상차를 해서 내보내겠습니다."

"그래 알았네."

보고를 마친 고창군은 갔다.

"청랑왕초가 여간 바쁘신 게 아니로군. 창고 사업하랴, 공사하랴."

"그렇지가 않습니다. 창고 쪽은 그쪽 관리인이 알아서 다 합니다."

"자 우리는 청랑왕초께 신세 많이 지고 갑니다."

"차 감독과 낙동강은 먼저 갈 테니 본부장님은 천천히 오십시오."

"아무래도 그래야 되겠군."

"설거지하는 청랑을 두고 그냥 가버릴 수 없으니, 지켜보다가 같이 가야할 거 같아요."

"그렇다면 나 서창영이 설기지를 거들어야겠군."

"이사람 서건축, 나그네가 괜히 집주인의 일감을 월권할 생각 말고 그냥 감상이나 하게. 자네의 그 손은 아꼈다가 설계를 해야 우리가 마실 술값을 벌 거 아닌가? 그 대신 커피나 몇 잔 만들어 보게나."

"알았네. 커피 타는 거쯤이야. 내가 일가견이 있지."

"그런데 청랑, 거실 벽에 걸려 있는 저 그림들은 이 고장 향기가 물씬 나는 이야기 같군. 청랑이 직접 그린 건 아닐 테고, 어디서 이름 있는 화가를 초빙한 모양이군."

"지금 말씀하신 본부장님의 궁금증을 제가 풀어드리지요. 나 서건의 짐작이 맞다면 언젠가 이곳에 청랑의 동생이라는 여선생과 화가가 다녀간 적이 있었지요. 아마도 그 때 그 여동생인 루산나 화백의 그림일 겁니다."

"그럼 우리가 상하이에 있을 때 쑹리매 회장의 초대를 받아간 그 자리에 와서 있던 설 선장의 부인이자 쑹리매 여사의 친구인 루산나 화백이 그린 그림이란 말이오?"

"그렇습니다. 상하이의 쑹리매가 이 곳에 와 보고는 넓는 거실의 공간이 허전해 보인다면서 돌아가는 길에 부산의 루산나 화랑에 들려서 저 그림을 사 놓고는 배달까지 부탁한 모양입니다."

"그렇다면 저 그림을 직접 가져온 루산나 화백 일행도 청랑의 오빠부대였군."

"그뿐이 아닙니다. 본부장님, 그 후로도 이곳을 다녀간 미모의 오빠군단이 또 있습니다."

"거 정말이오 서 선생? 그렇다면 흥미로운 일인데요."

"그렇습니다. 제가 알기론 부산마대 공업사의 여사장 일행도 다녀갔었지요."

"이사람 서건축, 괜히 무슨 특종감이나 잡은 것처럼 신바람 낼 거 없네. 그 사람들은 사업상의 거래 때문에 왔다간 거였어. 그러니 괜한 오해 같은 거 끼워 넣지 말게나."

"알았네. 하지만 청랑이란 사나이에겐 연예인 못지않게 오빠군단이 존재하는 건 사실이잖아."

"듣고 보니 서선생의 생각이나 청랑의 해명도 일리가 있어요. 그럼에도 한 가지 확실한 것은 청랑이란 사나이는 어떤 여자에게도 먼저 연락하고 찾아나서는 일은 없는데 그 사람들 스스로가 어떤 형태로든 청랑이 좋아서 찾아왔을진대, 틀림없는 오빠부대라고 할 수 있지. 연예인들의 인기를 쫓는 오빠부대가 아닌 청랑의 인정을 먹은 오빠부대란 것이 다른 차이점일 것이오. 그래서 청랑을 아는 사람들은 그가 어떤 이유로 어디에 있든 간에 그를 찾고 싶어 하는 공통점을 가지고 있는데 그 중에서는 많은 시간을 할애하면서까지 기어코 그를 찾아내는 사람도 있었지. 나 개나리도 그 중의 한사람이고 그리고 보니 저도 가끔은 한 잔 술이 생각날 때면 동시에 청랑이 생각 키우거든요."

"이사람 서건, 그건 아주 좋은 징조야. 내가 바라던 바고. 다만 술 마실 때 말고는 청랑의 존재가 떠오르지 않기를 바라네."

"자 본부장님, 설거지를 마쳤으니 우리도 이제 나가볼 시간입니다."

"그럽시다. 여기까지 온 김에 청랑의 창고 구경을 하고 싶은데 가능한지요?"

"가시지요, 마침, 양파 출고 중이니 열려 있을 겁니다."

"대형 창고로군. 언제 이렇게 큰 창고를 준비한 거요?"

"본부장님과 같이 근무했던 상하이에서 돌아온 직후부터 바로 시사했습니다. 설계와 시공을 이 친구 서건축이 맡아서 해 주었고요. 그리고 곧바로 노생의 길에 접어들었고요."

"장하시오, 청랑. 장학재단까지 설립한 걸 보면 청랑의 꿈과 사랑이 어느 정도인지 방향이 보이는 듯합니다."

"아직은 작은 성과지만 장학사업은 쏭리매의 도움이 크다 할 수 있습니다."

"그럴 테지요. 청랑이 하고자 하는 일을 그냥 보고만 있을 쏭 여사가 아닐 테니까, 아무튼 내 친구 청랑이 하는 일에 발전 있기를 진심으로 바라는 마음이오."

"그렇게 봐 주시니 감사합니다."

달비 현장을 거쳐 본사로 귀환한 본부장 개나리 전무는 벽돌왕초 청랑에게서 또 한 번 감명을 받았다. 언젠가 그를 만난 이후부턴 줄곧 그에게 도움을 받아온 셈이다. 나야 회사라는 조직의 배경을 업고 신중하게 업무처리를 하면 되지만 청랑 그는 개인능력 바탕위에서 자신의 일은 물론 나를 도운 적이 한두 번이 아닌데 나야말로 그에게 아무 도움도 주지 못했다. 그는 지금 사회 약자를 돕는 일에 한 발 성큼 올려놓고 있다. 그런 그에게 나 개나리가 무관심 할 수는 없다. 어떤 방법으로든지 조금이라도 도울 수 있는 길을 생각해 보자. 3월이 가고 4월로 접어들었다. 이제는 모든 생물들이 움츠렸던 얼굴들을 조심스레 내밀 때와는 달리 활개를 치고 있다. 심지어 움직이기 싫어서 제자리를 고수하고 있는 바윗돌까지도 따스함에 송글송글 땀을 내비친다. 따라서 곳곳의 공사현장도 활기를 띤다. 건설 현장 노가다는 더더욱 요란스럽다. 벽돌왕초 청랑도 예외일 수는 없다. 그는 책상머리에 가만히 앉아서 일하는 오피스맨이 아니다. 언제나 발로 뛰는 현장 노가다다. 많은 시간을 공사현장에서 어떨 때는 농산물이 들고나는 저장 창고에서 그리고 틈틈이 초대되는 지역 교육청에서 그를 만나게 되는 경우도 있다. 한마디로 동에 번쩍, 서에 번쩍 이라는 표현이 어울리는 청랑이다. 그리고 어둠이 깔리는 밤이 되면 그 누구와 함께든지 아니면 혼자서라도 한 잔 술에 만족하는 천하의 주객 청랑, 그가 올 때까지는 절대로 불을 켜지 않는 등불호야. 홀로 기다림이 길어서 늦게야 돌아와서 불을 심지에 붙여주는 청랑인데도 화를 내지 않는 등불호야. 그래 낮에는 일 바쁘다 핑계하고 밤에는 술 마시는 데 정신 팔려 취해서 들어오는 너 청랑, 그래 오늘은 무슨 주정을 하고 싶으냐, 내 전부다 받아 줄 테니 푸념이라도 해 봐라. 그 술 푸념 중에도 쓸 만한 말이 있을는지. 그것이 싫으면 내 심지나 꺼 주는 거 잊지 말고 편히 자거라. 오늘 못한 말은 내일하면 되고, 청랑과 등불호야 어쩜 그리도 죽이 척척 맞는구나.

이렇듯 봄의 훈풍은 상하이의 쑹리매도 가만두지를 않았다. 잽싸게도 그녀에게 바짝 다가서며 움츠렸던 치마폭을 설레게 한다. 늘 함께하는 사업이랑 주변의 사안들은 변함없이 잘 굴러가는데 유독 한 곳 저 멀리 바다 건너에의 청랑이 불현듯 내 마음을 파고든다. 그녀는 잠들기 전 혼자서 방안을 이리저리 서성이다가 동작과 생각을 한꺼번에 멈추었다. 그래 가자. 가서 내가 하고 싶은 말 하고 또 듣고 싶은 말 듣고 하면 되는 것이지. 그녀는 수화기를 들었다. 신호가 간다.

"예, 청랑입니다."

"나야 쑹리매야. 갑자기 전화가 하고 싶어 했는데,"

"그래 무슨 일 있구나."

"응, 내일 내가 청랑에게 가려고 하는데, 어디 있을 거야?"

"나야 당연히 집 나서면 현장이고, 일 끝나면 집이겠지."

"그럼 됐다. 내일 가도 되겠구나."

"왜? 무슨 일 생긴 거는 아니고?"

"그래, 아무런 일 없는데 그냥 가고 싶은 거야. 청랑에게로, 그래서 내일은 곧장 미보리 집으로 가서 있을테니 청랑은 현장일 다 마치고 천천히 와도 된다. 그리 알고 이만 전화 끊을게."

그 사람도 참, 사업일이 바쁠 텐데 여기까지 오려 하다니. 차라리 쑹리매의 바쁜 행차를 막고 내가 간다 할 것을, 그러나 온다고 말한 사람인데 내가 막는다고 어디 안 올 사람인가? 그는 분명 오고야 말 것이다. 그렇다면 그녀가 마음 편히 지내다 가게 해야지. 쑹리매는 마음이 바빠지고 즐겁기만 하다. 예전처럼 보이지 않는 청랑을 무작정 찾아 헤매는 일 없이 가기만 하면 내 남자를 만날 수가 있는데 그래서 그와 함께 행복한 순간을 만들 수가 있는데 이런저런 사소한 이유 같은 건 잠시 밀쳐두고 나는 내일 집을 나서리라. 다음 날 쑹리매 회장은 각 사업장에다 1박 2일의 한국 출장을 말하고는 곧장 공항으로 나갔다. 비행기를 타고 김해에 내려서 택시를 타면 된다. 합쳐서 4시간이면 충분히 청랑의 집에 도착할 수 있을 것이다. 쑹리매가 한국의 김해공항에 내리면 부산의 루산나 화랑과 미보리의 집을 찾는 데는 익숙해져 있다. 빠르기도 하네. 상하이 공항을 이륙한지 2시간 남짓하여 김해 공항에 내려진 쑹리매다. 공항 밖으로 나오니 맑은 날씨에 눈부신 햇살이다. 택시 승강장에서 차례를 기다려서 택시를 탔다.

"어디로 모실까요 손님."

"기사 아저씨, 미보리로 가주세요."

"네? 어디라고요?"

"비사군의 미보리요."

"아, 예, 거기까지라면 요금이 많이 나온다는 거 알고 계시지요?"

"예, 택시미터대로 받으세요. 저번에도 그렇게 했으니까요?"

"예예 알겠습니다."

쑹리매는 달리는 택시에서 전화를 했다. 받는 사람은 청랑이다.

"청랑, 나 쑹리매야. 지금 김해공항에서 택시를 타고 미보리로 가는 중이야. 응, 부산택시 0505번이야. 그리고 도착해서 다시 전화할게."

본래는 청랑에게 전화하지 않고 그냥 곧장 집에 가 있으려고 했으나 안전을 위해서 택시기사 보는 데서 전화를 한 것이다. 그것은 잘한 일이다. 2시간 남짓 달려서 미보리 청랑의 집에 도착했다. 현관문을 열고 들어선 쑹리매는 가볍게 여장을 내려놓았다. 현관 열쇠는 쑹리매에게도 있다. 지난번에 청랑이 복사해서 쑹리매에게 주었기 때문이다. 내 집에 온 것처럼 편안하다. 객실에 걸려 있는 몸빼 하나를 바꿔 입고 그녀는 거울 앞에서 두 팔을 펴고 한 바퀴 빙그르르 날갯짓을 해본다. 정장차림의 자신보다 훨씬 돋보이는 주부의 아름다움이다. 그녀는 서재 침실에 흩어져 있는 청랑의 속옷들을 주어다가 몽땅 세탁기에 넣고 돌렸다. 그리고는 거실에 가로 매어진 빨랫줄에 널었다. 이젠 집주인이 올 때까지 기다리기만 하면 된다. 뱃속이 출출해진 그녀다. 냉장고에서 우유 한 컵을 담아들고 거실 소파에 앉았다. 우유를 마시고 나니 다음은 으레 졸음이 온다. 눈붙임을 한 채 잠이 든 쑹리매다. 청랑이 서둘러서 귀가한 시간은 오후 일곱 시가 조금 지나서였다.
"어서 와요. 청랑."
쑹리매는 단잠에서 벌써 깨어나서 주방을 오가며 저녁상 준비에 한창이다.
"먼 길 오느라 고생 많았을 텐데 쉬지 않고?"
"충분히 쉬었고, 밥상 준비 중이야."
그녀는 행주에 손을 닦으며 화사한 미소로 다가온다. 둘은 서로를 안으며 깊은 포옹을 한다.
"내가 잘 온 거지?"
"그래 잘 왔다. 환영한다."
"지금 그 인사 아니었으면 내가 섭섭할 뻔 했는데 아무튼 고마워. 반갑게 맞이해 줘서."
"당연하지 쑹리매가 누군데 나 청랑을 제일 잘 알고 있는 여자인 것을. 그뿐이야? 제일 잘 안다기보다는 제일 많이 사랑하고 있는 여자라고 해야지. 내 표현이 그래서이지만 같은 뜻이야."
"그래 그쯤은 나도 알아. 그나마 많이 발전된 표현이라는 것도"
"가만 어디서 맛있는 냄새가 나는데."
"그래 냉장고에 있는 고기로 스테이크를 만들어 보았어. 소주 한잔 곁들이면 괜찮겠지?"
"그래 한잔 하자."
냉장고에서 차게 식혀진 소주 한 병을 가져왔다.
"자 오랜만이다 내 남자."
건배, 짱하고 술잔 부딪히는 소리와 그들은 낭만을 마신다.
"안 되겠다. 기왕이면 등불호야도 같이 자리하자."

그녀는 서재로 가서 호야등을 벗겨왔다.
"어? 호야의 유리옷이 깨끗해졌는데?"
"응 유리 옷에 그을음이 묻었기에 내가 닦아 놓았었지. 심지에 불을 붙여 봐. 얼마나 밝아졌는지."
"정말이네, 아주 밝은 불을 보여주네. 등불호야, 나 쑝리매와 청랑의 만남 15주년을 기념하는 자리에 너와 함께 하게 돼서 정말 기쁘구나. 나, 쑝리매는 바다 건너 상하이에 있지만 등불호야가 청랑과 함께 있을 때는 행여라도 청랑이 내 이야기를 할 때면 많이 많이 들어 주거라."
"자 한잔 하자. 이제 보니 쑝리매와 등불호야가 나보다 더 친해진 것 같은데?"
"그도 그렇지만 평소에 무뚝뚝한 청랑이 등불호야와 단둘이 있을 때면 더 많은 이야기를 쏟아 놓을 것 같아서야."
이제 이들 모두가 서재의 침실로 옮겨갔다. 등불호야의 심지가 낮아지고 이들은 사랑을 하려 한다. 쑝리매는 여인의 목말랐던 사랑을 조금씩 마시면서 사내의 가슴으로 파고든다. 참으로 아름다운 그녀의 자태다. 이제 작은 숲속의 비밀스런 곳의 문을 열어놓고 내 남자의 전부가 함축된 그것을 담으려 하고 있다. 아~ 드디어 입성한 사내의 뜨거움에 환희의 신음을 자아내고 교태로운 여인의 몸짓은 그들 서로를 무아지경으로 안내한다. 이들의 사랑은 마음과 몸으로 이어온 지 벌써 15년이었던가? 어느 누가 이들의 사랑을 능가할 수 있을 것인가? 특히나 쑝리매의 사랑을, 어느 한 곳에만 집중할 수 없는 청랑의 현실과는 달리 쑝리매만은 내 남자 청랑에게만 집중할 수 있는 그녀만의 자유가 있는 것이다. 그리고 그녀는 자신만의 감정 내 남자를 사랑하는 방법을 알고 있는 것이다. 이렇게 그녀에게는 언제까지일지는 몰라도 내 남자란 오직 청랑이라는 사내 뿐이다. 그가 내 남자일 때 언제까지라도 그와 함께 깊고 근사한 사랑을 할 것이다. 그러나 그녀에 비해서 청랑은 늘 미안한 생각이다.

"미안해 쑹리매."

"왜 뭐가 미안한데?"

"쑹리매가 내게 준 사랑에 비해 턱없이 부족한 나의 사랑인 것을 나 자신이 알고 있기에 자꾸만 미안해지는 거야."

"그런 말 마라. 사랑하는 사람끼린 미안하다는 말 같은 거 안 하는 거야. 그리고 내가 말했잖아. 나 쑹리매는 청랑이란 사내를 독점하려 하지 않는다고. 아쉽지만 말이야. 그리고 다른 여자와의 관계는 나의 관심 밖이야. 그들로 인해서 청랑이 궁지에 몰리지만 않는다면야. 왜냐고? 말했잖아. 나 쑹리매가 청랑을 가장 잘 알고 있는 여자라고. 내 남자 청랑이기에 거의 가슴속에 잠재해 있는 온화한 사랑의 마음이야말로 그가 가진 가장 큰 재산이기에. 그 누구도 혼자서 독점할 수는 없는 것이다. 그것은 또 그 자신도 흐름의 방향을 마음대로 할 수 없는 것이다. 그러한 처지에 놓인 그에게 다가서서 나에게만 이라고 말하는 사람, 특히나 여자가 있다면 청랑 그는 무척 곤혹스러워질 것이다. 그러기에 나 쑹리매만이라도 그를 이해하는 여자가 되리라."

그녀는 이 밤이 주는 사랑과 행복을 머금은 채 평화로이 그리고 깊은 잠 속에로 빠져들었다가 아침을 맞이했다. 그녀는 사내의 팔을 당겨서 팔베개를 하고는 턱 밑에다 속삭인다.

"청랑, 나 좀 쳐다봐."

"응, 왜?"

"나, 오늘은 갈 거야."

"그래야겠지. 자리를 오래 비워둘 수 없다는 거 알고 있어."

"그래도 더 있다가라는 얘기 듣지 못하는 건 섭섭한데?"

"그래? 어차피 가야 하고 보내야 할 사람인데 빈말은 해서 뭐 하겠노? 내가 이따가 아침 먹고 김해 공항까지 데려다 줄게."

"그래주면 고맙고. 그리고 청랑, 내가 지금 가더라도 6월 달에는 다시 올 거야."

"왜 또?"

"왜라니 6월에는 어머니 칠순을 해 드리기로 했잖아. 지난번 내가 한 말을 잊어버린 건 아니겠지."

"응, 난 잊고 있었는데 쑹리매가 기억하고 있었구나."

"그래 어디서 하는 게 좋을까? 부산의 해운대 호텔에다 예약을 할까? 말씀은 드려 본 거야?"

"아니 아직은 말씀드리지 못했어. 하지만 호텔에서까지 크게 하는 잔치는 원하지 않으실 것 같아. 어쩌면 보통 때의 생일처럼 소박한 밥상으로 넘기시려 할 거야."

"무심한 사람, 내가 진심으로 한 제안인데 건성으로 듣고 넘기려 했다니? 실은 내가 이번에 온 것은 6월의 어머니 칠순을 의논하기 위해서 겸사겸사해서 온 거였어. 그러니 청랑의 어물쩡한 대답 듣기 전에 내가 얘기할게. 해운대 호텔 연회장에서 하든지 아니면 이곳 미보리 집에로 모셔서 하든지 둘 중에 한곳으로 장소를 선택하자."

"그래 쑹리매가 생각한 둘 중의 하나라면 여기가 내 고향이고 어머니도 지난날에 살던 곳이니까 이곳에서 돼지나 한 마리 잡고 몇 가지 음식을 준비하면 되겠다. 이곳 이웃 사람들과 가까운 지인들 특히 어머니께서 아시는 분들하고 그냥 지나가는 길손들 식사 대접하고 하면 만족해하실거야."

"그래 듣고 보니 그 방법도 괜찮을 것 같네. 거실 가운데로 생신상을 차리고 그 외의 공간과 마당에까지 연회석을 만들어서 방문객들을 맞이히여 접대하면 되겠다. 그러자면 거실에서 마당으로 통하는 현관 말고 통로가 있어야겠구나."

"그것은 염려 안 해도 된다. 마당 쪽으로 향한 창문을 자세히 보면 1미터 높이의 허리춤을 벗겨내면 본래 미닫이로 된 큰문이 나오는데 그것은 떼었다 붙였다 할 수 있게 만들어진 거야. 문 4짝 정도만 떼어내면 앞마당과 거실은 같은 공간이 되는 거야."

"그게 정말이야? 나는 여태껏 저곳이 창문이고 그 밑은 창틀 밑의 나무벽인 줄 알았는데? 감쪽같구나."

"그래 모두에게 그렇게 보일거야. 마당 쪽으로 통하는 저 부분은 필요에 따라 개폐가 가능하게 설계돼 있었는 걸 나도 평소에는 잊고 있었는데 쑹리매와 내가 제일 먼저 이용하게 되는구나. 이제 보니 청랑은 여기서 어떤 행사든 해야 한다고 예견했었구나."

"아마 막연하게나마 그랬었던 거 같아. 잘 됐다. 나중에 이 쑹리매의 칠순도 여기서 해야겠구나."

"사람하곤 우리 나이가 이제 겨우 사십을 넘겼는데 칠순얘기가 벌써 나오다니?"

"왜 뭐가 잘못된 거야? 나는 그때까지도 이곳을 왕래하고 싶다는 뜻이야."

"그래 그렇다면 나야 대환영이지. 그럼 됐어. 청랑, 행여라도 우리의 인연을 나 쑹리매가 먼저 소홀히 하는 일은 없을 거야. 왜 말이 없는 거야?"

청랑은 대답 대신 쑹리매를 가슴으로 안아준다. 그것이 지금의 가장 진실한 답이기 때문이다. 청랑의 배웅을 뒤로 하고 상하이행 비행기에 오른 쑹리매 무한한 행복감을 안고서 떠나가는 건 맞는데 그래도 아쉬움은 남는다. 그래, 다시 또 오면 되지 뭐. 그녀의 달콤한 비행기 잠을 깨운 건 착륙을 알리는 기내 방송 때문이었다. 2시간 남짓 정말 깊고 행복한 잠을 잤다. 상하이 공항에 내려서 택시를 타고 집에 도착하니 오후 1시가 조금 지났다. "빨리도 왔군. 아침 8시에 청랑의 집을 출발했는데 벌써 도착하다니 국내의 먼 곳 출장보다도 더 쉬운 곳이잖아."

"엄마 나 왔어요."

그녀는 집 안으로 들어서면서 소녀처럼 외쳐댄다. "오냐, 그런데 넌 어젯밤에 외박하고 오더니만 뭐가 그리 신나는 거냐?"

"엄마도 참, 출장 갔던 일이 잘 되어서 기분이 좋아요."

"거참 다행이구나. 그리고 좀 전에 성린이가 왔구나."

"그래요 엄마? 그 아이 지금 어디 있어요?"

"얘, 성린아, 어디 있니? 저렇게 성급하긴. 성린이는 유모하고 시장에 갔나보다. 그냥 쉬고 있으면 올 거야."

"그러고 보니 내일이 일요일이구나. 베이징에 있는 성린이가 주말을 맞아서 다니러 온 거구나."

아들 성린은 어릴 때부터 유모 그늘에서 자랐으니 커서도 유모를 잘 따른다. 이제는 세월을 거슬러 훌쩍 자란 아들 주성린이다. 이 집의 희망이기도 한 성린이는 베이징 대학에 유학중이다.

"엄마, 나 없는 동안 어디 불편한 데는 없으셨죠? 편찮으시거나 하지 않으셨나 말이에요."

"얘는? 내가 요즘 아프다고 한 적이 있었니?"

"그래요. 우리 엄마가 건강하게 잘 지내시는 것이 나의 바람이고 얼마나 다행인지 몰라요."

"그래 나도 신기할 지경이다. 한 10년 전 쯤에는 지금보다 젊었어도 속앓이랑 두통 같은 것이 잦았었는데 언젠가 우리 집에 화재가 나고 불 속에서 간신히 살아나고부터는 그 낳던 잔병들이 불에 그을어 없어졌는지 전혀 아픈 줄 모르고 지내왔으니 늘그막에 건강 복이 터졌나보구나."

"그러게 말이에요. 그 얼마나 좋은 일이에요."

"참 얘야, 그 때 그 불 속에서 나와 성린이 그리고 유모까지 건져 내 준 그 청년은 아주 가버린 거냐? 그 후론 통 보이질 않는구나."

"네 엄마, 그 사람은 아주 먼 곳에 있는 사람이에요. 우리 중국 사람이 아닌 한국이란 나라 사람이에요."

"그럼 그 사람이 죽었는지도 모르겠구나."

"에이, 엄마도 참. 그 사람이 왜 죽어요? 아직 나이도 젊은데."

"그렇지, 내 기억엔 내 딸 쑹리매와 비슷한 또래였나 보다. 너와는 친한 사이였다면서 먼 곳 자기네 나라로 가버렸으면 못 만나겠구나."

"할머니, 저 왔어요. 시장 다녀왔어요."

"얘 성린아, 엄마다."

"어? 엄마 오셨네. 언제 오셨어요 엄마?"

"그래 조금 전에 왔다만 넌 별일 없이 잘 지냈었니?"

"예, 저야 엄마가 보내주신 돈으로 잘 지내고 있습니다."

"회장 언니, 잘 다녀오셨어요? 생각보다 빨리 오셨네요?"

"참 엄마, 한국에 출장 가셨다면서요. 가신 일은 잘 되셨고요?"

"그럼 잘 되고말고."

"참, 회장언니 청랑님은 잘 계시고요?"

"유모가 그걸 어떻게. 내가 청랑을 만났다는 걸?"

"언니께서 한국에까지 가셨는데 청랑님을 안 보고 오실 리가 없잖아요."

"잠깐 엄마, 유모가 말하는 청랑님이라면 지난 날 우리 집 화재 때, 할머니와 나, 유모까지 우리 집 식구 모두를 불 속에서 구해 준 그 아저씨 말이구나."

"그래, 그가 청랑이야."

"언니도 참, 청랑님 잘 계시더냐 말씀이에요?"

"얘들아 그건 내가 먼저 물었다. 안 그래도 너희들 오기 전에 어미에게 그 사람에 대해서 묻고 있는 중이었다."

"그래요, 엄마, 내가 이번 출장을 그가 있는 나라에 갔다가 만나보고 왔어요."

"그래 잘했다. 우리 가족 모두의 은인인데 고맙다는 인사를 하고 와야지."

"마님께선 염려 마세요. 아직도 회장언니는 그분과 친하게 지내고 있답니다."

"그러냐? 잘했다. 그런 사람과의 인연은 쉽게 끊으면 안 되는 거지. 암."

"다행이에요. 엄마, 그 자상하고 의협심 강한 청랑 아저씨가 지금도 엄마의 친구로 있으니. 그리고 보면 의리를 중시하는 우리 어머니가 훌륭하고 고맙습니다."

"그렇다면 다행이구나. 내 아들 성린이가 이 엄마를 이해해 주어서. 자아, 우리 아들도 오고 했으니 뭐 맛있는 거 만들어서 먹자. 뱃속이 출출하구나."

"네, 언니, 안 그래도 성린이가 엄마 좋아하는 해물이라면서 몇 가지 집어왔어요."

"아이구 우리 아들이 대견스럽네. 이 엄마를 생각해 주다니."

"엄마 나는 늘 그렇게 생각하고 있어요. 왜냐하면요. 울 엄마가 건재하셔야만 내 용돈이 궁하지가 않을 거거든요."

"그래, 그래, 알았다. 일았어. 유모 성린이가 선택한 거 어서 만들어 보자."

"그런데 언니 제가 한 질문에 대답을 아직 안 하셨어요. 청랑님의 안부 말이에요."

"그래 잘 있더라. 아주 잘 있어."

"그럼 됐어요. 언니 혹시 내 안부는 묻지 않았어요?"

"그래 이번에는 그럴 시간도 없었지만, 그 사람이 본래 마주치기 전에는 다른 사람 얘기는 잘 안하는 사람이잖아. 그런데 유모는 언제까지 청랑 타령을 계속 할 거야."

"그거야 불 속에서 청랑님에게 잡혀 나온 내 겨드랑이가 식기 전까지는 자꾸만 한 번쯤은 안기고 싶은 걸요."

"그건 안 된다. 유모야. 언감생심 그런 생각 마라."

"왜요, 노마님?"

"생각해 봐라. 성린애미와 친하게 지낸다는 쑹리매의 남자를 넘보다니. 네가 지금 제정신이냐? 지금이라도 정신 차리고 다시는 그런 생각 말거나. 알아듣겠니?"

정색을 하시는 노모의 말씀에 서로의 얼굴을 쳐다보는 쑹리매와 유모, 거기다가 성린이가 한 술 더 뜬다.

"맞아요. 할머니 말씀이 옳아요. 어머니가 좋아하시는 청랑아저씨라면 유모가 한 발 물러서는 게 좋을 듯해요."

"얘, 성린아, 너까지 유모인 나의 마음을 모른 척 엄마 편을 들다니."

"오해 마세요. 유모, 나도 이 문제만은 엄마 편을 들고 싶어요."

"고맙구나. 역시 내 아들이야."

그랬다. 아들 주성린의 그 말은 진심이다. 그가 자라면서 줄곧 보아온 엄마의 젊은 날에서 중년이 된 지금까지 아버지가 없는 시간을 홀로 지내 온 엄마의 외로움이 컸으리라. 그런 엄마가 어쩌다가 한 번씩 집안 행사에 초대해 온 청랑 아저씨를 보았기에 잘은 모르지만 내 어릴 적에도 정의롭게 보이던 그 아저씨라면 내 엄마와 인생을 나누는 것도 좋을 것 같다. 그것 모두가 당사자의 마음이겠지만 청랑 아저씨가 엄마의 친구임을 다행으로 생각하는 성린이다.

"자 어서들 먹자."

"엄마, 이것 좀 잡숴 보세요. 간이 맞는지 모르겠어요?"

"음, 괜찮구나. 성린아, 너도 먹어 보렴."

"네에 할머니."

이런저런 얘기를 하는 동안 밥상이 차려지고 모두들 음식 맛에 젖어든다. 쏭리매도 미보리에서 청랑과 아침 식사를 한 후로 지금껏 아무것도 안 먹은 탓에 허겁지겁 막 집어 먹는다.

"애야, 체할라. 천천히 먹어라. 넌 오늘 따라 식욕이 왕성한 걸 보니 그동안 굶고만 다녔나보다. 식사를 거르다보면 탈나는 수가 있느니라."

"아니에요. 엄마. 꼬박꼬박 챙겨 먹었는걸요."

"그렇다면 이상하구나."

"노마님도 참, 회장 언니가 사랑을 많이 하고 와서 배가 고픈 거예요."

"무슨 소리냐? 그럼 그 청랑이란 친구를 만날 수 있었단 말이냐."

"네 엄마, 그 사람 집에 들렀다 왔어요. 그 봐라. 우리 회장을 그렇게 챙겨주는 사람을 유모 네가 넘보다니. 이거 안 되겠구나.

유모를 내가 중매해서 시집을 보내야겠구나."

"아니에요. 노마님. 앞으로는 절대로 그런 말 안할 테니 나 시집보낼 생각은 하지 마세요."

"저런 그 말을 내가 믿으라고? 얼마 안 지나서 또 그런 말 튀어 나올 게 뻔한데."

"이제 우리 유모가 큰일 났네. 할머니의 의심을 벗어나기 어려워졌으니 어떻게 한담. 안 되겠다. 할머니 유모가 아니라잖아요. 유모가 그런 생각 안 할 거라 하니 믿으셔도 돼요. 할머니."

"그런 게 아니야, 성린이 너는 사내라서 잘 모른다. 여자란 한 번 마음속에 품은 마음 쉽게 없어지지 않는 거야. 앞으로는 내가 철저히 감시를 해야겠다."

"노마님, 저는 아니니까 괜히 헛수고 하지 마세요."

"그래요, 엄마, 유모가 농담으로 한 거예요."

"그럴까? 그래도 어디 두고 보아야지."

고정된 노모의 의구심은 좀처럼 가라앉지 않는다. 그래도 쑹리매는 기분이 좋다. 청랑과의 헤어짐이 아쉬웠는데 그의 이야기가 여기까지 따라와 주었으니! 쑹리매를 배웅하고 김해공항을 빠져나온 청랑은 곧장 차를 몰아 두어 시간 만에 달비골 현장에 도착했다. 그는 언제나 그랬듯이 특별한 볼일이 없는 이상 현장에 와 있는 것이 가장 편한 마음이다. 오후 1시쯤이라 함바에서 밥 한 그릇 먹고 현장을 한 바퀴 돌아서 청리 산업 사무실로 돌아왔다. 자신의 자리에 앉아서 눈을 감았다. 쑹리매는 아직도 나는 비행기에 있겠지. 느닷없이 찾아와 사랑을 쏟아놓고 간 그녀의 향기가 채 가시지 않은 것 같다. 6월이면 다시 온다 하고 갔다. 늘 불효를 면할 길 없었던 나에게 어머니의 칠순잔치를 제안한 그녀가 고맙고도 고맙

다. 언제 봐서 비 오는 날 쯤 해서 어머니를 찾아뵙고 말씀드려야
겠다. 그리고 멀리 있는 지인들에게는 일부러는 알리지 않고, 이
곳 마을 사람들을 초대해서 조용하게 조촐하게 보내면 된다. 다만
아직도 이 지방 곳곳에는 걸식을 하고 다니는 사람들이 많다. 그들
중 한 사람에게 통보해서 모두들 와서 한 끼 식사를 하고 갔으면 하
는 것이 청랑의 바람이다. 그렇다. 그들이 배불리 한 번 먹고 가는
것이 진정한 나눔 잔치의 의미가 있다. 그들의 귀와 코는 귀신처럼
듣고 냄새를 놓치지 않는다. 그들의 수첩에는 지방 곳곳의 잔치와
행사 날짜가 적혀 있으니까 세월을 싣고 달리는 수레는 삐걱거리면
서도 어느덧 신록을 자랑하는 오월을 달리고 있다. 막 출근을 해서
개문을 하는 루산나 화랑의 전화기의 벨이 요란하게 울린다.
"네, 루산나 화랑입니다."
"아, 미쓰 홍이구나. 나 상하이의 쏭리맨데 화백언니, 출근하셨나?"
"네, 쏭리매 회장님, 안녕하세요? 관장님, 방금 나오셨으니 바
꿔 드릴게요."
"관장님, 상하이 쏭 회장님이세요."
"그래? 이리 줘 봐."
루산나는 겉옷을 벗다 말고 한 쪽 소매를 걸친 채, 수화기를 건
네받았다.
"여보세요. 쏭리매 회장이구나. 별일 없고? 잘 있는 거지?"
"그럼요. 나야 잘 있지만 화백언니는 어때요?"
"응, 나도 여전해, 그리고 아이들하고 모두모두 잘 있단다. 그
런데 갑자기 전화한 걸 보니 무슨 일 있구나."
"그래요. 화백언니, 오는 6월 달에 청랑의 어머니 칠순이라나
봐요. 작년에 우연히 통화하다가 부산의 어머니댁에 다녀온다기

에 어머니 연세를 물었더니 오는 6월이면 칠순이 되신다기에 그럼 칠순잔치를 해 드려야겠네 했더니 대뜸 하는 말이 내 어머니 칠순인데 쑹리매가 왜? 하고 망나니 같은 말을 하기에 무슨 소리, 청랑의 어머니면 내 어머니나 마찬가진네 그런 말이 어딨어 하고 핀잔을 주었더니, 그건 그렇지만 어머니께서 허락하실까 하잖아요. 그래서 또 한방 먹였었지. 이봐요. 청랑, 자식이 어머니 당신의 칠순상을 차리겠다는데 마다 할 어머니가 어딨겠어 했더니 그건 그렇네 하고 한 걸음 물러서더라니까."

"그래서 어디서 어떻게 하기로 했는데?"

"응, 내 생각엔 해운대 호텔 연회장이 어떠냐고 했더니, 어머니께서 그런 거 원하시지 않을 거라면서 미보리 집에서 이웃사람들 불러서 조촐하게 하겠다고 했어요. 그때 우리 같이 가요. 화백언니, 그래서 전화했어요. 반대 안할 거지요?"

"어무이 칠순인데 당연히 가야지. 하지만 그 소식을 청랑이 아닌 쑹리매를 통해서 듣는다는 게 기분이 묘하긴 하네. 그래도 고맙다. 만약에 쑹리매 아우가 알려주지 않았으면 모르고 넘어갔겠지. 청랑오빠의 초대는 아마도 기대하기 어려웠을 테니까?"

"그랬을까? 그러고 보면 화백언니는 역시 청랑의 성격을 너무도 잘 알고 있구나. 그래서 화백언니와 내가 청랑의 여자였음을 부인할 수가 없나 보다."

"그러네. 그렇지만 지금은 청랑의 곁에 가장 가까이 있는 여자는 쑹리매 아우님이야."

"지금 화백언니의 그 말은 나 쑹리매는 이래도 아우, 저리해도 아우, 화백언니에게는 영원한 아우일 뿐이네."

"그렇지 그 정도의 양보를 쑹리매로부터 받을 수 있음은 나에게는 행운이기도 하고 또한 우리들의 운명이라 해야겠지? 어느 모로 보나 나보다 출중한 쏭리매가 내 아우님이 된 것은 우리 두 사람이 공유했던 동질성의 남자에게 내가 한 발 먼저였다는 것만으로 언니대접을 받을 수 있는 것 또한 인간의 법칙 같은 거 때문이지만, 그것만으로도 나는 충분히 쏭리매 아우님이 좋거든. 그리고 가끔은 설선장 안부도 물어보고 했으면 더 좋을 텐데.”

“왜요. 언니. 내가 지금 청랑에게 마음 쓰기 바쁜데 설 선장 생각할 새가 어디 있겠어요. 그런 밑지는 장사는 안할래요.”

“아우님의 그 말은 화백 루산나는 행여라도 청랑에게 미련을 갖지 마라. 뭐 그런 뜻이겠지?”

“꼭 그런 건 아니고 나 자신이 청랑 외엔 다른 남자에겐 관심이 없다는 뜻이에요. 그리고 청랑을 좋아하는 여자들 누구든지 쏭리매가 일부러 막을 생각도 없고요.”

“그래, 성린엄마, 전화 줘서 고맙고 그때 가서 만나기로 하자.”

# 잔치에서 일어난 일들

 그랬다. 청랑은 쑹리매에게 말했듯이 멀리 있는 지인들에겐 그 누구에게도 알리지를 않을 마음이다. 어머니의 생신에 가족들과 가까이 있는 이웃들이 함께 음식을 나누면 되는 것이다. 다만 오가는 식객들을 위해서 되도록 많은 자리를 준비해 두려한다. 6월로 접어들면서 천막 전문 업체에 의뢰를 해서 집 안마당의 울타리 쪽으로 행사용 텐트를 설치케 했다. 집과 저장용 창고 사이의 넓은 공간에도 몇 개의 천막을 설치했다. 걸객들 일백여 명이 앉아서 식사할 수 있도록 만들고 있다. 마침 현장에 내려온 여화산업 공상무가 그 작업을 목격하고
 "왕초형께서는 무슨 행사 준비를 이토록 굵직하게 하십니까?"
 "그렇네. 지나가는 길손들을 잠시 쉬어가게 하려고 자리를 만드는 중이네. 6월 그믐이 나의 어머니 칠순 생신이라네. 음식 좀 준비해서 인근 마을분들과 함께 할 수 있는 시간을 가졌으면 하네."
 "그렇군요. 많은 분들이 오시겠군요."

"아닐세. 멀리 있는 지인들은 연락하지 않고 그냥 소박하게 넘길까 하네."

"이 공기호가 목격하지 않았다면 나에게도 알리지 않았겠군요. 그럼에도 천막 자리를 크게 하는 것은 지나는 길손들을 비 맞지 않게 잘 모시겠다는 청랑형의 마음이구나."

"그래, 본래 잔치에는 그 사람들이 많이 와야 되는 법이거든. 그리고 지인들이라 해도 바쁜 사람들 오라고 할 수는 없을 것 같아서, 초대장을 만들지를 않았었어."

"그건 안 될 말이요. 왕초형, 내 집에 맛있는 음식이 있는데 아까워서 지인들 안 부르고 나 혼자 먹겠다고요. 그러지 말고 초대장을 만들어서 보내도록 하세요. 나중에 욕먹지 않으려면 말입니다."

"그것 참 곤란한 일이군."

"안 되겠다. 이곳 공사현장에 관계자들 하고 이 공기호가 초대장을 돌리겠소. 그리고 청랑형, 개인적 지인들은 청랑형이 챙기도록 하세요."

"알았네. 공상무."

어느 날 청랑은 어머니와 마주한 자리에서 말씀을 드렸다.

"어머니, 금년 어머니의 생신은 고향인 미보리 집에서 그곳 동네분들 초대해서 식사라도 했으면 합니다만 어머니 생각은 어떠신지요?"

"애야, 내 생일이면 집에서 밥 한 그릇 먹으면 될 것을 뭐하러 번거롭게 할라카노?"

"금년은 어머니 칠순이시라 모처럼 생신상을 해드리고 싶습니다."

"나야 좋긴 하지만 비용 들여가면서 뭐하러 그렇게까지."

"아닙니다. 음식 좀 장만하고 돼지 한 마리 잡고 술 몇 말 하면 되니 큰 돈 안 들어갑니다."

"아범의 마음이 그렇다면 고향사람도 만나보고 하는 것이 좋기도 하다만,"

"그럼 그렇게 준비하겠습니다."

그리하여 가족들 모두는 자연 알게 되고 그 외는 아무에게도 알리지 않았다. 어느 날 현장소장 낙동강은 청랑에게

"이보시오 청랑왕초, 오는 6월 마지막 날에 모친의 칠순이라면서 초대장 없이 가는 나에게도 술 한잔 주는 거지요? 공상무한테 들었어요. 안 만드는 초대장 억지로 달라 할 수는 없고, 그래도 우리 현장 사람들 몇몇 뭉쳐서 가리다. 각오 단단히 하시오."

"죄송합니다. 나는 그저 바쁘신 분들 번거롭게 안 하고 마을 사람 몇 분들 모셔서 식사 대접 하려했는데, 알려지고 말았군요."

"그래도 그렇지. 청랑왕초의 깊은 뜻은 알지만 그 반대의 뜻도 생각하셨어야죠. 아무튼 모친의 칠순 축하드립니다."

"감사합니다. 소장님,"

이에 앞서 5월의 하순 어느 날 부산 광안리의 큰 횟집 2층에 또래의 중년 여성들이 한 30여 명이 모여 왁자지껄 떠들어댄다. 부산의 N여고 출신의 동창생들이다. 그 사람들 가운데는 화백 루산나와 정은옥 선생도 있었다. "저 친구 이제 오는구나."

"얘, 마성녀, 회장이면 먼저 와 있었어야지. 이렇게 늦어서야 되겠나?"

"미안, 미안, 회사에 손님이 오는 바람에, 그런데 아직 30분이나 남은 시간이야. 안 늦었는데 너희들 괜히 핀잔이야. 잘 지냈나 화백아, 선생아."

"얘 한 사람씩에게 정중하게 인사해야지 않니? 그건 그렇고 요

즘 사업은 잘되고 있는 거냐?"

"그럼 당연하지. 우리 제품 그물마대 덕에 불황을 모르는 우리 회사야. 그게 다 청랑오빠 그 분 덕이야."

"얘 마성녀, 청랑오빠가 왜 네 오빠야?"

"얘들 좀 봐. 청랑이 너희들 오빠면 나에게도 오빠가 되는 것 아니냐?"

"그건 그렇지만 그래도 다른 호칭을 써야지. 사업파트너라면서."

"그래도 다른 호칭보다는 너네들 덕분에 오빠라는 호칭이 더 편한 걸 사업 파트너니, 필요할 땐 연락되겠구나."

"응, 지난 3월에 납품 관계로 잠깐 만났었지."

"그럼 그때 사업 관계 말고 무슨 말 못 들었었니?"

"무슨 말?"

"이를테면 무슨 행사에 초대장이라든지?"

"아니 그런 말 없었는데?"

"그럼 그렇지. 청랑오빠가 그런 일로 너한테까지 연락할 리가 없지."

"얘들이 지금 무슨 말 하고 있노? 초대장은 뭐고 또 경조사가 있으면 사업 파트너인 나 마성녀에게 당연히 기별했겠지. 대체 무슨 일인데?"

"아니야. 아무것도."

"그래 너희들이 말을 안 하면 내 직접 전화해서 물어보면 되지 뭐. 말하기 싫으면 안 해도 된다."

"그보다는 우리들만의 사적인 얘긴 그만두고 다들 모였으니 회장의 인사나 듣자."

"오늘은 매년 한 번씩 모이는 N여고 20회 졸업생의 모임인 淸心會의 날입니다. 모두모두 반가운 얼굴들입니다. 이제 우리는 어느덧 사십을 넘긴 중년이 되었습니다. 인생의 참맛을 알 수 있는 절정기에 들어선 우리 친구들 오늘 하루 마음껏 마시면서 즐거운 시간을 보냅시다."

박수를 받으며 자리로 가서 앉는 미성녀 동기회장이다. 준비된 음식에 술잔을 주고받으며 있는 수다 다 털어놓는 부산 가시내들이다. 시간이 흐르고 술잔이 거듭될수록 그녀들의 언어나 행동이 자유분방해진다.

"얘 석담치, 엄홍합, 남대치"

등등 온갖 별호를 갖다 붙이며 원색의 덕담을 주고받는 그들이다.

"얘 마성녀 아까 인사말 중에 우리가 지금 인생의 절정기에 접어들었다고 하는데 천만의 말씀. 나 석담치는 온몸이 나른한 게 권태기가 오는 중인가 봐. 얘, 피조개 너는 어때?"

"나야 뭐 왕성한 붉은 식욕으로 닥치는 대로 먹어치우지."

"그거 이상한데? 그럼 엄홍합 너는?"

"나 말이야? 난 요즘 인생의 행복열차를 타고 있지. 내 남편 죽순이 퇴근이면 어김없이 귀가하며 밤이면 내 품에 들어와 헤어날 줄 모르는 내 즐거움은 최고거든."

"그렇다면 나만 권태기인가."

"얘, 석담치 그러지 말고 병원에라도 가보는 게 어떠냐?"

"그래야 될까 봐. 누가 나 좀 데려다 줄래? 병원 말고 저 술잔 속으로 말이야."

"그래그래 이 술 한잔이면 그런 쓸모없는 권태감 같은 거는 멀찌감치 쫓아버릴 수가 있다."

"마시자. 건배."

옛 친구들과의 만찬에서 온갖 수다와 허세를 날리면서 각자가 최고의 기분에서 평온 속으로 귀가했다. 마성녀는 낮에의 모임에서 만났던 여고 동창인 루산나와 정은옥에게서 들었던 말이 다시금 생각났다. 청랑에게 무슨 일이 있긴 한 모양인데 불과 두어 달 전에 만났을 때도 아무런 일이 있을 거란 분위기를 느끼지 못했는데 대체 나는 모르고 루산나만 알고 있는 일이 무엇일까? 내일이라도 당장 달려가서 알아볼까? 아니야 본인이 말하지 않았는데 일부러 찾아가서까지 확인하려 들면 상대편에서 민망스러움을 주는 결과가 된다. 매사에 숨기는 것 없이 솔직한 청랑인데 왜 나에게만 말하지 않았을까. 나 마성녀도 그의 여자 중의 한 사람인데 안 되겠다. 이대로는 궁금증이 나를 그냥 두지 않는데. 그녀는 휴대폰의 번호를 눌렀다.
"여보세요? 예 청랑입니다."
"청랑오빠 저예요. 성녀에요."
"오, 성녀사장이 웬일이야? 그간 별일 없고?"
"예, 저는 잘 있어요. 그런데 랑오빠는 지금 뭐하고 있어요?"
"글쎄 지금이라? 뭐라고 해야 할까? 시간은 밤이라 모두가 잠잘 시간인데 나야 등불 호야와 마주하고 이야기 중이다만 성녀는 여태 잠 안 자고 전화한 걸 보면 무슨 일 있는 거야? 회사에 문제라도?"
"그래요. 회사에는 아무 문제없는데, 내 마음이 섭섭해요. 나 성녀만 랑오빠에게서 소외된 기분이에요."
"무슨 소리야? 알아듣게 얘기해야지? 소외된 기분은 뭐고? 난 성녀에게 그런 적 없는데."
"그래요. 나도 그렇게 생각하고 있지만 오늘 낮에 여고 동창회에서 루산나와 정은옥을 만났어요. 그런데 그 친구들이 대뜸 청랑오빠한테서 초대장을 받았느냐고? 6월달 행사라고, 금시초문의 얘기에. 아니, 무슨 일인데 하고 되물었더니 아니야 아무것도 하고 감춰버리지 않겠어요? 그래서 내가 그랬죠. 말하기 싫으면 안 해도 된다. 랑오빠에게 길흉사가 있으면 사업 파트너인 나한테 분명 기별이 있을텐데 내가 직접 물어본다 했지만 왠지 섭섭한 마음은 드네요."

"아, 그거였군. 6월 말에 내 어머니 70회 생신인데 이곳 미보리에서 동네분들 모시고 조촐하게 음식이나 나눌까 하고 생각했기에 멀리 있는 지인들에겐 바쁜 시간 빼앗지 않기 위해서 아무에게도 알리지를 않았었지. 루산나에게도 물론 알리지를 않았었지. 그런데 그 일 말고는 없는데 어떻게 알았을까?"

"그렇다면 랑오빠가 알리지 않았는데 루산나는 어떻게 알고 나에게 확인하듯 물어본 걸까?"

"그래. 이제 짐작이 간다. 그 일을 알고 있는 사람은 상하이의 쑹리매야. 실은 그 쑹리매 여사가 6월의 행사를 기획한 거였어. 작년 연말 통화 중에 부친의 기일에 부산의 어머니가 계시는 곳에 다녀왔다 했는데 어머니 연세가 몇이냐고 묻길래 돌아오는 6월이 칠십이라고 했더니 그러면 칠순 잔치를 해드리자고 해서 그러자고 했는데 그 사실을 쑹리매에게서 전해 들었나 보다. 그 쑹리매 여사가 부산의 해운대호텔에 예약하겠다는 걸 만류하고 이곳 미보리에서 어머니가 알고 계시는 이웃 마을 몇몇 분들 모시고 조촐하게 넘기려 했기에 멀리 있는 지인 그 누구에게도 알리지를 않았던 거야."

"그렇게 된 거였군요. 랑오빠의 말을 듣고 보니 내 잠깐 오해했던 마음이 풀어지네요. 그래도 랑오빠의 어머니시면 나에게도 어머니신데 조금은 섭섭하네요."

"그렇다면 미안하고. 추호라도 오해 없길 바란다."

"알았어요. 랑오빠. 그러나 그날에는 나도 갈 거예요."

"그래 알았다. 그리고 잘 지내라."

"랑오빠도요."

이거 보통일이 아니군. 이래저래 한 사람 두 사람 모두가 알게 되었으니 말이다.

6월의 마지막 날이다. 미보리 청랑의 집은 아침부터 손님맞이 음식 준비에 분주하다. 마을회장의 도움을 받아서 몇몇 아낙네들이 동원되어서 국 끓이고 전 부치고 밥하는 일에 주력하고 있다. 가마솥에서 만들어지는 소고기국과 삶은 돼지고기들은 인근 도축장에서 미리 주문해 놓은 것이기에 오늘 동원된 시골 아지매들의 구수한 솜씨가 더욱 맛을 내고 있다. 하루 전날 도착하신 어머니께선 당신의 생신날에 준비되는 음식들에 이리저리 맛을 챙기시며 흐뭇해하신다.

"아이고, 아 엄마들 오늘 다들 욕 본데이. 내 때문에 이래 수고를 많이 시켜서 우짜겠노?"

"아닙니더. 아지매요. 생신 축하드리고요. 우리도 모처럼 동네 큰잔치에 음식 만들게 되어 즐겁습니더."

"그리 생각해 주는 새댁이들이 정말 고맙데이."

오늘은 특히 이곳 단골식당인 미보리국밥집에서 도맡다시피 해서 국이랑 고기 준비를 하기 때문에 원활한 상차림이 될 것이다. 당사자인 어머니께선 그저 가만히 앉아 있지 않으신다. 아침부터 모여드는 하객들과 인사 나누기에 바쁘시다. 오랜만에 마주하는 고향 사람들이기에 더욱 반갑다. 특별한 식순은 없다. 하객들이 오기 전 아침 밥상에서 내 자식들과 손자, 그리고 조카의 인사를 받으며

"고맙데이. 내 너그들 때문에 오늘 이렇게 좋은 날을 맞이하는 구나. 모두모두 많이들 먹고 지금처럼 탈 없이 잘 지내면 된다."

"엄마도 생신 축하해요. 그리고 오래오래 건강하세요."

"할머니 축하합니다."

"오냐 오냐 다들 고맙다."

그리고 특히 오늘은 고향 사람들 우리집에 초대해서 음식 대접을 할 수 있게 되어서 제일 기쁘다. 아침나절 정오가 되기 전에 인근 마을사람들이 삼삼오오 보여 들었다. 실외의 마당에 설치된 야외 텐트엔 식탁과 하객들의 자리가 마련되었다. 가족들은 저마다 안내를 맡아서 음식을 나르느라 바빠졌다. 20여 개의 야외 텐트에 서서히 자리가 메워지고 음식, 술잔과 함께 즐거운 환담들이 오고 간다. 바깥마당 큼직한 텐트(채안)아래 식탁에는 모여든 걸객들이 서로 간에 주고받는 통성명으로 한바탕 요란하다. 그들이 자리한 텐트 기둥에는 큼직한 현수막이 걸려 있다. 찾아오신 걸객들 모두 환영합니다. 오늘은 여러분에게 정중하게 식사를 대접할 것이니 맛있게 배불리 드시고 가시길 바랍니다. 다만 그 누구도 서로 간에 다투거나 소란을 피우는 사람이 없길 바랍니다. 그래야만 골고루 음식을 대접할 수 있습니다. 그랬다. 이것은 오늘의 행사를 주관하는 청랑의 당부이다. 오랜 세월을 오가며 걸식하는 이들에게는 무리한 주문일수도 있겠지만 그래도 그들에게 잠시나마 따뜻하고 배부른 만찬을 주고 싶은 왕초청랑의 마음이다. 청랑의 본래 목적은 관내 이웃동네의 사람들과 이 동네 주민들에게 식사대접과 오가는 걸객들에게 음식 제공을 하고자함이 오늘 잔치의 뜻을 담았었다. 예상대로 많은 사람들이 왔다. 일손이 달릴 정도다. 국밥집 사람들이 6명, 이곳 마을 아낙들이 7명 그래도 바쁘다. 그나마 다행인 것은 이러한 일손 부족을 감안해서 행사장 입구에다 사전 공지를 했다. 오늘의 만찬은 뷔페식으로 하오니 수고스럽더라도 각자 본인이 음식을 마음대로 선택하시기 바랍니다. 이곳 농촌 사람들은 대다수가 난생 처음으로 접해보는 뷔페식에 색다른 흥미를 느끼기도 했다. 그리고 걸객들에게는 질서유지를 위해 식기를 제공하고 줄을 서서 차례대로 배식을 해주는 함바 방식을 제공했다. 그리고 그들에게는 떡과 고기를 담은 별도의 도시락을 준비해서 돌아갈 때 1인분씩 주어서 보내기로 했다. 어쩌면 생각했던 것보다 더 많은 사람들이 올지도 모른다. 하여 부족하지 않게 넉넉한 양의 음식을 준비했다. 초대장을 만들지는 않았지만 미보리와 여러 마을 이장들에게 부탁해서 각자의 마을 분들에게 식사를 하고 가시라고 전달했기에 많은 사람이 찾아들었다. 청랑의 집 넓은 마당과 농산물 창고 앞마당까지 잔치용 차일(천막)을 만들어 놓았기에 지나가는 객들이라도 모두 수용할 수가 있다. 청랑이네 가족 전부가 안내자가 되어 곳곳에서 하객들을 맞이한다. 청랑은 말한다.

"지나는 길손들과 모르는 사람이라 해도 멈칫거리게 하지 말고 자리로 안내해서 음식을 먹고 갔으면 한다."

라는 그의 뜻대로 오늘 이곳을 지나는 길손 모두가 잔치음식에 한잔 술을 즐길 수 있었다.

"어머님의 생신 축하드립니다. 만수무강하세요."

"내가 고마운 인사를 받긴 합니다만 새댁은 누군교?"

"예, 저는 청랑의 친구 쑹리매라고 합니다."

"그래요. 내 아들 친구라카이 반갑구마는 이름이 좀 특이하네?"

"예. 어머니. 저는 중국 태생으로 지금은 상하이에 살고 있습니다."

"그러고 보니 생각난다. 애비가 상하이에 가 있을 때 친구가 되었구나."

"예 어머니."

"그래도 그렇지. 아무리 친한 친구라해도 그 먼데서 여기까지 오다니 내가 미안한 마음이 많구마는."

"그리 생각하세요? 친구의 어머니시면 제 어머니와 같으신데 당연히 와야지요. 그리고 청랑하고 저는 오랜 친구이니 너그럽게 봐주세요. 어머니."
"그러다마다. 한국말도 잘하고 훤칠하기도 해라."
"잘 봐주셔서 고마워요. 어머니. 그리고 아들 친구인데 말씀을 낮추셔야죠."
"그래도 되나 모르겠다."
"어무이예. 저 왔습니더."
"아니 이 사람이 누구고? 루산나 아이가?"
"예 저 루산나입니더. 어무이 칠순잔치라 해서 왔습니더. 축하드립니데이."
"아이구 고맙구료. 우째 알고 부산에서 여기까지 왔노? 참으로 오랜만이고 반갑데이."
"예. 어무이. 저도요."
"화백언니 나에요."
"응 쑹리매 회장이 먼저 와 있었구나. 가까이 있는 내가 늦게 와서 미안해."
"아니야 언니."
"그럼 두 사람이 아는 사이가?"
"예 어무이. 이 사람과 나, 청랑오빠 모두가 같은 친구라예."
"그렇습니다. 어머니. 저희들은 오래전부터 알고 지내는 친구 사이입니다. 저한테는 언니이기도 하고요."
"그렇구나. 나사마 귀한 손님들을 만나게 되어서 반갑고 좋다마는 이 철없는 사람은 우짜자고 사방천지 연락해서 바쁜 사람들 오라 가라 해서 먼 길에 고생을 시키노?"

"그건 아니에요. 어머니."

"맞아요. 어무이예. 저도 청랑오빠한테서는 한마디도 연락 못 받았습니더. 여기 이 사람 쑹리매 아우님이 귀띔을 해줘서 알았습니더. 랑오빠 옛날이나 지금이나 기별 한번 안하고 얼마나 무심한데예."

"그건 아닐끼다. 지 처지에는 면목이 없어서도 루산나에게 연락 같은 거 못했을끼다. 그 사람 천날맨날 산지사방으로 떠돌면서 친구들 앞에 선뜻 나서기가 쉽지 않았을 거다. 우짜겠노. 루산나가 이해해 줬으면 좋겠구나."

"어무이께서 청랑오빠 감싸주시는 거 보기 좋아서 저는 다 이해했습니더."

"그래. 고맙데이. 그리고 옆에 있는 새댁도 정말 미안하고 고맙데이. 그런데 이 사람은 손님들이 와 있는데 왜 안 보이노? 옳지. 저기 오는구나. 아이구 이 사람아. 어서 와 보게나. 멀리서 귀한 손님들이 왔는데 어데 있었더노?"

"죄송합니다. 밖에서 정 선생하고 청아를 먼저 만나는 바람에 늦었습니다. 쑹리매 회장, 루산나 화백 오랜만이다. 쑹리매 여사는 7시 비행기라기에 1시간 쯤 더 있어야 도착하는 줄 알았었지."

"그랬는데 오늘따라 비행기가 빨리도 와주더구나."

"거참 비행기가 불공평하군. 누구에게는 빠르게 누구에게는 느리게 움직이다니."

그때 청아와 설린이 다가왔다.

"작은엄마 오셨네."

"그래그래 너희들 왔구나. 반갑다 반가워."

"우리도 작은엄마 보고 싶었어요."

"오냐 그래 고맙다."

"어머님 인사드리겠습니다. 루산나 친구 정은옥입니다. 청랑오빠도 예전에부터 잘 알고요. 친구 루산나가 어머님 뵈러 간다기에 같이 왔습니다."

"고마워요 정 선생. 내가 보기엔 루산나하고는 꼭 쌍둥이 자매같아 보이네요. 안 그런가 쑹리매 새댁?"

"그러네요. 나도 정 선생을 처음 대하지만 혼자 만났으면 루산나 화백으로 착각할 뻔했어요."

"할머니 안녕하세요? 저는 청아예요. 그리고 내 동생 설린이고요."

"안녕하십니꺼. 설설린입니다."

"오냐 그래. 사내답고 잘생긴 아들이구나. 가만 청아라면 오래전에 자갈치시장에서 만났던 여섯 살 귀염둥이 청아가 아니더냐?"

"맞아요. 할머니. 저도 기억이 나요."

"아이고 그때 그 어린 꼬마가 이젠 숙녀가 다 되었구나. 그러고 보니 세월이 많이도 지나갔구나. 아니다. 여기서 이러다간 멀리서 온 손님들 힘들겠다. 어서 안으로 들어가자."

모두들 거실로 올라갔다.

"자 그럼 모두들 편하게들 앉아 계시고 얘기들 나누시도록 하세요. 참 그리고 어머니께 말씀 안 드린 게 있습니다. 실은 오늘 어머님의 칠순 생신 잔치는 여기 이 친구 쑹리매 회장이 기획하고 만든 것입니다."

"뭐라카노? 아범아, 지금 무슨 말이고? 그럼 오늘 내 생일을 쑹리매 새댁이 잔치판을 만들었단 말인가?"

내 아들 딸들하고 며느리도 안 하는 일을 쑹리매 새댁이 하다니 깜짝 놀라고 당황해 하시는 어머니시다.

"내 자식도 가만 있는데 그 먼데서 온 자식 친구에게 이런 큰 피해를 끼치다니 그런 실례가 어데 있노?"

"아니에요. 어머니. 저 혼자서 한 게 아니고 청랑과 의논해서 같이 기획하고 실제 일은 청랑이 다 한 것입니다."

"그래도 그렇지 친구라면서 마음으로 서로 의지하면 되는 것이지 물적 피해를 끼쳐서는 안 되는 거 아닌가?"

정색을 하며 질책을 담는 어머니시다.

"그게 아니에요. 어머니. 제가 말씀드릴게요. 지난 연말에 청랑과 통화 중에 청랑으로부터 부친의 기일에 부산의 어머니께 다녀왔다는 말에 어머니 연세를 물어봤던 저에게 돌아오는 6월이면 칠순이라기에 그러면 칠순 상을 차려드리자 했더니 내 어머니의 칠순 상을 쑹리매가 왜 하고 핀잔을 주지 않겠어요? 그래서 제가 청랑의 어머니시면 내 어머니와 다름없는데 무슨 말을 그렇게 하느냐고 따져서 간신히 승낙을 받은 거예요. 그러니 저의 짧은 생각이지만 너그럽게 봐주세요. 어머니"

"그러세요. 어무이요."

"이 사람 쑹리매와 청랑오빠는 장학사업도 같이 하는 사업 파트너, 말하자면 동업자예요."

"정말 그렇나? 루산나의 말이 참말이가? 그런 걸 저 사람 청랑은 한마디도 없으니 내만 멍청한 늙은이가 되었구나. 그라고 보니 쑹리매 새댁한테 고맙고 미안테이."

"할머니 그리 생각하실 거 없습니더. 우리 작은엄마 쑹리매 여사와 청랑아저씨는 보통 친구 정도가 아니라예. 우리엄마 루산나 화백이 청랑 아저씨의 첫사랑 애인이었는데 지금은 작은엄마 쑹리매 여사한테 그 자리를 뺏기고는 억울해서 죽을라칸다 아입니꺼. 그라이까네 할머니께선 아무 염려 마시고 가만히 계시면 됩니더."

청아의 돌출 발언에 모두가 어안이 벙벙해졌다. 그 다음은 참지 못해 폭소가 터져 나왔다.

"아니, 그런 일이? 나는 뭐가 뭔지 모르겠다만 청아가 그런 일을 우째 알고? 이 늙은이를 웃기려고 지어낸 말 아니냐?"

"아닙니더. 할머니. 이 설청아가 자라면서 다 듣고 보고 한 겁니더. 그건 하늘도 알고 땅도 알고 우리 아부지 설선장도 다 아는 사실입니더."

"그래 그래 청아가 만들어 내는 말이 재미있으니 나도 여러 생각 다 까먹게 되었구나. 그리고 청아 덕분에 웃게 되는구나."

"들으셨죠. 아저씨. 이참에 얼른 나가 보이소. 아저씨 회사 사람들이랑 아는 분들이 오실 것 아니에요?"

"그래야겠구나. 그럼 어머니, 말씀들 나누세요. 전 나가보겠습니다."

그랬다. 청아의 말대로 찾아드는 하객들을 맞이해야 하는 청랑이다. 오후가 되면서 바깥마당 넓은 차일(텐트) 아래 자리에는 약 일백여 명의 걸객들이 음식과 한잔 술에 젖어있다. 우선은 음식 맛에 푹 빠져서 잡담할 사이도 없는 것 같아 조용한 편이다. 그들에게는 배식을 할 때 아예 탁주 두어 사발씩 함께 주었다. 물론 많은 술병을 준비할 수 없었기에 술도가에서 공급되어 오는 말통 술을 쏟아부어놓고는 걸객들의 필수품인 깡통식기에다 담아 주었다. 그들 모두가 누구에게도 통제받지 않는 개인주의자이지만 이렇게 어느 집의 큰 잔치 모임에서는 자연적으로 그들의 정신을 지배하는 리드가 생기기 마련이다. 함바용 넓적한 식기에 여러 가지 음식을 넉넉하게 배식했기 때문에 그들 각자가 포식을 할 수 있음이다. 걸객 모두가 최고의 기분이다. 키가 길죽한 걸객 하나가 식사를 하다 말고 제 몫의 고기와 떡을 자신의 비상 주머니에 슬쩍 꼬불치고는 옆자리의 나이 어린 걸객의 식기를 넘보며 두어 점 고기를 슬쩍 집는다.
"안돼요. 아저씨. 이건 내 거예요."
"이 녀석아, 넌 다시 가서 안 받았다고 하고는 또 한몫을 받아오면 되잖아. 조그만 놈이 말이 많아."
"안돼요. 내 몫을 타왔는데 또 달라고 할 수는 없어요."
"뭐야? 어른 말을 무시하고 대들어"
하면서 어린 걸객의 머리에 알밤을 먹인다.
"왜 때려요?"
어린 걸객의 항변 소리에 모두의 시선이 그쪽으로 쏠린다. 그러나 길죽이는 제 버릇 개 못 주고 자신의 객기를 멈추지 않는다.
"야, 작대기. 너 임마. 그만 두지 못해?"
"아니 어느 놈이 남의 일에 콩 놔라 팥 놔라야?"
"이놈 봐라. 너 그 버릇 못 고치고 치사한 짓 할 거야? 정말 죽고 싶어? 나 남창교 밑의 대길이야. 너 이 녀석 이리 나와."
그 소리에 흠칫 놀라며 움츠려드는 키다리 녀석이다.
"야, 작대기 그 아이 것 돌려주고 네 놈은 여기서 꺼져. 너 같은 놈 때문에 우리들 전체가 피해를 볼 수는 없어. 저기 현수막에 적혀 있는 이 집 주인의 당부 말씀 안 보여? 질서를 지켜야 음식을 골고루 준다고 했잖아? 너 몫만 챙겼으면 됐지 어린아이 것까지 치사하게 뺏어 먹으려 들어?"
"그래, 그래, 작대기놈 쫓아버려."
여러 걸객들 모두가 한마디씩이다. 남창교 대길은 저항하는 작대기놈의 팔을 비틀어 뒤 곁으로 끌고 나와 내동댕이쳤다.

"썩 꺼지지 못해?"

다시 한 번 치켜드는 대길의 주먹을 보고는 작대기는 비실비실 뒤를 흘끔거리며 사라져간다. 버릇없는 말썽쟁이 작대기를 쫓아 보내고 돌아온 대길이다.

"자. 여러분들 내 말 좀 들어보소. 오늘은 우리들이 운이 좋아 식복이 터졌소이다. 술과 고기, 밥을 배불리 먹고 얻어먹었으니 좋은 집 잔칫날에 밥값은 해야겠으니 각설이타령이나 한바탕 놀아 봅시다. 모두들 자신의 예비 깡통을 꽹과리로 한다. 하여 나 대길이가 선창하겠소. 어얼시구시구 들어간다. 작년에 왔던 각설이 죽지도 않고 또 왔네."

드디어 시작이다. 걸객들 저마다의 입에서 얼시구 절시구 시구 시구가 중구난방으로 튀어나온다. 한 손에 깡통 반대 손에는 젓가락이 춤을 추며 소리 낸다. 한바탕 굿판이 벌어졌다. 더운 여름철이라 걸객들의 반팔 누더기가 제멋대로 잘도 펄럭인다. 그들은 모처럼의 포식에다 한잔 술의 흥이 살아나면서

"얼시구 시구 시구 들어간다 작년에 왔던 각설이가 죽지도 않고 또왔네. 인심 좋은 이 댁의 노마님 만수무강 하옵시고 얼시구 시구시구 절시고 시구시구 오늘 잔치 대박이로다."

이들의 굿판이 바깥마당이라지만 허리춤 높이의 담장이라 안팎 어느 곳에서도 다 모인다. 집주인 청랑은 술도가(양조장)에서 자전거 양쪽에 매달고 온 술말통을 걸객들의 굿판으로 바로 내리게 하여 큰 통에다 쏟아 붓게 했다.

그 사이 잠시 주춤해진 굿판 가운데로 청랑이 들어서자 남창교 대길이 나서며 멈추시오 하고는 깡통을 잘게 두드리며 제재 신호를 보낸다. 그리고 조용해졌다. 대길은 말한다.

잔치에서 일어난 일들 325

"여러분들 이댁 주인어른께서 납시셨는데 우리 모두 감사의 예를 올립시다."

걸객들이 '다 같이 감사합니다.'를 합창한다.

"아니오 아니오. 그러지 않아도 됩니다. 보아하니 그대가 이 사람들의 대장인 듯하니 내가 여러분들한테 인사하게 해 주겠오?"

"예 어르신. 저는 남창교 다리 밑에 사는 걸인 대길이라 합니다. 제가 대장은 아니고 모르는 사람도 많습니다. 그러나 오늘만은 저 현수막의 당부를 나 대길이가 대신해서 이행할까 생각했습니다."

"고맙소. 그렇다면 당신이 오늘의 대장이오. 자 여러 걸객분들 오늘 저의 집 잔치에 많이들 참석해 주어서 진심으로 고맙게 생각합니다. 오늘의 음식들은 여러분들과 함께하기를 바라면서 준비했으니 즐겁게 드시고 돌아가실 때는 조그만 도시락 음식 하나씩을 준비했으니 잊지 말고 받아 가시길 바랍니다. 그리고 움츠리고 앉아서 병들지 말고 부지런히 몸을 움직여서 건강을 유지하시길 바랍니다."

"고맙습니다. 감사합니다. 주인 어르신."

걸객들의 박수를 받으며 청랑은 안마당으로 오고 걸객들의 식지 않은 술잔이 각설이 굿판을 이어갔다. 오늘은 모든 참석자들이 그들의 명장면을 구경할 수 있었다. 안마당 객석에는 건축사 서창영과 갈제소장도 와 있었다.

"이보게 청랑 자네 모친의 생신을 축하하네."

"고맙네. 서건. 그리고 갈제소장도 와 주어서 고맙소."

"사장님. 오늘 행사 축하합니다."

현장소장 낙동강과 직원들도 속속 도착했다.

"어서들 오십시오. 소장님."

"청랑왕초, 초대 받지 못한 우리들을 맞이하는 기분이 어떠시오."

"환영합니다. 그리고 미안합니다. 실은 동네분들 모셔서 간단하게 식사나 대접하고자 생각했기에 초대장을 만들 생각을 못하고 말았습니다."

"그렇다면 맛있는 술이나 한잔 주시오. 그걸로 내 서운함과 퉁칩시다."

"이해해주셔서 감사합니다. 낙소장님."

"청랑오빠 저 왔습니다. 초대받지 못한 불청객입니다."

"어서 와요 마사장. 랑오빠 이렇게 큰 잔치에 나만 빼놓다니 이런 법이 어딨어요?"

"미안, 미안. 그래도 성녀 사장과는 지난번 통화했잖아."

"그래요. 그렇다 해 둡시다. 서운하긴 하지만."

"서운한 건 마대공업사 사장님뿐이 아닙니다. 초대 받지 못한 사람 여기도 있습니다."

"오랜만이에요. 서건축님. 그러고 보니 우리 모두가 같은 처지였군요."

"어쩌겠습니까. 그것이 내 친구 청랑인 것을. 맞습니다. 청랑 왕초가 본래 소리 소문 안 내는 사람임을 우리 회사에서도 다 아는 사실이지만 그럼에도 불구하고 이렇게 많은 사람들이 다녀가고 찾아오다니 신기한 일이에요. 그렇지가 않습니다. 낙소장님."

"이곳의 인근 갓 마을 이장들에게 기별을 해서 마을 분들 모시고 식사대접하자고 청을 했습니다. 그리고 지나가는 걸객 몇 사람에게 날짜를 알려주고 그들의 동료들에게도 알려서 같이 와 달라고 부탁했습니다. 걸객들의 연락망은 아주 잘 되어 있거든요. 그래서 이곳에 온 길손이 약 백여 명은 될 것 같습니다. 그들은 지금 한바탕 각설이 굿판으로 자신들의 존재를 잘 설명하고 있습니다."

"알았어요. 청랑왕초의 뜻을 우리도 잘 읽었으니 더 이상 탓하지 않겠소이다."
"왕초형, 제가 좀 늦었습니다."
"허허. 공상무가 그 먼 곳에서 여기까지 오다니 회사일도 바쁠 텐데."
"그 무슨 섭섭한 말씀이오. 그럼 왕초형의 집 잔치에 나 공기호가 빠져도 된단 말입니까? 그건 아니지요. 달비현장의 낙소장께도 내가 기별해 놓고 내가 안 오면 허풍쟁이 공기호로 전락되고 말 텐데요."
"알았네. 공상무. 어쨌든 먼 길 오느라 고생했고 고맙네."
"안녕하세요? 청 랑사장님. 저 춘천댁이에요."
"제수씨도 오셨군요."
"예 이곳이 어떤 곳인지 한번 와 보고 싶었어요. 그래서 이이 따라 나섰구요."
"잘 오셨습니다. 제수씨."
"그런데 청랑형부."
"쉿 이 사람이."
당황한 공상무가 아내인 춘천댁의 말을 가로막는다.
"이 사람이 내가 그만큼 일렀거늘 호칭에 신경 쓰라고 했는데."
"그러긴 했는데 나의 평소 습관 때문에 사장님 소리가 잘 안 되네요."
"그러지 않아도 됩니다. 제수씨도 아시듯이 나도 사장 소리 듣는 거 익숙치 못합니다. 편한 대로 부르세요."
"고마워요. 청랑형부. 누가 왔는지 제 뒤를 보세요. 언니, 화천언니. 어. 언니가 안 보이네. 뒤따라왔었는데 옳지, 저기 오는구나. 빨리 안 오고 뭐하실까? 어서 와요. 언니. 형부가 기다리잖아요."

그랬다. 저만치서 그녀의 딸 랑아와 얘기하며 걸어오는 화천어부.

"어서 와요. 화천."

"그간 안녕하셨어요. 청랑? 초대 받지 못한 이 불청객이 하지민 춘천 아우로부터 전해들은 이상 안 올 수가 없었어요."

"그래요. 멀리 있는 사람들에겐 알리지 않아야겠다는 내 생각이 짧았어요. 오랜만입니다. 부인."

"소장님 그간 안녕하셨어요? 인사가 늦어 죄송해요."

"아닙니다 부인,"

"아니, 그럼 소장님께서 우리 처형을 아신단 말씀입니까?"

"이거 왜 이러시오. 공상무. 지난번에 우리현장으로 찾아 오셨을 때 우리 직원들이 잘 보호해서 청랑왕초를 상봉케 했는데 그런 청랑왕초의 부인을 내가 모를 리가 있겠소?"

낙소장의 표현에 공상무와 그들 내외는 놀란 눈으로 서로를 마주 본다.

"그럼 부인께서 청랑오빠의 안방 마님이셨군요."

"안녕하세요 언니. 저는 청랑왕초와 사업상 파트너인 부산마대의 마성녀입니다. 궁금했는데 언니를 만나게 되어 반가워요."

"아니에요. 마성녀 사장님. 그때는 소장님과 직원분들이 잘못 아시고 청랑님의 부인으로 밀어붙이는 바람에 경황이 없어서 설명을 못하고 말았습니다. 실은 오래전에 청랑님께 신세를 지고 그 인연을 따라서 오늘 여기에 온 청랑 친구입니다. 소장님께 그때 말씀 못 드려서 죄송합니다. 마여사께서도, 오해 없으시길 바랍니다."

"얘, 랑아야. 인사 드려라. 제 딸아이입니다."

"안녕하세요? 저는 화천어부 민화전 여사의 딸 임랑아입니다. 울 엄마의 친구분이신 청랑 아저씨가 어떤 분인가 궁금했는데 만나 뵈어 반갑습니다."

"그래. 나도 반갑구나. 엄마와 다정해 보이는 모녀의 모습이 보기 좋구나."

"그런데 아저씨. 어른들은 그렇다 치고 저는 어른들 식의 밋밋한 인사로는 안 되겠어요. 좀 더 진솔한 인사가 필요해요. 이렇게요."

하면서 청랑의 가슴으로 살며시 다가선다.

"그래그래"

청랑도 랑아를 가만히 안아주며 어깨를 다독여준다. 같이 있던 어른들이 박수를 보내며

"요즘의 신세대는 확실히 다르군. 임랑아양의 용기를 이 아줌마도 좀 빌리자."

농담을 하는 마성녀다.

"랑 아저씨 오늘이 할머니의 생신날이라면서 어디 계세요? 사장 아줌마 우리 인사하러 가요?"

"참 그렇구나. 랑아양의 말을 들으니 확실히 나 마성녀 아줌마가 둔감해져 있구나. 랑오빠. 어디에요. 어머님 계신 곳이?"

"아마 거실에서 먼저 온 손님들하고 얘기하고 있을 거야."

"알았어요. 그럼 랑아양, 우리 모두 그리로 가자꾸나."

"네 아줌마."

성녀와 랑아가 앞장서고 화천어부와 춘천댁이 뒤를 따랐다. 거실로 들어서는 네 사람을 먼저 발견한 청랑의 모친이다. 쑹리매와 루산나 일행들과 이야기를 나누던 모친께서

"이 사람들아 웬 손님들이 여럿이 오는구나. 어디서 오는 누군지도 나는 잘 모르겠구나."

그 소리에 모두가 뒤돌아본다.

"어, 저 친구는 마성녀가 아닌가. 애 마성녀 너 왔구나. 우짠 일이고?"

"우짠 일은. 청랑 오라버니 어머님 뵈러 왔지. 그런데 루산나 정은오 나한테 같이 기자는 말도 없이 너희들끼리만 왔구나."

"그래 그건 미안하다만 너 뜻도 모르면서 무조건 가자고 할 수 있나? 네가 알아서 오겠지 했는데 역시 네가 알아서 와 주었으니 고맙다."

"그래 우리들 얘기는 나중에 하고 어머님께 먼저 인사드리자. 랑아양."

"네 그래요. 아줌마."

"어머님 생신 축하드려요. 저는 청랑오빠와 사업상 거래를 하는 부산마대공업사의 마성녀라 합니더. 그리고 이 학생은 인사드려야지. 랑아양."

"예. 할머니의 생신을 축하드립니다. 저는 춘천에서 온 임랑아입니다. 저의 엄마가 오신다기에 따라왔습니다. 할머니."

"그래 잘 왔다."

"할머니. 울 엄마하고 이모에요."

"인사 올립니다. 어머님. 청랑님의 어머님 고희를 축하드립니다."

"저도 인사 드릴게요. 저는 우리 그이가 청랑왕초님과 사업도 같이하고 왕초님을 형님으로 모시는 여화산업 공기호 상무의 아내입니다."

"아이고, 이런. 이 나이 많은 늙은이가 뭐라고 그 먼데서 이렇게들 와 주노? 내가 미안하고 고맙습니데이."

"우리 아들하고는 잘 안다고는 하지만 그래 이왕에 왔으니 다들 이리로 앉으이소."

잔치에서 일어난 일들

"어머님께선 말씀 낮추이소. 우리 모두가 아들 친구들이니 우리들에게도 어머님이십니더."

"그래도 되나 모르겠다. 그러세요. 어무이예. 당연합니더."

"그리고 이제 보니 마성녀 사장이 철이 들었구나."

"그래 이제 알았나? 그런데 너, 루산나 다른 손님들 앞에서 말을 너무 심하게 하는 거 아니니?"

"그래 그 말은 맞다. 내가 듣기에도 그런 듯 싶다."

"어무이예. 이해해 주이소. 마성녀랑 나와 정은옥은 여고 동창생입니더."

"그랬구나. 그런 사이라면 허물이라 할 것도 없다만."

"참 먼저 온 우리가 인사 드립니더. 부산에서 온 루산나입니더. 랑아양 어머니께선 춘천에서 오셨다구요."

"예 저는 민화전이라고 합니다. 그리고 이쪽은 혈육은 아니지만 동생처럼 지내는 사이에요. 그리고 여사님께도 인사가 늦었습니다."

"별말씀을요. 쑝리매라 합니다."

"그럼 청랑님의 장학사업을 도우신다는 그 쑝리매 여사님이시군요."

"아니 그럼 상하이에 계시는 그 쑝리매 회장님이군요."

"그래요. 부인. 그간 잘 지내셨어요? 왜 화백언니도 한번 보았을걸. 그때 상하이 우리집 식당에서 같이 자리했던 상하이 주재 한국영사관 공창호 영사의 형수 되시는 분이야."

"그래 그때 그분이었구나. 그때 잠깐 식사도 같이 하고 했으면서 오랜 시간이 지났는지라 얼른 알아보지 못해 죄송합니다."

"아니에요. 화백님. 제 잘못이에요. 그때 많은 신세를 지고서도 쑝리매 회장님을 몰라본 제 잘못이 큽니다."

"그러니 화천언니 이 일을 어쩜 좋아요."

"그래 춘천 아우가 큰 실수를 했구나. 쑹리매님, 화백님. 이 화천이 대신 사과드릴게요. 춘천 아우의 허물을 너그러이 용서해 주세요."

"그렇지가 않이요. 수년이 지난 오래전의 일이었고 오늘은 어머님께 인사드리느라 옆을 돌아볼 경황이 없었잖아요. 우리 모두가 같은 입장이었습니다."

"쑹리매님께서 그리 말씀해 주시니 고마워요."

그랬다. 화천어부는 진심을 담아 당황스러워 하는 춘천댁을 대신하고 있는 것이다. 그리고 먼저 와 있었던 여인들 모두가 청랑왕초와 깊은 인연이 있을 거라는 것도 짐작할 수 있었다. 그리고 쑹리매는 춘천댁에게 묻는다.

"그럼 이분 랑아양의 모친이 공영사 형수님이 말씀하신 바로 그 화천어부란 말씀입니까?"

"예 쑹리매님. 그땐 앞 뒤 없이 두서없이 얘길 했습니다만"

"그랬군요. 이분이 화천어부였군요."

"예 제가 화천이 맞긴 합니다만"

"그럼 혹시 춘천 아우가 쓸데없는 얘기를 했던 거구나. 보나마나 과장된 표현이 많았을 테니 쑹리매님께서는 그냥 흘려버리세요. 춘천 아우는 어려워해야 할 분 앞에서 쓸데없는 얘기를 뭐 하러 해가지고."

그러는 사이 어머니께서는 일어서시면서

"젊은이들 모처럼 아는 사람 만나서 할 말이 많은 것 같으니 청아하고 랑아는 이 할미하고 한 바퀴 돌아보자."

"예, 할머니. 저희도 나가서 무엇이든 거들어 볼래요."

"오냐 오냐 어쨌던 나가보자."

청아와 랑아의 손을 잡고 뜰 아래로 내려서는 할머니를 발견하고는 손님맞이에 바빴던 손녀들이 모여든다.

"할머니 어디 가시려고?"

"아니다 너희들이 안 보이길래 내 나와봤다. 아직도 너거들이 바쁘나?"

"아니다 할머니. 한참은 바빴는데 이젠 별로 바쁜 일 없다."

"그런데 이 언니는 누구고?"

"그래 우리도 자리 하나 차지해서 앉자. 내가 너희들을 서로 소개하마. 우선 령서, 령해, 령인이는 내 친손녀이고 청아와 랑아는 저거 엄마와 같이 온 우리 집 손님들이다. 서로 인사하고 잘 지내거라. 제일 어린 령인이 말고는 너그들 모두가 고만고만해 보여서 누가 먼저인지 가늠이 안 되는구나."

"나는 부산에서 온 설청아에요."

"그리고 나는 춘천에서 온 임랑아구요."

"두 분 다 와줘서 고마워요. 우리들 이름은 할머니가 다 말했으니 아실 테고 얼른 보아도 설청아 언니는 우리들보다 언니가 분명하고 임랑아 씨는 나와 비슷해 보이는요?"

"예. 나는 열여덟 살이고 대학 1학년이에요. 그러면 령해하고 같구나. 내가 두 살 위이니 내가 언니하면 되겠고 두 사람은 생일로 따지든지 알아서들 하고 이제 됐다. 설청아언니, 그 다음은 나, 령서이고 다음으론 랑아 하고 령해다. 령인이는 물론 그 다음이고. 어때요 청아 언니? 이 정도면 교통정리가 잘된 거 아닌가요?"

"글쎄다 나야 언니가 되었으니 괜찮은데 임랑아씨는 어쩐지 모르겠네요? 청아언니 언니가 되었으면 이름만 부르면 되지 끝에다가 랑아씨요 하고 부르는 변고가 어딨어요? 령해하고 나 하고는 청아, 령서 두 언니의 동생으로 만족할게요. 그리고 나에게는 령인이란 동생이 있으니 좋네요."

"그러네. 랑아의 그 대답 한번 명쾌하구나. 역시 우리들은 통하는 데가 있나봐. 그리고 나 설청아는 오늘의 맏언니로서 우리 자매들 간에 존칭을 삭제하는 특혜를 주겠다. 예컨대 청아언니. 언니야 우리 뭐 먹을래? 그래 맛있는 거 먹자 이런 식으로 툭 터놓고 지내자."

"그래 언니."

"할머니 우리들 통성명 다했어요. 할머니."

"그러냐? 너희들 서로 간에 인사가 길고도 복잡하구나."

"그래도 빨리 끝난 셈이다. 할머니, 설청아 언니로부터 령서 다음은 임랑아와 령해 그리고 령인이까지 순서대로 다 내려왔다 아이가."

"언니들 그건 아니지. 내가 끝이 아니고 내 밑에도 동생이 있다는 걸 알아야지."

"맞다. 그러고 보니 꼬맹이들이 안 보이는구나."

"동네 아이들하고 어디서 놀고 있나 보다. 옳지 저기 오는구나. 얘얘 령민아, 큰언니들한테 인사해라."

"안녕하세요. 큰언니?"

"그래, 그래. 얘가 령민이구나. 그러고 보니 너그들 모두가 얼굴 생김새가 많이들 닮았구나."

"그건 아니다. 할머니. 설청아, 령서 임랑아 각자 성이 다르고 부모가 다른데?"

"그러게 내가 이제 노안이라 비슷한 또래들 보면 모두가 닮아 보일 때가 많다. 코가 오똑하고 파란 눈을 가진 서양 사람들 모두가 똑같아 보이듯이 말이다."

"그러고 보니 나 령인이가 보기에도 언니들 모두가 닮아 보이기는 하네."

"그래 령서야."

설청아와 임랑아는 같은 혈육은 아니지만 오늘만이라도 우리 모두 닮은꼴로 하자. 그랬다. 이들의 닮은 모습은 우연이 아니다. 설청아는 모르고 있지만 임랑아는 알고 있다. 지난날 자신의 엄마인 화천어부와 모녀간에 말다툼을 하다가 궁지에 몰린 엄마로부터 랑아 자신의 출생에 관한 사실을 알게 되었다. 랑아는 자신의 친부가 화천호의 어부였던 임사공이 아니라 청랑이었다는 것을. 그러기에 지금 여기 있는 령서 자매들과 같은 혈육임을 그리고 지금 마주하고 있는 할머니가 랑아 자신의 친조모임을 랑아만이 알고 있다.

나는 그렇다 치고 설청아는 왜? 나와도 닮은 모습일까? 약간은 고개를 갸우뚱해보는 랑아다. 이제 랑아는 자신의 존재를 알면서도 말할 수가 없는 지금이다. 엄마를 따라 집을 나설 때만 해도 자신의 존재를 확인 받으리라 생각했는데 그랬다간 의외의 사건에 당장이라도 평지풍파가 일어서 엄마인 화천어부와 친부인 청랑의 입장이 난처해질 것이다. 그래 시간이 지나면 확인 받을 때가 있을 거라 믿어진다. 오늘 이곳에 와서 난생 첫 대면한 아버지와 할머니의 다정다감한 모습을 대하는 것만으로도 한결 마음의 위로가 되고 있음이다. 그러나 랑아의 그러한 생각과는 달리 설청아는 모르고 있다. 자신의 친부가 설선장이 아닌 청랑이라는 사실을 아직은 그 누구도 청아에게는 말해주지 않았기 때문이다. 청아의 출생의 진실을 알고 있는 사람은 엄마인 화백 루산나와 상하이의 쑹리매 그리고 청랑이다. 청아가 여고생이었을 때 쑹리매 회장의 생일에 초대된 해운대비치호텔 연회장에 늦게야 도착한 청랑왕초의 출현에 쑹리매는 감격했고 루산나는 까무러치는 두 여인의 상반됨을 연출케 한 청랑아저씨가 쑹리매 아줌마에게는 애타게 만나고자 기다렸던 남친이었고 루산나에겐 결혼 전의 첫사랑이었으니 졸도할 수밖에. 그런데다 설선장 역시 수년전 중동의 바레인 항에서 적색분자로부터 피난 자선에 자신을 구출해 준 청랑이었으니 가히 짐작이 가는 명장면만 연출되었다. 당시에 여고생이었던 설청아로서는 그 재미있는 연극의 주인공인 청랑아저씨에게 친근감이 가고해서 지금은 쑹리매를 작은엄마로 청랑을 작은아버지처럼 따르고 있는 것이다.

 청랑은 알고 있다. 저 아이들 청아와 랑아가 그들 각자의 엄마와 청랑 자신과의 사이에서 태어났다는 사실을. 그것도 많은 세월이 지난 후에서야 그 아이들 엄마로부터 전해 듣고는 놀라움과 당황스러웠음은 두말할 나위조차 없었다. 청랑으로서는 정말 뜻밖의 일이었지만 그 아이들 엄마 각각이 유전자 검사를 확인한 사실이라고 했다. 청랑은 말했다.

 "그러한 사실을 지금에야 알게 되어 면목이 없구나. 지금은 그 엄마의 품에서 유독 나의 처지가 그 아이에게서 떳떳치가 못하니 지금 그대로가 그 아이 본인에게도 좋을 것이오."

 라고 한 청랑이다. 지금도 아이들 본인은 모르고 있을 것이라 믿는 청랑이기에 마음으로나마 따뜻하게 반겨 주었을 뿐이다. 그러나 랑아는 알고 있었기에 청랑과의 첫 대면에서 오늘 잔칫집 아저씨가 아닌 내 아버지로서의 포옹 인사를 받고 싶었던 것이다.

 아직도 바깥마당 걸객들의 각설이 한마당은 계속 되고 있었다. 이제는 그 각설이타령이 서서히 대문 쪽으로 이동해 오고 있다. 걸객 대장 남창교 대길은 대문 앞에서 걸객들의 진군을 정지시켰다.

"자~ 여러분들. 지금부터 내가 지명하는 3명만이 나와 함께 각설이 놀음을 할 것이다. 이 집 주인의 승락이 있을 때만 말이다."
걸객들의 소음이 가라앉는다.
"저 걸객 대장 대길이가 주인어른을 뵙고자 합니다."
전갈을 받은 청랑이 문밖으로 나서자 꾸벅 절을 하며
"주인어른. 저는 걸손 대길입니다."
"알고 있어요. 그런데 무슨 일이요? 말해 보시오?"
"예 주인어른께서 허락하신다면 저를 포함한 4명의 걸손이 축하공연을 하고 싶습니다."
"각설이춤이라면 여태껏 하지 않았소?"
"그랬습니다만 지금부턴 우리들 둘 4명만이 안으로 들어갈까 합니다만."
"그래요? 그렇다면 잠깐 기다리시오. 여러 하객들에게 양해를 구해보리다."
청랑은 안쪽의 하객들을 향해서
"지금 여기 계신 여러 하객님들께 양해를 얻고자 합니다. 다름 아니라 오늘 이곳을 찾은 걸손들의 대표 각설이 4명이 안마당 공연을 청해왔는데 여러 손님들께서는 어떠하신지요?"
"좋아요. 괜찮을 것 같아요. 공연이 재미있을 것 같으니 찬성이오."
모두들 동의했다.
"자, 걸손대장 시작하시오."
"예. 허락해 주셔서 감사합니다."
땅그랑 따당따당당따당 덩더쿵 덩더쿵 얼손대장 대길은 왼손의 엄지와 검지에 걸린 끈 달린 양재기를 오른손에 잡은 막대기로 번갈아 장단 치며 양팔을 휘젓는다. 뒤따르는 3인의 걸손 무릎과 양팔을 엇박자로 꺾었다 놓았다를 반복하며 모처럼의 신풀이를 이어간다.

"얼시구시구 들어간다, 저절시구시구 들어간다. 작년에 왔던 각설이가 죽지도 않고 또 왔네 얼시구시구 들어간다 걸식에 노숙하는 이에 팔자 겡립이 원수로다. 시구시구 들어간다 작년에 왔던 걸뱅이가 죽지도 않고 또 왔네 절시구시구 들어간다 누집대문 열려있어 얼씨구 절시구 한발 성큼 들여더니 야속한 검둥이가 늑대같이 달려오네. 얼씨구나 기절초풍 혼비백산 달아나네. 저절시구 시구시구 들어간다. 죽은 줄만 알았던 그 걸뱅이가 죽지도 않고 또 왔네 시구시구 들어간다. 오늘같이 운 좋은 날 포식하며 즐거우니 하늘 같은 이 댁으로 만수무강 비나이다." 잘게 돌려지는 걸객대장 의 냄비장단으로 4명의 각설이들 두손 모아 땅바닥에 넙죽 엎드린다. 자유롭게 펄럭이던 찢어진 그들의 소매자락도 함께 엎드려 있다. 진심으로 오늘의 고마움을 전하면서 걸손들은 일어나서 왔던 길로 나간다. 하객들 모두가 박수를 보낸다. 긴 시간은 아니었지만 문화재급 공연이었다.

"걸손대장 수고가 많았어요. 그리고 각설이 춤도 일품이었어요."

"저희들 신명을 꺾지 않은 주인어른이 고맙습니다."

"그래요. 오늘 모인 여러분들 숫자대로 떡과 고기를 담은 도시락을 준비했으니 질서 있게 한 사람도 빠짐없이 받아갈 수 있도록 대길 대장이 챙겨주길 바라오."

"감사합니다. 주인어른."

걸손대장 대길은 제자리로 돌아가고 청랑은 창고 관리인 고창군에게 걸객들의 도시락 분배를 맡겼다. 도시락 용기로는 껍질없는 속나무를 대패질한 종이보다 두꺼운 손바닥 넓이의 페이퍼다. 두 장의 페이퍼를 열십자로 편 다음 썰어 놓은 고기와 전 부침, 그리고 시루떡을 적당히 포개어 페이퍼의 네 날개를 접어서 끈으로 묶으면 완벽한 위생 도시락이 된다. 따라서 환경오염도 전혀 없다. 2백여 개 이상을 만들자면 여러 사람의 일손이 합쳐져야 한다. 음식을 만드는 곳은 주방이고 고기와 전, 떡을 담아내는 곳은 과방이다. 오늘의 과방 담당은 청랑의 아내인 산골 유송과 그의 손아래 동서다. 그러니까 이 집안의 두 며느리다.

  청랑의 아내 유송은 이곳 미보리엔 청랑이 정착한 이후로 처음이다. 힘든 농촌 생활일 거라 지레짐작으로 겁을 먹어서인지 이곳에서 생활하자는 남편 청랑의 요청을 거부했다. 왜 그랬을까? 한 남자의 아내로서 내 남편이 3년씩이나 생활하고 있는 곳을 단 한 번도 찾지를 않고 있는 그녀에 대해서는 보통의 사람들 생각으로는 도저히 이해가 되지 않는 부분이다. 정이 없어서일까? 오만정이 떨어질 만큼 보기 싫어서일까? 정말 그렇다 해도 짧지 않은 세월을 함께 하면서 내 남편으로, 그 남자의 아내로 살아온 부부인데 그들에게서 태어난 아이가 벌써 열 살이 넘었는데 그런데도 지금의 이 모양새는? 멍청하고 한심한 두 인간들이다. 청랑의 아내 산골 유송이 지금 살고 있는 곳은 서울의 턱밑인 수원 화성이다. 청랑이 지난날 상하이로 떠나기 전 교통의 편리함을 감안해서 마련해서 자리 잡고 살던 집이다. 지금도 청랑의 문패가 붙어있는 그 집에서 그들이 낳은 아이만을 데리고 생활하고 있는 아내 유송이다. 남편이 보내주는 생활비로 궁핍은 없지만 근처의 재래시장에 작은 점포 하나를 마련해서 장사를 하다 보니 적은 돈이라도 만지는 재미로 위안을 삼은지도 모른다. 무엇 때문일까? 이들이 나름대로 별거생활을 하고 있는 이유를 분석해 볼 필요가 있다. 그녀가 지난날 청랑을 처음 만나 온몸으로 사랑을 불태웠던 순간들이 가식이었던 것일까? 그것은 아닐 것이다. 아니어야 한다. 한때나마 그녀가 절박한 처지였을 때 청랑을 만나 스스로 매달렸던 그가 아니었더냐. 당시의 청랑은 윤리관 깊은 건 방사한 채 수컷의 본능으로 여인에게 몸을 담갔고, 사내를 품은 젊은 암컷은 쉽게도 잉태를 하게 된 것이다. 사내는 잉태된 생명을 소홀히 할 수 없었고 그러한 사내의 그늘로 숨어드는 암컷을 보호하려는 사내의 태도에, 분노를 참지 못한 사내의 본처는 이혼을 요구하며 등을 돌렸고 내 아들의 잘못된 만남을 뒤늦게야 알게 된 어머니는 호된 질책으로 이것들을 나무라고 내 며느리인 순실을 옹호하고 달래었지만 상처 받은 여인의 자존심과 솟구치는 오기에 천금 같은 내 새끼를 나 아닌 사내 혼자만의 자식인 양 당신네 새끼니 당신네들 알아서 해라 소리치며 아무것도 모르고 있는 아이들을 무슨 물건 놓고 가듯 시어머니 앞에 훌쩍 내던지고 가는 무례함을 서슴지 않는 참담한 상황에 이르렀다. 이 또한 청랑의 부덕의 소치에서 비롯된 것이니 그가 감내해야 할 부분이다. 졸지에 이혼남이 된 한쪽의 빈자리에 어부지리로 들어앉게 된 지금의 아내 유송이다. 그랬으면 그 자리에 걸맞게 순응하며 살아가면 될 것을, 그러지도 못하는 아니, 하지 않으려는 그녀의 태도가 실망스럽고 안타까울 뿐이다. 이왕 이렇게 된 거 각오하고 들어온 새사람이면 자신들 때문에 영문도 모르고 피해를 당한 아직은 어린아이들을 포용하고 보듬으며 살아가리라 바랐는데 그것은 청랑과 가족들의 희망사항에 불과했다. 새로운 아내 유송은 시댁 식구가 있는 부산과의, 그래도 가까운 곳 미보리에의 정착을 외면하고 멀리 떨어진 곳 수원 화성집을 고수했다. 그래야만 달갑지 않을 전처의 아이들로부터 자신의 심신을 침해받지 않을 거라 생각한 것이다. 다분히 이율배반이다. 그래도 청랑은 일말의 희망을 갖고 새 아내 유송에게 부탁한다.

"여보, 령민 엄마, 그 애들도 우리들 자식이니 이번 방학 때는 여기 오라고 해서 밥이라도 한번 같이 먹도록 하자."

그러나 아내 유송은 대답이 없다.

"거절의 뜻인가? 반대의 생각이구나."

그로부터 청랑은 더 이상 말을 하지 않았다. 마음 내켜하지 않는 일을 상대에게 강요하고 싶지 않았다. 오히려 더한 갈등과 분란만 일 것이기 때문이다. 그러나 청랑의 마음속은 아내 유송의 생각과 태도가 야속하기만 했다. 아내인 유송을 한 가족으로 받아들인 시댁 식구들이나 남편인 청랑의 뜻이 틀린 것이 아님을 그 끝을 따르면 가족 전부가 화목하고 내 남편의 입지도 어렵지 않게 한다는 것을. 그럼에도 그렇게 하고 싶지 않은 것은 그녀의 뇌세포가 비상식에 오염되고 있는 것인가? 안타까운 일이다.

"예끼, 이 한심하고 못난 녀석 같으니라고. 사내 녀석이 지 마누라하나 다스리지 못하고 무슨 사내자식이 그 모양이야?"

세상은 청랑에게 비난의 화살을 퍼부으며 그의 정신적 방랑에 부채질을 한다. 이것이 나 청랑의 운명이라면 나는 한잔 술과 방랑을 벗하며 살아갈 수밖에 없으리라. 이렇게 해서 수시로 그를 비틀거리게 하는 정신적 황폐가 인간 청랑을 두고두고 괴롭힐 것이다. 이제 세월은 흘러서 어리고 안쓰러웠던 아이들은 다 자라서 성년을 바라보는 나이가 됐다. 어린 손녀들과 인고의 세월을 넘기신 오늘에 청랑의 모친께서 고희를 맞으신 것이다. 지금까지는 누구의 질문에 누가 대답할 것인지 모른다. 오늘 이곳을 찾은 지인들 모두에게는 청랑의 아내에 대한 궁금증에 많을 것이다.

오늘의 지인들 중 구 누구도 그녀를 만나 본적이 없었기에 존재 여부에까지 의구심이 증폭되고 있음이다.

"얘 루산나 화백 너는 청랑오빠의 부인을 알고 있겠지?"

"아니 마성녀 네가 그 일이 왜 궁금한네?"

"얘 좀 봐, 그럼 오늘 이집 안주인도 안보고 그냥 가려고?"

"글쎄다. 나도 어른이 되고부터 왕래가 없었으니 한 번도 만나보지 못했거든. 안 보이는 것 보면 아직도 안 왔나 보네 뭐."

"무슨 소리? 다른 때도 아니고 시어머니 칠순 잔친데 여태 안 올 리가?"

"그건 그래. 어무이한테 물어보자, 옳거니 저기 아이들하고 같이 계시네. 어무이요, 오늘 청랑오빠 부인은 안 왔습니꺼?"

"왜? 안 오기는, 지금 과방에서 음식 담아내느라 바쁠 거다. 그런데 아범이 인사 안 시키드나?"

"예 어무이요, 그리고 우리들 여태 어무이하고 같이 안 있었습니까?"

"그래 그랬구나. 내 정신놈 보게. 안되겠다 내가 가서 불러와야겠다."

"아입니더. 우리가 가서 보면 됩니더. 자 다들 가 보입시더."

모두들 과방쪽으로 몰려갔다. 그들은 안마당 한쪽에 담장을 등에 업고 자리한 노천 주방에 국솥이 김을 내뿜고 전 부치고 밥 퍼고 국그릇 나르는 아낙네들의 일손이 분주하게 움직인다.

"아지매요, 여기 과방이 어딥니꺼?"

"예, 바로 저기 보이는 저곳입니더. 그런데 과방은 왜 찾으십니꺼? 거기 안 가셔도 연회장 오른쪽에 뷔페식이 쭉 나열돼 있으니 그곳에서 입맛대로 가져다 잡수시면 됩니더. 도시에서 온 아지매들 같은데 과방으로 간다고 해서 별다른 음식 없습니더.”

"오해 마세요. 아지매, 이집 안주인이 과방에 있다고 해서 만나보고 인사하려고 왔습니다."

"아 진작에 그리 말씀하셨으면 내가 실수를 안했을 건데, 이쪽으로 오세요."

"그 참, 그 아지매 언제 물어보기나 했나? 혼자서 북치고 장구치고 다하네."

"그러게 말이다."

약한 중얼거림을 들었는지 북이 아니고 양재기 소리는 바깥마당 걸뱅이들이 노는 소립니더. 주방 아낙의 설명이다.

"사모님요. 여기 손님들이 찾아왔습니더. 어서 나와 보이소."

"예. 됐습니다. 우리가 들어가면 되니 불러내지 마세요."

열린 문으로 안쪽이 훤하게 들여다보인다. 일행들이 찾은 과방은 텐트를 이용해서 임시로 만들어 놓은 간이 창고였다. 큰방 하나 만큼의 널찍한 공간에 마루를 깔고 그 위에 돗자리를 펴놓은 오늘의 음식창고 방이었다. 바깥 주방 아낙의 부르는 소리에

"손님이라면 누가 왔을까? 나는 별로 아는 사람이 없는데?"

이집의 친척이라면 남편과 시어른이 연회장에 있을 텐데 과방까지 찾아오다니 청랑의 아내 유송은 일어서서 과방입구로 나가려 하는데, 문밖의 일행들이 먼저 들이닥쳤다. 안주인 유송은 의아해하며,

"어서오세요 손님들, 그런데 누구신지? 시어른과 그이는 안채에 있을 거예요. 제가 안내하겠습니다."

"아닙니다. 그분들은 벌써 만나보았습니다만 이댁 안주인에 과방에 계신다고 해서 인사도 할 겸 해서 왔습니다. 여기 우리들은 청랑

오라버니와 같이 사업 하는 동업자도 있고 모두가 친구들입니다."

"그러시다면 여기는 자리가 좀 누추해서."

"아니 괜찮아요. 널찍하고 깨끗하고 맛있는 음식도 있고 좋은데요. 우릴 이렇게 문밖에 세워 두진 않으셨시요?"

"아 예, 어서 안으로 들어오세요."

하면서도 적이 당황스런 표정의 안주인 유송은 방문객들에게 자리를 권했다.

"우선 뭐라도 좀 드셔야 할 텐데 상 준비를 할 테니 잠깐만 기다리세요."

"그러시지 않아도 돼요. 여기 맛있는 거 많아 보이니 저 도시락 하나 주면 되겠네요. 그럼 우선 접시보다는 여기 도시락용 펄프가 더 좋아 보이네요."

마성녀가 담겨진 도시락 하나를 앞으로 당겨서 전 부침 하나를 입속으로 가져간다.

"아 맛있다. 하나씩들 드세요, 체면이 밥 먹여 주지 않습니다."

"얘 이 친구 봐라? 마성녀, 너 주인 허락도 없이 음식을 막 집어다 먹어도 되는 거냐?"

"이거 왜 이러셔, 착각하지 마세요, 화백님. 방금 전에 펄프식기가 더 좋다고 양해를 구했다네. 그리고 한 점 집어 맛을 본 것이니 괘념치 말게나."

루산나 화백 그사이 안댁 유송이 주방에 부탁해 놓은 상이 들어온다. 두 명의 주방 아낙이 맞들고 들여온 상에는 반찬이랑 국과 밥이 차려졌고 급조된 펄프 접시에 과방 음식이 상에 올려졌다.

"시장하실 테니 어서들 드세요."

"그럼 잘 먹겠습니다."

역시 마성녀의 수저가 먼저 들렸다.
"얘 마성녀 우선 인사부터 나누고 먹어야 되는데, 너 완전 걸신 들린 사람 같구나."
"아니에요. 우선 식기 전에 먼저 드세요. 우리 시어른을 뵈었다니 저로서는 손님들 얼굴 뵙는 걸로 충분합니다."
"고맙습니다 안방 언니, 금강산도 식후경이라 했는데 루산나 화백, 정은옥 선생 나 탓하는데 시간 낭비 말고 어서들 먹으세요."
"그래요 마여사님, 말씀대로 잔치집의 맛있는 음식을 그냥 보고만 있을 수 없네요. 춘천의 자매님들 우리도 같이 먹어요."
"그러세요 쑹리매님."
그들 모두가 먼 길에 시장했던 터라 체면 순서 가릴 거 없이 우선 국과 밥을 맛있게 먹는다. 그랬다. 이들 손객들은 눈앞의 상대가 누구든 간에 이 집을 나와 절친한 청량의 집이고 그 집의 과방에서 먹는 음식이라 전혀 거리낌이니 어색함이 없다. 그랬다. 제아무리 강심장이라 해도 한꺼번에 들이닥친 여섯 여인들. 그들 차림새나 귀티 나는 모습이 도시풍의 대단한 여인들 같아서 마음속으로 옴츠러들었는데 소탈한 분위기를 만들며 밥상을 대하는 것 보면서 안댁 유송은 생각을 해본다. 어디서 온 누군지도 잘은 모르지만 먹성이 보통들 아니구나. 저러한 먹성들이면 세상사와 함께 부딪치는 사내들도 그냥 두지 않겠구나. 그럼 혹시 내 남편 청랑도? 여자들의 직감이란 게 예민하다. 저들의 대화 속에 화백 루산나, 쑹리매, 정은옥의 이름을 거론하는 마성녀 여사, 거기다 은옥이란 여자의 대답에는 청랑오빠라는 호칭이 섞여 나왔다. 안댁 유송 그 자신도 남편 청량을 처음 만났을 때 친구인 민숙이와 유송, 자신들이 불렀던 청량 오빠가 지금 은옥이란 저 여인의 입에서 쉽게도 흘러나온다. 그리고 화백과 은옥이란 두 여자는 쌍둥이 자매같이 아주 닮은 생김새다. 그럼 저 두 여자가 그 옛날 나처럼 내 남편 청랑과 그렇고 그런 사이인가? 순간에 스치는 의구심을 안댁 유송의 머릿속을 혼란스럽게 한다. 그때다.

"아 이제 됐다. 이렇게 맛있는 것을, 진작에 과방 언니에게 올 것을! 이제 내가 먼저 인사할게요."

역시 앞서 달리는 마성녀다.

"나 마성녀는 청랑 오라버니와 그물마대를 생산해서 판매하는 동업자에요. 그리고 화백 루산나와 선생 정은옥은 나 마성녀와 여고동창이에요. 그 다음 분들은 나보다는 화백 루산나가 소개하는 편이 좋겠다."

"그래 여기 쑹리매 회장은 중국사람으로 지금은 상하이에서 사업하는 사람이에요. 아마도 청랑오빠의 청리장학재단의 공동설립자이기도 하고요."

"그렇지만 화백언니의 표현이 과장된 거예요. 그저 상하이에서 온 여자 쑹리매입니다. 이렇게 만날 수 있어서 반가워요. 이젠 제가 말씀드릴게요."

"화백님 말씀이 맞아요. 그리고 쑹리매님은 사업만 하시는 분이 아니고 그 나라의 중요한 잠깐 공영사 형수님께서는 자기소개부터 빨리 하셔야죠."

쑹리매는 춘천댁의 다음말을 가로막았다.

"그래 춘천아우야 쑹리매님 말씀이 맞네."

"알았어요 언니. 그럼 저로 말할 것 같으면 청랑왕초를 형님으로 모시는 여화벽돌공장 공기호 상무의 아내인 춘천댁입니다. 그리고 이 언니는,"

잔치에서 일어난 일들 347

"예, 저는 춘천에서 자그마한 식당을 하는 민화전이에요. 한때는 화천호에서 고기잡이를 했다고 해서 화천어부라고도 합니다."

"그러셨군요 여러 손님들께서 이렇게 와 주셔서 고마워요. 저희 시어머니께서도 좋아하실 거예요. 제가 나서서 손님맞이를 해야 했는데 주제가 좁아서 이곳 과방에 일찌감치 숨어버렸어요."

"그럴 거 뭐 있어요? 우리들 모두 청랑왕초의 부인 안댁 언니가 어떤 분인지 궁금하기도 했는데? 이제 만나고 보니 건강하고 젊으시네요."

"아닙니다 저에게 언니라니요. 당치도 않습니다. 여러 부인님들 보다 많이 부족하고 나이도 제가 훨씬 아래일 겁니다. 그래요. 언뜻 보아 우리들보다 젊어 보이는 것은 사실이나 그보다도 나이와는 관계없이 청랑오라버니의 안댁이시니 언니라고 부를 수밖에요. 처음 보는 우리들이 부를 수 있는 다른 호칭이 안보이니 편한 대로 들어주세요. 이제 호칭도 안댁언니로 정리되었으니 그쯤하고 잔치집에 왔으니 술이 한잔 생각나네요. 안댁 언니가 술 한잔 안 주지는 않겠지요?"

"얘, 마성녀 너는 멀건 대낮에 웬 술타령이냐?"

"이보세요 화백님, 잔치집에 와서 낮술, 밤술이 어딨노? 당연히 한잔 있어야지."

"그럼요. 당연한 걸 제가 깜빡했어요. 여기 과방에는 소주밖에 없는데 제가 나가서 다른 술을 가져올게요."

"안댁 언니, 나는 소주면 되겠는데 다른 분들은 어떠신지? 특히나 쑹리매님께선 외국분이시니?"

"난 괜찮아요. 여기는 한국이니 한국의 소주가 더 좋겠지요. 그럼 동의하신 걸로 보고 그냥 소주로 주세요".

그렇게 해서 연회장이 아닌 과방에서 여인들의 만찬이 펼쳐졌다.
"자 한잔들 합시다."
다들 소주 서너 잔씩은 하는 사람들이다.
"자 인방 인니도 한잔, 우리 모두 건배합시다."
아주 활달한 성격의 마성녀가 먹자판을 리드하고 있다. 잠깐 인사를 나누자는 것이었는데 지금은 과방의 기능을 마비시켜놓은 상태였다. 안댁 유송은 은근히 걱정이다. 2백여 개의 도시락을 만들어야 하는데 이제 겨우 반 정도 밖에 못 만든 셈이다. 같이 일하던 아랫동서도 손객들 때문에 자리를 비키고 없었다. 안댁 유송이 과방을 맡은 이상 일을 완수해야 하는데 난데없이 찾아든 여인들의 만찬장이 되었으니, 그렇다고 자리를 옮기자고 할 수도 없고 초조해 보임이 역력하다. 그것을 모를 리 없는 여인들이다.
"자, 이제 먹을 만큼 대접받았으니 우리들 밥값은 내야 할 것 아니겠어요?"
"그래 역시 마성녀, 네 생각이 녹슬지 않았구나. 그래 얼마를 낼 건데?"
"얘 화백아, 지금 얼마로 때울 일이 아니잖아. 안댁 언니의 작업을 방해했으니 아직도 몇 개의 도시락을 더 만들어야 되는진 모르지만 우리들이 과방 일을 도급하자. 다른 분들은 각자의 생각에 맡기고 루산나와 정은옥 나 셋이서 시작하자."
"그건 안 될 말씀, 우리도 과방의 일자리를 놓칠 수가 없으니 합세하리라."
여인들 모두가 팔을 걷어 부치고 보니 모두가 한 솜씨 하는 사람들이다.
"여기모인 이 여인들 각자가 고방에서의 오늘에 오신 분들께

일을 하게 해서는 안 되는데 이렇게 도와주시니 정말 고마워요."
 "그리 생각할 거 없어요. 안댁언니의 시간을 뺏은 건 우리니까 나중에 청랑에게서 잔치집에 와서 일을 망치고 간 여자들이라고 문책 받지 않으려면 말이에요. 그리고 막상 해보니 간단한 일이 아닌데 이토록 많은 일을 두 사람이 하려고 했다니? 일손이 모자랐거나 아니면 일에 자신감이 대단했거나. 하나겠지요. 역시 언니는 안댁 자격이 있네요."
 "아닙니다. 아까도 말했지만 과방에 묻혀서 일하는 것이 마음 편할 거라 생각했는데 막상 해보니까 나의 좁은 생각이 고생을 자초하는구나 하고 후회했거든요."
 "그 말은 맞아요. 때때로 후회할 일을 만드는 게 사람들이니까요. 그런데 이제 보니 화백과 정은옥 나 마성녀 우리 셋은 작업 손이 더듬거리는데 비해서 화천님과 춘천님, 쑹리매님까지 왜 그렇게 잘하세요?"
 "그거야 당연하지 않겠어요? 춘천댁과 나 화천은 식당 아줌마들이에요. 우리 둘은 그렇다 해도 쑹리매님은 의외입니다?"
 "그건 모르시는 말씀이에요. 나 쑹리매도 음식 장사를 오래도록 한 사람이에요. 지금도 계속하고 있고요."
 "맞아요, 저도 알고 있어요. 내 남편 공상무와 같이 상하이에 같을 때 큰 호텔의 레스토랑에서 식사를 했는데 그 호텔과 식당의 주인이 쑹리매님이었어요. 우리를 그곳에 데리고 간 사람은 저희 시동생인 공창호 씨로 상하이 주재 한국영사였거든요. 그때 그 자리에서 화백님 가족들도 뵐 수 있었고요."
 "고마워요 춘천님이 쑹리매가 식당 아줌마란 것 잘 증명해 주셔서요."

"이런 세상에 그런 어머어마한 사실을 나 마성녀만 모르고 있었으니, 마성녀야말로 눈 뜬 장님이 되었네요."

밥 반주의 한잔 술에 상기된 여인들의 가벼운 덕담과 손놀림이 많은 도시락을 만들어기고 있다. 칭링은 찾아드는 하객늘과 인사하고 담소하다가 좀 한가해진 틈에 깜짝 뒤돌아보니 어머님의 주위에 있던 여인들은 간 곳 없고 아이들만 보인다.

"어머니 그 사람들은 어디 갔나요?"

"오냐. 아마도 과방에 갔을 거야."

"아니 거긴 왜요?"

"왜라니, 너 댁한테 인사하겠다고 간 거야. 안 그래도 내가 가서 너 댁을 불러 오마 했더니 직접 가서 보겠다고 하면서 다들 그쪽으로 가더라."

"이거 큰일이군."

무의식중에 튀어나온 청랑의 말이다.

"큰일 날 거 뭐 있노?"

"여자들끼리 인사하겠다는데, 루산나가 너하고 인연이 있었지만 그건 옛날 일이었으니 신경 쓸 거 없다. 루산나가 분별없는 사람도 아니고 궁금하면 아범이 한번 가 보거라."

"예 어머니."

"나는 손녀딸들과 같이 있을란다."

청랑은 여인들이 몰려갔다는 과방 쪽으로 발걸음을 옮겼다. 가도 되는 걸까? 아니지. 내가 그곳에 갔다가는 무슨 낭패를 겪을지 모른다. 그들은 여자들이다. 그들 각자가 청랑과는 깊은 인연으로 연결돼 있는 여자들인데 아직은 그러한 사실을 서로가 모르고 있으면서 청랑과의 깊은 정은 나만이라고 생각하고 있을 여인들일진데 그러나 언제 어디서 어떻게 돌발 변수가 생길지 모른다. 생각만 해도 아찔하다. 노천 주방 쪽으로 가다가 우측으로 꺾어지면 과방이다. 문이 열려 있으면 과방 안이 보일 것이다. 그는 가다가 말고 걸음을 멈추었다. 모두가 나에겐 소중한 사람들이지만 나의 존재 때문에 그들끼리 다툼이 생긴다면? 돌이킬 수 없는 상황이 올 것이다. 그러나 지금으로선 청랑이 할 수 있는 일이 아무것도 없다. 불과 10여 미터에까지 근접했는데도 아직은 아무런 소란이 없다. 다행이긴 하지만 이상하다. 문이 닫혀 있어서 소리가 밖으로 새어 나오지 않는 걸까? 아니면 그들 모두가 나와서 다른 곳으로 이동한 걸까? 한번 보기나 하자, 그러면서 과방 쪽으로 꺾다 말고 흠칫 놀라며 도로 뒷걸음질로 몸을 감추었다. 그것은 열려진 과방 문으로 언뜻 보이는 것이 여선 여인의 등짝이며 숙인 머리들이 서로 마주하고 있는 모습이 보이지 않는가. 그리고 그녀들의 움직이는 모습들은 펄프를 펴고 음식을 싸서 접는 모습들이 도시락을 만들고 있는 듯하다. 그렇다면 저 여인들 같이 과방 일을 하고 있단 말인가? 다행이야. 청랑은 잠시 긴장했던 호흡을 길게 내리쉬며 발길을 돌렸다. 그래, 될 대로 되라지. 모든 일을 하늘에 맡기고 그 모두가 나에게서 발생한 일이니 아무 일 없길 바라고 설사 무슨 일이 생긴다 해도 내가 말할 수 있는 변명 같은 건 아무것도 없다. 그는 다시 나와서 찾아오는 하객들과 인사하며 환담을 한다. 그리고 농산물창고 관리인인 고창군에게 말했다. 이따가 돌아가는 걸객들에게 나누어 줄 도시락이 어느 정도 만들어졌는지 확인해 보라 일렀다. 청랑은 동시에 고창군의 시선에 담겨져 나오는 과방 안의 풍경을 듣고 싶은 것이다. 얼마 후에 돌아온 고창군의 전갈에 의하면

"이 댁의 두 분 며느님께서 오전 내내 100여 개의 도시락을 만들었고 나중에 합세한 여러 사모님들이 70여 개를 만들었고 나머지 30여 개는 필요한 시간 안에 다 될 거라 했습니다. 그곳의 여러 사모님들께서는 즐겁게들 이야기를 하면서 도시락을 담고 있었습니다."

묻지도 않았는데 고창군은 사장 청랑의 속을 꿰뚫어 본 듯 명쾌한 답을 전해준다.

"그래 알았네. 내가 말했듯이 걸객들이 돌아갈 때는 빠짐없이 잘 챙겨 보내도록 해라."

"예 사장님."

고창군은 알고 있다. 과방에 지금 있는 여인들 중 서넛은 지난날 이곳을 다녀간 청랑 사장의 지인들이라는 것을. 그들 각자 개인은 사장이 퇴근하기 전 먼저 왔을 땐 으레 현관문을 고창군에게 열어달라고 했으니까. 짐작컨대 잘은 모르지만 청랑 사장과의 친분이 두텁다는 것을 알 수 있다. 과방의 풍경을 보고했을 때 사장의 얼굴빛이 밝아짐을 놓치지 않았던 고창군이었다. 그랬다. 그들 여인과 청랑 자신과의 관계는 도덕적으로는 비난을 받을 수 있겠지만 그때그때마다 피치 못할 상황 속에서 서로가 운명적으로 만나졌던 것이다. 그리고 그 어떤 핑계로도 그들을 외면할 수 있는 청랑이 아니었기에 그래 나 청랑은 그 어떤 객관적인 시선의 비난과 고충이 있다 해도 나 스스로는 그들과의 인연을 먼저 깨지도 변명하지도 않을 것이다. 과방 안의 여인들 그 누구도 청랑을 향한 자신의 마음을 노출하려는 사람은 없다. 지금도 잠시 동안의 침묵을 깨는 사람은 역시 마성녀다.

"안댁 언니는 좋겠어요. 청랑오라버니같이 인성이 좋은 사람을 남편으로 두고 있으니 말이에요."

"그러면 뭐하겠어요? 내가 그이와 조화를 이루지 못하는데? 어쩌면 자격미달이라고 해야겠지요."

"무슨 소리에요, 이렇게 젊고 솜씨 좋은 건강한 아내인데요?"

"아니에요. 그렇지가 않아요. 속 좁은 내 처신 때문에 그이의 마음 고충이 심했을 거예요."

안댁 유송이 내뱉는 의외의 발언에 모두의 시선이 집중된다.

"그건 아니다. 언니, 내가 듣기엔 안댁 언니의 표현이 좀 과장된 것 같아요. 그리고 보니 청랑 오라버니가 늘 이 집에서 혼자서 있는 것 같아서 어쩌면 부인 없는 홀아비인가 싶을 때도 있었는데 먼저 말을 안 하는 본인에게 물어보기도 그렇고 하지만 그 부분은 늘 궁금했어요."

저 여자 보게, 그럼 마성녀란 여자가 청랑이 혼자 있는 이집에 자주 들락거렸단 말인가? 금세 과방 안의 여자들 모두의 생각이 의구심으로 가득했다. 이것 봐라 마성녀의 입에서 쉽게도 흘러오는 오라버니란 호칭이 내 남자 청랑이 내어 주었단 말인가? 여자들의 반응이 민감했다. 안댁 유송은 물론 화백 루산나와 쏭리매 그리고 화천어부까지도. 방안은 잠시 침묵이 흐른다. 분위기를 감지한 마성녀는 하던 말을 끊고 잠시 주춤거리는데

"그럼 너 마성녀가 청오빠 혼자 있는 이 집에 자주 들락거렸단 말이네?"

화백 루산나의 가시 돋힌 말이다.

"아니다, 너 오해하지 말아라. 나는 생산한 그물 마대를 이쪽 지역 몇 군데 공급하면서 사업상 일로 한두 번 들렀을 뿐이야."

하고는 한발 슬쩍 물러서는 마성녀다. 그리고 이왕 내친김에

한마디 덧붙인다.

"애, 루산나, 내 듣고 보니 너의 말속에 가시가 있구나. 청랑오빠가 아무리 너의 첫사랑이었다고는 하지만 마치 내가 너만의 영역을 침범한 노둑저럼 생각하면 안 되는 거 아니냐? 그 첫사랑이란 지나간 옛 추억에 불과한데 그것을 현실에다 연장시키려 하다니, 네 남편 설 선장이 알면 기절초풍하겠다."

이 정도의 강도 높은 직격탄 한방이면 나에 대한 의구심은 희석되겠지 라고 생각하며 느긋해하는 마성녀에게,

"애 마성녀, 여기서 설 선장 얘기가 왜 나오냐? 이제 보니 너 혹시 설 선장 운운하며 은근슬쩍 물 타기 하려 들지 말고 이실직고 하는 게 좋을 거야."

"애 화백아, 우린 여고동창생이야. 나 마성녀를 너무 성토하려 들지 마라. 나는 사업상 한두 번 들른 거뿐이랬잖아."

"그래 화백아, 사업상이라는 성녀 말을 인정해 주자. 명색이 우리의 동기회장이잖아."

중재에 나서는 정은옥이다.

"그래 역시 정은옥은 나의 여고 동창이며 이해 깊은 선생님이구나. 고맙다 친구야."

과방안의 여인들 어느 새에 마성녀와 루산나의 설전에 흥미롭게 젖어있는 자신들을 발견하고는 웃음을 터뜨린다.

"재미있네요, 두 분 여사님들."

"사람들에게는 특히나 우리들 여자에게는 첫사랑 한번쯤은 있을 법한데 역시 청랑왕초의 첫사랑 여인이 화백 루산나였음이 밝혀졌으니 정말 특종이네요."

"혹시 안댁 언니는 알고 있었는지 모르겠지만."

"아니에요 화천님, 우리 그이는 알고서 묻지 않은 이상 절대로 먼저 말하는 사람이 아니에요."

"그럴 거예요. 청랑의 그런 성품은 소년 시절에도 그랬으니까요. 이왕에 말이 나왔으니 말인데, 내 남편 설 선장도 청랑에 대해선 잘 알고 있는 사람이니 마성녀 여사는 설 선장 이름 정도로는 약효가 없다는 것쯤은 알아야 할 거야."

"그래 내가 졌다. 그러니까 너와 나의 설전은 아무런 의미가 없으니, 안댁 언니의 얘기나 마저 들어보자. 안댁 언니와 청랑은 부부간이면서도 그 화성인가 수원인가 하는 데서 뭘 하길래 이곳에 안 오고 별거 생활을 하는 거예요? 혹시 청랑 오라버니가 오지 말라고 한 거예요?"

"아니에요. 정 반대예요. 이곳 미보리가 내 고향이니 조그만 집을 짓고 조용한 곳에서 농촌 생활을 했으면 좋겠다고 하기에 나는 그렇게 못하겠다고 했어요. 아이들 교육 때문에라도 다들 도시로 이주하려는데 왜 하필이면 고생되는 농촌 생활을 하자 하느냐고 단호하게 반대를 했지요. 남편은 나의 강한 반대를 설득할 수 없다고 판단했는지 더 이상 강요를 하지 않았어요. 아이들 교육문제와 힘든 농사일이라고 말한 것은 나의 핑계일 뿐이고 나에게는 다른 이유가 있었어요. 나는 15년 전에 그이를 처음 만나 그이의 도움을 받았고, 인정 많은 그가 어려움에 처해 있는 나를 외면하지 못했고 나의 분별없는 처신이 그에게 매달리며 아이까지 낳았으니 그 꼴을 보고 열 받은 그의 아내는 이혼을 요구했고 그래 내 잘못이니 어쩔 수가 없구나 하며 이혼을 당하고 말았어요. 그때만 해도 나는 그들 부부가 그리 쉽게 이혼하리라고는 생각 못했었어요. 결국은 어부지리로 그 전처의 자리에 내가 앉게 되었고, 그랬으면 자릿

값을 해야 마땅한데도 나는 그러지를 못했어요. 못나게도 여자는 지 뱃속으로 낳은 아이만 소중했고 남편의 전처 자식을 소중히 생각지 않으려는 못된 여자가 되었지요. 외면하기만 하면 그 아이들의 반감으로 남편에게서 멀어지면 우리들만의 행복일 거라 생각한 거지요. 그로부터 10여 년을 살면서 그 아이들의 아버지가 있는 내 집에 한 번도 초대하지를 않았으니 못된 여자의 배신을 삼키며 그 남자는 때때로 혼자서 아이들 있는 곳에 다녀오곤 했지요. 속 좁은 여자의 마음이 열리지 않음을 탄식하며 도덕적 회의에서 벗어나지 못한 그 남자는 오랫동안 해왔던 그 본연의 왕초자리를 버리고 아무도 모르는 곳으로 날품 노동자 일을 가기도 했어요. 막노동으로 번 돈을 나눠서 반은 아이들을 키우고 있는 어머니에게 보내고 반은 못된 여자에게 보내주곤 했어요. 그래도 그는 못된 여자를 버리지 않았고 여자는 시간이 흐를수록 훌쩍 커져 있을 아이들을 대하기가 두려워지고 그렇더라도 진실한 양심의 가책이었다면 반성하고 두려움 같은 것을 극복할 수 있을 텐데. 그 여자는 비어있는 막중한 아내 자리에 앉고서도 나는 후처가 아니다 라고 외치고 싶은 편협한 생각 때문에 모든 사실이 명확히 입증되는 내 가족에게서 되도록 멀리 떨어진 곳, 지금도 남편 청랑의 문패가 붙어있는 화성의 집에서 살고 있으면서 오늘 이곳에 온 것도 처음이지만 기쁜 마음에서가 아니라 자신의 옳지 못했던 행적으로 인해 모든 것이 두렵고 떳떳하지 못하기에 일찌감치 과방으로 자신을 숨기고자 했던 거예요. 지금까지 내가 말한 그 여자가 바로 나예요. 그리고 안댁 여자가 맞긴 합니다만 자격은 없는 사람이에요."

과방 안의 여인들 모두가 조용하다. 그 누구도 아무 말도 하지 않았다.

"미안해요. 어느 못돼먹은 여자가 자신의 지나간 행적을 가감 없이 솔직하게 털어놓은 것은 지금이 처음이에요."

"듣고 보니 안타까운 일이에요. 그 옛날 내가 청랑오빠 곁을 떠나면서 그가 행복하게 잘 살기를 빌었는데 랑오빠의 마음 고충이 적지 않았구나."

눈시울이 붉어진 루산나가 짧은 한마디를 남기고 자리에서 일어난다.

"얘, 화백아 어디 가려고?"

"응 나 세수를 하려고."

루산나는 나가고 남아 있는 다른 여인들 어두운 표정으로 말이 없다. 안댁 여인의 말 그대로라면 정말 마음고생을 안고 살았을 청랑이기에 그 아픔이 자신들의 마음속으로 들어와서 가슴 한 곳을 헤집는 것 같다. 그동안 궁금해 했던 안댁의 존재가 알고 보니 내 남자 청랑에게 고통을 겪게 한 여인이었다니 이제는 마주한 그녀가 미워진다. 그러기에 할 말을 잃은 여인들이다. 시무룩해진 표정들. 그 침묵을 깬 것은 역시 마성녀였다.

"안댁 언니의 그 말이 사실일진데 너무했다는 생각이 드네요. 청랑오빠가 안댁 언니에게 무엇을 잘못했는지는 모르겠으나 그 댓가 치고는 결코 적지 않은 마음고생이었네요. 내가 그쪽 부부 간의 일에 왈가왈부할 자격은 없지만 이제부터라도 화목하게 잘 지냈으면 좋겠네요."

"그래요. 미안해요. 성녀님. 안댁이란 여자를 얘기하다 보니 좋은 이미지는 드리지 못하고 실망만 드렸네요. 그러한 나의 생각이 옳지 않았다는 것을 알면서도 버리지를 못했으니 앞으로도 나 자신이 염려돼요."

"그렇다면 됐어요. 옳지 않다는 걸 알게 되면 옳은 곳으로 가는 길이 보일 테니까요. 그런데 나 마성녀만 지 잘난 척 말을 마구 해대는데 다른 분들께선 왜 아무 말도 안하세요?"

"그기야 성녀 사장 혼자만의 만걱으로도 충분한데 우리늘까지 나설 건 없잖겠어요? 우리들 모두가 청랑님의 친구들이니 안댁과도 친구로 지냈으면 해요."

"고마워요. 화천님. 그런데 화천님은 우리 그이를 언제부터 아셨어요?"

"예. 내가 청랑님을 처음 알게 된 것은 지금으로부터 19년쯤 전이었습니다.

"그렇군요. 우리 그이를 안 것은 나보다 훨씬 먼저였군요."

화천은 작은 미소로 대답을 대신했다.

"그런데 안댁 언니는 왜 화천어부님께만 물어보고 나와 쑹리매님에게는 안 물어보세요?"

"그거야 두 분께서는 사업상 동업자라시는데 그 어려운 질문은 제 주변 가지고는 하지 못하겠는걸요."

"그 말씀은 당신들 스스로 이실직고하세요. 그거네요. 안되겠어요. 쑹리매님. 가만 계시지만 말고 말씀 좀 하세요?"

"이제 보니 마성녀 사장께서 남의 곳간까지 온통 뒤지시겠다 이런 말씀이군요. 그래요. 모두가 궁금해 하실 테니 내 말하지요."

"나 쑹리매가 청랑을 처음 알게 된 것은 15년 전 거제도에서입니다. 당시에 나는 상파울로에서 상하이로 업무차 가는 여행 중이었고 거제도에 있다는 지인을 찾아갔는데 사전 연락 없이 갔으니 출장 중인 것을 몰랐지요. 허탈감에 돌아서서 남는 시간이라 그곳의 흑상어란 주점에서 음식과 술 한 잔을 청해 놓고 앉았는데 그

지역의 건달들 네댓 명이 수작을 걸어왔어요. 나는 당황했고 그곳 지배인에게 도움을 청했으나 지배인과 마담 모두가 그들 폭력배들에게 떠밀려 넘어지고 보니 나로선 속수무책이었어요. 놈들은 항변하는 나에게도 손찌검을 했고 나는 외국인이니 보내 달라고 애원했으나 통하지를 않았어요. 봉변을 피하지 못하고 있는데

'이봐요. 그 손 놓지 못해? 그분은 내 친구를 찾아오신 외국인이야. 내가 부탁을 받고 모시러 왔으니 당신들 그만 하시오. 여사님. 친구가 기다리고 있으니 어서 가시지요?'

물론 그 청년의 임기응변이었고 조폭들도 주춤하고 잠시 물러서는 듯하다가 다시 덤볐어요. '이 노동자 놈이 겁도 없이 감히 우리가 누군 줄 알고' 하면서 그 청년에게 주먹을 날렸고 '오냐, 너희들이 정 그렇다면' 그 노동자 청년의 몸놀림은 빨라졌고 한방씩 얻어맞고 쓰러졌던 불량배들은 비실비실 도망쳐 버렸어요. 지배인과 그 집에 온 사람들 모두가 박수를 보냈고 그 노동자 복장의 청년은 나에게 '조심해서 가시오' 하고 돌아서길래 내가 붙들었어요. '사람을 위기에서 구했으면 자신의 이름쯤은 밝혀야 되는 것 아니에요?' 했더니 '보시다시피 나는 이곳 공사판에서 막일하는 노동자이니 괘념치 말고 돌아가세요.' 했던 그 청년이 청랑이었어요. 그는 언제나 솔직하고 의협심이 강한 사람이었어요. 이것이 나 쏭리매와 청랑의 인연이었어요."

"듣고 보니 부럽네요. 나 마성녀에게도 쏭리매님과 같은 사연쯤 한번 있었으면 얼마나 좋을까?"

"농담 말아요. 성녀씨. 난 그때 죽는 줄 알았는데 사람의 위기를 가지고 장난스레 말을 하다니. 그리고 청랑에게 가족사항에 대해서는 한 번도 묻지를 않았어도 궁금하긴 했는데 오늘에야 안댁의 존재

유무를 알 수 있었으니 다행이네요. 그리고 끝없이 방랑을 하는 청랑, 그의 방랑을 멈추게 할 수 있는 안댁이었으면 하는 바람이에요."

라고 하면서 얘기를 짧게 매듭짓는 쏭리매다.

"이젠 춘천댁님께도 한 말씀 하셔야겠네요."

나성녀의 질문은 춘천댁에게로 옮겨갔다.

"예, 저는 청랑님과 직접적인 친분은 아니고 내 남편 공기호 상무가 사회적 형님으로 모시는 분이고, 본래는 망나니였던 공기호를 오늘의 공상무로 만들어지게 한 정신적 사부로 생각하고 있어요. 나 춘천댁이 공상무와 합치기 전에 지금은 본부장님이신 당시에는 개나리 소장님과 함께 저희 식당에 두어 번 들르셨어요. 그때 저는 장사꾼의 속성으로 매상 올리는 데만 집중했고, 그분들을 모시고 온 공상무가 고맙기도 했고요. 지금 생각하면 나 춘천댁을 지 사람으로 낚아채려는 전술이었던가 싶기도 하네요. 잘된 일이긴 하지만요."

"듣고 보니 춘천댁에게는 호박이 넝쿨째 굴러온 행운이었네요. 부럽네요. 그리고 축하해요. 다음은 정은옥 선생 너 차례네?"

"나야 뭐 성녀 너가 알다시피 루산나와는 여고때부터 늘 단짝이었으니까 루산나와 청랑오빠의 사랑은 여고 때부터였으니 나는 그때 루산나를 따라서 한두 번 보았고 그 후 대학 때부터는 만나지 못해서 애를 태우던 루산나의 푸념을 자주 들어야 했으니까. 나중에 안 일이지만 사회에서의 입지가 늦어지는 자신 때문에 루산나의 행복에 오점을 남길까 봐 스스로 멀리 떨어져 있으려 했던 거였어. 루산나가 대학을 졸업하고 창천골 성당 마을의 계몽과 봉사활동을 몇 개월 두운 후에 중등교사 자리가 예정되었으니 본인의 의사와는 관계없이 혼담에 열을 올리는 그의 어머니와 가족들이었고 아마도 양가의 부모님들끼리는 신뢰와 친분이 오래인지라 루산나 설득 작전에 합동공세가 더해졌고 루산나는 단짝 친구인 정은옥을 대동하여 청랑이 있다는 먼곳의 공사판을 급습하여 꿈에도 그리던 정인을 4년만에야 만날 수 있었지. 그런데 불시에 찾아간 우리들이기에 놀라움과 반가움에 당황해하는 그의 가감 없는 표정에서 우리는 한 남자의 순수함을 볼 수 있었지. 내가 본 루산나는 전에 없이 편안해 했고 그가 민망해하는 땀 냄새와 시멘트 냄새 묻은 작업복을 루산나는 제 것인 양 걸쳐 입고 정은옥 너도 나처럼 입어라 그리고 우리도 랑오빠 일터에 나가보자. 호랑이를 잡으려면 호랑이 굴속으로 들어가야지 않겠니? 하고 따라나서는 우리를 보고 깜짝 놀란 청랑, '이 아가씨들 겁도 없이 거기가 얼마나 험한 곳인데 아무리 변장을 했다캐도 그 뽀얀 얼굴의 위장 취업자를 받아줄 사람 없으니 단념하시는 게 좋을 거야.' '그렇다면 방법이 있지.' 우리는 부엌으로 들어가 숯검정을 이리저리 바르고 따라 나섰지. 그리고는 반나절의 노동에 녹초가 되었고 몸을 제대로 가누지 못하고 방바닥에 뒹구는 우리를 보고 안절부절 못하는 청랑을 대신해서 인심 좋은 하숙집 아지매의 재치 있는 처방전 덕분에 우리들의 통증은 회복되고 '그것 봐라, 내가 가고 있는 길이 이처럼 험난한 곳인데 이곳을 벗어나기가 어려운 나 청랑과 동행하려 한다면 그것은 루산나가 불행을 자초하는 것이기에 나는 결코 동의할 수가 없다.' 단호한 청랑의 태도에 '무슨 소리? 난 안 갈거야!' 로 2박 3일을 버티다가 내려오긴 했지만 나 정은옥은 그때 루산나와 청랑의 불같은 사랑을 목격할 수 있었거든. 그 후 시간이 흐르면서 어른들의 상대인 설순구의 집요한 공세에 밀려서 청랑에게 마지막 편지를 띄우고 혼인을 하게 되니 설순구 그가 지금의 남편인 설선장이야. 나의 이야기가 길어졌구나. 그런데 마성녀 너는 왜 청랑을 오라버니라고 부르는지 말해 봐라."

"그거야 나와 여고 동창인 루산나와 정은옥의 오라버니니까 나 역시 그렇게 부를 수밖에 없지 않니?"

"그 호칭 말고 청랑오빠를 알게 된 이유나 과정을 얘기해 보란 거지."

"그래 청랑오빠와 만나진 것은 나에게는 큰 행운이라 할 수 있지. 어느 날 우리 회사 사무실로 생면부지의 한 남자가 찾아와서는 사장을 만나고 싶다는 거야. '내가 사장입니다만' 하고 자리를 권했더니 앉으면서 자기소개를 하더군요. '나는 오랜 시간 객지를 전전하다가 내 고향 시골 마을에서 조그만 창고업을 하는 청랑이라 합니다.' 하기에 '그러시군요. 마대를 구입하려면 여기까지 오지 않아도 각 지방 소재지에는 우리 대리점이 있으니 그곳에서 문의하셔도 됩니다.' 라고 했더니 '그건 알고 있습니다만 가능할지는 모르겠으나 주문 제작을 의뢰하고자 합니다.' 어정쩡한 사장의 태도를 의식했는지 그는 단호하게 말했어요. '곡식을 담는 기존의 마대가 아니고 양파나 마늘, 채소류를 담아서 통풍을 원활히 하여 부패를 방지할 수 있는 그물마대를 원하는데 제작이 가능하겠는지요?' 그물자루라? 순간 나는 귀가 번쩍 띄었고 '구체적으로 자세히 말씀해 주세요.' 조금은 고자세였던 사장의 태도가 금세 공손해지고 허름한 작업복의 그 남자의 말에 귀를 기울이다 '예 좋습니다.' 하고 선뜻 동의를 했고 그는 즉시 첫 생산품 십만 장을 선매하겠다고 하더군요. 이 허름한 작업복의 촌 사내가 기발한 아이디어를 가져와서 제일 염려해야 하는 판로까지 해결해 주는 미지의 사나이에게 여사장은 단번에 반해버린다. '특허는 청랑 선생의 이름으로 하겠어요.' 하는 사장의 말에 '아니오. 특허권은 부산마대공업사에서 가지시고 성공하면 소주나 한잔 사세요.' 하고는 홀연히 가버린 그 남자. 특허를 따내고 제품을 출시하자마자 그물마대의 주문이 급증하고 부산마대고업사가 현상유지에만 젖어 있다가 이제는 밤낮으로 가동을 해야 했고 주문자들은 선불을 들고 와서는 먼저 달라고 하니 걱정했던 판로는 고사하고 오히려 선계약한 창고업을 한다는 그 남자의 십만 장이 문제였다. 사장은 전화를 해서 사정을 얘기했다. '선생님 큰일 났습니다.' '뭐가 말입니까? 신제품 반응이 안 좋습니까? 염려 마시고 제가 계약한 십만 장은 저에게 보내주시면 됩니다.' '그게 아니고 선생께서 선계약한 십만 장을 먼저 드리려면 다른 후순위 계약자들이 물건을 못 가져가서 야단들이에요.' '그렇다면 내 쪽은 바쁘지 않으니 제품이 여유 있을 때까지 후순위로 돌리세요.' 세상에 이런 남자도 있었구나. 나에게는 영웅처럼 보여지는 그 남자와의 인연을 무슨 일이 있어도 놓지 않으리라. 그랬다. 청랑이 신제품인 그물마대 십만 장을 선계약한 것은 행여라도 판매가 부진해서 제작사에 자금난이 생겨서는 안 된다는 생각에서였다. 그는 판매 수익에 의존하는 전문 장사꾼이 아니다. 밀폐된 용기, 즉 일반마대나 가마니에 담겨있는 채소가 숨구멍이 없어서 자체에서 발산되는 열기를 안고 그대로 부패되는 것을 보고 고심하다 그래 숨구멍을 만들어주면 하고 착안한 것이 그물마대. 선계약 십만 장은 넉넉한 시간을 두고 홍보용으로 지역 농가에 원가 공급하리라 생각했던 것인데 각 대리점 판매상들이 앞 다투어 가져가겠다 하니 이거야말로 손 안 대고 코풀기가 아닌가. 내가 그 십만 장을 힘들게 안고 있을 이유가 없다. 그래서 마대 사장의 요청에 흔쾌히 응했던 것인데 상대편 마성녀 사장에게는 청랑이란 남자가 이래도 응, 저래도 응 하는 속없는 남자로 비춰질지 모르겠구

나. 그러면 어때? 그것이 본래의 나 청랑인 것을 하고는 혼자서 싱거운 웃음을 먹었던 청랑이다. 그것을 아는지 모르는지 발등에 떨어진 불을 꺼야하는 사장 마성녀로서는 나라는 여자를 위해서는 무조건 응해주는 흑기사 같은 남자이구나. 생각은 각자 자유지만 말이다. 그때부터 나는 저 남자 청랑이 내가 아는 유일한 남자고 최고의 남자라고 생각해 온 거야."

"얘, 마성녀. 정신 차리거라. 그럼 청랑오빠가 네 남자라도 된다는 거야 뭐야?"

정은옥의 반사적인 질문에

"아니아니. 말이 그렇다는 거지. 될 수만 있다면 그렇게 하고 싶은 건 사실이야. 그러나 그것은 나 마성녀의 희망사항일 뿐이야."

그랬다. 비교적 솔직한 성격의 마성녀이지만 그동안 두어 번 청랑의 가슴을 파고들어 그의 사랑을 훔쳤다는 사실만은 말하지 않았다. 그것은 자신이 간직하고 있는 최고의 아름다운 비밀이니까. 이제 오후 중반이 되면서 찾아왔던 하객들이 거의 다 떠나가고 포식을 한 걸객들도 도시락 1개씩을 받아들고 촘촘히 떠나간다. 그들의 숫자는 백 하고도 삼십여 명이 되었다. 나머지 도시락은 인근 마을 노인들에게 들려서 보냈다. 여화벽돌의 공기호 상무는 달비현장의 낙동강 소장과 서창영 건축사들과 어울려 2차의 술 사냥을 간 모양이다. 주방을 담당했던 아낙네들에겐 오늘의 수고비와 각자의 가족들에게 줄 음식을 챙겨 가도록 했다. 이렇게 잔치는 막을 내리고 남은 사람은 청랑의 어머니와 가족들 외에 멀리서 온 쏭리매, 부산의 루산나 일행과 춘천의 화천어부 일행이었다. 상하이의 쏭리매는 국외인지라 갈 준비도 안 되었을 뿐 아니라 오늘 행사의 주관자이다. 그 외의 여인들 그 누구도 떠날 생각을 하는 사람은 아무도 없는 것 같다. '당연히 내가 있어야지 청랑의 집인데.' 하는 태도다.

"청랑오빠 나 오늘 여기서 자고 갈래. 그래도 되는 거지?"

"응 그 그래."

"집에는 괜찮겠어?"

"그럼 내가 나올 때 오늘은 어무이 집에서 자고 온다고 설 선장에게 말하고 왔거든."

"아주버님 우리도 화천언니 하고 여기 있으면 안 되나요? 우리 그이도 안 보이고 못 갈 것 같아요."

"공 상무는 아마도 낙소장과 어울렸을 겁니다. 염려 말고 여기 계시도록 하세요."

"청랑 오라버니, 나는요. 설마 나 마성녀만 보내려고는 않겠지요?"

"그럼 잘 수 있는 방이 충분한데 뭐가 걱정이야?"

"그리 말해줘서 고마워요. 랑오빠."

이 여인들이 모두가 자고 간다고 한다. 난감해진 것은 청랑이다. 내 집에 온 손님들을 안전하게 보호해서 보내고 싶은 것이 당연하지만 그들 중 몇 사람은 청랑을 내 남자로 생각하는 여자들이다. 그들의 생각이 한곳에서 부딪치면 어떤 형태의 태풍이 될지도 모를 일이기에 그리되면 그 사람들 모두에게 심한 불쾌감을 줄 것이다. 그 다음은 공격의 화살이 청랑에게로 쏟아질 것이다. 피할 수 없는 화살이라면 맞을 수밖에. 아니지. 먼 길 마다않고 찾아온 소중한 나의 친구들인데 그 무슨 당치않은 생각으로 과민반응을 보이다니 내 그들 누구에게도 사심을 가지고 대한 적이 없었는데 그렇다면 아무것도 두려워할 게 없지 않느냐? 그렇지. 아까 전에 과방의 한차례 모임에서도 그들은 내가 염려했던 그런 혈투는커녕 머리를 맞대고 담소하며 도시락을 만들고 식사와 한

잔 술의 만찬을 나누고 있더라고 고창군을 통해서 들었지 않았느냐. 그리고 착각은 자유지만 너 청랑을 사이에 두고 저 여인들이 다툴 만큼의 가치 있는 사내는 아니지 않느냐. 그녀들 각자가 나름대로의 인격으로 때를 지시할 줄 아는 사람들이니 쓸데없는 망상은 버리거라. 다만 청랑의 아내인 안댁 유송이 마음의 동요가 커질까 염려되지만 오늘만은 참을 수밖에 없을 것이다. 내 남편 청랑을 지 남자처럼 여기는 여인들의 태도가 곱게 보일 리는 없지만 그렇다고 노골적으로 그녀들을 질타할 명분이 될 만한 특이 사항도 없는 지금이다. 설사 그들 중 누구라도 내가 지난날 청랑의 품에 안겼던 여자라고 하더라도 당장에 패악을 칠 만한 용기조차 지금은 없다. 왜냐하면 3년이란 긴 시간동안 내 남편 주위의 모든 것을 고의적으로 방치해 온 자신이었기에 그리고 첫인사에서 상하이에서 사업을 한다는 쑹리매란 저 여자가 안댁의 존재 여부가 늘 궁금했는데 지금에야 알게 되었으니 앞으로는 청랑의 끝없는 방랑을 멈추게 할 수 있는 안댁이었으면 하는 바람이라고 말하지 않았더냐. 그리고 저 여인들 모두가 나 유송이보다는 청랑과의 인연이 훨씬 먼저임이 틀림없는데 운 좋게도 나에게 주어진 안댁이란 자리를 스스로 방치해 온 여자가 무슨 할 말이 있겠느냐. 그래 오늘은 무조건 참고 있는 게 상책이리라. 다행이도 시댁 식구들은 안댁 유송의 발걸음이 3년만에 처음일거라고는 전혀 생각지 못하고 있기에 시어머니도 별 말씀이 없다. 다과상을 앞에 놓고 둘러 앉은 거실의 분위기는 자못 화기애애하다. 어른은 어른들대로 아이들은 아이들대로 허물없이 대화를 주고 받을 만큼 오늘 하루의 시간이 징검다리 역할을 한 셈인가.

"오늘 모두들 덕분에 내가 큰 대접을 받고 보람있는 하루를 보냈데이. 특히나 오늘 나에게 생일상을 마련해준 쏭리매 새댁이 너무너무 고맙데이. 무슨 말로 인사를 해야할지 모르겠구나."
"고맙습니다. 어머님의 그 말씀만으로도 저에게는 충분한 보람이 됩니다. 어머님 오래오래 건강하세요."
"오냐 오냐. 그리고 루산나 하고 그이 친구들, 또 춘천에서 온 새댁들 모두모두 고맙고 고맙데이"
"감사합니다. 어머니. 그리고 만수무강하세요."
"오냐 오냐."
의례적인 인사 같지만 서로 간에 진심이 담긴 인사들이다.
"할머니 저희들도 오래오래 건강하시기를 바랄게요."
"그래, 그래. 오늘은 너희들 모두가 내 손녀, 손자가 되어 주어서 이 할매는 행복하단다. 그리고 내 가족들 모두가 오늘 일하느라 고생들 했다. 그런데 먼 데서 온 손님들은 낯선 이곳에서 잠이나 편히 잘 수 있을런지 모르겠구나. 내 이제 그만하고 잠자러 갈란다."
"예. 그러세요 어머니."
이구동성이다. 제일 큰방에는 어머니와 며느리 그리고 딸들이 자리했고 쏭리매와 루산나가 2호실 정은옥과 마성녀가 3호실에 그리고 화천어부와 춘천댁이 4호실로 여장을 풀었고 그동안 한 번도 사용치 않았던 5, 6호실의 가운데 미닫이를 떼어내니 넓은 방이 되었다. 딸아이들이 그 방을 차지했다. 자, 그럼 우리 아들들은 나와 함께 서재에서 잔다. 설린과 영진을 합해 네댓 명의 사내들은 서재에서 서로 엉켜서 자기로 했다. 이렇게 해서 처음에 이집을 지으면서 생각하고 희망했던 내가 아는 지인들과 내 가족들 모두를 유수케 하고 싶었던 소원을 이룬 셈이다. 그것은 비록 오늘 하룻밤만이 아니고 보고 싶은 마음에 이끌려 언제든지 자유롭게 오고 갔으면 하는 바람이다. 다음 날 아침은 모두가 해맑은 얼굴들이다.

"어머님, 안녕히 주무셨습니까?"

"그래 나는 잘 잤다마는 모두들 낯선 곳이라 불편했제?"

"아니에요. 집에서보다 훨씬 편하게 잤습니다."

"긱징했는데 그랬나면 내 마음도 편하다. 얼른들 세수하고 아침 먹자. 어제 먹고 남은 반찬이랑 국이 많이 있길래 내가 다 데워 놓았다. 밥은 한솥 다시 했으니 상에 갖다 올리기만 하면 된다."

모두들 놀란 얼굴이다.

"어무이는 잠 안자고 언제 이 많은 것을 다 했습니꺼?"

"본래 나이를 많으면 잠이 없다아이가. 손님들은 주방 쪽에 얼씬도 말고 볼일이나 보거라."

어머니는 두 며느리의 도움을 받아 아침상을 잘도 준비하신다. 즐거우신 모양이다. 다들 맛있게 아침 식사를 끝내고는

"어무이, 저희들 이제 가볼랍니더."

"그래 바쁜 사람들이니 더 있으라 붙잡지는 않겠다".

루산나는 가방에서 봉투 하나를 꺼내서는

"어무이예"

하고 어머니 손에 쥐어 준다.

"이 사람아 이게 뭐고?"

"얼마 안 됩니더. 맛있 는거 사 잡수시고 하이소."

루산나를 신호로 정은옥과 마성녀, 화천어부와 춘천댁 모두가 봉투 하나씩을 어머니 앞에 놓는다. 깜짝 놀란 어머니는

"이게 다 뭐고? 나는 안할란데이."

손을 내저으신다. 어머니 그냥 받으세요. 우리들 젊은이들 마음이라 생각하세요. 쑹리매가 나서서 봉투를 모두 챙겨서 어머니

잔치에서 일어난 일들 **369**

의 치마에 담아 드린다. 이러면 안 되는데 하시면서 더 이상 거절을 못하시는 어머니는 아직도 당황스런 표정이시다. 마지막으로 쑹리매도 봉투를 꺼내서 어머니 손에 쥐어 드린다.

"쑹리매 새댁은 이 늙은이를 너무 어렵게 만들지 말거라. 내 정신 좀 차리재이."

"그렇지 않아요 어머니. 어머님의 아들 청랑은 불이 난 집에서 못 나오고 돌아가실 뻔한 저의 엄마를 구해준 사람이에요. 그 은혜는 평생을 두고 갚아도 모자라요. 어머니. 그러니까 조금도 부담 같은 거 갖지마세요."

"그런 일이 있었구나. 그래 쑹리매 새댁의 말에 내가 졌다. 그리고 모두들 고맙데이."

"어무이 저희들 이만 갈게요."

"모두들 잘가거래이."

"예. 어머니."

정은옥은 차에 시동을 걸었다. 차에 오르기 전 루산나가 쑹리매에게 말한다.

"아우님은 우리하고 같이 가면 되겠다."

"글쎄. 내가 탈 자리가 있을까?"

"안돼요. 그건 내 동생 설린이 덩치가 커서 끼어 앉으려면 불편해요. 작은엄마는 랑아저씨께 공항까지 데려다 달라고 하세요. 그러실 거죠 아저씨?"

"얘 청아야 조금 비좁으면 어떠니? 설린이는 앞에 타고 우리는 뒷좌석에 타면 되는데"

루산나는 오랜만에 설린이의 생모인 쑹리매의 마음을 헤아리고 싶은 것이다.

"아니야 엄마. 작은엄마는 상하이까지 가야하는데 좁은 차 안에서 체력 소모하는 건 비효율적이야. 그냥 랑아저씨께 맡겨 버립시다. 루산나 화백님."

그랬다. 청아는 쑹리매와 청랑 두 어른들이 관계를 잘 알고 있기에 그분들에게 같이 있을 시간을 주고자 생각했던 것이다.

"아저씨 우리 작은엄마 잘 부탁드려요. 그리고 저도 작별인사 할래요."

청아는 쑹리매에게 인사하며

"작은엄마 안녕히 가세요."

"오냐 오냐 다음에 또 만나자."

"그리고 랑 아저씨한테도 나에게처럼 인사하는 거겠지?"

"그럼요. 작은엄마. 울 엄마 대신에 나 설청아가 아저씨의 따뜻한 마음을 잔뜩 담아 가렵니다. 저 갈래요 아저씨."

"그래 청아가 와줘서 고맙구나."

다가오는 청아를 아버지의 마음으로 안아주는 청랑이다. 그 모습을 보는 쑹리매와 루산나는 감동스럽다. 저 두사람 부녀지간이다 라는 것을 쑹리매와 엄마인 루산나는 알고 있음이다.

"작은엄마 먼 길 조심해서 잘 가시고요. 할머니와 아저씨도 안녕히 계십시오."

"그래 설설린 고3 학생답게 아주 의젓해졌구나. 엄마 모시고 잘 가거라."

"어머님 저희도 이만 가겠습니다."

"그래 화천하고 공상무댁은 먼 길이라 한참을 가야겠구나."

"네 어머니. 저희는 괜찮아요. 그보다 어머님 건강 잘 챙기시길 바랍니다. 랑아야 할머니께 인사드리고 출발하자구나."

"응 엄마, 잠깐만. 할머니 저 한번 안아주세요."

"오 그래. 고맙구나. 이 할매도 그러고 싶구나."

"고마워요 할머니. 전 할머니가 좋아요. 그리고 령서언니와 령해하고 다른 동생들도 다 좋거든요. 왜냐하면 전 늘 외톨이로 자랐거든요."

"그렇다면 랑아도 지금부터라도 내 손녀하자."

"예. 할머니. 그럼 이제 갈래요."

"설청아, 언니 잘가요."

"령서 언니, 령해 모두들 기회 있으면 또 만나요."

설청아, 령서, 임랑아, 령해 모두가 친근감을 공유하고 있는 지금이다. 작별인사를 마친 화천어부도 차에 시동을 걸었다.

"어머님 저 마성녀도 잘 있다 갑니다. 편안히 잘 지내시길 바랍니다."

"그래, 그래. 나 때문에 공장을 오래도록 비워놨으니 염려스럽제. 이 일을 우짜겠노?"

"아니예요 어머니. 어제 오늘인데 괜찮심더. 제가 나와 있어도 공장은 지 알아서 잘 돌아갑니더."

"얘 성녀 사장, 우리차로 같이 갈래?"

"아니다. 나는 청랑 오라버니가 읍내까지만 데려다 주면 버스 타고 갈 거야."

"그래 그럼 우리 먼저 간다."

정은옥과 화천어부의 차 모두가 출발했다.

"어머님 저 쑹리매도 가 볼게요. 언제나 마음 편히 건강하게 잘 지내세요."

"오냐 그러마. 큰일을 하는 바쁜 사람이니 더 있으라고도 못하겠다. 애비가 비행기 타는데 까지 태워다 주고 오너라."
"아니에요. 어머니 저도 읍내까지만 태워주면 마여사하고 같이 가면 됩니다. 어머니."
"그건 안 된다. 멀고 먼 다른 나라에서 왔는데 무슨 일이 있어도 비행장까지는 데려다 주고 와야 하느니라."
"그리 하겠습니다 어머니."
청랑은 차에 시동을 걸었다.
"안댁 언니도 잘 있어요. 와서 번거롭게만 하고 갑니다."
"아니에요. 많은 도움 주셔서 고마웠어요. 안녕히 가세요. 성녀님과 쑹리매님도요."
"그래요. 언제라도 시간 있으면 상하이에도 한번 오세요."
이제 모두들 떠나갔다. 한바탕 잔치를 끝으로 이 집의 가족들만 남은 조용함이 찾아왔다. 외부인들이 모두 떠나가고 가족들만 남아있는 지금의 분위기가 퍽이나 낯설어지고 가족들의 시선이 자신에게만 집중되는 것 같아서 안댁 유송의 생각은 점점 난처해지고 있다. 그 누구도 뭐라고 하는 사람이 없는데도 스스로의 불편한 심기를 떨쳐낼 수가 없다. 아무도 먼저 말을 걸어오는 사람이 없다. 그렇다고 내 쪽에서 먼저 말을 걸어오는 사람이 없다. 그렇다고 내 쪽에서 먼저 말을 하자니 누구에게 무슨 말을 해야 할지 생각과 용기도 나지 않는다. 아이들 여럿 중에 내 새끼 영민이와 영진이 제일 어리고 그 애들의 언니 누나가 그래도 표 안내고 잘 어울려서 챙겨주는 듯해서 고마운데 그러나 그 아이들도 이제는 쉽게 말을 걸어오지 않는다. 그동안에 유송 자신이 스스로 외면해 온 터였으니 서로 간에 정 없고 서먹함은 당연한 일인데도 왠지 자신만 왕따 당하는 기분이다. 시어머니도 말씀이 없으시다가 이윽고 한마디 물으신다.

"어미는 언제까지 애비 혼자서 생활하게 하고 화성인가 하는 곳에서 안 내려올 건데? 웬만하면 이곳에 와서 이 넓은 집에 들어앉아 애비 밥도 챙겨주고 내한테 있는 그 아이들도 너희들 자식인데 서로 왕래하고 살면 우리 가족 모두가 마음 편할 거고 너 자신도 떳떳하고 좋을 텐데 애미는 무엇 때문에 그 먼 곳에 따로 떨어져서 있는지 어디 너의 속내나 들어보자. 내가 전에도 말했지만 어차피 너그들이 만들어 놓은 팔자인데 그랬으면 오순도순 정 붙이고 잘 살어라고. 먼저 아이들은 내가 데리고 있으면서 너에게 마음의 부담을 덜어주고자 하는 이 시애미였는데 대체 뭐가 문제인지 말이나 들어보자."

드디어 올 것이 오고야 말았다. 그동안 별다른 말씀이 없었던 시어머니의 조용하고도 송곳 같은 질책에 며느리인 유송은 대답할 말이 없어졌다. 섣부른 항변보다는 차라리 침묵이 나을 것 같다.

"어미는 이 시어머니 말이 말 같지 않다는 거냐? 왜 대답이 없는데?"

"그런 게 아니고 죄송해서 드릴 말씀이 없어요."

"죄송해서 할 말이 없다니? 그럼 시애미 말이 옳게 들리긴 한 거로구나."

"예. 어머니."

"그럼 됐다. 긴말할 것 없이 내일 당장에라도 수원 화성집을 정리하고 이곳으로 애비와 합치도록 하여라."

"그건 안 돼요. 어머니."

"무슨 소리냐? 방금 전에 내 말 뜻을 잘 알아들었다면서 뭐가 안 된다는 건데?"

"말씀 드릴게요 어머니. 우선 아이들 학교문제도 있고요. 사람들 모두가 자녀들 교육 때문에 농촌에 살다가도 일부러 도회지로 이주하는 사람이 많은데 시골로 도로 내려오는 것은 옳지 않은 것 같아요. 그래서 서울 쪽과 가까운 곳이기도 하고 해서 조그만 점포 하나를 얻어서 장사를 하면 생활이 될 것 같아서 그렇게 하고 있어요. 그러므로 이제 와서 정리하기란 쉽지 않아요. 어머니."

"그럼 애비는 그런 이유로 남편과 멀리 떨어져서 별거를 하겠다고? 아이들 교육이면 이곳에도 중고등학교가 있는데 다니다가 나중에 높은 학교로 서울이나 부산으로 보내면 될 거고 지금 하던 장사 접어도 애비가 버는 걸로 생활이 되는데 뭐가 걱정이고? 그리고 애미는 여자가 되어서 내 남편 중한 줄 모르고 내몰라라 하는 것은 무슨 경우고? 내 긴말 않겠다. 한쪽에서 고생하지 말고 정리되는 대로 내려오너라."

이제는 대답이 없는 며느리 유송이다. 시어머니도 그런 며느리를 더 이상 다그치지는 않았다. 대답을 안 해도 내 말은 알아들었으리라. 어머니도 즉답을 기대하지는 않았다. 애미도 철없는 어린애가 아니니 좋은 쪽으로 생각하겠지 하고 긍정적인 답을 내린다. 그런데 침묵으로 일관하던 며느리 유송의 다음 말이 일어서려던 시어머니를 도루 주저앉히고 만다.

"어머니 저도 오늘은 가봐야 해요".

깜짝 놀란 시어머니.

"가다니 어딜?"

"올라가서 내일은 가게에 나가봐야 해요."

"가게 장사는 하루쯤 늦게 해도 될 거 아닌가. 아범도 나가고 없는데 오는 거 보고 가도 늦지 않을 테니 한 이틀 더 있다 가는 게 좋겠다만."

"그렇지만 어머니 고객에게 주문받은 물건은 약속을 지켜야 되요. 그리고 아범한테는 제가 전화로 얘기할게요."

"예끼 이 사람아. 시애미 칠순에 온다는 사람이 시간 여유를 두고 주문을 받아야지 시애미 생신이라 마지못해 얼굴만 보이고 가려했더냐? 섭섭하구나."

"죄송해요 어머니, 제 생각이 짧았습니다."

"우짜겠노. 네가 기어이 가야 된다고 하니 나도 모르겠다. 너그들은 뭐가 그리 복잡한지."

시어머니의 푸념을 감수하면서 내 새끼 영민, 영진 남매를 데리고 상경길에 올랐다. 그래도 시어머니는 애들 데리고 조심해서 가거라 하는 당부를 잊지 않으셨다. 안주머니에서 지폐 몇 장을 꺼내주며 차비해서 가가라 하신다. "저에게도 차비는 있어요. 제가 어머니 용돈을 드려야 되는데"

"그런 말 말고 어서 받거라. 내 용돈은 넉넉히 있느니라."

"언니야, 누나야, 고모야, 잘 있어라. 할머니도, 안녕히 계세요."

"오냐 오냐 학교 방학하거든 또 오너라. 저것들 모두가 내 핏줄인 것을"

금세 눈시울이 붉어지는 할머니의 마음이다.

미보리의 집을 출발해서 10여분 남짓 달려서 읍내의 터미널에 도착했다.

"벌써 다 왔네. 청랑오빠, 여기서 날 내려줘요. 버스 타고 갈게요."

"왜? 공항까지 같이 가서 부산 가면 쉬울 텐데,"

"그렇게 해요 성녀씨. 공항에서 부산은 가까운 곳이니 같이 가도록 해요."

"아닙니다. 쏭리매님. 여기서 버스를 타면 바로 내 근처에 가는데 공항까지 갔다가 다시 나오고 뭐하러 번거로운 방법을 택하겠어요?"

"그건 그렇지만 내가 비행기에 올라서 날아가 버리면 말동무 없이 청랑 혼자서 돌아가야 하는데 그땐 어떡하려고요?"

"그런 말씀 마세요. 쑹리매님. 지금부터는 청랑오빠 플러스 쑹리매 언니 시간인데 나 마성녀가 두분의 시간에 초를 치는 파렴치가 되긴 싫습니다. 다음에 기회 있을 때 쑹리매 언니 몰래 거래처에 납품관계로 이 근처에 출장 왔어요 라고 핑계대며 데이트 요청을 하면 청랑오빠는 마지못해 받아 줄 거거든요."

"역시 마성녀 사장은 청랑을 공략하는 확실한 전술을 생각하는군요. 그런데 성녀씨가 나더러 언니라고 호칭하는 건 좀 그렇다. 나의 젊음이 그렇게 시들어 보이는 걸까?"

"오해마세요. 쑹리매 언니는 미모나 젊음에서 나보다 한 수 위인 것은 사실이지만 청랑오빠와는 같은 연배의 친구간이잖아요? 저에게는 당연히 언니시고 청랑오빠와의 인연이 겨우 1년 남짓한 저에 비해 쑹리매 언니는 장장 15년이라면서요?"

"큰일이네 청랑. 이 일을 어떡하면 좋아? 말씀 좀 해봐요."

"어떡하긴 성녀사장의 말이 맞는 것도 같으니 그냥 받아들이면 되겠네."

"그래 그럼. 그 대신 성녀 동생은 청랑에게 여자의 티를 너무 많이 내지 않기를 바란다."

"염려 놓으세요 언니. 하지만 나도 여자니까 윙크 정도는 할 거예요. 마침 버스가 오네요. 잘 가요. 쑹리매 언니." 버스에 오르는 마성녀에게 두 사람은 손을 흔들어 보냈다. 쑹리매를 태운 청랑의 자동차는 1시간쯤 달려서 진영휴게소에 들어섰다.

"여기서 잠깐 쉬어가자."

"그래 커피 한잔 마시고 가도 되겠다."

매점의 커피숍에 자리했을 때 청랑의 휴대폰이 울린다.

"예 청랑입니다."

"아범이가? 여기 집이다."

"예 어머니 무슨 일 있습니까? 그래 아범아, 다른 게 아니고 수원의 네 처가 지금 가야된다고 하는구나. 내가 한이틀 더 있다 가라하여도 기어이 지금 가야한다고 나서는구나."

"그러면 그 사람 옆에 있으면 좀 바꿔주세요. 어머니."

"애미야, 전화 받아 보거라. 아범이다."

"저예요. 영민아빠."

"그래 나요. 그런데 어머니께 지금 가야한다고 했다는데 정말이가?"

"그래요. 가게 문을 계속 달아 놓으면 안 될 것 같아서 어머니께 다 말씀드렸어요. 지금은 여기 일도 다 끝났으니 바로 가야겠어요."

아내의 단호한 태도에 잠시 할 말을 잊은 청랑이다.

"내가 공항에 갔다가 돌아가면 저녁때쯤일 텐데 그때까지도 못 기다리나?"

"안 돼요. 내일 주문 약속도 있고 해서 나는 나선 김에 갈 테니까 손님들 배웅이나 잘 해드려요."

"거참! 그래 알았다."

통화를 끝내고 자리에 앉는 청랑에게

"보아하니 어머님 전화 같은데 무슨 일 있으시데?"

"아니 별일은 아니고 집사람이 수원집에 간다는군."

"무슨 소리야? 가까운 거리도 아닌데 오랜만에 왔다면서 하룻밤도 안 자고 그냥 간단 말이야?"

"그래도 어제 하룻밤은 지냈잖아."

"그거야 여리 사람들이 합숙한 거였고 무슨 일인지는 모르지만 간다고 하면 못가 게 했어야지 그래 알았다 하고 말한 거야? 무슨 남편이 ㄱ 모양이야?"

"말은 했었지. 내가 공항에서 돌아가면 저녁때쯤일 테니 기다리라고 했었지."

"그럼 그런데도 간다고 했다는 거야?"

"응 가야겠대."

"그것 봐. 내가 뭐랬어. 읍내에서 마성녀와 함께 버스 타면 된다고 했잖아. 아니면 택시를 타도 되고. 이번 일은 우리가 잘못 생각한 것 같애. 세상에 지 마누라 그냥 두고 다른 여자들 배웅한다고 나서는 남편의 태도가 얼마나 야속하고 괘씸스러웠겠어. 청랑의 안댁이 쏭리매가 많이도 원망스럽고 미워졌겠구나. 다시 전화해서 기다리라고 하고 청랑은 돌아가는 게 맞다. 나는 여기서 택시 타면 되니까"

"어허. 천하의 쏭리매 회장이 의외로 과민반응이시네."

"이보세요 청랑. 내 아무리 강심장인 쏭리매지만 나도 여자야. 여자이기 때문에 다른 여자의 심정을 공감할 수 있는 거야."

"그 말은 맞는데 쏭리매가 잘 알잖아. 나 청랑이란 인간 그 누구에게도 강요 같은 거 못하는 사내인 것을. 그 친구 분명 어머니의 설득에도 불구하고 나서는 사람인데 내가 전화 몇 마디로 막을 수 없을뿐더러 벌써 멀찍감치 가고 있을 거야. 그리고 쏭리매와는 아무 상관없는 일이니 마음 쓰지 않았으면 한다. 아마도 그 사람은 그곳에서 가족들과 함께 머무는 그 시간이 스스로에게 불편을 더해 준다고 생각했을 테니까 그 마음의 부담에서 한시라도

잔치에서 일어난 일들 379

빨리 탈출하고 싶었을 거야."
"설마 그럴 리가? 만약에 청랑의 그 추측이 사실이라면 그 또한 안타까운 일이야. 내 친구 청랑의 오늘 일진이 별로 좋은 것은 아니구나."
"그러게 말이다. 나의 귀한 손님 쑹리매에게 걱정거리를 보태게 해서 미안하구나."
"아니야 나는 괜찮다. 오히려 안댁에 대한 마음의 부담이 엷어지는 듯하네. 그런데 나 쑹리매가 청랑이란 한 남자를 마음속에 담고 걸어온 지가 어언 15년이 되었는데 어쩌면 한 번도 청랑의 안댁에 대한 존재 유무조차 말하지 않았을까?"
"그거야 쑹리매가 나에게 묻지를 않았으니까."
"그랬던가? 그걸 보면 나도 여자의 범주에서는 벗어나지 못하는가 봐. 그 사항을 질문하고 답을 듣는 순간 도덕적인 논리와의 전쟁에서 패하기라도 하면 보다 귀중한 청랑과의 사랑을 잃게 되는 참담함을 겪게 된다는 두려움 때문이었는지도 몰라. 그래 나 쑹리매가 청랑에게 안댁이란 존재가 없기를 바랐던 건 아니었지. 또 없으리라는 생각도 아니었고. 그렇지만 청랑에게 향해진 내 마음과 사랑의 욕망을 나 스스로는 거둘 수는 없을 뿐이야. 그것은 지금도 또 앞으로도 마찬가지일거야. 왜냐하면 청랑에게 심어진 내 사랑의 뿌리가 아주 깊게 내려져 있으니까. 그렇다고 청랑에게 존재하는 안댁의 자리를 시샘하거나 무시하는 일은 없을 거야. 다만 그가 청랑을 괴롭히지 않는 안댁이기를 바랄뿐이야."
"그래 고맙다. 나의 허물을 덮어주려는 쑹리매의 진심에 비해 턱없이 부족한 내가 미안하기도 하고."
"이봐요 청랑. 우리 사이엔 미안하다는 말 같은 거 하지 않기로 해놓고선?"

"그래 그걸 깜빡 잊었구나. 그래서 또 미안하고."

"이거 큰일 났네. 총명하던 청랑에게 건망증까지? 그래 그동안에 청랑이 고심했던 흔적은 이번에야 볼 수 있있는네 어머니께서 아이들을 잘 키워 놓으셨더구나. 그런 어머님의 노력을 같이 돕지 않은 안댁의 태도가 청랑의 마음을 아프게 했겠지만 그도 여자인지라 그럴 수도 있었겠다 하고 생각하면 되는 거야. 모르긴 해도 안댁대로 스스로의 해야 하는 도리를 외면한 대가로 주어진 고통을 감내하고 있을 테니까. 어제 과방에 모인 청랑의 여자들에게 안댁 자신의 지난날과 현재를 어느 정도 고백했으니까."

"그런 일이 있었구나 의외인데? 활달한 성격의 마성녀의 궁금증에 안댁이 답해준 거야. 우리들은 안댁이 베풀어 준 한상의 만찬을 하면서도 그 이야기에는 모두가 듣기만 하고 아무 말이 없었는데 유독 루산나의 눈시울이 붉어지며 자신이 청랑을 떠나면서 그의 행복을 빌었었는데 하더군. 그걸 보고 나는 아직도 루산나에게 청랑의 사랑이 남아 있구나 라고 생각했었지. 자리를 뜨는 루산나를 보면서 나 역시 그 안댁의 지혜롭지 못한 처신이 인간 청랑으로 하여금 방랑을 멈추지 않게 하는구나 라고 생각하면서 순간 안댁이 미워지더구나. 사실은 또 어느 면에선 반사이익을 보고 있다는 나 자신을 망각한 채로 말이다. 청랑이 방랑을 멈추는 순간이 청랑을 찾는 내 발걸음에 제약을 받을지도 모르니 말이다."

"그런 쓸데없는 생각을 뭐 하러 해. 내가 방랑을 접고 내 고향 미보리에 정착한지 3년이 지났지만 쏭리매를 향한 내 마음은 달라진 게 없는데."

"그건 나도 알아. 그렇지만 인간은 때때로 환경 변화에 따라 달라질 수도 있는 거거든 이럴 땐 태풍이라도 불어와서 비행기의 이착륙을 막아주기라도 하면 오늘 하룻밤쯤 청랑의 곁에 머물 수가 있으련만."

"그 태풍이 아니래도 그냥 머물면 되는 것을 오지도 않는 태풍 핑계를 하다니?"

"모르는 소리. 태풍 정도의 핑계가 없으면 나는 비행기를 안 탈 수는 없거든. 어머님이나 여러 사람들에게 온전치 못한 여자로 낙인이 찍힐 테니까."

"그럼 어떡한다?"

"일단 공항으로 가 보자. 운 좋으면 태풍과 버금가는 변수가 도래할지도 모르니까."

"그래 그럼."

그들이 김해공항에 도착한 것은 정오가 조금 지나서였다. 날씨는 맑고 살갗에 닿는 햇살은 약간 따가운 정도이다.

"이게 뭐야? 이런 날씨면 나 쑹리매가 바라던 태풍이 오기란 영 글렀잖아?"

"그러게 말이다. 태풍이란 놈 어떨 때는 잘도 심술을 부리더니만 오늘은 우리 쑹리매 회장을 안전하게 돌아가라고 숨어버렸구나. 아주 잘된 일이네."

"무슨 소리야? 이제 보니 청랑이란 남자 나 쑹리매를 돌려보내지 못해서 안달을 했었군."

"그런 건 아니야. 그렇지만 지금은 쑹리매가 상하이에 안전하게 도착하는 것이 제일 우선이거든."

"그래 알았어. 마음은 좀 더 머물고 싶지만 청랑이가라면 가야지 어쩌겠어. 그 대신 나 지금은 갔다가 나중에 다시 올거야. 그래 잘 생각했다. 아직은 탑승시간이 두어 시간 남았으니 어디 가서 식사라도 하자."

그들은 간단한 식사를 앞에 놓고 헤어짐 직전의 시간을 가져본다.

"이번 어머님의 칠순잔치는 무난하게 잘 치러진 것 같아서 나 쑹리매가 보람이 느껴지네."

"당연하지. 만약에 쑹리매의 제안이 없었더라면 나로서는 전혀 잔치 생각을 못했을 거고 어머니의 집에서 가족들만의 간단한 식사로만 넘겼을 거야. 그리고 보면 쑹리매가 우리 어머니께 효자 노릇 해주어서 정말 고맙다."

"그래 그 말은 듣기가 괜찮으네. 우리 어머니께 효자 노릇 했다는 말. 특히나 우리라는 그 말은 청랑과 쑹리매가 함께라는 뜻이기도 해서 말이야."

"그렇게 큰 비용을 선뜻 내 놓고서도 우리라는 작은 말 한마디에 감동을 먹는 쑹리매를 어떻게 이해해야 할까? 나로선 그저 고맙다고만 할 수밖에."

"그래 그 정도 인사면 충분하고 굳이 나에게 감동을 먹는 이유를 말하라고 한다면 청랑의 집인 최적의 장소에 최고의 하객들 즉 동네 인근 주민들과 일백여명의 걸객들 모두를 초대해서 마음에 사랑을 담아서 최고의 맛을 대접하는 청랑의 뜻에 내 어찌 감동을 먹지 않을 수가 있으리. 어머님의 칠순잔치에 왔다 가는 이번 여행은 나 쑹리매에게는 최고의 선물이었어."

"쑹리매가 그렇게 생각한다니 다행이다. 이제 탑승시간이 가까워지는데 게이트로 가보자."

오후 2시 30분에 출발하는 상하이 경유 이스탄불행 비행기다. 탑승객들은 하나 둘 게이트로 들어가고 있었다. "잘 있어 청랑."

"그래 쑹리매도 잘 가고."

두 손을 맞잡고 사랑의 눈빛을 교환하는 두 남녀다. 얼마 후 하늘 높이 날으는 비행기를 보면서 그의 시야에서 멀어졌을 때 청랑은 발길을 돌렸다. 그의 차가 고속도로를 달려서 미보리의 집에 도착한 것은 석양이 산마루에 걸터앉을 무렵이었다.

"어머니, 저 다녀왔습니다."

한발 성큼 집안으로 들어서는 청랑이다.

"그래 그 사람들은 다 잘 갔느냐?"

"예 어머니."

"그럼 됐다. 아범이 왔으니 이제 저녁 먹도록 하자. 오뉴월 긴 긴 해라 낮 시간이 길어져서 배고플 끼다. 내가 다 준비해 놨으니 차리기만 하면 된다."

오랜만에 한자리에 모인 가족들이다. 그리고 모처럼의 화목한 저녁 시간이다. 그동안의 언제나처럼 보여지던 청랑의 방랑과 가족들을 외면한 채 도덕성이 결여된 듯한 안댁을 포함한 청랑 주변의 모습들이 형제자매들의 발걸음마저 인색케 했던 이곳 미보리의 집이었는데 그러기에 오늘의 저녁식사는 다소나마 청라의 마음에 위안이 되는 자리이기도 하다.

"너희들 모두 많이들 먹거라. 그리고 내 이제사 말이다만 우리가 이곳 고향을 떠난 지가 이십년이 지났다만 그동안에 늘 마음 한구석이 짠했는데 내 이곳에서 칠순잔치를 하고보니 감회가 새롭구나. 고향 사람들 많이 만나 보고 음식도 대접할 수 있었으니 내 마음이 얼마나 기쁜지 모르겠다. 아범에게는 고맙기도 하고."

"어머니께서 그리 생각하신다니 다행입니다. 그리고 늘 객지를 떠돌면서 내 가족을 챙기지 못했던 내 허물이 많을진데 미안한 생각은 항상 나를 따라 다니고 있습니다. 그래도 이집은 우리의 고향에 자리 잡은 우리들의 집이니 만큼 우리 가족들 모두가 언제든지 마음 내킬 때는 망설임 없이 찾아와서 이용하길 바라는 내 마음을 우리 형제자매들에게도 전하는 바이다. 그래서 나는 이집을 만들 때부터 내가 가진 허물과는 관계없이 나를 아는 모든 사람들이 다녀갔으면 좋겠다는 내 생각은 지금이나 앞으로도 변함이 없을 것이다."

청랑이 오늘 비로소 털어놓는 독백 같은 이야기가 가족 전부의 이해를 얻기에는 부족하겠지만 그래도 마음속은 후련해진다.

"그리고 애비야. 루산나하고 그 새댁들이 주고 간 봉투를 보니 너무 많은 돈이 들어 있구나. 나는 생각에 보통 밥값 정도로 알고 받았는데 그게 아니더라. 돈 액수가 너무 많아서 나는 가슴이 쿵덕거리고 놀랄 지경이다. 이 일을 우짜면 좋겠노? 안되겠다. 내 용돈만 조금씩 떼놓고 애비가 도로 돌려주거라."

"어머니도 참, 그 사람들 나름대로 성의를 담아서 드린 건데 어떻게 도로 가져가라 하겠습니까? 그냥 고맙다 생각하시고 받아 두세요."

"그래도 너무 많은 금액인데? 안되겠다. 내 너그들 각자 차비 하도록 나눠줄 테니 그리 알아라."

"그러실 거 없습니다 어머니. 모두들 차비는 내가 다들 주어서 보낼 테니 염려 마세요."

"애비가 이번 잔치에도 돈을 많이 썼을 텐데 이 사람들에게 줄 돈이 어데 있노?"

"그렇지 않아요 어머니, 예전과는 달리 제가 일하는 공사의 자금사정도 전보다 많이 좋아졌기에 저한테도 조금 여유가 있으니 아무 걱정 마세요."
"오냐 그렇다면 안심하고 이 돈은 내가 잘 쓰마."
"잘 생각하셨어요 어머니."
그랬다. 항상 여유 없이 검소한 살림을 해 오신 어머니로서는 자신의 분수에는 맞지 않는 큰 용돈이라 생각이셨던 것이다. 그것도 내 자식이 아닌 타인들로부터였으니 말이다. 그와는 반대로 어머니 눈에 비치는, "새댁들"은 내 남친인 청랑의 어머니가 나의 어머니가 다름없다는 생각에서 또한 그 청랑을 존재케 한 고마운 어머니기에 그 나름의 생각에 따라 보편적인 선물을 한 것이다. 청랑은 지금의 이 자리가 만족스럽다. 내 가족들이 한데 모인 자리가 말이다. 그래서 그는 이렇게 말한다.
"어머니의 생신이 사랑하는 내 가족들을 모두 이곳에 모이게 했으니 나는 정말 많은 기쁨을 느낄 수가 있습니다."
사실이다. 그것은 늘 청랑이 하고 싶었던 이야기다. 그만큼 짙은 외로움이 있었는지도 모른다. 이제는 그 외로움에서 한꺼풀 벗어난 것 같아 가벼워진 마음이다.
부산 집으로 가는 어머님과 가족들을 배웅하고 난 청랑은 달비골 일터로 내달았다. 이틀씩이나 비워둔 현장이기에 미안함과 염려스러움이 한꺼번에 그의 마음을 사로잡는다.

# 왕초청랑, 새로운 이름

 과민반응이라 해도 좋다. 그가 해당공사에서 한축의 벽돌왕초이기에 늘 따라 다니는 노파심이기도 하다. 그러한 그의 자질이 오늘의 청랑을 있게 한 원동력인지도 모른다. 현장에서의 팀 작업은 차질 없이 잘 진행되고 있었다. 각 공구의 반장들이 왕초 청랑을 보고 반색한다. 왕초가 곁에 없었을 때 허전했던 사람들처럼 청랑은 그러한 반장들이 든든하고 믿음직스러웠다. 그는 각 공구를 한 바퀴 돌아서 본부 사무실을 거쳐 나온 후에야 그간 밀려 있었던 것 같은 일들이 해결된 기분이다. 그날 오후 청리 사무실에 모인 반장들 회의에서 왕초 청랑이 말한다.
 "내없는 동안 우리 반장들의 노고덕분에 차질 없이 일이 잘 진행되고 있음을 고맙게 생각해요. 하여 오늘은 작업을 한 시간쯤 앞당겨서 끝내고 함바에서 일꾼들 모두를 불러서 탁주 한 사발 나누도록 합시다."
 "고맙습니다. 왕초."

반장들은 자신의 조원들을 데리고 함바에 모였다. 삼계탕과 식사를 겸한 한잔 술의 만찬에 일꾼들의 사기가 훌쩍 높아진다 그랬다. 우리들 노동자, 특히나 근력을 써서 일하는 노동자에겐 먹는 순간이 가장 즐거운 시간이다. 그들에게 다행이도 왕성한 식욕과 소화력이 주어져 있다. 오랫동안 노동자로 살아온 왕초 청랑이기에 먹는 순간의 행복을 누구보다 더 잘 알고 있다. 그러한 행복감을 나와 함께하는 일꾼들에게만이라도 나누어 주고 싶었던 왕초의 마음이었다. 청랑이 미보리 집으로 귀가했을 땐 어제의 잔치마당이 말끔히 치워져 있었다. 청리산업의 창고를 건축했던 제갈소장이 휘하의 목공들로 하여금 텐트랑 모든 기물들을 해체하여 한쪽 창고에도 잘 정돈해 놓은 것이다. 청랑은 전화를 걸었다.

"제갈소장, 나 청랑이오."

"예 사장님, 무슨 일 있습니까?"

"아 오늘 저녁 선약이 없으면 나하고 저녁이나 같이 합시다. 그리고 서건축은 내가 부를 테니 국밥집에서 우리 같이 한잔 합시다."

그리고는 곧바로 간 청랑이 먼저 도착했다.

"왕초님, 오셨군요."

"고맙습니다. 주인장, 어제는 우리집 잔치에 이 국밥집의 도움이 컸습니다."

"아닙니다. 왕초님께서 다른 식당들을 제쳐두고 저희집 음식들을 선택해주신 덕에 저에게는 큰 장사가 되었는 걸요."

청랑은 안주머니에서 봉투 2개를 꺼내었다.

"자 그럼 제가 본래 주문한 대로의 재료값입니다. 그리고 이 봉투는 보내주신 주방 아지매들의 수고비니 주인장께서 잘 처리하시길 바랍니다."

"감사합니다 왕초님. 이왕 오셨으니 식사라도 준비하겠습니다."
"그래야겠습니다. 우리 일행 두서너 사람과 여기서 저녁 먹기로 했으니 준비해 주십시오."
자리를 안내하고 돌아서는 국밥주인, 혼자말로 숭얼거린다.
"참으로 대단하고 기이한 분이야. 우리 고을에 저런 분이 계셨다니?"
어제의 잔치마당과 그 많은 걸객들의 각설이 굿을 떠올리며 하는 말이었다.
"먼저 와 계셨군요."
"어서와요 갈소장, 서건축도 마침 저기 오는군."
"내가 한발 늦었네 老生이 큰일 치르느라 노고가 많았었겠군."
"당연한 일 아닌가? 그리고 행사에 필요한 일 아닌가? 그리고 행사에 필요한 시설물의 편리함이 큰 몫을 했네. 모두가 우리 제갈소장의 도움이었네."
"자아, 음식이 나왔으니 한잔 하세나, 나 서건축을 포함 우리 모두가 노가다이네."
오늘 청랑의 술로 우리 노가다의 대박을 기대하면서 위하여로 술잔을 부딪는다.
"자 내 술 한잔 받으시게들."
"감사합니다, 청랑형, 그리고 나는 왕초형을 볼 때마다 가끔씩 놀라곤 해요."
"왜 또 무슨 험담을 하려고?"
"그렇습니다. 나 제갈소장 집짓는 노가다 십수 년에 듣도 보도 못한 칠성단을 만들지 않았나, 그리고 이번에는 일백여명의 걸객들이 찾아와서 벌이는 한판의 각설이 마당을 보았으니 말입니다."

"이보시게 갈소장 그게 왜 내 탓인가. 갈소장이 만들어 놓은 근사한 텐트 자리가 그들을 오게 한 것이지"
"그렇습니까? 어쨌던 청랑형의 기이한 행보는 나 제갈로서는 가늠이 잘 안되는 부분입니다."
"그거야 나 서건축도 마찬가지 생각이네만 어쩌겠나. 그것이 老生 淸浪인 것을."
"자 이제 나에 대한 험담을 다했으면 한잔들 하세. 그리고 그 걸객들은 내가 마음먹고 초대를 했었지만 그 정도로 많을 줄은 생각을 못했었네. 고작해야 몇십 명일 줄 알았는데 모이고 보니 백 명 하고도 훨씬 많았었어. 그만큼 이 사회가 어려운 곳이 많다는 뜻이기도 함이 아닌가. 그중에는 어린아이들도 제법 있었거든. 그 아이들에게 주어진 운명이라고 하기에는 너무나 가혹하고 슬픈 일이야."
청랑은 한잔 술을 단숨에 들이킨다.
"이보게 老生 그것은 어느 한곳에만이 아닌 사회전반에 걸친 방대한 문제일세 나라에서만이 할 수 있는 일을 우리가 어쩌겠나?"
"그렇긴 하네만 아직은 개발도상국인 나라 살림이라 거시적인 성과에만 급급한 위정자들 아닌가? 그러한 그들의 생각에 민초들의 배고픔을 담기에는 적지 않은 시간이 걸릴 것이네. 물론 각자가 주어진 환경에서 최선의 노력으로 살면 되겠지만 사람들 각자에겐 그 나름대로 불가항력이란 것이 있지. 누군가의 보호를 받아야할 어린아이들, 그 아이들의 보호자가 병이 들었다든지 아니면 결손가정의 아이로서 소년소녀 가장의 처지에 놓인 아이들이야말로 인간의 평범한 가치관에서 많은 것을 잃고 살아야 하는 고충, 그로 인해 당연히 가져야 할 희망도 꿈도 멀어져 버린다면 그것이야말로 죄없는 그들을 괴롭히는 최대의 비극일세."

"이보게 청랑, 우리 같은 보통사람이면 그냥 지나칠 만한 흔한 일인데 왕초 청랑의 마음은 그러질 못하는가 보군?"

"그래서 말인데 멀리는 못 보더라도 기까이에 있을지도 모를 이곳 지꼬면 안에 거주하는 소년소녀 가장들에게 조금이라도 도움을 줄까하네. 서건 자네도 뜻이 있으면 동참을 만류하지는 않겠네."

"허허 이거야 원, 그리고 보니 오늘 老生이 주는 이 술잔이 공짜가 아니었군. 그래? 어쩐지. 술맛이 진하더라니?"

"이 사람 서건 그렇다고 부담일랑 갖지 말게 내 친한 친구에게 쏟아놓은 푸념일 수도 있으니까."

국밥집을 나와서 일행들과 헤어진 청랑이 집으로 돌아온 지금은 아무도 없었다. 하지만 전에처럼 허전하지는 않다. 내 가족과 지인들이 모두모두 머물다 간 자리에 따뜻한 온기가 아직도 식지 않은 것 같아서이다. 참으로 오랜만에 제 구실을 해 준 이 집이 고맙게 느껴진다. 그는 잠들기 전 서재의 등불호야와 마주 앉았다. 등불호야 너도 보았지? 나에게도 소중한 가족이 있다는 것을, 지금의 이 좋은 내 기분을 너에게만 말해주는 것이니 훗날 내가 오늘의 일을 까맣게 잊고 있거든 그때는 등불호야가 다시 말해주기 바란다. 마침 울려오는 벨 소리에 수화기를 들었다.

"벌써 집에 들어왔구나 청랑, 나 쑹리매야."

"벌써가 뭐야 밤 10시가 다 돼 가는데. 그런데 내가 집에 들어와 있는 걸 어떻게 알았지?"

"그야 당연하지 지금 청랑이 말하고 있는 전화가 집 전화라는 걸 알아야지."

"참 그렇군 그래 쑹리매는 잘 가고 있는 거야?"

"그럼, 그러고 보니 엎드려서 절 받기네?"

"미안 내가 전화하려 했는데 쑹리매의 주변 일에 바쁠 것 같아서 참았던 거야."

"변명이래도 듣기는 좋은데! 실은 청랑의 말이 맞아 그래서 지금에야 전화한 거고, 그런데 청랑은 지금 뭐하고 있는 거야?"

"응, 등불호야와 함께 어제 오늘의 좋았던 기분을 말하고 있는 거야."

"그럼 그 이야기 속에 내 이름도 들어있는 거야?"

"그럼 가족과 지인들이 다녀갔다는 이야기만 했을 뿐 아직은 쑹리매를 말하지는 않았어. 왜냐하면 쑹리매의 이름을 말하는 순간부터 내 감정이 요동칠 테니까 아껴두고 있음이야."

"혹시 나의 험담을 하려는 건 아니고?"

"그래 내 친구 쑹리매에게 험담이라도 하고 싶은데. 그래 그 험담을 하는 청랑을 생각하면서 이만 끊을게. 쑹리매도 안녕히."

등불호야도 눈을 감고 청랑도 잠이 든다. 아침을 맞은 청랑의 집은 이전과 다름없는 일상으로 돌아와 있었다. 열고 닫히는 창고 문으로 수확기를 맞은 양파들이 저장되고, 한 가지 새로운 일이라면 곡식을 실은 차가 가끔씩 창고로 와서는 빈차로 나가는 모습이 눈에 띈다. 그것은 위탁받은 곡물이 아니고 청리의 위탁사업과는 전혀 관계가 없는 다른 용도의 곡물이었다. 그랬다. 청랑은 그가 생각했던 일을 실천에 옮기려 하고 있다. 그는 미보리의 이장을 통해 지포면 관내 17개 부락의 이장들을 한자리에 초대했다. 물론 청랑의 집에서다. 국밥집에 부탁하여 머리고기 삶은 것 가져오게 하고 탁주 한잔 쏟아놓고 조촐한 모임을 가졌다. 주전자 몇 개에 나눠 담겨진 탁주를 일일이 따라주면서 청랑은 말한다.

"우리 지포면의 각 마을 이장님들을 한자리에서 뵙게 됨을 영광으로 생각합니다. 약소하지만 이 탁주 한잔으로 여러분들께 어려운 부탁을 하려고 합니다."

청랑은 이장들에게

"해당 마을에 혹시라도 있을지도 모르는 결식아동이나 소년소녀 가장들이 있으면 현황을 파악해서 알려 주시면 이장님을 통해서 그들에게 조금이라도 식량을 지원할까 하니 이장님들의 협조를 부탁드립니다."

흔치 않은 일이다. 뜻밖의 제의에 이장들은 놀라고 감사한 마음이다.

"물론 그러한 어려움에 처한 사람이 없기를 바랍니다만 잘 살펴보시고 알려주시면 고맙겠습니다."

그 후 사오일이 지나면서 이장들로부터 해당사항의 아이들 명단을 넘겨받았다. 그 중에는 보고서가 없는 이장들도 있었다. 결식아동이 없는 것이 다행이라 할 수 있다. 꼭 결손가정이 아니라 해도 지속되어온 가난에서 벗어나지 못한 가정도 있었다. 농촌지역의 삶의 원천은 곡물을 생산할 수 있는 토지다. 자기소유의 농지가 없는 사람은 적은 소득의 소작이나 품팔이에 의존할 수밖에 없는 농촌 실정이다. 그러한 집은 일찌감치 식량이 바닥나서 배고픔에 허덕여야 한다. 청랑에게 접수된 10여 명의 명단 외에 극빈 가정을 합해서 열세 곳의 집에 쌀과 보리쌀 각각 20kg을 합해서 40kg을 보내기로 했다. 아직은 차량보급이 많지 않은 상태여서 청랑이 직접 실어다 주기로 했다. 물론 해당 마을의 이장과 함께였다. 그리고 청랑은 이장들에게 당부했다. 이 일의 진행에 있어서 소리소문 없이 조용히 처리함을 원칙으로 하자고 했다. 혹시 있을지도 모를 외부로부터의 자존심 침해를 막기 위해서이다. 이렇듯 구호미를 접한 당사자들의 마음은 감격했다. 그들에겐 그 무엇보다도 가장 절실한 식량이었기 때문이다. 금세 부자가 된 느낌이다. 그들의 기뻐하는 모습과 고맙다는 인사를 뒤로하고 돌아오는 청랑의 발걸음 역시 가벼웠다. 그들이 절박했던 끼니걱정에서 해방되고 나면 또다른 희망적인 생각을 할 수 있을 것이라는 것이 청랑에게 미소를 머금게 한다. 그래 약속은 안했지만 오늘만의 1회성이 아닌, 1년에 두 번씩 극한 춘궁기를 무사히 넘을 수 있도록 지원토록 하리라고 마음을 굳히는 청랑이다. 이렇게 해서 아직은 작지만 청리재단의 뜻을 담아 청랑의 소박한 발걸음은 계속될 것이다. 그가 비사벌 교육청을 통해서 13명의 학생에게 장학금을 지원해 온 것이 지금이 2년차이고 보면 그의 뜻이 어디에 있는가를 조금은 짐작케 한다.

"왕초청랑" 환경이 거칠고 고된 노동현장을 상징하는 노가다에서 불러지는 그의 이름이다. 언제나 순탄치만 않았던 긴 시간을 잘도 견뎌낸 그였기에 지금은 그 바닥에서 타의 추종을 불허하는 벽돌왕초 청랑이기도 하다. 언제나 평온하면서도 평범한 인상의 소유자 청랑, 부드러우면서도 강인한 내공을 지닌 그의 성품이지만 때로는 원치 않는 상황에서 부딪쳐지는 공갈과 행패를 앞세우는 사회악의 무리들과 그의 앞에서는 순한 양이 되게하는 협객 청랑, 누군가가 붙여준 이름이다. 그러한 그의 삶에도 공과가 많을 것이다. 청랑, 그에게는 가히 흉금을 털어놓고 지내는 몇 사람의 절친이 있다. 그 모두가 남친이 아는 여친들이다. 그러기에 사람들은 도덕성과 윤리의 잣대를 들이대며 그를 비난할지 모른다. 그러나 그러한 사고의 시선이 틀리지 않다고 하더라도 그리고 매우 따갑다고 하더라도 그걸 핑계로 등을 들려 절친들의 마음을 상하게 할 수 없다는 것이 인간 청랑의 마음이다. 노가다와 청랑, 7가 노가다인이이있기에 운명적으로 만나진 친구들이다. 그 친구들 누구라도 스스로 멀어지려 하지 않는 이상 그들과의 친분을 소중하게 간직할 것이다. 그로 인해 나 자신에게 어떠한 불이익이 돌아온다 해도 나 청랑은 감수할 것이다. 노가다 왕초 청랑, 청리재단 이사장 청랑, 그리고 老生 청랑, 해가 뜨고 지는 수많은 날들이 앞으로도 인간 청랑에게 더해지는 희노애락과 함께 그가 가는 길목을 사람들은 보게 될 것이다.

오늘은 유달리 양파 저장을 의뢰해오는 물량이 많은 듯하다. 수확기의 시세 폭락을 피해가기 위해서이다. 상인들은 상인들대로 생산 농가는 농가들대로 저장창고를 이용하는 데에 익숙해져 있다. 모두가 그물자루에 담겨져 있어서 부패하지 않고 오래도록 저장할 수가 있다. 농가들마다 모두가 위탁저장을 하는 것은 아니다. 그중에는 급전이 필요한 농가에서는 바로 중간 상인에게 넘겨 버린다. 그리해서 상인들이 수집하는 양도 적지 않다. 물론 헐값일 수 밖에 없다. 그러한 농가들의 입장이 안타깝기는 하지만 그 일에 개입할 수 있는 청랑이 아니다. 왜냐하면 그가 장사꾼이 아니기 때문이다. 그리고 그것이 자연스런 유통의 흐름이기도 하기에 상인들과 생산농가가 공존하고 있는 것이리라. 오늘따라 창고를 찾는 물량이 많아져서 달비 현장에로의 청랑의 출근이 늦어졌다. 왕초의 출근이 늦는다 해도 각 공구의 반장들에 의해 청리의 벽돌쌓기 작업은 순조롭게 잘 진행되고 있다. 그래 오늘은 창고 쪽에 좀 더 머물다 가자. 창고담당 관리자인 성고창 君

이 일을 잘 처리하고 있지만 오늘같이 반입량이 많을 때면, 말 그대로 눈코 뜰 새 없이 바쁜 고창군이기 때문이다. 결코 가볍지 않은 20kg의 양파자루를 포개어 쌓는 일은 물품 당사자들의 몫이지만 수량을 파악해서 장소를 정해주고 높이를 설정해주는 일들은 관리자가 해야만 하는 일이다. 바쁜 시간을 소화하다 보니 금세 정오가 되었다. 밖에 나와 보니 서늘한 날씨다. 하늘은 높고 햇살은 막힘이 없어 한여름 날씨임을 잘 말해주고 있다. 별로 힘쓴 일도 없는데 청랑은 자신의 몸이 뼈근해짐을 느낀다. 양팔을 들어올려 가슴을 펴본다. 그러면서 동남편 하늘을 바라보니 하얗던 뭉게구름 사이로 회색의 구름이 바람처럼 스며들고 있다. 비가 오려나? 남들은 전혀 생각지도 않는 엉뚱한 중얼거림이다. 지금은 아니지만 서너시간 후면 큰비가 올 것 같은데, 그는 창고관리 성고창에게 당부한다.

"이보게 고창군, 오늘 작업은 앞으로 2시간 안에 끝내야 하네. 양파가 비를 맞으면 저장 중에 썩을 수도 있으니까."

"사장님도 참 이렇게 맑은 날에 비라니요? 염려 안 하셔도 됩니다 사장님."

"아닐세 저기 동남쪽 하늘을 보게나, 평화롭던 흰 구름 사이로 회색구름이 달려들어 서로 간에 뒤엉키며 다투는 걸 보면 심상치가 않으니 내 말대로 하게나."

"예 사장님, 그리 하겠습니다."

"그럼 됐네."

창고관리실 쪽으로 가는 청랑을 보면서

"거참, 이 멀쩡한 하늘을 두고 웬 비 타령이시래, 우리 사장님께서 이번에 잔치를 치르시느라 과로를 느끼시나?"

관리실에 온 왕초청랑은 달비골 공사현장으로 전화를 걸었다. 현장의 청리 사무실에는 경비업무를 겸직하는 직원이 있다.

"예, 청리 사무실입니다."

"아 비슬고, 나 청랑일세."

"예 사장님."

"자네 지금 곧바로 가서 각 공구의 우리 반장들에게 말해주게, 지금 내가 전화를 기다린다고."

"예 사장님, 지금 즉시 전하겠습니다."

그리고는 30여분이 지나서는 각 공구의 반장들로부터 전화가 왔다.

"왕초 무슨 일 있습니까?"

"아 허반장, 내 오늘 이곳 창고에 위탁물량이 많아서 그곳 현장에 가지 못했네. 아마도 내가 늦을 것 같으니 그전에 반장들이 해야 할 일이 있네. 다른 반장들에게는 전화 연결되는 데로 내가 직접 얘기할 것이네."

"예 왕초, 그런데 무슨 일인데 그러십니까? 현장일은 잘 돼가고 있으니 걱정 안 하셔도 됩니다만?"

"알고 있네 허반장, 내 짐작으로는 오늘 해 질 무렵에 비가 내릴 것 같으니 외부작업은 3시까지만 하고 오늘 작업한 곳은 물에 젖으면 무너질 수도 있으니 비닐 같은 걸로 덮어주게나. 그리고 각종 자재들도 비를 안 맞게 하고, 알겠나?"

"예 왕초의 명령이니 하긴 하겠습니다만?"

"어쨌든 내 말 명심하게."

"예 왕초."

왕초 청랑은 다른 반장들에게도 똑같은 주문을 했다.

"거참 이런 멀쩡한 날씨를 두고 비가 올 거라니? 우리 왕초께서 제정신이 아닌 모양이군."

투정을 하면서도 그들은 왕초의 말대로 시행을 하고 있다. 평소에 허언을 한 적이 없었던 왕초였기 때문이다. 그중에 자기주장이 강한 4공구의 황반장은 설마?를 앞세우면서 늑장을 놓고 있었다. 오지도 않을 비 때문에 과민반응하느니 그 시간에 벽돌 한 장이라도 더 쌓는 것이 왕초에게나 모두에게 득이 될 것이다. 황반장의 그러한 생각이 왕초의 당부를 후순위로 밀어내고, 오후 3시가 지났어도 4공구 작업장은 쌓기를 계속하고 있다. 반면에 1, 2, 3 공구 작업장은 쌓기 작업을 중단하고 공구별 창고에 미리 준비되어 있는 비닐로 오늘 쌓은 부분을 덮고 야적돼 있는 시멘트 등은 천막으로 덮었다. 그러한 움직임을 건너다보는 황반장은 중얼거린다.

"괜히 헛수고들 하고 있네. 왕초의 당부를 무시하고 했지만 나 황반장의 판단이 옳았다는 것이 오늘 해가 지면서 증명이 될 테니까. 그땐 우리들의 왕초가 허허 황반장의 생각이 옳았어요, 하고 모두들 앞에서 백기를 들겠지."

라는 생각으로 황반장은 회심의 미소를 날려본다. 요즘은 한여름이라 해가 지려면 오후 8시가 되어야 한다. 시간은 오후 4시를 막 넘어서고 있다. 저만치 높은 하늘에 뭉게뭉게 뭉쳐져 있던 흰 구름이 어느새 잿빛으로 바뀌면서 바람이 일기 시작한다. 태양은 짙게 드리워지는 구름의 뒤로 밀려나면서 빗방울이 하나둘씩 떨어지기 시작한다.

"이럴 수가? 우리 왕초의 예측이 맞았네. 정말 신기한 일이야."

앞당겨서 비가림을 다 해놓은 3개 공구의 벽돌팀은 이미 내부 작업 쪽으로 이동해 있으니 이제는 느긋한 마음으로 변덕스런 바깥 하늘을 바라보고 있다. 그와는 반대로 비를 예상 못한 현장 내의 다른 작업팀늘 모두가 천막을 찾아와서 비가림을 치느라 허둥대고 있다. 빨리빨리 덮어야 한다. 비 맞으면 안 되는 시멘트와 목재들 그 외 각종 자재와 장비들이다. 굵어진 빗줄기는 그들의 마음을 더욱 바쁘게 몰아세운다. 불과 한 시간 전만 해도 비가림을 하고 있는 벽돌팀을 보고서는, 저 사람들 뭐 잘못된 거 아니야? 일이 하기 싫으니 별짓을 다하고 있네, 이렇게 햇볕 쨍쨍한 높은 하늘인데 비를 염려해서 덮개질은 하다니? 그랬는데 지금은 아니다. 그들의 옷은 모두가 흠뻑 젖은 채로다. 이럴 수가? 기상청의 비 예보가 없었지 않은가? 비로소 벽돌팀의 현명함이 돋보이는 가운데 유독 4공구의 벽돌팀장 황반장이 당황스레 허둥대고 있다. 그는 창고로 달려가서 비닐뭉치를 들고 나와 일꾼들과 함께 때늦은 비가림에 매달린다. 방금 전까지 쌓아올린 벽돌벽이 굳기도 전에 물기를 먹어 몰탈이 흘러내린다. 그래도 덮어야 한다. 더 많이 젖기 전에. 마음이 바쁠수록 동작은 더 느려지고 큰일이다. 그래도 간신히 덮개를 하고 온몸이 비에 흠뻑 젖은 채 건물 안으로 들어오는 황반장이다.

"휴우 이렇게라도 덮어졌으니 다행이다."

그는 수건으로 젖은 얼굴을 닦으면서 쏟아지는 빗줄기를 원망스레 바라본다. 그러나 덮개가 씌워지기 전에 많은 양의 물을 머금은 몰탈이 흘러내리기 시작한다. 그 다음은 맨 마지막에 쌓은 쪽에서부터 구불렁, 활처럼 휘어지는가 싶디니, 그것을 본 황반장의 입에서

"안 돼."

하는 소리와 함께 와르르 무너지는 벽이다. 이럴 수가? 그 자리에 털썩 주저앉은 황반장이다. 이래서는 안 된다. 그가 다시 일어나 뛰쳐나가려 한다. 무너지는 벽을 붙들기라도 하려는 듯. 옆에 있는 일꾼 하나가 황급히 그의 팔을 잡는다.

"안 돼요 반장님! 지금 나갔다간 무너지는 벽돌에 깔려서 죽고 말아요."

일꾼의 제지에 그 자리에 멈춰선 황반장의 허둥댐을 조롱이나 하듯, 오늘 쌓아놓은 20미터의 긴 벽이 모두 무너지고 말았다. 우리 모두가 맞물려 쌓았는데 나 혼자만 무너질 쏘냐, 그건 안 되지 다 같이 무너지자. 이것이 도미노 현상이라는 것이다! 라고 외치는 벽돌의 소리를 들으면서 망연자실해 있는 황반장이다. 그리고 탄식한다. 나의 이 아둔함이 왕초의 당부를 무시하고 객기를 부리다가 일을 그르치고 말았구나. 뭐? 햇빛이 쨍쨍한 날인데 무슨 비가림을, 그 시간에 벽돌을 쌓으면 타 공구보다 실적이 훨씬 좋아지는데 내가 왜 그런 바보 같은 짓을? 그런 생각으로 항명을 하고 일을 이 지경으로 만든 내가 무슨 낯으로 왕초를 대한단 말인가? 그동안 내 나름대로는 당대 최고의 벽돌공이라 자부하던 나 황반장의 자존심이 동시에 무너져서 저 흉물스런 벽돌더미에 묻히다니? 그는 쏟아지는 비를 맞으면서 청리 사무실로 내려가서 수화기를 들었다.

"왕초, 저예요 황반장입니다."

"오 황반장, 무슨 일이오?"

"왕초께 면목 없습니다. 저의 잘못으로 일을 그르치고 말았습니다."

"무슨 소리오? 황반장이, 그럼 혹시 벽이 무너지기라도 했단 말이오?"

"그렇습니다. 이 일을 어찌해야 되는지 모르겠습니다. 왕초의 당부를 소홀히 한 죄가 큽니다. 그 시간엔 하늘의 햇볕이 너무도 쨍쨍하길래~"

"허허 우리 황반장이 자기네 왕초의 말보다 하늘의 표정을 더 믿었었군, 허나 괘념치 마시오. 변덕스런 하늘의 술수에 속은 황반장의 순진함이니 어쩌겠어요. 그리고 자세한 설명을 안 한 내 잘못도 있으니 그보다 일꾼들 마음 위축되지 않게 잘 위로하시오. 무너진 벽은 다시 쌓으면 되고 벽돌에 묻어있는 몰탈은 내리는 비에 씻길 테고 그 벽돌은 다시 사용하면 되니 염려할 거 없어요. 그나마도 그 와중에 다친 사람 없었으니 다행이라 생각하고 나는 이곳 창고일이 정리 되는 대로 출발할 테니 이따가 현장에서 봅시다."

그에 앞서 미보리의 저장창고에는 오늘따라 양파 실은 우마차들이 길게 줄지어 서있다.

"이보게 고창군, 정리해서 쌓는 일은 나중에 하고 우선 하차부터 먼저 하는 대로 우마차를 내보내야 하네. 오후 3시까지는 싣고 온 물품을 안으로 다 받아 들여야 하네."

"사장님, 해질 때까진 시간이 충분한데 오늘따라 서두르시는 것 같습니다. 다른 곳에 바쁜 일 있으시면 가셔도 됩니다. 여기는 저 혼자서도 해지기 전까지면 다 해놓을 수 있습니다."

"그게 아닐세 고창군. 내가 보기엔 오후 4시경이면 비가 내릴걸세. 양파는 비를 맞고 나면 빨리 부패하기 때문에 저장의 의미가 없어지지 않겠나?"

"사장님도 참 이렇게 햇볕 쨍쨍한 맑은 날씨에 비라니요? 당치도 않습니다."

"그래도 어서 빨리 서둘러야 하네."

"알겠습니다, 사장님." 고창군은 사장의 말에 납득이 안 간다는 듯 고개를 갸우뚱하며 그래도 서둘러본다. 그 결과 4시가 가까워서야 하역을 끝내고 나가는 마지막 수레의 적재함에 손을 얹으며 만족해하는 청랑이다.

"이제 됐다. 수고 많았네. 고창군, 그리고 남은 일은 안에서 차곡차곡 저장하는 일이니 계속 수고하게나. 나는 이제 달비골 공사현장으로 가봐야겠네. 그곳에도 내가 미리 당부했으니 별일은 없겠지만."

"예 사장님."

고창군은 잠깐 쉬는 틈을 타서 느긋한 마음으로 라디오를 켰다. 마침 3시 말미의 뉴스다. 지금은 3시 50분 오늘의 일기예보를 말씀드리겠습니다. 오늘 내내 조금 전까지도 맑고 습도가 없는 하루였으나 오후 들어 몽고의 고비사막에서 발생한 열대성 난기류가 시베리아 쪽의 저기압과 부딪히며 발생한 기압골이 빠르게도 중국대륙을 지나 한반도 상공으로 접근해 오고 있습니다. 오후 4시 이후에는 강풍을 동반한 소나기가 쏟아질 테니 청취자들께서는 비 피해가 없도록 대비하시길 바랍니다. 이상으로 일기예보를 말씀드렸습니다.

"어? 사장님 말씀이 정말이네. 그러고 보니 낮에서부터 일기예보가 있었던 걸 나만 못 들었나 보네."

고창군의 넋두리를 귓전으로 빙그레 웃고만 있는 청랑이다. 그도 그럴 것이 기상대의 비 예보는 오늘 3시 말미의 예보가 처음이기 때문이다. 4시를 넘어서면서 하늘 높던 흰 구름이 빠르게 흩어지고 그 사이로 먹구름이 낮게 깔리면서 빗방울이 떨어진다. 시작이 무섭게 우두둑 소리를 내며 무차별로 내린다. 강풍과 함께 번갯불이 번쩍하는기 싶더니 우르릉 꽝, 흠결 많은 인간들에게 겁을 주어 집안으로 피신하게 한다. 쏟아지는 폭우는 순식간에 마당 가득히 채워지고 흘러갈 배수로를 찾아 우왕좌왕 물방울을 만들고 있다. 창고 안의 작업이 남아있는지라 고창군은 문을 닫지 못하고 미리 준비돼 있는 모래주머니로 물 막음을 하느라 정신없이 뛰어다닌다. 출발하려던 청랑도 폭우에 발목이 잡힌 상태다. 그래도 마음은 느긋하다. 사전에 예견을 하고서 창고와 달비 현장에도 비가림을 주문했기에 각 반장들이 충분히 대비했으리라 믿기 때문이다. 출발을 서두를 것 없다. 비가 줄어들면 그때 나서도 된다. 그리고 있는데 전화가 걸려오고 황반장의 볼멘 목소리였다. 기가 꺾이고 자책이 담긴 목소리다. 청랑은 직감했다. 그리고 크게 놀라지도 않았다. 일 욕심이 앞선 황반장이 그럴 수 있으리라 생각되기 때문이다. 일 잘하는 황반장의 자존심과 사기가 땅바닥에 뒹굴고 있으리라. 그는 많은 일꾼들을 인솔하는 우리 팀의 반장이다. 그의 자존심과 사기는 팀원 전체의 사기와 직결된다. 왕초 청랑은 그를 자책에서 건져내야 했다. 그래서 별일 아니니 괘념치 말라고 했던 것이다. 그러한 왕초의 너그러움에 미안하고 또 미안한 마음이다. 비가 잠시 주춤하는 사이 청랑은 차에 시동을 걸었다.

"수고해라 고창군."
"예 사장님, 이곳은 염려 마시고 다녀오세요."
청랑이 달비골 공사현장에 도착했을 때도 비는 여전히 내리고 있다. 현장 전체가 비 때문에 허둥댄 흔적이 역력하다. 그에 비해 벽돌팀의 작업장 3개 공구는 내부 작업에도 안전하게 옮겨져 있었다.

"반장 이하 모두가 비가림 하느라 고생들 많았어요."

"아닙니다. 왕초께서 미리 비 예보를 해주셨기에 우리들은 일찌감치 덮개를 하고 내부 작업으로 변경했습니다."

"잘된 일이군."

하고는 다음의 4공구에 갔을 땐 비에 의해 무너진 벽의 주위가 흉물스런 모습 그대로이다. 청랑을 본 황반장이 황급히 달려 나온다.

"죄송합니다. 왕초께 이런 모습 보이게 돼서 면목 없습니다."

"이보시오 황반장, 그 얘기는 아까 전화 통화에서 다 했으니 그만하고 그나마도 세찬 비가 벽돌에 묻은 몰탈을 깨끗이 씻어 주었으니 내일이라도 비가 그치면 다시 쌓으면 될 것이오."

"그렇지만 무엇보다도 왕초의 당부를 소홀히 한 저의 과오는 두고두고 비판받아 마땅합니다."

"그렇기도 하지만 하늘빛이 푸르고 높았던 그 당시로서는 황반장이 아닌 다른 사람이라도 같은 생각이었을 것이오. 내 말하지 않았소. 자세한 설명을 아니 한 나의 잘못도 있으니 괘념치 말고. 나는 본부 사무소에 들렀다 갈 테니 이따가 청리 사무실에서 봅시다."

"알겠습니다 왕초."

황반장의 4공구를 뒤로하고 본부 사무실에 들른 청랑이다.

"어서 오시오. 청랑, 우의는 거기 벗어두고 이리로 앉으시오."

의자를 내어주는 소장이다.

"죄송합니다. 소장님, 우리 팀의 실수로 4공구에 문제가 생겼습니다."

"알고 있어요, 시간 전에 4공구의 황반장이 왔다 갔어요. 자신의 왕초께시 하신 당부를 이행치 못한 자신의 잘못으로 쌓아놓은 벽이 무너졌다고 말했어요."

"그랬었군요. 그래도 우리 팀의 실수였으니 날이 들면 원상복구 하겠습니다."

"하긴 소장인 나도 비의 예보를 몰랐으니 전 현장이 허둥대는 모습을 그저 손 놓고 구경만 하는 꼴이 되고 말았어요. 그런데 청랑께선 어찌 알고? 팀 반장들에게 3시부터 비가림을 하라고 지시했다니? 혹시 기상대에서 청랑에게 개별 통보한 건가요?"

"그럴 리가요, 소장님께서 기상대의 예보를 늦게 들으신 거겠지요."

"그래도 그렇지 우리 모두가 4시가 다 되어서야 비 예보를 접했는데 청랑왕초에게만 몇 시간 전에 알려 주었다니? 이거야말로 공평치 못한 처사이니 기상대에 따져 봐야겠어요."

"허허, 소장님도, 늦은 비 예보를 따지시는 건 말릴 수 없습니다만 나와는 무관한 일이니 나 청랑은 빠지겠습니다."

그랬다. 오늘의 비에 대한 기상대의 예보는 3시 뉴스 말미가 처음인 것이다. 이처럼 예보가 늦은 것은 기상대의 실책이라 할 수 있다.

"그래요, 기상대 쪽은 나 혼자 따질 테니 청랑의 얘기나 들어봅시다. 혹시라도 청랑의 그 신통한 도술이라도 작동을 한 것이오?"

"허허 소장님도 참, 지난날 언젠가 내가 말하지 않았습니까, 청랑에겐 도술이란 거 존재하지 않는다고요. 다만 자연의 섭리에 순응할 뿐이라고."

"참 그랬었지. 그래도 이 낙동강의 궁금증이 그냥 넘어가기 힘듭니다, 왕초."

"좋습니다. 그럼 나 청랑이 소장님께만 말씀드리지요. 내 지난날 오래전에 운이 나빠 내 몸에 크게 상처를 입은 적이 있었지요. 완치는 되었지만 그 후로 들어앉은 신경통이란 놈이 우기가 다가오면 한참 먼 곳인데도 발작을 하여 나를 괴롭힌답니다. 그래서 짐작을 하지요. 비란 놈이 이곳으로 다가오고 있구나. 언제쯤이면 여기에 도착하겠지 하고 가늠해 보는 그것뿐입니다. 그러니 이 청랑이 누구하고 결탁했을 거다 하는 생각은 절대로 하지 마십시오."

"그랬었군, 역시 왕초 청랑이란 사람 자연의 소리를 그냥 흘려보내지 않는 현명함이 돋보이는군요. 청랑왕초, 이 따뜻한 한잔의 차가 비에 젖은 우리들 마음을 녹여주겠지요?"

"그렇습니다. 차 잘 마셨습니다 소장님."

본부 사무실을 나와서 청리 사무실로 내려온 청랑이다.

"우리 반장들 모두 모이셨군. 그런데 황반장이 안 보이는구나? 아직 안 온 건가?"

"제가 좀 늦었습니다 왕초."

뒤이어 바로 들어서는 황반장이다.

"허허 황반장이 우의도 입지 않은 걸 보니 아직도 비에 대한 감정이 풀리지 않은 모양이군?"

"아닙니다 왕초. 오는 비야 저로서도 막을 수도 원망할 수도 없습니다만, 가히 신의 능력을 지닌 왕초의 당부를 소홀히 한 제 자신에게 화가 나고 부끄럽습니다."

"또 그 소리군, 지난번 칠성제 한번 지낸 걸 가지고 오래도록 나를 놀려 먹을 셈이군."

"아 빈다. 앞으로는 나 황반장은 우리 왕초께 절대로 항명 같은 거 하지 않을 것입니다."

"허허, 이제 보니 우리 황반장 자책이 지나치군. 알고 보면 황반장의 그 실책 덕분에 나 왕초의 체면이 살아났으니 다행이고 혹여라도 왕초의 생각이 흐려진다 싶을 땐 언제든지 우리 반장들은 망설임 없이 충고해 주길 바라겠소. 그리고 비슬군, 내 차에 가면 탁주 한 통 실려 있을 테니 가져오게."

"예 사장님."

관리직원 비슬군과 허반장이 탁주 말통과 머릿고기가 담긴 그릇을 가져왔다.

"자 오늘은 비와의 전쟁을 잘 넘겼으니 탁주 한 사발 합시다."

왕초 청랑은 조롱박으로 일일이 잔을 채우고서

"자~ 모두들 듭시다."

"잘 먹겠습니다 왕초."

"그런데 왕초, 저희로서는 도저히 이해가 안 되는 부분이 있습니다."

"뭐가 말이오? 왕초께서 우리들에게 전화로 당부하실 때만 해도 맑고도 높은 하늘에 햇볕이 쨍쨍했는데?"

"아, 비가 올 것이라는 것을 어떻게 알았느냐 그 말이 하고 싶은 거로군."

"예 왕초, 이 황반장의 벽돌 쌓는 머리로는 납득이 안 갑니다."

"그래 좋아, 내 말 해주지. 나 역시 그대들과 똑같은 벽돌공이오. 그런 내가 오래전 20대 초반에 허음으로 노가다에 몸 담은 지 3년차가 되던 어느 날 작업 도중에 큰 사고를 당하고 말았었지. 나는 그때 고운반을 위한 우인치를 운전하던 중이었는데, 비계용 긴 통나무를 3개씩 철사로 묶어서 당시에 14층 옥상으로 옮기던 중 옥상까지 다 올려진 통나무가 비계공의 실수로 철사가 끊어지면서 추락하는 통나무 2개는 2~3미터 바깥으로 떨어지고 다른 한 개가 우인치를 운전하고 앉아있던 나의 머리 위를 한 뼘 남짓 스치면서 바로 옆 콘크리트 기둥을 때리고는 두 동강이 난 거야. 그리고는 뿌리 쪽의 육중한 통나무가 내 두 다리를 강타했고 내가 앉아있던 시멘트 블럭 의자와 함께 박살이 나면서 바닥으로 쓰러진 거야. 낙하하는 통나무를 피해서 건물 안으로 뛰어들었던 사람들이 다시 나오면서 외치는 소리는 사람이 죽었다, 빨리 병원으로 옮겨야 한다, 난리였지. 혼절해 버린 나는 누군가의 등에 업혀서 병원으로 옮겨졌고, 얼마 후에 깨어났을 땐 병원 응급실에 눕혀진 상태였다. 내가 살아 있었구나 하고 몸을 움직이려 했으나 감각이 없어진 하반신은 말을 듣지 않았고, '어? 내 다리가? 내 다리가 없어졌다.' 무의식에 튀어나온 절망적인 외침이었고 그 소리를 듣고 달려온 의사가 '이제 정신이 좀 들어요 청년?' '선생님 내 다리가 움직여지질 않습니다. 없어진 듯합니다. 선생님?' '진정해요 청년, 통증을 줄이기 위해 약간 마취제를 놓았으니 움직이려 하지 말아요. 청년이 심한 충격에서 잠시 혼절했다가 깨어났으니 다행이고 지금은 응급처치를 해놓은 상태이나 엑스레이 결과를 보고 다음 치료를 하도록 합시다.' 의사의 말을 들은 나는 눈앞이 캄캄했다."

'이제 나는 다리를 못 쓰는 불구자가 되는구나.'

절망감과 슬픔이 한꺼번에 밀려든다. 돌의자와 함께 폭삭 내려앉았다는 동료의 말을 들으면서 점점 체념상태로 빠져드는 그에게 의사가 다시 왔다. 아무 말도 묻지를 않는 환자의 마음을 짐작이라도 한 듯 의사는 말한다.

"이봐요 청년, 당신은 천운이오. 다행히도 골절이 아닌 타박상이고 그곳이 살 깊은 허벅지 부분이어서 골절은 면했지만 통증은 오래갈 것이오. 그래도 꾸준히 치료를 받으면 나을 것이니 마음 편히 가지시오."

"선생님, 멀쩡한 날에 다리를 움직이지 못한 채로 누워있는 억시기도 운 나쁜 나에게 천운이라니요? 누워있는 내가 불쌍해 보여서 위로라도 하시는 겁니까?"

"이보시오 젊은이, 의사는 환자에게 빈말을 하지는 않아요. 다른 사람 같았으면 그 정도 충격으로 뼈가 으스러지고도 남을 텐데 골절을 면했다는 건 청년의 체력이 강했던 것도 있었겠지만 천운이 아니고서야? 다시 한 번 말하지만 조급해 하지 말고 치료에 열중하면 점차 나아질 거요."

"감사합니다 선생님. 저의 다리가 나을 수 있도록 도와주십시오 선생님."


"그 후로 사흘이 지나면서 일어설 수 있었고 목발에 의지해서 한 발짝씩 걸을 수 있게 되니 당시에 오야지란 사람은 병원비의 과다발생이 염려스러워서일까? 퇴원 운운하는 바람에 일주일이 지나면서 그의 치졸한 생각을 뒤로하고 퇴원을 해버렸지. 그리고는 바로 낙향을 해서 부모님의 도움으로 한방치료와 당약을 복용하면서 두어 달 만에 웬만큼 회복을 할 수 있었고 다시 일터로 돌아올 수 있었지. 지금 생각하면 나의 무지와 오야지의 편협한 생각이 합쳐져서 산재도 못 받고 무급휴가에다 자비로 치료를 받은 셈이지. 슬프고도 마음 아픈 일이었어. 그래서 나는 나와 함께 일하는 사람들에게는 절대로 그와 같은 아픔을 겪게 하지 않기로 마음먹었었지. 그 후로도 노가다를 그만두지 못한 내가 20년이 지난 지금에도 저 멀리서 우기가 형성되면 기압골이란 놈이 먼저 달려와서 지난날에 치명타를 입은 내 다리에 용케도 찾아들어 잠자던 신경통을 마구 들쑤셔 놓으면 나는 묵직한 통증을 맞이하게 되고, 그래 네놈의 뒤를 이어 비란 놈이 몰려오고 있구나. 언제쯤이면 이곳에 와서 쏟아지겠구나 하고 짐작케 된다면. 궁금해하는 그대들의 질문에 답이 될는지?"

"그렇군요, 우리들 왕초의 지난날에 그러한 아픔이 있었는 줄은 저희 반장들 상상도 못했습니다."

"그랬겠지, 지금 생각하면 그때 그 의사의 말이 맞았는지도 몰라, 만약에 천운이 아니었다면 추락하던 그 통나무가 내 머리를 박살내고 나는 그 자리서 죽고 말았을 거야, 그때 그 순간을 생각하려니 지금도 등에 식은땀이 나는구나. 이 정도로 비 이야기는 마치기로 하자."

청랑은 자리에서 일어난다.

"왕초께서 벌써 가시려고요?"

"그래야겠네, 나의 숙소가 우리 반장들 숙소보다 조금 더 먼 곳이니까 천천히들 마시고 편히 쉬게나."

"조심해서 가세요, 왕초."

청랑이 반장들과 헤어져서 미보리의 집에 도착한 후에도 비는 여전히 그칠 줄 모르고 어둠이 짙게 드리우는 밤이다. 불이 켜진 걸 보니 이 집도 사람이 사는 집이구나. 낮에는 청랑이 출타하고 나면 늘 비어있는 집처럼 보였기 때문이다. 간단한 세수 후에 주방에서 커피 한 잔을 만들어서 거실마루 소파에 앉아본다. 한 모금의 커피 향은 업무에의 긴장과 피로 이런 것들을 사라지게 하고 그 다음은 아무 생각도 하지 않는 백지 상태가 되어보게 만든다. 그렇다. 지금의 이 순간이 오늘의 말미에 그가 가져보는 보약 같은 휴식이다. 휴식은 짧을수록 좋다. 지나치게 길어지면 나태해질 수 있으니까. 창밖은 어두워져서 보이지는 않아도 지붕을 타고 내려 처마 끝을 또닥거리는 낙숫물 소리에 아직도 비가 내리고 있음을 알 수 있다. 이제 호야등의 심지에 불을 붙이는 청랑이다. 그래 오늘은 또 무슨 푸념을 하고 싶은데? 습관처럼 마주앉는 청랑에게 등불호야가 던지는 무언의 질문이다. 그래 등불호야, 너와 내가 벗한 지도 20년이 넘었구나. 또 그 소리군, 하도 많이 들어서 내 귀에 딱지가 앉을 정도다. 서론은 생략하고 본론이나 들어보자. 그래, 너도 알고 있듯이 노가다란 괴물을 등에 업은 나, 청랑이 길고 긴 방랑에서 돌아와 이곳 미보리에 자리한 지가 벌써 3년차구나. 지난날 잃어버린 자아를 되찾고 싶어서, 老生 1년을 거쳐 30년 만에 중학을 졸업하고, 동시에 대입검정고시와 13고등학교의 명예졸업장을 얻게 되었으니 나는 더 이상 학벌에 욕심은 내지 않으리라. 그리고 지금은 쑹리매란 지인의 후원으로 설립한 청리장학재단을 이끌면서 고교진학 대상자 12명과 중학 진학자 1명을 포함 13명의 학생에게 장학금을 지원하고 있다. 그 외에 관내 거주하는 빈곤층과 결손가정의 어려움을 돕고자 1년에 2회로 나누어서 식량지원을 하고 있는 지금이 나 청랑에겐 보람과 행복을 가져다주는구나. 아직은 그리 크지 않은 규모지만 말이다. 그리고 이러한 사회사업은 앞으로도 지속될 것이다. 이에 필요한 재원은 지금 운영하고 있는 5개의 저장창고에서 얻어지는 위탁수입으로 뒷받침될 것이다.

　등불호야, 청랑을 오랫동안 지켜봐온 너는 알고 있지 않느냐. 지난날에 바보처럼 일그러지던 그의 모습을 그가 용케도 참고 견디어서, 그나마도 이 정도의 삶이면 괜찮은 거 아니냐? 등불호야, 대답이 없는 걸 보니 오늘의 너가 인색해 보이는 구나. 그래도 나는 좋다. 오늘의 이대로가. 그래 청랑 본인이 좋으면 괜찮은 거야. 나 등불호야 늦은 시간까지 청랑의 푸념을 들으려 하니 졸음이 오는구나. 이젠 나의 심지나 내려주고 각자 잠이나 자자꾸나. 그래 그럼.

　청랑은 호야의 심지를 내려주고 잠자리에 들었다. 이 밤의 어둠은 지구상의 모든 움직임을 중지시키면서도 비의 내림과 흐르는 물줄기는 막지 못하는가 보다. 그래 내리고 싶은 비야 내리건 말건 낮은 곳을 찾아서 아래로 흐르는 물이야 막을 수도 막을 이유도 없지 않느냐. 조용히 눈을 감고 짧은 뒤척임 끝에 금세 잠이 든 청랑이다. 그를 깊은 휴면 속에 잠재운 뒤에도 시간은 어김없이 흘러간다. 그러고는 새 아침이 밝았다. 오늘은 군 교육청에서 회의가 있는 날이다. 청랑은 언제인가부터 교육봉사자의 한 사람으로 회의참석자의 명단에 올라있다. 다른 바쁜 일정이 있을 때는 빠질 때도 있지만 오늘은 군 교육청으로 먼저 들렀다.

　"어서 오십시오 청랑 선생님."

　이곳 비사군의 군수이자 교육위원회 위원장인 황산옥이 그를 반긴다.

　"그간 안녕하셨습니까, 군수님. 오랜만에 뵙습니다."

"이제 청리 이사장께서 오시고 다들 모이신 것 같으니 회의를 시작합니다."

도 교육청의 장학관 및 규 교육 담당자들의 참석한 가운데 위원장의 주재로 회의가 시작되었다.

"몇 가지 사안을 짚은 다음 오늘의 가장 중요한 안건 하나가 꼭 처리되어야 하니 여러분들의 중지를 모아 주시기 바랍니다. 그러면 오늘의 마지막 안건인 다섯 번째 안건으로 도 교육청의 요청으로 우리 비사군을 대표하는 현 군수인 이 황산옥이 겸직하고 있었습니다만 앞으로는 새로이 제정된 법 조례에 의하면 군수의 교육위원 겸직을 금하고 있습니다. 하여 여러 교육관계자 분들의 동의를 얻어서 우리 비사군을 대표하는 한 사람의 교육위원을 선출코자 합니다. 하여 여러분들의 추천을 받고자 하니 좋은 분이 있으면 말씀해 주시길 바랍니다."

잠깐의 침묵이 흐르고 서로의 얼굴들만 바라보고 있다. 그 침묵을 먼저 깨는 사람은 황군수였다.

"자 그럼 여러분께서 생각하시는 동안 본관이 생각나는 한 분을 추천하고자 합니다. 바로 이 자리에 계신 청랑선생을 우리 고을의 교육위원에 추천하고자 합니다. 물론 여러분들의 동의가 있어야 합니다만 또 다른 분이 추천되면 투표로써 결정하겠습니다만."

"안 됩니다. 나 청랑은 그럴 만한 자격도 능력도 없는 사람입니다. 그러니 군수님의 그 말씀은 철회해 주십시오."

"허허 청랑 선생의 거절이 서릿발 같군요. 그러나 어쩌겠습니까? 이미 추천을 받은 이상 결과가 있을 때까지는 기다려야 합니다."

"허허 우리 군수님께서 이 청랑을 곤혹스럽게 만드십니다."

갑작스런 상황에 직면한 청랑은 적잖이 당황스러웠다.

"또 다른 분 추천이 없으십니까?"

시간이 흘러도 더 이상의 추천자가 나오지 않는다.

"자 그럼 지금 현재 추천을 받은 사람은 청랑선생 한 분입니다. 하여 이 자리에 참석하신 회원분들의 찬반 투표로 결정하겠습니다. 참석자 과반이상의 찬성이면 당선으로 확정됩니다. 자 그럼 먼저 청랑선생의 교육위원 선출에 반대하시는 분은 손을 들어 주시기 바랍니다. 참석자 여섯 분 중 한사람이 반대 표시를 했습니다. 다음은 찬성한다는 분은 손을 드시길 바랍니다. 5명의 손이 들려진다. 좋습니다. 오늘의 선택 결과는 5대 1로 찬성이 압도적입니다. 한 사람의 반대 의사를 존중하는 뜻에서 사유를 듣고 싶으나 유감스럽게도 선택 당사자인 청랑 선생이기 때문에 반대의 변은 생략하고 우리 비사군을 대표하는 교육위원으로 청랑선생이 당선되었음을 선포합니다."

참석자 전원이 박수로 환영한다. 이제 청랑선생으로부터 당선 소감을 듣도록 합시다. 얼떨떨해진 청랑은 자리에서 일어났다.

"부끄럽습니다. 여기 계신 분들 모두가 훌륭하신 분들임에도 우매한 이 청랑을 선택해 주신 것은 여러분들 모두가 현재 공직자이기 때문에 겸직이 두려워서라 생각되며 따라서 어부지리를 얻어 당선되었다고 봅니다. 그러나 감사함과 아울러 영광스럽게 생각합니다. 아직은 많이 부족한 저입니다만, 여러분들의 선택을 소중하게 생각하며 임기 2년 동안 최선을 다해 보겠습니다."

박수를 받으며 자리에 앉는 신임 교육위원이다.

〈끝〉

# 방랑의 노동자 노·가·다
## 그 현장을 밝히는 소설

# 노가다
>>> 방랑의 노동자 (전 5권)

성두용 장편소설

각 23,000원 | 도서출판 천우 刊

**한평생 '노가다'의 길을 가며 겪은 희로애락을 생생하게 담아낸 자전적 소설**

뜨거운 감성을 자극하는 예술적 더듬이를 장인정신으로 풀어가는 성두용 소설가의 작품집 『노가다』(방랑의 노동자)는 현장감 있는 작품구성이 흥미진진한 감동의 도가니로 끌어들이고 있다. 가장 현실적이면서도 타협이 쉽지 않는 노가다 일터에서 발생하는 숨김 없는 이야기와 빼놓을 수 없는 아름다운 사랑, 성두용 작가를 통하여 혹 빠져들 수밖에 없는 지고지순한 인간미와 노동자의 뼈저린 통한의 슬픔과 내면세계가 독자들과 접목하였으면 하는 바람이다. 숨김없는 인간의 본질과 육체노동자들의 발가벗긴 적나라한 삶의 모습이 이 작품집을 통하여 독자들에게 잘 전달되길 기대해본다.

― 김천우(시인, 문학평론가, (사)세계문인협회 이사장)

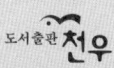
서울시 광진구 구의강변로 85 강우빌딩 7층
TEL 02)2298-7661 FAX 02)2298-7665 http://blog.naver.com/cw7661
네이버 카페 http://cafe.naver.com/chunwu777

문학세계대표작가선 • 1015

## 노가다 — 방랑의 노동자 (제5권)

성두용 장편소설


인쇄 1판 1쇄    2024년 4월 22일
발행 1판 1쇄    2024년 4월 29일

지 은 이 : 성두용
펴 낸 이 : 김천우
펴 낸 곳 : 문학세계 출판부 / 도서출판 천우
등    록 : 1992. 2. 15. 제1-1307호
주    소 : 서울시 광진구 구의강변로 85 강우빌딩 7F
전    화 : 02)2298-7661
팩    스 : 02)2298-7665
http://cafe.naver.com/chunwu777
E-mail : cw7661@naver.com

ⓒ 성두용, 2024.

값 23,000원


＊도서출판 천우와 저자의 서면 동의 없는 무단 전재 및 복제를 금합니다.
＊저자와의 협의에 따라 인지는 생략합니다.

ISBN 978-89-7954-925-6